北大版留学生本科汉语教材

# 中国古代文学史教程
（第二版）

主　编　欧阳祯人
副主编　孙萍萍　周颖菁

北京大学出版社
PEKING UNIVERSITY PRESS

图书在版编目(CIP)数据

中国古代文学史教程 / 欧阳祯人主编. ——2 版. 北京：北京大学出版社，2024.9. ——(北大版留学生本科汉语教材). ——ISBN 978-7-301-35366-0

Ⅰ. I209.2

中国国家版本馆CIP数据核字第202461QW65号

| 书　　　名 | 中国古代文学史教程(第二版) |
|---|---|
| | ZHONGGUO GUDAI WENXUESHI JIAOCHENG (DI-ER BAN) |
| 著作责任者 | 欧阳祯人　主编 |
| 责 任 编 辑 | 赵明秀　邓晓霞 |
| 标 准 书 号 | ISBN 978-7-301-35366-0 |
| 出 版 发 行 | 北京大学出版社 |
| 地　　　址 | 北京市海淀区成府路205号 100871 |
| 网　　　址 | http://www.pup.cn |
| 电　　　话 | 邮购部 010-62752015　发行部 010-62750672　编辑部 010-62752028 |
| 电 子 邮 箱 | zpup@pup.cn |
| 印 　刷 　者 | 河北文福旺印刷有限公司 |
| 经 销 　者 | 新华书店 |
| | 787毫米×1092毫米　16开本　22.25印张　477千字 |
| | 2007年9月第1版 |
| | 2024年9月第2版　2024年9月第1次印刷 |
| 定　　　价 | 69.00元 |

未经许可，不得以任何方式复制或抄袭本书之部分或全部内容。
**版权所有，侵权必究**
举报电话：010-62752024　电子邮箱：fd@pup.cn
图书如有印装质量问题，请与出版部联系，电话：010-62756370

# 前 言

《中国古代文学史教程》是根据现中外语言交流合作中心(原国家汉办)有关来华留学生的政策精神,为留学生学习汉语言专业而设计和编写的中国文学史教材。本教材的最大创新是把文学史的介绍与相关作品的选读结合起来,让它们同时出现在一课之中。换言之,就是将中国文学史的教学与国际中文教学统一起来,立足于国际中文教学的特殊性,对冗长、艰深的文学史作了一次适合于教学实际的表述。这既是国际中文教学在教学方法上的一次尝试,也是中国文学史课程在教学、传播方式上的一次突破。为了便于使用,我们特作出以下说明,供老师、同学们参考。

第一,本教材供汉语言文学专业的外国留学生在三年级、四年级使用,同时适合相关级别的基础型、自修型外国留学生使用。

第二,本教材十分注重文学史的教学与国际中文教学的关系,十分注重文学史的教学与其他门类文化课教学的良性互动,同时也十分注重中国文学史一以贯之的内在发展规律。

第三,本教材直接为教学服务,实用性是本教材的最大特点。本教材选录40篇课文,每周两节课,授课时间为一学年(或每周四节课,授课时间为一学期)。

第四,本教材是专门用于外国留学生的文学史教材,因此,教材内容充分体现了趣味性、生动性和直观性,教材语言充分体现了通俗性、针对性和科学性。每篇作品的选择都煞费苦心,经过了多方面的考量,适应教学对象的汉语水平、文化心理结构,适用于师生互动的课堂教学情景。

第五,本教材的内容分为精读和泛读两个部分。课文、作品是精读部分;文学史知识提示、名篇欣赏是泛读部分。精读部分由教师课堂讲授,是学生必须字斟句酌、读懂读通的内容。教师可以根据学生的需要和汉语水平作出适当调整。泛读部分既是对教师备课的提示,也是对希望进一步深造的学生的适当引导。文学史知识提示、名篇欣赏都是课外阅读,不属于课堂授课的内容。但是,这两部分不是可有可无的,而是教材的重要组成。文学史知识提示至少有三个方面的作用:它是带领学生向更高层级进步的门户,它从不同的角度和层面对学生所学的内容进行了独到的评述,因而是对学生进一步学习的引导,更是对课文、作品的重要补充;它以独特的方式把课与课之间的逻辑发展以"史"的形式串联起来,在一定程度上加强了点与面的联系,显示了本教程在简明性、生动性背后的理论性、学术性;它潜移默化地向学习中国文学史的外国留学生介绍了中国卓有成就的文学史专著与研究成果,是较为全面的资料介绍,是通向中国文学史学术殿堂的指路明灯。名篇欣赏也是对课文、作品不可或缺的补充,在教学对象的特殊状况与中国文学史学科特点之间作出协调。没有这一部分,文学史的学科性质就不饱满,学科发展的内在张力就不充分,就没有由低到高、由点到面不断深入、不断提升、不断扩展的可能。本教材之所以称为"教程",并不仅仅在于整个教材是由古代向现代、当代的推进,更在于每一篇课文本身都具有一种潜在认知心理的趋向性和知识提升的可能性,为充分发挥学生的主观能动性提供了更大的空间。

第六,本教材练习的编写遵循理解、记忆和应用相结合的原则,包括背诵、熟读、朗诵、填空、解释带点的词语、翻译、复述、思考等多种题型,既可以强化学生对所学内容的掌握,也可以方便教师在课后检查学生对课文和作品的理解程度。这些练习通常在课文中有相关的提示,但仍需要学生发挥思考问题、解决问题的主观能动性。我们认为以学生为中心的教学理念并不仅仅体现在课堂教学的方式方法上,也应该体现在对学生的认知能力的充分挖掘上。

第七,我们真心实意地把编写教材的过程视为一种教学研究活动,这一过程本身也是一个不断提升的过程。因此,本教材的再次出版,就是希望有更多的专家学者参与到我们的教学研究活动中,进一步指出本教材的不足,提高本教材的质量,促进文学史教材研发的水平,使我们在今后的工作中取得更好的成绩。我们诚挚地期待国际中文教育界和中国文学史研究界、教学界对我们的批评与指正。

第八,本教材第一版出版于2007年,此次修订主要是使课文的注释更加言简意赅,更加通顺,解决了我们在使用之中碰到的很多问题。相信此次修订将对我们的教学工作有很好的帮助。

编者

# 目 录

第 一 课　中国的神话 ·················································································· 1
第 二 课　《诗经》 ······················································································· 7
第 三 课　先秦历史散文 ············································································· 15
第 四 课　先秦诸子散文 ············································································· 24
第 五 课　屈原与《楚辞》 ·········································································· 32
第 六 课　汉代的散文 ················································································ 40
第 七 课　汉代的乐府民歌 ········································································· 48
第 八 课　《古诗十九首》 ·········································································· 55
第 九 课　三曹的诗歌 ················································································ 63
第 十 课　南北朝时期的文人诗歌 ······························································· 74
第 十一 课　田园诗人陶渊明 ········································································ 82
第 十二 课　南北朝时期的民歌 ····································································· 90
第 十三 课　初唐时期的文学 ········································································ 98
第 十四 课　孟浩然与王维 ·········································································· 106
第 十五 课　边塞诗派 ·················································································· 114
第 十六 课　李白 ························································································· 121
第 十七 课　杜甫 ························································································· 129
第 十八 课　白居易与新乐府运动 ······························································· 137
第 十九 课　韩愈与柳宗元 ·········································································· 146
第 二十 课　唐传奇 ····················································································· 153
第二十一课　温庭筠与花间派 ······································································ 160
第二十二课　李煜 ························································································· 168
第二十三课　柳永 ························································································· 175
第二十四课　欧阳修 ···················································································· 184

第二十五课　苏轼 ………………………………………………………… 191
第二十六课　李清照 ……………………………………………………… 198
第二十七课　陆游 ………………………………………………………… 207
第二十八课　辛弃疾 ……………………………………………………… 214
第二十九课　宋代的小说与戏剧 ………………………………………… 221
第 三十 课　元杂剧与关汉卿 …………………………………………… 230
第三十一课　《西厢记》 …………………………………………………… 240
第三十二课　《琵琶记》 …………………………………………………… 250
第三十三课　《三国演义》 ………………………………………………… 258
第三十四课　《水浒传》 …………………………………………………… 268
第三十五课　《西游记》 …………………………………………………… 283
第三十六课　汤显祖的《牡丹亭》 ………………………………………… 294
第三十七课　《金瓶梅》 …………………………………………………… 303
第三十八课　冯梦龙与"三言" …………………………………………… 312
第三十九课　蒲松龄的《聊斋志异》 ……………………………………… 328
第 四十 课　曹雪芹的《红楼梦》 ………………………………………… 336

后　记 ……………………………………………………………………… 348

# 第一课

# 中国的神话

## 课　文

　　神话是远古①时期的人们对他们所接触②的自然现象③、社会现象④，幻想⑤出来的具有艺术意味⑥的解释和描述⑦，是人们的集体口头创造。神话的产生经历了从无到有，从简单到复杂的漫长过程。在这个过程中，很多故事的内容和形式都在不断地演变。神话的产生有其特殊的社会历史条件，即生产力⑧极为低下，意识原始、思维幼稚，是人类童年时代⑨认识世界、表现理想的一种艺术形式。

　　中华民族的神话丰富多彩⑩，为我们了解远古时期历史发展的进程和奥秘，探索中华民族深层的意识、情感、精神、意志和性格提供了艺术化⑪、形象化⑫的资料。因此，学习中国的历史、哲学、宗教、语言、教育、文学、艺术等很多学科都不能不学习中国的神话。记载中国神话的著作有《山海经》⑬《淮南子》⑭《楚辞》⑮等。

　　中国的神话作为一种艺术的形式，具有鲜明的原始性、幻想性、超自然性⑯等特征，情感朴实，想象奇特，情节简单而内容深广，创造出了许许多多伟大的英雄传奇式的人物形象，以其独特的形态展示了后代艺术无法替代的魅力，给我们以美妙的艺术享受，具有特殊的审美价值。它是中国文学艺术史上浪漫主义⑰的源头，为后世文学艺术的发展提供了取之不尽用之不竭⑱的丰富营养。

## 注　释

① 远古：最久远的古代。

② **接触**：接近并发生交往或冲突。
③ **自然现象**：自然界中由于自然规律而形成的、非人为的状况。
④ **社会现象**：这里指人类社会中由社会关系所表现的各种事实。
⑤ **幻想**：以社会或个人的理想和渴望为依据，对还没有实现的事物有所想象。
⑥ **意味**：情调，情趣，趣味。
⑦ **描述**：形象地叙述，描写叙述。
⑧ **生产力**：人类在生产过程中把自然物改造成为适合自己需要的物质资料的力量。
⑨ **人类童年时代**：人类历史发展的初期。
⑩ **丰富多彩**：内容丰富，种类多样。
⑪ **艺术化**：使文学作品更加具有艺术性，形象、生动而典型。
⑫ **形象化**：使文学作品的描绘或表达更加具体、生动。
⑬ **《山海经》**：春秋战国时期写成，秦汉时期又有增补。全书共18卷，记述海内外山川、部族、物产等，很多内容涉及不同一般的事物和神奇灵怪，保存了很多中国古代的神话资料。
⑭ **《淮南子》**：又称《淮南鸿烈》，西汉淮南王刘安及门客共同编撰。全书以道家无为思想为主导，保存了很多中国古代的神话传说。
⑮ **《楚辞》**：西汉刘向辑。全书以屈原作品为主。作品的文体是楚国屈原等人在民间歌谣的基础上加工创造而成的一种新的诗歌形式。作品句子长短不一，篇幅也比较长，具有浓厚的楚国地方色彩。
⑯ **超自然性**：带有超越自然的性质和特征。
⑰ **浪漫主义**：文学艺术上的一种创作方法，以丰富的情感为基础，运用想象、夸张等手法，塑造人物形象，反映现实生活。
⑱ **取之不尽用之不竭(jié)**：取不尽，用不完，形容非常丰富。**竭**：尽，完。

## 盘古开天

天地混沌①如鸡子，盘古生其中。万八千岁②，天地开辟③，阳清为天，阴浊为地④。盘古在其中，一日九变，神于天⑤，圣于地⑥。天日⑦高一丈，地日厚一丈，盘古日长⑧一丈。如此万八千岁，天数极高，地数极深，盘古极长，后乃有三皇⑨。

## 女娲造人

俗说天地开辟，未有人民。女娲抟⑩黄土作人，剧务⑪，力不暇供⑫，乃引绳于絚⑬泥中，举以为人。故富贵者，黄土人⑭也；贫贱凡庸⑮者，絚人⑯也。

## 形天⑰争神

形天与帝至此争神⑱,帝断其首,葬之⑲常羊之山。乃以乳为目⑳,以脐为口㉑,操干戚以舞㉒。

### 注　释

① 混沌(hùndùn):民间传说中指盘古开天辟地之前天地模糊一团的状态。
② 岁:年。
③ 天地开辟:盘古开辟了天地,开始了人类的历史,成语"开天辟地"由此而来。"开天辟地"用以表示以前从未有过,有史以来第一次。开、辟:开拓,打通。
④ "阳清"二句:轻而清的东西(上升)变成了天,重而浊的东西(下沉)变成了地。以阳与阴指称天和地,反映了中国人万物负阴抱阳的对立统一思维模式。
⑤ 神于天:天有了"神"的品质。
⑥ 圣于地:地有了"圣"的品质。将天地视为神圣的事物,反映了中国古人的宗教观念。
⑦ 日:每天,名词作状语,与"地日厚一丈""盘古日长一丈"的"日"相同。
⑧ 长(zhǎng):长大,动词。下文"盘古极长"的"长"读作 cháng,与"短"相对,形容词。
⑨ 三皇:传说中的远古三个帝王。通常指燧人、伏羲、神农,或指天皇、地皇、人皇。
⑩ 抟(tuán):把东西捏聚成团。
⑪ 剧务:非常繁重的事务。
⑫ 力不暇供:力量供不上。暇:有空闲,有闲暇。
⑬ 絚(gēng):粗绳索、大绳索。
⑭ 黄土人:女娲用黄土捏制的人。
⑮ 凡庸:平凡、普通。
⑯ 絚人:女娲用绳子甩出来的人。
⑰ 形天:一作"刑天"。神话中的人物。
⑱ 争神:争夺神位。
⑲ 之:代词,指上文的"首"。这句是说把形天的头埋葬在常羊山上。
⑳ 乃以乳为目:(被砍了头的形天)于是用两个乳头作眼睛。乃:于是。
㉑ 以脐(qí)为口:用肚脐作嘴巴。
㉒ 操干戚以舞:拿着盾和斧挥舞。干:盾,古代兵器,作战时用来防护身体。戚:古代一种长柄武器,形状像大斧。

### (一) 背诵

《盘古开天》

### (二) 填空

1. 神话是_____的人们对他们所接触的自然现象、社会现象，_____出来的具有艺术意味的解释和描述，是_____创造。

2. 中华民族的神话丰富多彩，为我们了解远古时期历史发展的进程和奥秘，探索中华民族_____的意识、情感、精神、意志和性格提供了艺术化、形象化的资料。因此，学习中国的历史、哲学、宗教、语言、教育、文学、艺术等很多学科都_____学习_____。记载中国神话的著作有《_____》《_____》《_____》等。

### (三) 解释下列带点的词语

1. 天地开辟，阳清为天，阴浊为地。
2. 天日高一丈，地日厚一丈，盘古日长一丈。
3. 天数极高，地数极深，盘古极长。
4. 女娲抟黄土作人，剧务，力不暇供。
5. 形天与帝至此争神。

### (四) 思考

为什么说中国神话是中国浪漫主义文学艺术的源头？

## 文学史知识提示

　　古代神话是浪漫主义文学的萌芽,它对后世文学的影响很大,一般说,神话的创作基础是现实的,神话的创作方法是浪漫的。而神话的浪漫主义精神,那种新奇奔放的幻想,启发作家的想象力,提供了丰富的文学题材和艺术形象。例如屈原的楚辞,庄子的散文,阮籍、陶渊明、李白、李贺、苏轼等的诗歌,特别是小说戏剧如《柳毅传书》《张生煮海》《西游记》《封神演义》以及鲁迅的《故事新编》等,或采用其故事,或学习其作风,或改编其原作,因而创作出许多更完整、更美丽、更提高、更惊心动魄,富于艺术感染力的新作品来。有的辞赋家、诗家、散文家往往把神话故事载入篇章,形诸歌咏,或用作典故,以充实作品的内容;或借为讽刺,以抒写作者的情绪;或炼成词藻,变为精粹的、形象的文学语言。尤其重要的是神话的乐观主义、英雄主义以及对现实的积极态度,强烈要求改变现实、追求美好生活的愿望,鼓舞人们的革命精神,对作家进步世界观的形成和积极浪漫主义的创作起重要作用。

（游国恩等主编《中国文学史》一,
人民文学出版社1963年版,第29页）

## 后羿①射日

　　传说中后羿和嫦娥②都是尧时候的人。那时候,天上有十个太阳,土地被烤焦了,庄稼都枯干了,人们热得喘不过气来,有的人甚至倒在地上昏迷不醒。因为天气酷热③,一些凶禽猛兽,也纷纷从干涸④的江河和火焰似的森林里跑出来残害人民。

　　人间的灾难惊动了天上的神,于是天帝命令善于射箭的后羿来到人间,协助尧消除人民的苦难。后羿带着天帝赐⑤给他的一张红色的弓,一口袋白色的箭,与美丽的妻子嫦娥一起来到人间。

　　后羿立即开始了射日的战斗。他从肩上取下那红色的弓,抽出白色的箭,一支一支地向放恣⑥的太阳射去,顷刻⑦间十个太阳被射去了九个。只因为尧认为留下一个太阳对人民有用处,才拦阻了后羿。这就是有名的后羿射日的故事。

　　但是,后羿的丰功伟绩⑧,受到了其他天神的妒忌,他们到天帝那里进谗言⑨,使天帝疏远了后羿,最终把他永远贬斥⑩到人间。受了委屈的后羿和妻子嫦娥只好隐居在人间,靠打猎为生。

后羿觉得对不起受他连累⑪而谪居⑫人间的妻子，便到西王母那里求来了长生不死之药，想让他们夫妻二人在世间永远和谐地生活下去。谁知嫦娥过不惯清苦的人间生活，她趁后羿不在家的时候，偷吃了全部的长生不死之药，独自飞上月宫。嫦娥住在高大、空旷的广寒宫⑬里，整日与玉兔为伴，面对空明澄澈⑭的天空，想起与丈夫恩恩爱爱的日子和人世间的温情，备感孤独与寂寞。

后羿为人正直，一直孤身一人生活在人间。但是，后来他被恩将仇报⑮的徒弟逢蒙⑯害死了。有的记载说后羿是被桃木大棒打死的，有的说后羿是被暗箭射死的。总之，这位盖世⑰的英雄最终惨死在小人的手里。

后羿死后，他的英魂⑱变成了打鬼的钟馗⑲，千百年来被中国的老百姓贴在大门上，作为驱邪避凶、保护身家性命的神灵。这反映了中国人民对这位伟大英雄的无限怀念。

## 注 释

① 后羿(Yì)：传说中夏代东夷族首领，原为有穷氏部落首领，善于射箭。文中的后羿是神话中的艺术形象，与部落首领后羿有不同的思想内涵。
② 嫦娥(Cháng'é)：神话传说中后羿的妻子。
③ 酷热：指天气极热。酷：程度极深。
④ 干涸(hé)：河道、池塘等没有水。
⑤ 赐(cì)：地位高的人或长辈把财物送给地位低的人或晚辈。
⑥ 放恣(zì)：骄傲放纵，任意胡为。
⑦ 顷刻：片刻；表示行动或事情在极短的时间内完成。
⑧ 丰功伟绩：伟大的功劳与业绩。丰：多。伟：大。
⑨ 谗言：诽谤或挑拨离间的话。
⑩ 贬斥：官吏被降低官职。
⑪ 连累：因事牵连别人，使别人也受到损害。
⑫ 谪(zhé)居：受贬斥后住在某个地方。
⑬ 广寒宫：指月宫。
⑭ 澄澈(chéngchè)：清澈透明。
⑮ 恩将仇报：用仇恨报答恩惠。
⑯ 逢(Páng)蒙：古代善于射箭的人。《孟子·离娄》载："逢蒙学射于羿。"文中的逢蒙只是神话中的艺术形象。
⑰ 盖世：才能、功勋等压倒当代，没有人能比。
⑱ 英魂：受崇敬的人去世后的灵魂。
⑲ 钟馗(Kuí)：中国民间传说中能打鬼驱邪的神。

# 第二课

## 《诗经》

### 课 文

　　《诗经》是中国第一部诗歌总集,共收入自西周①初年到春秋中期大约五百多年间的诗歌305篇,又称"诗三百"。在内容上分为风②、雅③、颂④三个部分,其中"风"来自十五个诸侯国家,所以又称"十五国风"。"雅"和"颂"大多与上层社会的生活有关。在表现形式上,《诗经》有三种突出的艺术手法,古人概括为赋、比、兴⑤,它们与风、雅、颂合称为"六义"。赋就是铺陈直叙,比就是比喻,兴就是起兴。南宋时期的朱熹⑥在《诗集传》中说:"赋者,敷陈其事而直言之者也。""比者,以彼物比此物也。""兴者,先言他物以引起所咏之词也。"

　　《墨子·公孟》⑦说:"诵诗三百,弦诗三百,歌诗三百,舞诗三百。"可见,《诗经》中所有的诗歌都曾经是诗、乐、舞三位一体⑧的艺术作品。因此,《诗经》就是诵、弦、歌、舞遗留下来的歌词集。这些诗歌主要从民间收集而来,再经过周王朝很多文人、乐师⑨加工、修订,才流传久远,集结成篇,因而具有集体创作的性质。

　　《诗经》内容广博,其中来自现实生活的诗,是出自诗人心底的歌,真实地反映了社会人生,真挚地抒发了内心情志,形成了朴实自然的艺术风格,独具真朴之美,因而成为中国诗歌传统的起点和源头,在中国文学史上占据着重要的地位。

## 注 释

① **西周**:朝代,公元前1046—前771年。周武王姬(jī)发领兵灭商,建立了周朝,历史上称为西周。
② **风**:包括十五国风,有160篇。风是带有地方色彩的音乐,十五国风就是十五个地方的土风歌谣。
③ **雅**:包括大雅、小雅,有105篇。雅是周王朝直接统治地区的音乐。"雅"有"正"的意思,当时人们把王朝直接统治地区的音乐看作正声。
④ **颂**:包括周颂、鲁颂、商颂,有40篇。颂是宗庙祭祀用的舞曲。
⑤ **兴(xìng)**:用一种事物引出自己想要说的事物,两种事物之间有一定的联系。
⑥ **朱熹(1130—1200)**:南宋时期的一位大哲学家,影响深远。他的《诗集传》阐述了《诗经》的内涵和道理,很有特色。
⑦ **《墨子·公孟》**:《墨子》是墨子的学生根据墨子对他们的教导编写而成的一部著作。《公孟》是其中一篇。墨子,名翟,战国初期宋国人,墨家学派的创始人。他提倡人与人之间友爱、平等,反对奢侈浪费,反对不义战争。
⑧ **三位一体**:比喻三件事或三个方面联成一个紧密不可分的整体,这里指诗歌、音乐、舞蹈三者融于一体的艺术表现形式,是人类早期艺术的基本特征之一。
⑨ **乐师**:中国古代从事音乐演奏的人。

## 作 品

### 周南·关雎①

关关②雎鸠,在河之洲③。
窈窕④淑女,君子好逑⑤。
参差⑥荇菜,左右流⑦之。
窈窕淑女,寤寐⑧求之。
求之不得,寤寐思服⑨。
悠哉悠哉⑩!辗转反侧⑪。
参差荇菜,左右采之。
窈窕淑女,琴瑟友之⑫。
参差荇菜,左右芼⑬之。
窈窕淑女,钟鼓乐之⑭。

## 卫风·木瓜⑮

投⑯我以木瓜,报之以琼琚⑰。
匪报也⑱,永以为好也⑲。
投我以木桃⑳,报之以琼瑶㉑。
匪报也,永以为好也。
投我以木李㉒,报之以琼玖㉓。
匪报也,永以为好也。

## 王风·采葛㉔

彼采葛兮。一日不见,如三月兮。
彼采萧㉕兮。一日不见,如三秋㉖兮。
彼采艾㉗兮。一日不见,如三岁兮。

# 注 释

① **《关雎(jū)》**:《诗经》中的篇名。《诗经》各篇往往以第一句的一个或几个字作为篇名。这是一首情诗,描写一位男子思慕并追求一位女子的过程。
② **关关**:雌雄二鸟相互应和的叫声,拟声词。
③ **洲**:水中的陆地。
④ **窈窕(yǎotiǎo)**:美好的样子。
⑤ **好逑(qiú)**:好配偶。
⑥ **参差(cēncī)**:长短不齐。
⑦ **流**:采摘。
⑧ **寤寐**:睡醒和睡着,这里指日日夜夜。
⑨ **思服**:思念。
⑩ **悠哉悠哉**:悠长的思念啊。**悠**:长、远。**哉**:语气词,表感叹。
⑪ **辗转反侧**:翻来覆去。这里指心中有所思念,翻来覆去睡不着觉。
⑫ **琴瑟(sè)友之**:用琴与瑟配合,和谐地演奏,来向淑女表达爱意。琴、瑟都是古代的乐器,琴有五弦或七弦,瑟以二十五弦居多。**友**:亲爱。
⑬ **芼(mào)**:择取。
⑭ **钟鼓乐之**:用和美热烈的钟鼓演奏让她感到快乐。
⑮ **《木瓜》**:这首诗写情人间互相赠送礼物以表达爱情。**木瓜**:植物名,落叶灌木或小乔木,叶

子、果实皆呈椭圆形,其果实也叫木瓜。
⑯ **投**:扔,这里是"送给"的意思。
⑰ **琼琚(qióngjū)**:美玉。
⑱ **匪报也**:这不是为了回报。**匪**:通"非",不是。
⑲ **永以为好也**:希望能够永远相爱。**永**:永远。**好**:爱。
⑳ **木桃**:又叫楂子,和木瓜是一类,比木瓜小,味酸涩。
㉑ **琼瑶**:美玉。
㉒ **木李**:又叫榠楂,和木瓜是一类,比木瓜大。
㉓ **琼玖(jiǔ)**:美玉。
㉔ **《采葛》**:这是一首爱情诗,表达了思念所爱之人的急切心情。**葛**:多年生草本植物,茎皮可抽出纤维织布,根部轧出的淀粉可食。
㉕ **萧(xiāo)**:草本植物,即艾蒿,有香气,古人用它祭祀。
㉖ **三秋**:三个秋季。
㉗ **艾**:多年生草本植物,菊科,全草供药用,叶可制成艾绒,供针灸用,枝叶熏烟能驱蚊、蝇。

## (一) 背诵

《周南·关雎》

## (二) 填空

1. 《诗经》是中国_____诗歌总集,共收入自_____初年到_____中期大约五百多年间的诗歌_____篇。

2. 《诗经》中所有的诗歌都曾经是_____、_____、_____三位一体的艺术作品。因此,《诗经》就是诵、弦、歌、舞遗留下来的歌词集。这些诗歌主要是从_____收集而来,再经过周王朝很多文人、_____加工、修订,才流传久远,集结成篇,因而具有_____创作的性质。

## （三）解释下列带点的词语

1. 关关雎鸠，在河之洲。
2. 窈窕淑女，君子好逑。
3. 窈窕淑女，寤寐求之。
4. 参差荇菜，左右采之。
5. 参差荇菜，左右芼之。

## （四）思考

1. 《周南·关雎》一诗写的是什么内容？
2. 结合课文谈一谈《诗经》在语言的使用上有哪些艺术特点。

**文学史知识提示**

　　《诗经》是中国诗歌历史的源头，在语言艺术上达到了很高的成就。《诗经》的语言艺术大都与它诗、乐、舞三位一体的表现形式有关。首先，重言、双声、叠韵层出不穷，形成了修辞手段的一大特征。像《关雎》中的"窈窕""参差""辗转"，就达到了很好的音响效果，具有音乐美。其次，虚词的运用十分广泛，有助于诗歌的抒情效果和感染力量，不仅使音韵和谐圆转，而且恰如其分地表达了语气和情态，是构成《诗经》语言艺术的一个重要因素。再次，《诗经》的句型以四言为主，节奏为每句二拍。这种四言二拍的形式也是为了适应当时入乐的节奏。但是，在《诗经》的四言二拍之外，也还有一言、二言、三言、五言、六言、七言、八言的句子穿插其中，充分提高了《诗经》的表达能力。这对后世各种形态的诗歌体裁，特别是五言、七言诗的产生，提供了重要的启示。最后，《诗经》联章复沓、回环往复、一唱三叹的特点，也与入乐有关。复沓的章法正是围绕同一旋律反复咏唱的形式。像《采葛》一样，一首诗分为很多章，各章的字、句大体整齐划一，仅仅只是调换其中少数的词语，以适应反复咏唱的需要。

（编者）

## 名篇欣赏

### 鄘风·相鼠①

相鼠有皮,人而无仪②。
人而无仪,不死何为③!
相鼠有齿,人而无止④。
人而无止,不死何俟⑤!
相鼠有体⑥,人而无礼。
人而无礼,胡不遄⑦死!

### 秦风·蒹葭⑧

蒹葭苍苍⑨,白露为霜。
所谓伊人⑩,在水一方⑪。
溯洄⑫从之,道阻⑬且长。
溯游⑭从之,宛⑮在水中央。

蒹葭萋萋⑯,白露未晞⑰。
所谓伊人,在水之湄⑱。
溯洄从之,道阻且跻⑲。
溯游从之,宛在水中坻⑳。

蒹葭采采㉑,白露未已㉒。
所谓伊人,在水之涘㉓。
溯洄从之,道阻且右㉔。
溯游从之,宛在水中沚㉕。

### 小雅·何草不黄㉖

何草不黄? 何日㉗不行?
何人不将㉘? 经营四方。
何草不玄㉙? 何人不矜㉚?

哀我征夫,独为匪民㉛。
匪兕㉜匪虎,率㉝彼旷野。
哀我征夫,朝夕不暇!
有芃㉞者狐,率彼幽草㉟。
有栈㊱之车,行彼周道㊲。

# 注　释

① **《相(xiàng)鼠》**:这首诗讽刺当时的统治阶级荒淫无耻,说他们连老鼠都不如,表现了人民对统治阶级的痛恨和鄙视。
② **仪**:合于礼貌的外表或举动。
③ **何为**:做什么。
④ **止**:容止,指守礼法的行为。
⑤ **俟(sì)**:等待。
⑥ **体**:肢体。
⑦ **遄**:快。
⑧ **《蒹葭(jiānjiā)》**:这是一首怀人诗,描写诗人追寻所怀念的人,但终究可望而不可即。蒹葭即芦苇。
⑨ **苍苍**:茂盛的样子。
⑩ **伊人**:那个人。**伊**:指示代词"那"。
⑪ **一方**:一边。
⑫ **溯(sù)洄**:逆着河流向上游走。
⑬ **阻**:险阻,难走。
⑭ **溯游**:顺流而下。
⑮ **宛**:仿佛。
⑯ **萋萋**:茂盛的样子。
⑰ **晞(xī)**:干。
⑱ **湄(méi)**:水与草交接的地方,指岸边。
⑲ **跻(jī)**:升高。
⑳ **坻(chí)**:水中高地。
㉑ **采采**:茂盛鲜明的样子。
㉒ **未已**:没干。
㉓ **涘(sì)**:水边。
㉔ **右**:弯曲迂回,形容道路曲折。
㉕ **沚(zhǐ)**:水中的小块陆地。
㉖ **《何草不黄》**:这首诗以草的枯黄比喻征夫的辛劳憔悴。诗中的征夫是服劳役的人民。
㉗ **何日**:什么日子。
㉘ **何人不将**:何人不出征。**将**:出征。

13

㉙ **玄**:赤黑色。这里指草枯萎腐烂而变成黑色。
㉚ **何人不矜**(jīn):没有人不可怜。**矜**:可怜。
㉛ **独为匪民**:独自受到这种非人的待遇。**匪**:通"非",不是。
㉜ **匪兕**(sì):那野牛。**匪**:这里作指示代词"那"讲。
㉝ **率**(shuài):沿着。
㉞ **芃**:兽毛蓬松的样子。
㉟ **幽草**:深草。
㊱ **栈**(zhàn):高,这里形容车很高。
㊲ **周道**:大道。

# 第三课

# 先秦①历史散文

## 课　文

中国人自古就有重视历史的传统。至迟到商代②就设立了专门记言、记事的史官③，于是也就产生了体例各异的史书。流传至今，最为著名的先秦历史散文集有《尚书》《逸周书》④《春秋》⑤《国语》⑥《左传》《战国策》⑦等。

《尚书》是中国现存最早的一部历史资料汇编，收录了春秋以前的重要历史文件和政论文。《春秋》是中国现存第一部编年体⑧史书，相传经过孔子⑨的修订，记载了鲁国⑩的历史。这部著作褒善贬恶，明王道⑪，重人事，表现了儒家学派⑫的社会、政治以及人生的理想，行文简练而富有章法，内容丰富而简洁含蓄，因而在先秦时期就被儒家尊奉为"经"⑬，与《诗》《书》《易》⑭《礼》⑮《乐》合称"六经"⑯。

《左传》是《春秋左氏传》的简称，是中国第一部记事完备的编年史著作，也是中国先秦时期优秀的历史散文典范，标志着中国历史散文发展到了一个崭新的阶段。从文学艺术的角度来看，《左传》的特点有：第一，叙事富有故事性、戏剧性，有紧张动人的情节；第二，它能够把政治、军事、人事联合起来，立体交叉式地描写战争，尤其是擅长描写规模宏大的战争；第三，语言简洁而精练，委婉而畅达，错落有致而富于形象性。

## 注　释

① **先秦**：指秦代建立以前的历史时期。

② **商代**：约公元前17世纪初—约前11世纪。商代中国已经成为发达的奴隶制国家，后盘庚迁都于殷（今河南安阳小屯村一带），所以商朝又称"殷商"，后被周武王所灭。

③ **史官**：负责记录历史的官员。中国很早就设立了史官制度。按照周代的制度，王室及各诸侯国均设有史官。

④ **《逸周书》**：原名《周书》，一般认为它是《尚书》中"周书"的逸篇，所以又称作《逸周书》。该书是西周早期之作，战国时陆续增附，也有少数是西汉人的增补，记载了西周很多重要的历史事件。

⑤ **《春秋》**：是鲁国的编年史，现今流传的《春秋》相传是经过孔子修订的，它极其简洁概括地记载了周王朝、鲁国及其他各国的历史事件，始于鲁隐公元年（前722），终于鲁哀公十四年（前481）。

⑥ **《国语》**：是一部国别体史书，分别记载了周王室及各诸侯国的历史事件。因其主要记载的是言论，所以叫作《国语》。

⑦ **《战国策》**：主要记载战国时代各诸侯国谋臣策士的斗争及其相关的谋议和辞说。其时代上接春秋，下至秦代。

⑧ **编年体**：是按年代编排历史事件的史书体裁。

⑨ **孔子**（前551—前479）：名丘，字仲尼，春秋鲁国人，是中国先秦时期伟大的文献整理家、历史学家、教育家、哲学家、政治家，是一位集大成的学者，儒家学派的创始人。

⑩ **鲁国**：周代诸侯国名，在今山东西南部。

⑪ **王道**：儒家提出的一种以"德政"（孔子）、"仁政"（孟子）治理天下的政治主张，荀子对此进行了全面阐述，与"霸道"相对。

⑫ **儒家学派**：是由孔子创立的一个思想流派，它的核心思想是"仁"。

⑬ **经**：典范性著作。

⑭ **《易》**：又称《周易》或《易经》，具有深奥的哲学思想，是儒家学派的重要经典。

⑮ **《礼》**：指《仪礼》，是先秦时代的礼制汇编，是儒家学派的重要经典。

⑯ **六经**：儒家学派的基本经典，指《春秋》《诗》《书》《易》《礼》《乐》六部经书，形成于先秦时期。相传是孔子教授门徒的教材。

# 曹刿①论战

十年春，齐师②伐我。公③将战。曹刿请见。其乡人曰："肉食者④谋之，又何间⑤焉？"刿曰："肉食者鄙⑥，未能远谋。"乃入见。

问何以战⑦。公曰："衣食所安⑧，弗敢专⑨也，必以分人。"对曰："小惠未遍，民弗从也。"公曰："牺牲⑩玉帛，弗敢加也⑪，必以信⑫。"对曰："小信未孚⑬，神弗福⑭也。"公曰："小大之狱⑮，虽不能察⑯，必以情⑰。"对曰："忠之属也⑱，可以一战。

战则请从。"公与之乘⑲。战于长勺⑳。

公将鼓之㉑。刿曰:"未可。"齐人三鼓。刿曰:"可矣!"齐师败绩㉒。公将驰之㉓。刿曰:"未可。"下视其辙㉔,登轼㉕而望之,曰:"可矣!"遂逐齐师。

既克㉖,公问其故。对曰:"夫战,勇气也㉗。一鼓作气㉘,再而衰㉙,三而竭。彼竭我盈㉚,故克之。夫大国,难测也,惧有伏焉㉛。吾视其辙乱,望其旗靡㉜,故逐之。"

# 注 释

① 曹刿(Guì):鲁国人,长勺之战的实际指挥者。本篇记录鲁国以弱胜强的齐鲁长勺之战。这是一个不大的战役,但说明了战争中一些战略、战术上的原则。

② 齐师:即齐国的军队。

③ 公:鲁庄公,鲁国的君主。

④ 肉食者:指做大官的人。

⑤ 又何间(jiàn)焉:你何必参与? 间:参与。

⑥ 肉食者鄙:做大官的人眼光短浅。鄙:鄙陋,眼光短浅。

⑦ 何以战:靠什么去作战? 何以:就是"以何",介词宾语前置。

⑧ 安:养,安身。

⑨ 专:独自享有。

⑩ 牺牲:祭祀时用的牲畜的通称。

⑪ 弗敢加也:(有规定的数量)不敢自行增加。这是鲁庄公在说自己是遵守礼制的。

⑫ 必以信:在向神和祖先祷告时,必定忠诚老实。

⑬ 孚(fú):使信服。

⑭ 福:保佑。

⑮ 小大之狱:大小不等的诉讼事件。

⑯ 察:彻底调查清楚。

⑰ 必以情:指一定会根据实际情况来处理。

⑱ 忠之属也:这是能尽心于民的一类事情。忠:尽己之心。

⑲ 公与之乘:庄公和曹刿同坐在一辆战车里。

⑳ 长勺:鲁国地名。长勺之战发生在公元前684年,是历史上以弱胜强的著名战例之一。

㉑ 鼓之:擂鼓进兵。之:语气词,表示陈述。

㉒ 败绩:大败。

㉓ 驰之:驱车追赶敌人。之:代词,这里指齐国的军队。

㉔ 辙(zhé):车轮碾过的痕迹。

㉕ 轼(shì):车前的横木。

㉖ 既克:战胜之后。

㉗ **"夫战"二句**：打仗全靠的是战士们的勇气。
㉘ **一鼓作气**：第一次擂鼓时，战士们鼓足勇气。现在形容做事情时鼓起劲头，勇往直前。**鼓**：动词，指敲战鼓。**作**：振作起来。**气**：勇气。
㉙ **再而衰**：第二次擂鼓时，勇气就衰落了。
㉚ **彼竭我盈**：敌人已经丧失了勇气，我军勇气正充沛。
㉛ **惧有伏焉**：怕有伏兵。**焉**：语气助词，表示陈述。
㉜ **旗靡(mǐ)**：旗帜倒了下去。**靡**：倒下。

### （一）填空

1. 最为著名的先秦历史散文集有《＿＿＿＿＿》《＿＿＿＿＿》《＿＿＿＿＿》《国语》《＿＿＿＿＿》《战国策》等。

2. 《＿＿＿＿＿＿＿》是中国现存最早的一部历史资料汇编，收录了春秋以前的重要历史文件和政论文。《＿＿＿＿＿＿＿》是中国现存第一部编年体史书，相传经过＿＿＿＿＿＿＿的修订，记载了鲁国的历史。

### （二）解释下列带点的词语

1. 肉食者谋之，又何间焉？
2. 肉食者鄙，未能远谋。
3. 牺牲玉帛，弗敢加也。
4. 虽不能察，必以情。
5. 公将驰之。

### （三）翻译

十年春，齐师伐我。公将战。曹刿请见。其乡人曰："肉食者谋之，又何间焉？"刿曰："肉食者鄙，未能远谋。"乃入见。

### （四）思考

联系《曹刿论战》，分析《左传》的艺术特点。

**文学史知识提示**

先秦的历史散文对后世历史家和古文家的写作有极其深远的影响,特别是叙事文的影响。叙事散文在我国过去的历史著作中占有极高的地位,但它的渊源则远在先秦。司马迁作《史记》本是想要上继《春秋》的,不仅采用《尚书》和大量地采用《左传》《战国策》的史料,而且汲取它们的写作技巧和语言风格……

汉初政论家贾谊、晁错之文尚有战国纵横余习。而唐宋以来著名的古文家和历史家几乎没有不爱好并学习先秦的历史散文的。他们的叙事文和传记文,无论在语言上、表现方法上,很多受了先秦历史散文的影响。例如韩愈的《平淮西碑》就是模仿《尚书》。……至于《战国策》一书影响于苏洵、苏轼父子的议论文尤为显著。苏洵的《权书》《衡论》及其他史论,苏轼的《策略》《策别》《策断》《志林》诸论及其他策论、上书,论人论事,都在学习《战国策》中获得丰富的有益的经验。

(游国恩等主编《中国文学史》一,人民文学出版社1963年版,第67—68页)

## 冯谖客孟尝君①

齐人有冯谖者②,贫乏不能自存③,使人属④孟尝君,愿寄食⑤门下。孟尝君曰:"客何好⑥?"曰:"客无好也。"曰:"客何能?"曰:"客无能也。"孟尝君笑而受之曰:"诺⑦。"左右以君贱之⑧也,食以草具⑨。

居有顷⑩,倚柱弹其剑,歌曰:"长铗归来乎⑪!食无鱼。"左右以告⑫。孟尝君曰:"食之,比门下之客⑬。"居有顷,复弹其铗,歌曰:"长铗归来乎!出无车。"左右皆笑之,以告。孟尝君曰:"为之驾⑭,比门下之车客⑮。"于是乘其车,揭⑯其剑,过⑰其友曰:"孟尝君客我⑱。"后有顷,复弹其剑铗,歌曰:"长铗归来乎!无以为家⑲。"左右皆恶⑳之,以为贪而不知足。孟尝君问:"冯公有亲乎?"对曰:"有老母。"孟尝君使人给㉑其食用,无使乏。于是冯谖不复歌。

后孟尝君出记㉒,问门下诸客:"谁习计会㉓,能为文收责㉔于薛者乎?"冯谖署㉕曰:"能。"孟尝君怪之,曰:"此谁也?"左右曰:"乃歌夫'长铗归来'者也㉖。"孟尝君笑曰:"客果有能也,吾负之㉗,未尝见也。"请而见之,谢㉘曰:"文倦于事㉙,愦于忧㉚,而性懧㉛愚,沉㉜于国家之事,开罪㉝于先生。先生不羞㉞,乃㉟有意欲为收责于薛乎?"冯谖曰:

"愿之㊱。"于是约车㊲治装,载券契㊳而行,辞曰:"责毕收㊴,以何市而反㊵?"孟尝君曰:"视吾家所寡有者。"

驱而之㊶薛,使吏召诸民当偿者㊷,悉㊸来合券。券遍合㊹,起㊺,矫命以责赐诸民㊻,因㊼烧其券,民称万岁。

长驱㊽到齐,晨而求见㊾。孟尝君怪其疾㊿也,衣冠㊿而见之,曰:"责毕收乎?来何疾也!"曰:"收毕矣。""以何市而反?"冯谖曰:"君云'视吾家所寡有者',臣窃计君宫中积珍宝,狗马实㊿外厩,美人充下陈。君家所寡有者以㊿义耳!窃以为君市义㊿。"孟尝君曰:"市义奈何?"曰:"今君有区区㊿之薛,不拊爱子其民㊿,因而贾利之。臣窃矫君命,以责赐诸民,因烧其券,民称万岁。乃臣所以㊿为君市义也。"孟尝君不说㊿,曰:"诺,先生休矣㊿!"

后期年㊿,齐王㊿谓孟尝君曰:"寡人不敢以先王之臣为臣㊿。"孟尝君就国㊿于薛,未至百里,民扶老携幼,迎君㊿道中。孟尝君顾谓冯谖:"先生所为文市义者,乃㊿今日见之。"冯谖曰:"狡兔有三窟,仅得免其死耳㊿。今君有一窟,未得高枕而卧㊿也。请为君复凿二窟。"孟尝君予车五十乘㊿,金五百斤,西游于梁㊿,谓惠王㊿曰:"齐放㊿其大臣孟尝君于诸侯,诸侯先迎之者,富而兵强。"于是,梁王虚上位㊿,以故相为上将军㊿,遣使者黄金千斤㊿,车百乘,往聘孟尝君。冯谖先驱,诫㊿孟尝君曰:"千金㊿,重币㊿也;百乘,显使㊿也。齐其㊿闻之矣。"梁使三反㊿,孟尝君固辞㊿不往也。齐王闻之,君臣恐惧,遣太傅赍㊿黄金千斤,文车二驷㊿,服剑㊿一,封书㊿,谢孟尝君曰:"寡人不祥㊿,被于宗庙之祟㊿,沉于谄谀㊿之臣,开罪于君,寡人不足为也㊿。愿君顾㊿先王之宗庙,姑反国统万人乎?"冯谖诫孟尝君曰:"愿请先王之祭器㊿,立宗庙于薛㊿。"庙成,还报孟尝君曰:"三窟已就㊿,君姑高枕为乐矣。"孟尝君为相数十年,无纤介㊿之祸者,冯谖之计也。

## 注　释

① 《冯谖(Xuān)客孟尝君》:本文写孟尝君的门客冯谖为他出谋划策来巩固他的政治地位。客:用作动词,这里当做客讲。孟尝君:姓田,名文,齐国贵族,封于薛(故城在今山东滕州东南);孟尝君是他的封号。
② 者:助词,表停顿。
③ 存:存在,这里指生活。
④ 属(zhǔ):通"嘱",嘱托。
⑤ 寄食:就是依靠别人吃饭。这里指到孟尝君门下做食客。
⑥ 何好(hào):爱好什么?
⑦ 诺(nuò):答应的声音。
⑧ 贱之:以之为贱,等于说看不起他。贱:用作动词,意动用法。
⑨ 草具:粗劣的食物。

⑩ **居有顷**:过了一段时间。
⑪ **长铗(jiá)归来乎**:长铗啊,咱们还是回去吧! **铗**:剑把,这里指剑。
⑫ **以告**:把(冯谖唱歌的事)告诉(孟尝君)。**以**:介词,省略了宾语"之"。
⑬ **比门下之客**:比照一般门客。
⑭ **为之驾**:给他准备车马。这是双宾语结构。
⑮ **车客**:可以坐车的客。
⑯ **揭**:高举。
⑰ **过**:指拜访。
⑱ **客我**:以我为客,也就是把我当客。**客**:用作动词。
⑲ **无以为家**:没有用来养家的东西,等于说没法养家。**为**:动词。
⑳ **恶(wù)**:厌恶。
㉑ **给(jǐ)**:供应,给足。
㉒ **记**:指文告之类。
㉓ **计会(kuài)**:就是会计。
㉔ **责(zhài)**:通"债",指债务,债款。
㉕ **署(shǔ)**:签名。
㉖ **乃歌夫"长铗归来"者也**:就是唱那"长铗归来"的人啊。**乃**:副词,就是。**夫**:指示代词,当"那"讲。
㉗ **吾负之**:我对不住他。
㉘ **谢**:道歉。
㉙ **倦于事**:(我)被琐碎的事情搞得很疲劳。**于**:介词,表被动,下句的"于"同。**事**:指琐事。
㉚ **愦(kuì)于忧**:被忧虑搞得心烦意乱。**愦**:心乱。
㉛ **懧(nuò)**:通"懦",懦弱。
㉜ **沉**:沉溺。
㉝ **开罪**:得罪。
㉞ **不羞**:不以为羞辱(能忍耐的意思)。
㉟ **乃**:却,竟然。
㊱ **愿之**:愿意"为收责于薛"。
㊲ **约车**:套车。**约**:束。
㊳ **券(quàn)契**:和后世的契据合同相当。双方各持一份书牍(竹木做成的),刻齿其旁,以便合齿验证。所以下文说"合券"。
㊴ **毕收**:完全收了。
㊵ **以何市而反**:用收回的债款买什么东西回来? **以**:介词。**市**:买。**反**:通"返",返回。
㊶ **之**:往,动词。
㊷ **当偿者**:应当还债的人。
㊸ **悉**:尽,都。
㊹ **遍合**:普遍地合过了。
㊺ **起**:站起来。
㊻ **矫命以责赐诸民**:假托命令把债款赐给老百姓。

21

㊼ **因**:于是。

㊽ **长驱**:一直赶着车,指毫不停留。

㊾ **晨而求见**:清晨就求见孟尝君。

㊿ **疾**:快。

� **衣冠**:名词用作动词。穿好衣服,戴上帽子。

㊾ **窃计**:私自考虑。

㊼ **实**:与下句的"充"是同义词,都当充实讲。

㊼ **下陈**:殿堂上摆放礼品、站立姬妾的地方。

㊼ **以**:这是一种特殊的用法,相当于只是、只有。

㊼ **为君市义**:我用债款替你买了义。**为**:介词。

㊼ **奈何**:怎么样。

㊼ **区区**:小小的。

㊼ **子其民**:以其民为子,就是把薛地的人民看作自己的子女。**子**:用作动词。

⑥0 **贾(gǔ)利之**:以商贾之道从人民身上谋取利益。**贾**:做买卖。

⑥1 **所以**:这里的意思是"用来……的方式",不同于现代汉语的"所以"。

⑥2 **说(yuè)**:同"悦",喜悦,高兴。

⑥3 **休矣**:算了吧。**休**:停止。

⑥4 **期(jī)年**:一周年。古代单说"期",也指一周年。

⑥5 **齐王**:指齐湣(mǐn)王。

⑥6 **寡人不敢以先王之臣为臣**:我不敢把先王的臣作为我的臣。这是委婉语,实际上是撤他的职。**先王**:指齐宣王。

⑥7 **就国**:前往自己的封邑。

⑥8 **未至百里**:还差百里没到。

⑥9 **君**:指孟尝君。

⑦0 **先生所为文市义者**:先生替我买义的道理。

⑦1 **乃**:副词,才。

⑦2 **耳**:语气词,同"而已",相当于现代汉语的"罢了"。

⑦3 **高枕而卧**:把枕头垫得高高地躺着,比喻没有忧虑。**高**:用作动词。

⑦4 **乘(shèng)**:用四匹马拉的一辆车叫一乘。

⑦5 **梁**:就是魏国。魏国的都城原来在安邑,惠王迁都大梁(今河南开封),所以也叫梁。

⑦6 **惠王**:即梁惠王。

⑦7 **放**:放逐。

⑦8 **虚上位**:就是把上位(指相位)空出来。**虚**:使动用法,意思是"使……虚"。

⑦9 **以故相为上将军**:把原来的宰相调为上将军。**故**:原来。

⑧0 **遣使者黄金千斤**:派出使臣以千斤黄金。"黄金"前省了介词"以"。

⑧1 **先驱**:先赶车回去。

⑧2 **诫**:告诫。

⑧3 **千金**:千斤黄金。

⑧4 **币**:这里指聘币,是古代聘请人时送的礼物。

㉟ **显使**:显贵的使臣。
㊱ **其**:句中语气词,表示委婉语气。齐国大概听说了。
㊲ **梁使三反**:梁国的使臣往返三次。
㊳ **固辞**:坚决推辞。
㊴ **赍**(jī):拿东西送人。
㊵ **文车二驷**(sì):绘有文彩的四匹马拉的车两辆。**驷**:这里指四匹马拉的车的单位。
㊶ **服剑**:佩戴的剑。
㊷ **封书**:封好了书信。
㊸ **不祥**:不善。
㊹ **被于宗庙之祟**(suì):遭受祖宗降下的灾祸。**被**:遭受。**宗庙**:这里借指祖宗。**祟**:神祸。
㊺ **谄谀**(chǎnyú):巴结逢迎。
㊻ **寡人不足为也**:我是不值得你帮助的。**为**:帮助。
㊼ **顾**:顾念。
㊽ **姑**:副词,暂且。
㊾ **愿请先王之祭器**:希望你向齐王请求先王传下来的祭器。
㊿ **立宗庙于薛**:在薛建立宗庙。
101 **就**:完成。
102 **纤介**:是细小的意思。**纤**:细。**介**:通"芥",小草。

# 第四课

# 先秦诸子散文

## 课　文

春秋战国之交,社会各个阶级都在发生急剧的变化,从而出现了"士"的阶层。"士"的来源很复杂,他们属于社会的中间阶层,与人民比较接近,有学问、有思想、有才能,是社会上最为活跃的阶层。代表人物有儒家的孔子、孟轲①、荀卿②,墨家③的墨翟,法家④的商鞅⑤、韩非⑥,农家⑦的许行、陈相,纵横家⑧的苏秦⑨、张仪⑩等。他们著书立说⑪,站在不同的立场,提出了不同的社会政治主张,并且彼此之间争辩不休,产生了许许多多思想体系,形成了百家争鸣⑫的局面。这是春秋末期到战国时代诸子散文蓬勃⑬发展的根本原因。

先秦的散文发展大致可分为三个阶段:第一个阶段是《论语》和《墨子》,以语录⑭体为主;第二个阶段是《孟子》《庄子》,是对话式的论辩体;第三阶段是《荀子》和《韩非子》,是先秦诸子散文发展的最高阶段。《论语》的思想深远含蓄,语言浅近易懂,接近口语。《墨子》文章质朴,没有华丽的文辞,但是逻辑性强,善于推理。《孟子》行文气势充沛,感情强烈,富于鼓动性,有雄辩家的气概。《庄子》吸收了神话创作的精神,用大量的寓言故事作为论证的根据,想象奇特,汪洋恣肆⑮,富于浪漫主义的色彩。《荀子》的文章论点明确,层次清楚,句法整齐、简练,词汇丰富,长篇大论,通博广大。《韩非子》的特点是议论透辟,推证细密,切中要害⑯。

## 注 释

① **孟轲**(约前372—前289)：名轲，字子舆，战国时邹(今山东邹城东南)人。他受业于孔子的孙子子思的弟子，继承并发展了孔子的政治思想体系，是继孔子之后儒家学派的一位大师。世人尊称他为孟子。孟子的思想对中国文化产生了深远的影响，历来被推崇为儒家学派的"亚圣"，地位仅次于孔子。

② **荀卿**(约前313—前238)：名况，当时的人尊称他为荀子。战国末年赵国人。他虽然属于儒家学派，但他融会、吸收了各家的思想，成为先秦儒家学派中一位集大成式的思想家。

③ **墨家**：墨家在战国时代与儒家并称为两大"显学"，墨家的创始人是墨翟。墨家思想更多地代表了下层劳动者的利益和要求。墨家提倡不分亲疏远近，一视同仁地博爱，反对不义的战争。

④ **法家**：法家学派是对中国古代社会产生了重大影响的思想流派之一，法家学说强调"法""术""势"。

⑤ **商鞅**(约前390—前338)：姓公孙名鞅，也叫卫鞅，后在秦因功封为商君，所以历史上称为商鞅，战国时期政治家，法家代表人物。

⑥ **韩非**(约前280—前233)：法家学派的代表人物和集大成者，战国时期韩国人，出身于贵族，生性口吃，善写文章，与李斯同为荀子的学生，至秦国，李斯妒忌他的才能，将他害死在狱中。后人搜集其遗著编成《韩非子》。

⑦ **农家**：先秦诸子中的一个学派，认为如果世上所有的人都从事耕作，天下就会不治而治。

⑧ **纵横家**：战国后期，秦国强大，齐、楚、燕、赵、韩、魏六国弱小。六个弱国联合，共同抗秦，称"合纵"；强秦分别拉拢弱国，称"连横"。当时的谋略家们，或者劝说各弱国联合起来抗击强国，或者劝说弱国与秦个别结盟，破坏弱国间的联合，合称为"纵横家"。

⑨ **苏秦**(？—前284)：战国后期东周洛阳(今河南洛阳东)人，在他的游说下，齐、楚、韩、赵、魏和燕国一度联合了起来，共同对付秦国。

⑩ **张仪**(？—前309)：战国后期魏国人，他用"连横"的道理游说秦王，得到秦王的赏识。

⑪ **著书立说**：著书写文章，创立自己的学说。

⑫ **百家争鸣**：春秋战国时代，社会处于大变革时期，产生了各种思想流派，他们著书讲学，在政治上、学术上展开争论，呈现出繁荣景象，后世称为百家争鸣。现用以比喻学术上不同学派之间的自由争论。**百家**：指学术上的各种派别。**鸣**：比喻发表意见。

⑬ **蓬勃**：繁荣，旺盛。

⑭ **语录**：言论的记录或摘录。

⑮ **汪洋恣肆**(zì sì)：形容文章或言论内容深广，气势豪放。**恣肆**：放纵，没有约束。

⑯ **切中要害**：正好说到了问题的关键。**切中**：(言论或办法)正好击中(某种弊病)。

**作　品**

## 论语(节选)

　　学而时习①之,不亦说②乎?有朋③自远方来,不亦乐乎?人不知而不愠④,不亦君子⑤乎?
　　知者⑥乐水,仁⑦者乐山。知者动,仁者静。知者乐,仁者寿。
　　岁寒,然后知松柏之后彫⑧也。

## 孟子(节选)

　　孟子谓齐宣王曰:"王之臣有托其妻子于其友而之⑨楚游者,比其反也⑩,则冻馁其妻子⑪,则如之何⑫?"
　　王曰:"弃⑬之。"
　　曰:"士师⑭不能治士,则如之何?"
　　王曰:"已⑮之。"
　　曰:"四境之内不治⑯,则如之何?"
　　王顾左右而言他⑰。

## 庄子(节选)

　　昔者⑱庄周梦为胡蝶,栩栩然胡蝶也,自喻适志与⑲!不知周也⑳。俄然觉㉑,则蘧蘧㉒然周也。不知周之梦为胡蝶与㉓,胡蝶之梦为周与㉔?周与胡蝶,则必有分㉕矣。此之谓物化。

## 韩非子(节选)

　　齐宣王使人吹竽㉖,必三百人㉗。南郭处士㉘请为王吹竽,宣王说之。廪食以数百人㉙。宣王死,湣王立,好一一听㉚,处士逃㉛。
　　郑人有欲买履㉜者,先自度其足㉝,而置之其坐㉞,至㉟之市,而忘操㊱之;已得履,乃曰:"吾忘持度。"反㊲归取之。及反㊳,市罢,遂不得履。人曰:"何不试之以足?"曰:"宁信度㊴,无自信也㊵。"
　　楚人有鬻㊶楯与矛者,誉㊷之曰:"吾楯之坚,莫能陷也。"又誉其矛曰:"吾矛之利,于物无不陷也。"或曰:"以子之矛,陷子之楯,何如?"其人弗能应也。

## 注 释

① 时习:按时诵习。时:以时,按时。
② 说(yuè):同"悦",喜悦,高兴。
③ 朋:上古"朋"和"友"是有区别的,同(师)门为"朋",同志为"友"。
④ 愠(yùn):怒,生气。
⑤ 君子:指具有道德修养的人。
⑥ 知者:聪明的人。知:同"智",智慧。
⑦ 仁:中国古代一种含义极广的道德观念,其核心指人与人相互亲爱,孔子把"仁"作为最高的道德标准。
⑧ 彫(diāo):通"凋",凋谢,凋零。
⑨ 之:到……去。这句是说:您有一个臣子把妻子、儿女托付给朋友照顾,自己到楚国去了。
⑩ 比其反也:等到他回来的时候。比:到。反:通"返",返回。
⑪ 则冻馁(něi)其妻子:他的妻子儿女却在挨饿受冻。则:却,表示出乎意料。馁:饥饿。
⑫ 则如之何:(对于这样的朋友)该怎么办呢?
⑬ 弃:这里指绝交。
⑭ 士师:古代的司法官员。
⑮ 已:这里指撤职。
⑯ 不治:治理得不好。
⑰ 王顾左右而言他:齐王左右张望,把话题扯到别处去了。
⑱ 昔者:从前。
⑲ 自喻适志与:自己觉得很得意。
⑳ 不知周也:忘了自己是庄周。
㉑ 俄然觉:忽然醒来了。
㉒ 蘧蘧:惊动的样子。
㉓ 不知周之梦为胡蝶与:不明白是庄周梦中变成了蝴蝶呢。与:语助词,表示疑问。
㉔ 胡蝶之梦为周与:还是蝴蝶梦中变成了庄周?
㉕ 分:区分。
㉖ 竽(yú):古代吹奏乐器,形状如笙而较大。
㉗ 必三百人:每次总是使三百人一起吹。
㉘ 南郭处士:即居于南边外城的一个处士。郭:外城。处士:没有做官的士人。
㉙ 廪食以数百人:吹竽的人由官廪供食的已达数百人。廪食:指由官廪供食。以:达到。
㉚ 好(hào)一一听之:喜欢听他们一个一个地分别吹竽。
㉛ 处士逃:南郭处士原来并不会吹竽,只是混在三百人之中,现在要分别地吹了,只好逃走。
㉜ 履(lǚ):鞋。
㉝ 先自度(duó)其足:先自己量一下脚的大小。
㉞ 而置之其坐:然后把所量得的脚样放在座位上。
㉟ 至:到,及。

㊱ 操:拿。
㊲ 反:通"返",返回。
㊳ 及反:等他拿了脚样回到市场。
㊴ 宁信度:宁可相信所度量的东西。
㊵ 无自信也:而不相信自己的脚。
㊶ 鬻(yù):卖。
㊷ 誉:称赞。

**(一) 填空**

先秦的散文发展大致可分为三个阶段:第一个阶段是《_____》和《_____》,以语录体为主;第二个阶段是《_____》《_____》,是对话式的论辩体;第三阶段是《_____》和《_____》,是先秦诸子散文发展的最高阶段。

**(二) 翻译**

将"自相矛盾"的寓言故事翻译成现代汉语。

**(三) 解释下列带点的词语**

1. 学而时习之,不亦说乎?
2. 人不知而不愠,不亦君子乎?
3. 王之臣有托其妻子于其友而之楚游者。
4. 比其反也,则冻馁其妻子。
5. 郑人有欲买履者,先自度其足。

**(四) 复述**

用自己的话复述"滥竽充数"的故事。

## （五）思考

请谈一谈"学而时习之,不亦说乎?有朋自远方来,不亦乐乎?人不知而不愠,不亦君子乎?"的思想。

**文学史知识提示**

上古文学,在诗歌一方面,不过有《诗经》与《楚辞》的两个总集,伟大的作家也只有几个人。但是在散文一方面,作家却风起泉涌,极一时之盛。或为哲学家,或为政治家,或为辩士,或为历史家,或为专门的学者。各有所长,各有所见,各有所执持。他们是抒达自己的意见而无讳避的。他们没有什么传统的信仰与意见的束缚,他们各欲为开山祖,也各有他们的信徒。这个时代,论者每以为是中国哲学的黄金时代。

虽然他们并不以文学为业,但他们的文章,却也是光彩焕发,风致遒美,其结构的严整,文句的精粹,都为汉以后散文作家所少见。他们每能以盛水不漏的严密的哲学思想,装载于美丽多趣的文字里,驱遣着丰富的想象,生动的比喻,活泼而有情致的文辞,为他自己的应用。因此,他们的作品,便不惟成了哲学上的名著,也成了文学上的名著。

（郑振铎《插图本中国文学史》,人民文学出版社1957年版,第67—68页）

## 劝学①(节选)

君子曰:学不可以已②。青③,取之于蓝④而青于蓝;冰,水为之而寒于水。木直中⑤绳,𫐓⑥以为轮,其曲中规⑦,虽有槁暴⑧,不复挺⑨者,𫐓使之然⑩也。故木受绳则直,金就砺则利⑪,君子博学而日参省乎己⑫,则知⑬明而行无过矣。故不登高山,不知天之高也;不临深溪⑭,不知地之厚也;不闻先王⑮之遗言,不知学问之大也。干⑯、越⑰、夷⑱、貉⑲之子,生而同声,长而异俗,教使之然也。

吾尝终日而思矣,不如须臾⑳之所学也,吾尝跂㉑而望矣,不如登高之博见㉒也。登高而招㉓,臂非加长也,而见者远㉔;顺风而呼,声非加疾也,而闻者彰㉕。假㉖舆马者,非利足㉗也,而致㉘千里;假舟楫㉙者,非能水㉚也,而绝㉛江河。君子生㉜非异也,善假于物也。

积土成山,风雨兴焉㉝;积水成渊,蛟㉞龙生焉;积善成德,而神明㉟自得,圣心㊱备焉。故不积跬②步,无以至千里;不积小流,无以成江海。骐骥③一跃,不能十步;驽马⑨十驾,功在不舍⑩。锲⑪而舍之,朽木不折;锲而不舍,金石可镂⑫。蚓⑬无爪牙之利,筋骨之强,上食埃土,下饮黄泉,用心一也⑭。蟹六跪而二螯⑮,非蛇蟮⑯之穴无可寄托者,用心躁⑰也。

## 注　释

① **《劝学》**:这篇文章强调了学习的重要性,指出只有善于利用外物并自强不息,才能在学业上有杰出的成就。
② **已**:停止。
③ **青**:靛青,一种染料。
④ **蓝**:用来制作染料的植物。
⑤ **中(zhòng)**:符合,适合。
⑥ **𫐓**:通"煣(róu)",用火烤木使弯曲。
⑦ **规**:圆规,匠人用来取圆的工具。
⑧ **槁暴(gǎopù)**:木头由于风吹日晒而干枯。
⑨ **挺**:直。
⑩ **然**:这样。
⑪ **金就砺(lì)则利**:金属制品在磨刀石上磨过就能变锋利。**金**:指金属制成的刀剑等。**砺**:磨刀石。**利**:锋利,锐利。
⑫ **君子博学而日参省(xǐng)乎己**:君子广泛地学习,每天检验反省自己。**博学**:广泛地学习。**参**:检验。**省**:反省,检查(自己的言行)。**乎**:于。
⑬ **知**:同"智",智慧。
⑭ **溪**:山沟。
⑮ **先王**:指古代的贤明君主。
⑯ **干**:小国名,在今江苏南部,后来被吴国灭掉。
⑰ **越**:国名,在今江苏南部至浙江一带。
⑱ **夷**:东方的民族。
⑲ **貉(Mò)**:北方的少数民族。
⑳ **须臾(yú)**:极短的时间。
㉑ **跂(qǐ)**:提起脚后跟站着。
㉒ **博见**:见得广。
㉓ **招**:招手。
㉔ **而见者远**:看见的人很远,等于说人们在很远的地方也可以看见。
㉕ **彰**:清楚,这里指听得清楚。
㉖ **假**:凭借。
㉗ **利足**:指善于走路。**利**:便利。
㉘ **致**:使……至。

㉙ **楫**:船桨。

㉚ **能水**:指能游水,"水"用作动词。

㉛ **绝**:横渡。

㉜ **生**:通"性",本性。

㉝ **"积土"二句**:堆积土石成了高山,就能在那里产生风雨。

㉞ **蛟**:古代传说中能发洪水的一种龙。

㉟ **神明**:指人的智慧。

㊱ **圣心**:圣人的思想。

㊲ **跬**:通"跬(kuǐ)",半步。古人称跨出一脚为"跬(kuǐ)"、跨两脚为"步",古人所谓跬(kuǐ),等于今天的一步。

㊳ **骐骥**:良马名。

㊴ **驽马**:劣马。

㊵ **不舍**:这里指不停止前进。

㊶ **锲(qiè)**:雕刻。

㊷ **镂(lòu)**:也是雕刻。

㊸ **螾**:通"蚓",蚯蚓。

㊹ **用心一也**:这是用心专一(的缘故)。

㊺ **螯(áo)**:节肢动物前面的钳夹。

㊻ **鳝(shàn)**:通"鳝",鳝鱼。

㊼ **躁**:浮躁,不专一。

# 第五课

# 屈原与《楚辞》

## 课　文

"楚辞"①是战国时代以屈原为代表的楚国人创作的诗歌,它是《诗经》以后的一种新诗体。"楚辞"产生的原因有三个方面:第一,楚国历来就有努力向北方学习的传统,因此,"楚辞"从文学史的发展来讲,是在《诗经》的艺术表现形式基础上合乎逻辑的发展;第二,"沅湘巫风"②盛行的楚国,民神不分,迷信③巫鬼,为"楚辞"的产生奠定④了丰富的艺术土壤,与儒家哲学大不相同的道家思想也为"楚辞"的产生提供了充满想象和创造精神的条件;第三,屈原坎坷⑤的人生经历、激荡的爱国情感、伟大的人格以及卓越的才华为"楚辞"的创作提供了千载难逢的契机⑥。

屈原(约前340—前278),名平,字原,出身贵族,曾任楚怀王时期的"左徒"⑦"三闾大夫"⑧。他的一生正值"战国七雄"⑨并峙,兼并战争不断爆发的时期。当时的楚国,资源丰富,幅员辽阔,拥有大江南北广大的地区,是当时最有条件统一全中国的诸侯国之一。屈原认为,楚国如果要统一全中国而不被西北方的秦国灭亡,就必须举贤授能⑩,修明法度,富国强兵⑪。但是,屈原的主张遭到了怀王与襄王⑫的误解,被流放⑬到江南。眼看着自己的祖国被秦国消灭,屈原万分悲痛,绝望已极,于公元前278年农历五月初五怀石自沉汨罗江⑭而死。

在长期的流放生活中,屈原有机会广泛地接触了楚国的劳动人民和他们的诗歌形式——楚辞。借助于这种极富生命力的诗歌形式,屈原一生创作了《离骚》⑮《天问》⑯《九歌》⑰《九章》⑱等大量诗歌。这些诗歌以飞腾⑲的想象、奇幻的意境和瑰丽⑳的文采表达了诗人燃烧的激情。

# 注　释

① **楚辞**:公元前4世纪到公元前3世纪之间,由楚国屈原等人在民间歌谣的基础上加工创造而成的一种新的诗歌形式。楚辞"书楚语,作楚声,纪楚地,名楚物",具有浓厚的地方色彩。楚辞的代表作是屈原的《离骚》,所以楚辞又称"骚体"。
② **沅湘巫风**:沅湘一带巫术的习俗。**沅**:水名,在湖南西部。**湘**:湖南最大的河,长江的主要支流之一。**巫风**:巫术的习俗。
③ **迷信**:泛指盲目的信仰崇拜。
④ **奠定**:建立。
⑤ **坎坷**(kǎnkě):事情不顺利或不称心,比喻不得志。
⑥ **契机**:机会,转折变化的机缘。
⑦ **左徒**:官名,战国时楚国设置,参与议论国政,发布号令,出则接待宾客。
⑧ **三闾大夫**:官名,战国时楚国设置,掌管楚国贵族屈、昭、景三大姓的宗族事务。
⑨ **战国七雄**:战国时期七个诸侯国的统称,春秋时期无数次战争使诸侯国的数量大大减少,到战国时期,七个实力最强的诸侯国是齐、楚、燕、韩、赵、魏、秦,这七个国家被称作"战国七雄"。
⑩ **举贤授能**:推荐任用有德行有才能的人。
⑪ **富国强兵**:使国家富足,兵力强大。**富、强**:使动用法。
⑫ **襄王**(?—前263):即楚襄王,怀王的儿子,名横。怀王被秦昭王扣留,死在秦国,襄王不思奋发图强,反而荒淫自恣,结果遭到秦国的连年进攻,兵败地削。
⑬ **流放**:古时一种刑罚,把犯人驱逐到边远地区去。
⑭ **汨**(Mì)**罗江**:湖南北部的一条河,东源出于江西修水境,西源出于湖南平江境,流经汨罗市,在湘阴县入洞庭湖。
⑮ **《离骚》**:屈原的代表作,是带有自传性质的一首长篇抒情诗,反映了屈原对楚国黑暗腐朽政治的愤慨,不能实现爱国理想的悲痛心情,抒发了自己遭到不公平待遇的哀怨。
⑯ **《天问》**:是楚辞中一首奇特的诗歌,所谓"天问",就是列举出历史和自然界一系列不可理解的现象,对天发问,探讨宇宙万事万物变化发展的道理,表现了作者失望、愤懑、焦虑而急切的情感状态,以及孜孜不倦的求索精神。

⑰《九歌》：原是楚国民间祭歌，共11篇，是流传于江南楚地的民间祭歌，由屈原改定而保留下来。从现存的《九歌》看来，它的民间色彩十分浓郁，而屈原的个人身世、思想痕迹倒不是很重。
⑱《九章》：是屈原所作的一组抒情诗歌的总称，包括9篇作品。"九章"之名大约是西汉末年刘向编订屈原作品时所加上的，内容与《离骚》基本接近，主要是叙述作者的身世和遭遇。
⑲ 飞腾：飞扬。
⑳ 瑰丽：风姿奇丽，辉煌。

## 九歌·山鬼①

若有人兮山之阿②，被薜荔兮带女萝③。
既含睇④兮又宜笑，子慕予兮善⑤窈窕。
乘赤豹兮从文狸⑥，辛夷⑦车兮结桂旗。
被石兰兮带杜衡⑧，折芳馨兮遗⑨所思。

余处幽篁⑩兮终不见天，路险难兮独后来⑪。
表⑫独立兮山之上，云容容⑬兮而在下。
杳冥冥⑭兮羌昼晦，东风飘兮神灵雨⑮。
留灵修兮憺忘归⑯，岁既晏兮孰华予⑰。

采三秀⑱兮于山间，石磊磊⑲兮葛蔓蔓。
怨公子兮怅⑳忘归，君思我兮不得闲㉑。
山中人兮芳杜若㉒，饮石泉兮荫松柏㉓。
君思我兮然疑作㉔。雷填填㉕兮雨冥冥，
猿啾啾兮又㉖夜鸣。风飒飒兮木萧萧㉗，
思公子兮徒离忧㉘。

## 注　释

① 《山鬼》：是《九歌》中的一篇。山鬼，即山神（女性）。有人认为本文歌辞是一对男女的对话，但有人认为是山鬼（女巫扮）自述似乎更妥当些。诗人在这里赋予山鬼以人的性格，歌颂了山鬼对爱情的忠贞，有深刻的政治寓意。
② 若有人兮山之阿：好像有个人在那山角经过。**若有人**：好像有个人。**若**：好像。**兮**：语气助词，相当于"啊"。**阿**：角落。

③ 被薜荔兮带女萝：身披薜荔腰系松萝。被(pī)：通"披"。薜荔：蔓生香草，这里指薜荔做成的衣裳。带：用作动词，把……当成带子，等于说系着。女萝：松萝，一种蔓生植物。

④ 睇(dì)：微微斜视，这里指微微斜视的、含情的眼神。

⑤ 善：指美好的品行。

⑥ 文狸：毛色有花纹的狸猫。

⑦ 辛夷：香木，又名木笔、迎春。

⑧ 杜衡：又名马蹄草。

⑨ 遗(wèi)：赠送给。

⑩ 幽篁(huáng)：深幽的竹林。篁：竹林。

⑪ 后来：迟来，来晚了。

⑫ 表：突出地。

⑬ 容容：飘动的样子。

⑭ 杳冥冥：形容天色阴暗。杳：深远的样子。冥冥：黑暗的样子。

⑮ 雨：用作动词，降雨。

⑯ 留灵修兮憺忘归：因为挽留住灵修(山鬼思念的人)，在一起尽享欢乐，忘了归去。憺：快乐的样子。

⑰ 岁既晏兮孰华予：年岁已经迟暮，能有谁让我像花一样美丽呢。晏：晚。华：同"花"。

⑱ 三秀：灵芝草的别名。秀：开花。灵芝一年开三次花，故称"三秀"。

⑲ 磊(lěi)磊：乱石堆积的样子。

⑳ 怅(chàng)：惆怅，失望。

㉑ 君思我兮不得闲：你想念我，可是抽不出一点时间来(与我相会)。这是山鬼没有见到所思念的人时，自己为对方设想的解怨之辞。

㉒ 芳杜若：像杜若一样芳香。杜若：香草。

㉓ 荫松柏：以松柏为荫蔽。

㉔ 君思我兮然疑作：你是否想念我呢？我既相信，又产生怀疑。然：与"疑"相对，指不疑。

㉕ 填填：拟声词，这里指雷声。

㉖ 又：一作"狖"(yòu)，长尾猿。

㉗ 萧萧：风吹树木发出的声音。

㉘ 徒离忧：白白地遭受忧愁。徒：白白地。离忧：遭受忧愁。离：通"罹"，遭受。

# 练习

## （一）朗诵

《九歌·山鬼》

## （二）填空

1. "楚辞"是_____以屈原为代表的楚国人创作的诗歌，它是《_____》以后的一种新诗体。

2. 屈原一生创作了《_____》《_____》《_____》《九章》等大量诗歌。这些诗歌以飞腾的想象、奇幻的意境和瑰丽的文采表达了诗人燃烧的激情。

## （三）解释下列带点的词语

1. 被薜荔兮带女萝。
2. 折芳馨兮遗所思。
3. 杳冥冥兮羌昼晦。
4. 思公子兮徒离忧。

## （四）思考

"楚辞"为什么会在战国末年的楚国产生？

---

**文学史知识提示**

近来颇有人怀疑屈原的存在，以为他也许和希腊的荷马，印度的瓦尔米基一样，乃是一个箭垛式的乌有先生。荷马、瓦尔米基之果为乌有先生与否，现在仍未论定——也许永久不能论定——但我们的大诗人屈原，却与他们截然不同。荷马的《伊利亚特》《亚特赛》，瓦尔米基的《拉马耶那》，乃是民间传说与神话的集合体，或民间传唱已久的小史诗、小歌谣的集合体。所以那些大史诗的本身，应该可以说他们是"零片集合"而成的。荷马、瓦尔米基那样的作家，即使有之，我们也只可以说他们是"零片集合者"。屈原这个人，和屈原的这些作品，则完全与他们不同。他的作品像《离骚》《九章》之类，完全是抒写他自己的幽愤的，完全是诉说他自己的愁苦的，完全是个人的抒情哀语，而不是什么英雄时代的记载。他们是反映着屈原的明了可靠的生平的，他们是带着极浓厚的屈原个性在内的。他们乃是无可怀疑的一个大诗人的创作。

（郑振铎《插图本中国文学史》，
人民文学出版社1957年版，第55页）

## 离骚①（节选）

帝高阳之苗裔兮②，朕皇考③曰伯庸。
摄提贞于孟陬④兮，惟庚寅吾以降⑤。
皇览揆⑥余初度兮，肇锡⑦余以嘉名。
名⑧余曰正则兮，字余曰灵均。
纷吾既有此内美⑨兮，又重之以修能⑩。
扈⑪江离与辟芷兮，纫⑫秋兰以为佩。
汩⑬余若将不及兮，恐年岁之不吾与。
朝搴⑭阰之木兰兮，夕揽洲之宿莽⑮。
日月忽其不淹⑯兮，春与秋其代序⑰。
惟草木之零落⑱兮，恐美人之迟暮⑲。
不抚壮而弃秽兮⑳，何不改此度㉑？
乘骐骥以驰骋兮㉒，来吾道夫先路㉓。
昔三后之纯粹㉔兮，固众芳㉕之所在。
杂申椒与菌桂㉖兮，岂维㉗纫夫蕙茝？
彼尧舜之耿介㉘兮，既遵道而得路。
何桀纣之猖披㉙兮，夫唯捷径㉚以窘步。
惟夫党人㉛之偷乐兮，路幽昧以险隘。
岂余身之惮殃兮，恐皇舆㉜之败绩。
忽奔走以先后㉝兮，及前王之踵武㉞。
荃不察余之中情㉟兮，反信谗而齌怒㊱。
余固知謇謇㊲之为患兮，忍而不能舍㊳也。
指九天以为正兮㊴，夫唯灵修㊵之故也。
曰黄昏以为期兮，羌㊶中道而改路。
初既与余成言㊷兮，后悔遁而有他㊸。
余既不难夫离别兮，伤灵修之数㊹化。

## 注　释

① **离骚**：罹忧，遇到忧愁。**骚**：忧，愁。
② **帝高阳之苗裔兮**：我是古帝高阳的子孙。**高阳**：古代颛顼（Zhuānxū）的称号。**苗裔**：子孙。楚之始祖熊绎是颛顼之后，事周成王，封于楚。传国至楚武王熊通，生子瑕，受封于屈，遂

以屈为氏,屈原即其后代,所以屈原说自己是颛顼的子孙。
③ **考**:古人称已死的父亲叫考,也称皇考。
④ **孟陬**(zōu):等于说孟春正月。**孟**:始。**陬**:正月,夏历的正月是寅月。
⑤ **降**:降生。
⑥ **揆**(kuí):揣度,测度。
⑦ **锡**:通"赐"。
⑧ **名**:屈原名平,原是字。下文"正则""灵均"包含了名与字的意义。
⑨ **内美**:内在的美。这是说自己生自良辰,有着天地赋予的美质,就是说本质好。
⑩ **修能**:出众的才能。**修**:美好。**能**:才能。
⑪ **扈**(hù):披,楚地方言。
⑫ **纫**:连接,连缀。
⑬ **汩**(gǔ):水流急速的样子,这是说时光过得像流水一样。
⑭ **搴**(qiān):拔取。
⑮ **宿莽**:经冬不死的草。这两句以采摘香草比喻自己的修养品德。
⑯ **淹**:久留。
⑰ **代序**:即代谢、轮换的意思。**代**:更迭。**序**:次序。
⑱ **零落**:掉下来。
⑲ **迟暮**:指年纪大。
⑳ **不抚壮而弃秽兮**:楚怀王不能趁着壮年除去污秽之行。**抚**:持,等于说趁着。**秽**:指污秽的行为。
㉑ **此度**:即现实的法度。
㉒ **乘骐骥以驰骋兮**:你应该乘骏马而奔驰(比喻任用贤才,发奋有为)。
㉓ **来吾道夫先路**:请来,我在前面给你带路。**道**:通"导"。
㉔ **纯粹**:丝不杂为"纯",米不杂为"粹","纯粹"在这里指纯洁的美德。
㉕ **众芳**:比喻群贤。
㉖ **申椒**:香木名,就是花椒。和下文"菌桂"一样喻指群贤。
㉗ **维**:通"唯",独。
㉘ **耿介**:等于说光明正大。**耿**:光明。**介**:大。
㉙ **猖披**:穿衣而不系带的样子,比喻狂乱。
㉚ **捷径**:斜出的小道,比喻不循正轨,贪便图快的做法。**捷**:斜出。**径**:小道。
㉛ **党人**:指当时结党营私包围在楚怀王左右的小人。**党**:朋党,朋比为奸的不正当的结合。
㉜ **皇舆**(yú):国君所乘坐的高大车辆,这里比喻国家。**皇**:君。**舆**:车。
㉝ **先后**:走在前面、后面,等于说效力左右。
㉞ **及前王之踵**(zhǒng)**武**:要追随前王的足迹,比喻继承前人的事业。**踵**:脚后跟。**武**:足迹。
㉟ **中情**:内心。
㊱ **齌**(jì)**怒**:疾怒,马上恼怒起来。**齌**:疾速。
㊲ **謇**(jiǎn)**謇**:忠贞的样子。
㊳ **舍**:停止,这里指停止而不进。
㊴ **指九天以为正兮**:让上天作公正的判断。**九天**:指八方之天与中央之天。

㊵ **灵修**:指有神明远见之德的人,指楚怀王。**灵**:神。**修**:远。
㊶ **羌**:楚辞所特有的语气词。
㊷ **成言**:把话说定了。
㊸ **后悔遁而有他**:中途反悔,隐匿其情,而有他志。**遁**:隐匿。
㊹ **数**(shuò):屡次。

# 第六课

# 汉代的散文

## 课 文

　　公元前221年,秦灭六国,战国百家争鸣结束,大量先秦文献或毁于秦始皇的"焚书坑儒"①,或毁于楚汉战火。秦代的文化专制②实际上是文化恐怖,在中国历史上造成了空前的文化浩劫③,文学的园地一片荒芜④。刘邦⑤为首的集团推翻秦朝的残暴统治,统一了全国之后,由于对楚文化的热爱,对北方文化的傲视⑥,同时也是为了维护汉家⑦政权的需要,汉代初年,不仅楚服、楚舞、楚声为汉人所重,汉人表情达意,也大多借助楚歌,骚体赋⑧继承楚辞的余绪而成为当时赋体文学的主流。其代表作家就是才华横溢的司马相如⑨。

　　继先秦散文之后,汉代散文进入了持续发展的阶段。西汉初年,具有强烈社会责任感的散文家贾谊⑩等为总结秦代的兴亡教训写下了《过秦论》等散文作品。总的来讲,由于汉代经学之儒⑪的政治地位远远高于著作之儒,因此文学沦为经学的附庸⑫,这对当时及后世的文人产生了深远的影响。

　　在汉代的文学史上,响彻千古⑬的人物是司马迁。司马迁(约前145或前135—?),字子长,夏阳(今陕西韩城南)人。自幼好学,二十岁以后,遍游全国,博览群书。汉武帝⑭元封三年(前108),继承父业担任太史令⑮。后来因触怒汉武帝而下狱,遭受腐刑⑯。司马迁忍辱含垢⑰,发愤著述,写出了《史记》共130篇,约52万字,记载了上起黄帝⑱,下至汉武帝时代的3000多年历史。《史记》是中国

第一部纪传体⑲通史,也是一部伟大的文学作品,鲁迅说它是"史家之绝唱⑳,无韵㉑之《离骚》"。司马迁不虚美,不隐恶,在对史料的分析、处理过程中,始终贯穿着他的价值判断和价值取向,寄寓了他的社会理想和人格理想,史家必备的才、学、识、胆在司马迁的身上达到了高度的统一。

## 注 释

① **焚书坑儒**:在秦始皇三十四年(前213),秦始皇下令焚烧《秦记》以外的列国史记,对不属于博士馆的私藏《诗》《书》等也限期交出烧毁。第二年,秦始皇将460多名方士和儒生挖大坑活埋,历史上称这些事情为"焚书坑儒"。

② **专制**:君主独掌政权。

③ **浩劫**:巨大灾难。

④ **荒芜**:田地因无人管理杂草丛生。

⑤ **刘邦**(前256或前247—前195):字季。西汉王朝的建立者。因为是沛县人,所以也被称为沛公。

⑥ **傲视**:高傲自负而轻视他人。

⑦ **汉家**:即汉朝。

⑧ **赋**:中国古代文体,盛行于汉魏六朝,是韵文和散文的综合体,通常用来写景叙事,也有以较短篇幅抒情说理的。

⑨ **司马相如**(约前179—前118):字长卿,蜀郡成都人(今属四川),西汉著名辞赋家,《子虚赋》《上林赋》是其代表作。

⑩ **贾谊**(前200—前168):洛阳(今属河南)人,西汉初期辞赋家、政论家,代表作有《吊屈原赋》《过秦论》等。

⑪ **经学之儒**:把儒家经典作为研究对象的读书人。

⑫ **附庸**:依附于其他事物而存在的事物。

⑬ **响彻千古**:形容对后世影响深远。

⑭ **汉武帝**(前156—前87):名刘彻,公元前141年至公元前87年在位,他当政期间,中国历史上出现了长达50年的盛世景象。

⑮ **太史令**:官名,掌管起草文书、记载史事,兼管典籍、历法、祭祀等事。

⑯ **腐刑**:古代割去男子生殖器的酷刑。

⑰ **忍辱含垢**:忍受着侮辱。**垢**:侮辱。

⑱ **黄帝**:即"轩辕氏",传说中原始社会部落联盟首领。
⑲ **纪传体**:史书的一种体裁,以人物传记为中心内容,是本纪、世家、列传、书志、史表和史论的综合。本纪和列传是其不可缺少的形式,故通称纪传体。
⑳ **绝唱**:指诗文创作达到最高的水平。
㉑ **韵**:诗赋中的韵脚或押韵的字。

## 鸿门宴(节选)

沛公旦日从百余骑①来见项王,至鸿门,谢曰:"臣与将军戮力②而攻秦,将军战河③北,臣战河南④,然不自意⑤能先入关破秦,得复见将军于此。今者有小人之言,令将军与臣有郤⑥。"项王曰:"此沛公左司马曹无伤言之;不然,籍何以至此。"项王即日因留沛公与饮。项王、项伯东向坐,亚父⑦南向坐。亚父者,范增也。沛公北向坐,张良西向侍⑧。范增数目项王,举所佩玉玦⑨以示之者三,项王默然不应。范增起,出召项庄⑩,谓曰:"君王为人不忍,若入前为寿,寿毕,请以剑舞,因击沛公于坐,杀之。不者,若属⑪皆且为所虏。"庄则入为寿。寿毕,曰:"君王与沛公饮,军中无以为乐,请以剑舞。"项王曰:"诺。"项庄拔剑起舞,项伯亦拔剑起舞,常以身翼蔽⑫沛公,庄不得击。于是张良至军门,见樊哙⑬。樊哙曰:"今日之事何如?"良曰:"甚急。今者项庄拔剑舞,其意常在沛公也。"哙曰:"此迫矣,臣请⑭入,与之同命⑮。"哙即带剑拥盾入军门。交戟之卫士⑯欲止不内,樊哙侧其盾以撞,卫士仆地,哙遂入,披帷⑰西向立,瞋目⑱视项王,头发上指,目眦⑲尽裂。项王按剑而跽⑳曰:"客何为者?"张良曰:"沛公之参乘㉑樊哙者也。"项王曰:"壮士,赐之卮酒。"则与斗卮㉒酒。哙拜谢,起,立而饮之。项王曰:"赐之彘肩㉓。"则与一生彘肩。樊哙覆其盾于地,加彘肩上㉔,拔剑切而啖㉕之。项王曰:"壮士,能复饮乎?"樊哙曰:"臣死且不避,卮酒安足辞!夫秦王有虎狼之心,杀人如不能举㉖,刑人如恐不胜㉗,天下皆叛之。怀王与诸将约曰'先破秦入咸阳者王之㉘'。今沛公先破秦入咸阳,毫毛不敢有所近,封闭宫室,还军霸上,以待大王来。故遣将守关者,备他盗出入与非常也。劳苦而功高如此,未有封侯之赏,而听细说㉙,欲诛有功之人。此亡秦之续㉚耳,窃为大王不取也。"项王未有以应,曰:"坐。"樊哙从良坐。坐须臾,沛公起如厕㉜,因招樊哙出。

## 注　释

① 从百余骑:以一百多人马跟从他。骑:一人一马。
② 戮(lù)力:合力。
③ 河:古代专指黄河。
④ 臣战河南:秦二世三年(前207),楚怀王命项羽渡黄河救赵,又命刘邦沿黄河南进攻秦。
⑤ 意:料想。
⑥ 郤(xì):通"隙",隔阂,嫌怨。
⑦ 亚父:项羽对范增的尊称,意思是尊敬他仅次于对待父亲。亚:次。
⑧ 侍(shì):侍坐,这里是陪坐的意思。
⑨ 玉玦(jué):半环形的佩玉。"玦"与"决"同音,范增用玦暗示项羽要下决心杀刘邦。
⑩ 项庄:项羽的堂弟,武士。
⑪ 若属:你们这些人。
⑫ 翼蔽:像鸟一样用翅膀遮蔽、掩护。
⑬ 樊哙(Kuài):刘邦的部下,武士。
⑭ 请:谦语,表敬意。
⑮ 与之同命:跟他同生死,表明自己要守卫在刘邦身旁,竭力保护他。之:指刘邦。
⑯ 交戟(jǐ)之卫士:手持交叉着的戟守卫军门的兵士。
⑰ 披帷:揭开帷幕。
⑱ 瞋(chēn)目:瞪眼。
⑲ 目眦(zì):眼眶,一说眼角。
⑳ 跽(jì):跪直身子,这是一种警备的姿势。古人席地而坐,两膝着地,要起身先得耸身直腰。
㉑ 参乘(cānshèng):亦作"骖乘",古时乘车,站在车右担任警卫的人。乘:四匹马拉的车。
㉒ 斗卮(dǒuzhī):大酒杯。
㉓ 彘(zhì)肩:猪的前腿。
㉔ 加彘肩上:把猪腿放(在盾)上。
㉕ 啖(dàn):吃。
㉖ 举:尽。这句是说:杀人唯恐不能杀尽。
㉗ 刑人如恐不胜:处罚人唯恐不能用尽酷刑。刑:处罚。胜:尽。
㉘ 王(wàng)之:做关中王。之:指以咸阳为中心的关中地带。
㉙ 细说:谗言。
㉚ 亡秦之续:已亡的秦国的后续者,意思是踏秦朝灭亡的覆辙。
㉛ 窃为大王不取也:私意认为大王不采取(这种做法为好)。窃:副词,常用作表示个人意见的谦辞。
㉜ 如厕:上厕所。如:往。

## （一）填空

1. 公元前_____年，秦灭六国，战国_____结束，大量先秦文献或毁于秦始皇的"_____"，或毁于楚汉战火。秦代的文化专制实际上是文化恐怖，在中国历史上造成了空前的_____，文学的园地一片_____。

2. 在汉代的文学史上，响彻千古的人物是_____。他自幼好学，二十岁以后，_____，_____。汉武帝元封三年继承父业担任太史令，写出了《史记》共_____篇，约52万字，记载了上起黄帝，下至汉武帝时代的_____多年历史。

## （二）解释下列带点的词语

1. 沛公旦日从百余骑来见项王。
2. 将军战河北，臣战河南。
3. 范增数目项王。
4. 若入前为寿，寿毕，请以剑舞。
5. 常以身翼蔽沛公。
6. 此迫矣，臣请入，与之同命。
7. 先破秦入咸阳者王之。
8. 故遣将守关者，备他盗出入与非常也。

## （三）思考

试分析《鸿门宴》中人物在对话中表现出来的性格（刘邦、项羽、樊哙）。

**文学史知识提示**

《史记》无论在中国史学史还是在中国文学史上,都堪称是一座伟大的丰碑。史学方面姑且不论,文学方面,它对古代的小说、戏剧、传记文学、散文,都有广泛而深远的影响。

首先,从总体上来说,《史记》作为我国第一部以描写人物为中心的大规模作品,为后代文学的发展提供了一个重要基础和多种可能性。……在后代的小说、戏剧中,所写的帝王、英雄、侠客、官吏等各种人物形象,有不少是从《史记》的人物形象演化出来的。

…………

在史传以外的散文方面,……由于韩愈等人所倡导的古文运动、北宋欧阳修等人所倡导的文体革新运动,以及明代前后七子所倡导的文学复古运动等等的不断推动,《史记》的影响日益增长,被推崇为与骈文相对的"古文"的崇高典范。唐宋八大家,明代的归有光,乃至清代的桐城派、阳湖派散文家,无不规模《史记》的文章。

(章培恒、骆玉明主编《中国文学史》上卷,
复旦大学出版社1996年版,第221—222页)

**名篇欣赏**

## 留侯世家(节选)

留侯张良①者,其先韩②人也。大父开地③,相韩昭侯④、宣惠王⑤、襄哀王⑥。父平,相釐王、悼惠王。悼惠王二十三年⑦,平卒。卒二十岁,秦灭韩。良年少,未宦事韩⑧。韩破,良家僮三百人,弟死不葬,悉以家财求客刺秦王,为韩报仇,以大父、父五世相韩⑨故。

良尝学礼淮阳⑩。东见仓海君⑪。得力士,为铁椎重百二十斤。秦皇帝东游,良与客狙击⑫秦皇帝博浪沙中,误中副车⑬。秦皇帝大怒,大索⑭天下,求贼甚急,为张良故也。良乃更名姓,亡匿下邳⑮。

良尝闲从容步游下邳圯⑯上,有一老父,衣褐⑰,至良所,直⑱堕其履圯下,顾谓良曰:"孺子,下取履!"良愕然,欲殴⑲之。为其老,强忍⑳,下取履。父曰:"履我!"良业㉑为取履,因长跪履之。父以足受,笑而去。良殊大惊,随目㉒之。父去里所㉓,复还,曰:"孺子可教矣。后五日平明㉔,与我会此。"良因怪之,跪曰:"诺。"五日平明,良往。父已先在,怒曰:"与老人期㉕,后㉖,何也?"去,曰:"后五日早会。"五日鸡鸣,良往。父又先在,复怒曰:"后,何也?"去,曰:"后五日复早来。"五日,良夜未半往。有顷,父亦来,喜曰:"当如是。"出一编㉗书,曰:"读此则为王者师矣㉘。后十年兴㉙。十三年孺子见我

济北㉚,谷城山㉛下黄石即我矣。"遂去,无他言,不复见。旦日视其书,乃《太公兵法》㉜也。良因异之,常习诵读之。

居下邳,为任侠。项伯尝杀人,从良匿。

后十年,陈涉等起兵,良亦聚少年百余人。景驹自立为楚假王㉝,在留。良欲往从之,道遇沛公㉞。沛公将数千人,略地下邳西,遂属焉。沛公拜良为厩将㉟。良数以《太公兵法》说沛公,沛公善之,常用其策。良为他人言,皆不省㊱。良曰:"沛公殆天授。"故遂从之,不去见景驹。

及沛公之薛,见项梁。项梁立楚怀王。良乃说项梁曰:"君已立楚后,而韩诸公子横阳君成㊲贤,可立为王,益树党。"项梁使良求韩成,立以为韩王。以良为韩申徒㊳,与韩王将千余人西略韩地,得数城,秦辄复取之,往来为游兵颍川㊴。

沛公之从雒阳南出轘辕㊵,良引兵从沛公,下韩十余城,击破杨熊㊶军。沛公乃令韩王成留守阳翟㊷,与良俱南,攻下宛㊸,西入武关㊹。沛公欲以兵二万人击秦峣㊺下军,良说曰:"秦兵尚强,未可轻。臣闻其将屠者子,贾竖㊻易动以利。愿沛公且留壁㊼,使人先行,为五万人具食,益为张旗帜诸山上,为疑兵,令郦食其持重宝啖㊽秦将。"秦将果畔㊾,欲连和俱西袭咸阳㊿,沛公欲听之。良曰:"此独其将欲叛耳,恐士卒不从。不从必危,不如因其解㉑击之。"沛公乃引兵击秦军,大破之。遂北至蓝田,再战,秦兵竟败。遂至咸阳,秦王子婴降沛公。

沛公入秦宫,宫室帷帐狗马重宝妇女以千数,意欲留居之。樊哙谏沛公出舍㉒,沛公不听。良曰:"夫秦为无道,故沛公得至此。夫为天下除残贼,宜缟素为资㉓。今始入秦,即安其乐,此所谓'助桀为虐'。且'忠言逆耳利于行,毒药苦口利于病',愿沛公听樊哙言。"沛公乃还军霸上㉔。

# 注　释

① **张良**(?—前190或前189):字子房,秦末汉初军事谋略家,与萧何、韩信同被称为汉初三杰,后封于留(今江苏沛县东南),故称留侯。
② **韩**:战国七雄之一,在今河南西部、中部及山西西南部一带。
③ **开地**:张良祖父名。
④ **韩昭侯**:战国时代韩国的第六任君主。
⑤ **宣惠王**:韩昭侯的儿子。
⑥ **襄哀王**:亦作襄王,宣惠王的儿子。
⑦ **悼惠王二十三年**:即公元前250年。
⑧ **未宦事韩**:未曾在韩国做官。**宦事**:做官。
⑨ **五世相韩**:即相韩五世,是指张良的祖父、父亲为韩国五任国君做过相国。
⑩ **淮阳**:今属河南周口。
⑪ **仓海君**:《汉书》颜师古注:"盖当时贤者之号也。"
⑫ **狙(jū)击**:伏在暗中伺机出击。
⑬ **副车**:随从的车辆。

⑭ **索**:搜捕。

⑮ **下邳**(pī):秦代县名,今江苏睢宁一带。

⑯ **圯**(yí):土桥。

⑰ **褐**(hè):粗布短衣。

⑱ **直**:通"特",特意。

⑲ **殴**:揍。

⑳ **强忍**:勉强忍耐。

㉑ **业**:既然,已经。

㉒ **目**:注视。

㉓ **里所**:一里左右。**所**:表示大概的数目。

㉔ **平明**:天刚亮。

㉕ **期**:约会。

㉖ **后**:后到。

㉗ **编**:古代以竹简为书,用皮条穿连成为一编,一编即一册。

㉘ **王者师**:帝王之师。是说可以辅佐人成帝王之业。

㉙ **兴**:兴起,指有所作为。

㉚ **济北**:济水之北。

㉛ **谷城山**:一名黄山,今山东平阴西南。

㉜ **《太公兵法》**:相传为太公姜尚所著。

㉝ **假王**:临时的王。

㉞ **沛公**:刘邦,因其在沛县(今江苏沛县)起义,故称沛公。

㉟ **厩**(jiù)**将**:管军马的官。

㊱ **省**(xǐng):明白。

㊲ **横阳君成**:即韩成。**横阳**:封邑,今地不详。

㊳ **申徒**:即司徒,掌管教育的官。

㊴ **为游兵**:打游击。

㊵ **轘辕**(Huányuán):洛阳八关之一,位于轘辕山上。

㊶ **杨熊**:秦将名。

㊷ **阳翟**:今河南禹州。

㊸ **下宛**:今河南南阳。

㊹ **武关**:今陕西丹凤东南。

㊺ **峣**(Yáo):山名,又关名,即蓝田关,在今陕西蓝田东南。

㊻ **贾**(gǔ)**竖**:商贾小人,含有鄙视义。

㊼ **壁**:军垒。

㊽ **啖**(dàn):本义指吃,这里引申为"引诱"。

㊾ **畔**:通"叛",叛变。

㊿ **咸阳**:秦京城。

� **解**:通"懈",松懈。

52 **出舍**:出居秦宫之外。**舍**:住宿。

53 **宜缟**(gǎo)**素为资**:应以生活朴素作为凭借。**缟素**:白绸,喻朴素。**资**:凭借,假借。

54 **霸上**:亦作"灞上",即灞水西之白鹿原。

# 第七课

## 汉代的乐府民歌①

### 课　文

　　民歌民谣是汉代最有思想，最有艺术价值的文学形式之一。汉代乐府民歌的采集、整理方式及现实主义的精神与《诗经》是一脉相承②的。"乐府"的原义，是指国家设立的诗、乐、舞三者相结合而以音乐为主体的机构③，最早大约创立于秦代，但真正意义上的乐府采集始于汉代。至六朝④，人们对"乐府"这一机构所采集、整理、制作的可以和乐而歌的诗也称为"乐府"，于是，"乐府"一词便由机构名称变为一种带音乐性的诗体名称。

　　现存的汉代乐府民歌大多反映社会问题、政治问题，是汉代人民生活的实录⑤。《十五从军征》就批判了当时连年战争葬送了人的青春，破坏了农村经济，离散了成千上万个家庭的罪恶。此外还有相当多的诗篇描写了爱情、婚姻。《上邪》一诗就表达了一位女子对爱情的誓言，大胆、泼辣⑥，忠贞不渝的感情中隐含着一种深层的忧虑。

　　代表汉代乐府民歌最高水平的作品是《陌上桑》和《孔雀东南飞》。前者充分利用戏剧性的冲突⑦，在田园牧歌⑧式的气氛中揭开序幕，以夸张⑨、衬托⑩、比喻的手法写出了女子罗敷内在的凛然⑪正气和外在的盛装之美。后者是中国古代最长的民间叙事诗⑫，它展现的是一出完整的悲剧⑬，包括了刘兰芝与焦仲卿从结婚到被迫分离以及死后合葬的情节，不仅歌颂了纯洁的爱情，批判了宗法制度⑭，也表达了人民对爱情以及人生的理想的追求。诗歌的最后有一段非现实的情节:"两家求合葬,合葬华山⑮旁。东西植松柏,左右种梧桐。枝叶相覆盖,叶叶相交通。中有双飞鸟,自名为鸳鸯。仰头相向鸣,夜夜达五更。"连理枝、双飞鸟是恋人死而复生的化身,在凄婉的浪漫主义色彩中,反映出了广大人民美好的愿望。

注　释

① **民歌**:起源于一个国家或地区,流传于老百姓之中的歌曲,是民间文化中独特的一部分。
② **一脉相承**:从同一血统、派别世代相承流传下来,指某种思想、行为或学说,两者之间有继承关系。
③ **机构**:多指机关、团体。
④ **六朝**:指东汉末年天下分裂到隋朝统一这段时期内,定都建康(今南京)的王朝吴、东晋、宋、齐、梁和陈。
⑤ **实录**:符合实际的记载。
⑥ **泼辣**:有魄力,勇敢。
⑦ **冲突**:对立的、互不相容的力量或性质(如观念、利益、意志)的互相干扰。
⑧ **牧歌**:牧童、牧人唱的以农村生活情趣为题材的诗歌和乐曲。
⑨ **夸张**:一种修辞手段,指为了启发听者或读者的想象力和加强言语的力量,用夸大的词句来形容事物。
⑩ **衬托**:把另外一些事物放在一起以形成对照,使事物的特色更突出。
⑪ **凛然**:严肃,让人可敬又可怕。
⑫ **叙事诗**:诗歌的一种,通过写人叙事来抒发情感,叙事具有完整性。
⑬ **悲剧**:描写主角与占优势的力量(如命运、环境、社会)之间冲突的发展,最后达到悲惨的或灾祸性的结局。
⑭ **宗法制度**:以嫡长子继承制为基本特点的权力分配制度。
⑮ **华山**:按故事情节,应当是庐江一带的小山,今不可考。

## 作 品

### 十五从军征①

十五从军征，八十始得归。
道逢乡里人："家中有阿谁②？"
"遥看是君家，松柏冢累累③。"
兔从狗窦④入，雉⑤从梁上飞。
中庭生旅谷⑥，井上生旅葵⑦。
舂⑧谷持作饭，采葵持作羹⑨。
羹饭一时熟，不知饴⑩阿谁。
出门东向看，泪落沾我衣。

### 江南⑪

江南可采莲，莲叶何田田⑫！
鱼戏莲叶间。鱼戏莲叶东，
鱼戏莲叶西，鱼戏莲叶南，
鱼戏莲叶北。

### 上邪⑬

上邪！
我欲与君相知⑭，
长命无绝衰⑮。
山无陵⑯，
江水为竭，
冬雷震震⑰，
夏雨⑱雪，
天地合⑲，
乃敢与君绝。

## 注 释

① 《十五从军征》：本篇描写一个老战士回乡后无家可归的悲惨情景，揭露了封建兵役制度给劳动人民造成的苦难。
② 阿谁：谁。"阿"是语助词，无意义。
③ 累累(lěilěi)：一个连一个的样子。这两句诗是被问者的应答之辞。
④ 狗窦(dòu)：让狗进出的墙洞。
⑤ 雉(zhì)：野鸡。
⑥ 旅谷：指野生的谷子。旅：植物未经播种而野生。
⑦ 葵(kuí)：菜名，又名冬葵，其嫩叶可以吃。
⑧ 舂(chōng)：把东西放在石臼或钵里捣去皮壳或捣碎。
⑨ 羹(gēng)：用肉或菜调和五味做成的带汁的食物。
⑩ 饴(yí)：同"贻"，送给。
⑪ 《江南》：这是一首采莲歌，反映了采莲时的风景和采莲人欢乐的心情。
⑫ 田田：莲叶茂盛的样子。
⑬ 《上邪(yē)》：这是一首情歌，表现主人公的自誓之词：海枯石烂，爱情坚贞不变。上：天。邪：读作"耶"，语气词。
⑭ 相知：相亲相爱。
⑮ 长命无绝衰：使爱情永不衰绝。命：令，使。
⑯ 山无陵：高山变成平地。陵：指山峰。
⑰ 震震：雷声。
⑱ 雨：动词，落。
⑲ 天地合：天地相交聚合。以上五句都是假设情状，意思是说，除非发生了这类不可能发生的事，我才敢和你断绝爱情。

## （一）背诵

《十五从军征》《上邪》

## （二）填空

1. 汉代乐府民歌的采集、整理方式及现实主义的精神与《_____》是一脉相承的。"乐府"的原义，是指国家设立的_____、_____、_____三者相结合而以音乐为主体的机构，最早大约创立于秦代，但真正意义上的乐府采集始于汉代。至六朝，人们对"乐府"这一机构所采集、整理、制作的可以和乐而歌的诗也称为"乐府",于是,"乐府"一词便由_____名称变为一种带音乐性的_____名称。

2. 代表汉代乐府民歌最高水平的作品是《_____》和《_____》。

## (三) 思考

从《十五从军征》可以看出中国人民爱好和平,反对战争的思想,试从诗歌作品本身出发,具体分析这一方面的思想。

**文学史知识提示**

汉代乐府民歌最大的艺术特点在于它的叙事性。诗歌作品中出现了一定性格的人物形象和比较完整的情节,诗歌的故事性与戏剧性相对于《诗经》而言大大加强了。因此,在中国文学史上,汉代乐府民歌标志着叙事诗的一个新的更趋成熟的发展阶段。其中代表性作品就是《陌上桑》和《孔雀东南飞》。它们的特点表现在以下几个方面:第一,通过人物的语言和行动来表现人物性格;第二,朴素的语言中包含着真挚的爱憎感情;第三,相对于文人诗歌来讲,民歌没有固定的章法、句法,长短随意,总的来讲,一种是杂言体,一种是五言体,这是乐府民歌的创造;第四,运用浪漫主义的手法,达到了浪漫主义的境界,如抒情小诗《上邪》那种如山洪爆发式的激情和高度的夸张,把主人公的情感表达得很彻底。

(编者)

## 陌上桑①

日出东南隅②,照我③秦氏楼。
秦氏有好女④,自名为罗敷⑤。
罗敷喜蚕桑,采桑城南隅。
青丝⑥为笼系,桂枝为笼钩。
头上倭堕髻⑦,耳中明月珠⑧。
缃绮⑨为下裙,紫绮为上襦⑩。
行者⑪见罗敷,下担捋髭须⑫。

少年见罗敷,脱帽著帩头⑬。
耕者忘其犁,锄者忘其锄。
来归相怨怒⑭,但坐观罗敷⑮。

使君⑯从南来,五马立踟蹰⑰。
使君遣吏往,问是谁家姝⑱?
"秦氏有好女,自名为罗敷⑲。"
"罗敷年几何?"
"二十尚不足,十五颇有余⑳。"
"使君谢㉑罗敷,宁可共载㉒不?"
罗敷前置辞㉓:"使君一何㉔愚!
使君自有妇,罗敷自有夫。"

"东方千余骑,夫婿居上头㉕。
何用识㉖夫婿?白马从骊驹㉗;
青丝系马尾,黄金络马头;
腰中鹿卢剑㉘,可直千万余。
十五府小史㉙,二十朝大夫㉚,
三十侍中郎㉛,四十专城居㉜。
为人洁白皙㉝,鬑鬑颇有须㉞。
盈盈㉟公府步,冉冉府中趋㊱。
坐中数千人,皆言夫婿殊㊲。"

## 注 释

① **《陌上桑》**:这篇叙述一个太守调戏采桑女子而遭到严词拒绝的故事,赞美了女主人公的坚贞和智慧,暴露了太守的丑恶和愚蠢。
② **隅**:方向。
③ **我**:我们的省称,这句用的是作者的口吻。
④ **好女**:美女。
⑤ **罗敷**:古美人名,汉代女子常取以为名。
⑥ **青丝**:青色丝绳。
⑦ **倭堕髻**(wōduòjì):即堕马髻,其髻偏在一边,呈欲堕之状,是当时时髦的头发式样。
⑧ **明月珠**:珠宝名。
⑨ **绮**:有花纹的绫。
⑩ **襦**:短袄。
⑪ **行者**:路过的人。

⑫ **下担捋髭须**:(路过的行人)放下担子,整理胡须。**下担**:放下担子。**捋**:用手指顺着抹过去,整理。**髭**(zī):唇上的胡须。

⑬ **帩头**:即绡头,是包头发的纱巾。古人加冠之前,先用纱巾束发。

⑭ **来归相怒怨**:耕者、锄者归来彼此抱怨。

⑮ **但坐观罗敷**:只是因为看罗敷而耽误了劳作。**坐**:因为。

⑯ **使君**:汉代太史或刺史的称呼。

⑰ **踟蹰**(chíchú):徘徊不前、心中犹豫、要走不走的样子。

⑱ **姝**(shū):美女。

⑲ **"秦氏"二句**:这两句是吏人询问后对太守的答词。

⑳ **"二十"二句**:这两句是吏人再次询问后对太守的答词。

㉑ **谢**:问,告。

㉒ **共载**:指与使君共乘,就是嫁给使君之意。

㉓ **置辞**:致辞,即答话。

㉔ **一何**:多么,与"何其"同义。

㉕ **上头**:前列。

㉖ **识**:辨认。

㉗ **骊驹**:纯黑色的小马。

㉘ **鹿卢剑**:指剑首用玉做成辘轳形的剑。**鹿卢**:即辘轳,井上汲水用的滑轮。

㉙ **府小史**:太守府中地位卑下的小官。

㉚ **朝大夫**:朝廷中大夫的官职。

㉛ **侍中郎**:也是官名,汉代官职。按汉代的官制,侍中郎是在原官上特加的荣衔,兼有这种官职的人经常在皇帝左右侍奉。

㉜ **专城居**:一城之主,如太守、刺史一类的官。

㉝ **白皙**:指皮肤很白。**皙**:白。

㉞ **颇有须**:略微有一点胡须。**颇**:略。

㉟ **公府**:官府。

㊱ **"盈盈"二句**:写自己的丈夫走起路来很有派头,在官府中走来走去。

㊲ **殊**:优秀出众。

# 第八课

# 《古诗十九首》①

## 课　文

　　汉初以来流行于上层社会的楚歌诗,是当时主流社会的文学抒情形式。汉高祖刘邦所作《大风歌》②:"大风起兮云飞扬,威加海内③兮归故乡,安得④猛士兮守四方。"就抒发了一代帝王渴求天下统一、和平安定的豪迈情怀。由于受到"罢黜百家,独尊儒术⑤"的影响,汉代的文人诗歌长期未能突破《诗经》的四言形式。但是,在汉代民歌民谣以及传统的《诗经》《楚辞》的影响下,汉代的文人诗赋形式一直都比较活跃,这为东汉时期文人五言诗⑥的产生与成熟奠定了厚实的基础。班固⑦的《咏史》、辛延年的《羽林郎》⑧、宋子侯的《董娇饶》⑨都不同程度地受到上述各方面的影响。
　　《古诗十九首》代表了汉代文人抒情诗的最高成就,深刻地再现了文人在汉末社会思想大转变时期,理想追求的幻灭⑩与沉沦,心灵的觉醒⑪与痛苦,表现了读书人的社会境遇、精神生活与人格气质,并由此透视⑫出汉末社会生活的一个侧面,有相当重要的意义。艺术风格上,融情入景,寓景于情,是《古诗十九首》最大的特色,情、意、物、景的浑然⑬交融,不仅使《诗经》以来的"比""兴"艺术再度⑭生辉,而且在西汉人手中一度走向铺陈漫衍的"赋",也因此展现出新的艺术价值。从《诗经》的比兴,到《楚辞》的象征⑮,再到《古诗十九首》的意象相生,我们可以发现,意与物,情与景彼此交融的审美境界,已经在更为深远的层次上得到了实现。古代诗歌的诗艺⑯、诗境⑰的探索,在《古诗十九首》中取得了重大的突破。

## 注释

① **《古诗十九首》**：出自汉代文人之手,作者不可考,它代表了汉代文人五言诗的最高成就,不是一时一地所作,作者也不止一人。
② **《大风歌》**：刘邦建立汉朝后,有一次回到故乡沛县,在宴会上乘兴演唱了《大风歌》,表达了他平定天下的喜悦心情和希望永保天下太平的愿望。
③ **海内**：四海之内,指中国。
④ **安得**：怎么得到。
⑤ **"罢黜(bàchù)"二句**：汉武帝为了加强中央集权统治,采纳儒生董仲舒的建议,废止别家思想,只尊重儒家的学说。从此以后,在学术和仕进方面,儒家学说被定为至尊,统治中国达两千年之久。
⑥ **五言诗**：每句五个字,兴起于汉代,从东汉末年开始,五言诗压倒了四言诗,逐步进入了它的全盛时期。
⑦ **班固(32—92)**：字孟坚,扶风安陵(今陕西咸阳东北)人,东汉著名史学家、文学家。
⑧ **《羽林郎》**：该作品描写胡姬抗拒豪强的调戏和引诱,显示了她坚贞不屈的品格。
⑨ **《董娇饶》**：该作品假设桃李和采桑女子的互相问答,感叹盛年已去,遭遇捐弃的不幸命运。
⑩ **幻灭**：希望、理想等像幻境一样地消失。
⑪ **觉醒**：觉悟,醒悟。
⑫ **透视**：比喻清楚地看到事物的本质。
⑬ **浑然**：形容混同在一起不可分割。
⑭ **再度**：再一次。
⑮ **象征**：用具体事物表现某些抽象意义。
⑯ **诗艺**：诗歌中所运用的艺术手法。
⑰ **诗境**：诗歌中所营造的境界。

## 迢迢牵牛星①

迢迢牵牛星,皎皎河汉女②。
纤纤擢③素手,札札④弄机杼。
终日不成章⑤,泣⑥涕零如雨。
河汉清且浅⑦,相去复几许⑧。
盈盈⑨一水间,脉脉⑩不得语。

## 明月何皎皎⑪

明月何皎皎,照我罗床帏⑫。
忧愁不能寐,揽⑬衣起徘徊。
客行虽云乐,不如早旋归⑭。
出户独彷徨⑮,愁思当告谁。
引领还入房⑯,泪下沾裳衣。

## 涉江采芙蓉⑰

涉江采芙蓉,兰泽⑱多芳草。
采之欲遗⑲谁,所思在远道。
还顾望旧乡,长路漫浩浩⑳。
同心而离居㉑,忧伤以终老。

## 注　释

① 《迢迢牵牛星》:本篇写织女隔着银河遥思牵牛的愁苦心情,表达了爱情受折磨时的痛苦。
② 河汉女:即织女星,天琴星座主星,与牵牛星隔河相对。
③ 擢(zhuó):摆动。
④ 札(zhá)札:织布机发出的声音。
⑤ 章:布帛上的纹理。这句是说:织女因为相思而无心织布。
⑥ 泣:哭。
⑦ 河汉清且浅:是说牵牛、织女两星彼此只隔着一道清而浅的银河。
⑧ 相去复几许:相距又有多远呢?
⑨ 盈盈:水清而浅的样子。
⑩ 脉(mò)脉:默默地用眼神或行动表达情意。
⑪ 《明月何皎皎》:这是一首写女子思念丈夫的诗。
⑫ 罗床帏(wéi):罗绮制成的床帐。
⑬ 揽(lǎn):用手把持。
⑭ "客行"二句:这两句是女子心内对丈夫说的话。意思是:在外地游历虽然也有乐趣,毕竟不如早日回来的好。

⑮ **彷徨**(pánghuáng):徘徊,走来走去,不知道往哪里走好。
⑯ **引领还入房**:远望一番之后还只得入房。**引领**:伸长脖子,即远望的意思。
⑰ **《涉江采芙蓉》**:这是一首写游子思念故乡和亲人的诗。**芙蓉**:荷花。
⑱ **兰泽**:指有兰草的低湿之地。**泽**:低湿之地。
⑲ **遗**(wèi):赠送。
⑳ **浩浩**:广大、无边无际的样子,这里形容路途悠长。
㉑ **同心而离居**:彼此心心相印但不在一起。

## (一) 背诵

《迢迢牵牛星》

## (二) 填空

1. 《古诗十九首》代表了_____文人抒情诗的最高成就,深刻地再现了文人在汉末社会思想大转变时期,理想追求的_____,心灵的_____,表现了读书人的社会_____、精神生活与人格_____,并由此透视出汉末社会生活的一个侧面,有相当重要的认识意义。

2. 从《_____》的比兴,到《_____》的象征,再到《_____》的意象相生,我们可以发现,意与物,情与景彼此交融的审美境界,已经在_____上得到了实现。

## (三) 思考

简述《古诗十九首》的艺术特点。

## 文学史知识提示

　　《古诗十九首》是乐府古诗文人化的显著标志。汉末文人对个体生存价值的关注，使他们与自己生活的社会环境、自然环境，建立起更为广泛而深刻的情感联系。过去与外在事功相关联的，诸如帝王、诸侯的宗庙祭祀、文治武功、畋猎游乐乃至都城宫室等，曾一度霸踞文学的题材领域，现在让位于与诗人的现实生活、精神生活息息相关的进退出处、友谊爱情乃至街衢田畴、物候节气，文学的题材、风格、技巧，因之发生巨大的变化。

　　《古诗十九首》的作者，都是文化素养较高的文人。他们在长期困顿漂泊的生活中，对民间文学有所接触和了解，并能与其中的某些思想情绪发生共鸣。这样的关系，使他们易于从乐府民歌汲取养料，滋养自己的创作。又由于汉代诗歌尚未进入文学的自觉阶段，文人无意作诗，其于诗歌的创作，大抵有感而发，决无虚情与矫饰，更无着意的雕琢，因此具有天然浑成的艺术风格。

（郭预衡主编《中国古代文学史》一，<br>上海古籍出版社1998年版，第288、289、293页）

名篇欣赏

### 行行重行行①

行行重行行，与君生别离②。
相去万余里，各在天一涯③。
道路阻④且长，会面安可知。
胡马⑤依北风，越鸟⑥巢南枝。
相去日已远⑦，衣带日已缓⑧。
浮云蔽白日⑨，游子不顾⑩返。
思君令人老，岁月忽已晚⑪。
弃捐勿复道⑫，努力加餐饭⑬。

## 今日良宴会⑭

今日良宴会,欢乐难具陈⑮。
弹筝奋逸响⑯,新声⑰妙入神。
令德唱高言⑱,识曲听其真⑲。
齐心同所愿⑳,含意俱未申㉑。
人生寄一世,奄忽若飙尘㉒。
何不策高足㉓,先据要路津㉔。
无为㉕守贫贱,轗轲㉖长苦辛。

## 冉冉孤生竹㉗

冉冉孤生竹,结根泰山阿㉘。
与君为新婚,菟丝附女萝㉙。
菟丝生有时㉚,夫妇会有宜㉛。
千里远结婚㉜,悠悠隔山陂㉝。
思君令人老,轩车㉞来何迟。
伤彼蕙兰花,含英扬光辉。
过时而不采,将随秋草萎㉟。
君亮执高节㊱,贱妾亦何为㊲。

## 生年不满百

生年不满百,常怀千岁忧㊳。
昼短夜苦长,何不秉烛游㊴。
为乐当及时,何能待来兹㊵。
愚者爱惜费㊶,但为后世嗤㊷。
仙人王子乔㊸,难可与等期㊹。

## 注 释

① **《行行重行行》**:这篇表现女子思念远行异乡的情人。**重行行**:意思是不停地走啊走啊。
② **生别离**:难以再见面的分离。
③ **天一涯**(yá):相距很远的地方。
④ **阻**:艰险。
⑤ **胡马**:北方所产的马。这句是说:北方所产的马来到南方后仍然依恋北方。

⑥ **越鸟**:即南方的鸟。这句是说:南方的鸟飞到北方后仍然将鸟巢筑在南向的枝头。**越**:南方的越族。这两句是说:连禽兽也不忘故乡,暗示动物都有恋乡情感,何况是人。

⑦ **日已远**:即一天远似一天。**已**:通"以"。

⑧ **衣带日已缓**:人因相思而日渐消瘦,因腰身瘦损而衣带显得宽松。**缓**:宽松。

⑨ **浮云蔽白日**:比喻游子在外地为人所诱惑。

⑩ **顾**:念,想起。

⑪ **岁月忽已晚**:不知不觉间又到岁末了。

⑫ **弃捐勿复道**:别再提被抛在一边的事了。**捐**:弃。**道**:谈说。

⑬ **努力加餐饭**:还是多吃饭保重身体。这两句是思妇无可奈何,自勉宽慰的话。

⑭ **《今日良宴会》**:这是一首愤世嫉俗、感慨自讽的诗。

⑮ **陈**:说。

⑯ **逸(yì)响**:超越寻常的奔放的音乐。

⑰ **新声**:指流行的歌曲。

⑱ **高言**:高妙的言辞,指歌词。

⑲ **真**:指歌曲中的真意。

⑳ **齐心同所愿**:心同理同,大家所想的都是这样。

㉑ **未申**:嘴上说不出来。

㉒ **飙尘**:卷在暴风中的尘土,比喻人生无常。**飙**:暴风。

㉓ **高足**:指快马。

㉔ **要路津**:行人必经的路口,这里比喻高官要职。

㉕ **无为**:不要。

㉖ **轗轲**:车行不利,这里引申为失志不遇。

㉗ **《冉(rǎn)冉孤生竹》**:这篇写女子新婚后与丈夫久别的愁怨。**冉冉**:柔弱下垂的样子。

㉘ **山阿(ē)**:指山间平地,山坳。这两句是说:女子婚前依托父母,如孤竹托根于泰山。

㉙ **菟丝附女萝**:这句以菟丝、女萝的缠绕比喻夫妻情意的缠绵。**菟(tù)丝**:一种细弱蔓生的植物,这是女子自比。**女萝**:即松萝,也是柔弱而蔓生的植物,这里比喻女子的丈夫。

㉚ **菟丝生有时**:菟丝应时而生。

㉛ **夫妇会有宜**:夫妇也应当及时相会。**宜**:适当的时间。

㉜ **千里远结婚**:离家远嫁,结婚不易。

㉝ **陂(pí)**:山坡。

㉞ **轩(xuān)车**:有屏障的车子,古时大夫以上的官员乘轩车。这两句是说:思念令我的容颜衰老了,可丈夫还在很远的地方做官没有回来。

㉟ **萎(wěi)**:凋谢。以上四句写蕙兰至秋凋谢,感叹自己青春不长,红颜易老。

㊱ **君亮执高节**:料想丈夫会守节不移。**亮**:通"谅",料想。**高节**:高尚的节操。

㊲ **贱妾亦何为**:我何必暗自伤心埋怨呢。

㊳ **千岁忧**:指身后的种种考虑。

㊴ **秉烛游**:手持烛火,夜以继日地游乐。**秉**:手持。

㊵ **来兹(zī)**:来年。

㊶ **惜费**:舍不得花费。

㊷ 嗤(chī):耻笑。
㊸ 王子乔:古仙人名,相传是周灵王的太子,被浮丘公接上嵩山,后成仙。
㊹ 等期:抱同样的希望。这两句是说:对于升仙得道的事是不能存什么希望的。

# 第九课

## 三曹的诗歌

### 课 文

　　魏晋南北朝①是中国历史上最动荡的时期,也是中国古代文化思想与文学艺术极为活跃、富于创造的时期。曹操②"挟天子以令诸侯","外定武功,内兴文学",于鞍马③间为文,用语简洁,词气峭厉④,不傍⑤经典,率心⑥任性,表达了自己的真实情感。他的四言诗⑦苍劲有力,五言诗慷慨⑧悲凉,开创了建安文学的一代风气⑨。曹丕⑩盛推"文章乃经国之大业,不朽⑪之盛事",提出了"文以气为主"⑫的美学见解,为中国文学观念的转变与发展做出了重要的贡献。曹丕擅长五言、七言诗⑬,他的《燕歌行》细腻⑭委婉,浅显清丽⑮,是中国现存最早的、最完整的文人七言诗。

　　三曹之中的曹植⑯擅长各类诗体、文体,号称"建安之杰",是建安时期最负盛名⑰的作家。曹植流传下来的诗作有80多首。以曹丕称帝为界,曹植的一生明显地分为前后两个时期,前期"生乎乱,长乎军",跟随曹操南征北战⑱,深受曹操的赏识⑲与宠爱,志得意满⑳,英姿飒爽㉑;后期由于曹丕做了皇帝,曹植遭到了猜忌与迫害㉒,郁郁寡欢㉓,感物伤时㉔。曹植是中国文学史上第一位大力㉕写作五言诗的作家,他非常讲究㉖诗歌的艺术表现形式。曹植的一生热衷功名㉗,追求理想,遭遇挫折㉘后,壮志不衰㉙,反而更增激愤㉚之情,沉雄而有骨气㉛。曹植的诗歌充满了对人生理想的追求和对社会黑暗的批判,富有气势和力量,时而悲壮宏阔㉜,时而凄恻㉝委婉,时而清丽工致㉞,实在是建安文学的一面旗帜㉟。

## 注 释

① **魏晋南北朝**：公元196年（汉献帝建安元年）至公元589年，约近四百年，除了西晋短暂的统一外，一直处于分裂、动荡之中。

② **曹操**(155—220)：沛国谯县（今安徽亳州）人，东汉末年政治家、军事家、诗人，死后被追尊为魏武帝。

③ **鞍**(ān)**马**：指人骑的马。

④ **峭**(qiào)**厉**：比喻文笔不凡、言辞脱俗。

⑤ **傍**(bàng)：依傍，依附。

⑥ **率心**：由着心意做事。

⑦ **四言诗**：每句四个字的古体诗，是我国诗歌最早出现的形式之一，在西周到春秋时期最为流行，春秋时期以后逐渐衰落。

⑧ **慷慨**：充满正气，情绪激昂。

⑨ **风气**：风尚习气，社会上或某个集体中流行的爱好或习惯。

⑩ **曹丕**(187—226)：即魏文帝，字子桓，曹操的次子，三国时魏国的第一任皇帝，在文学创作和理论研究上都有很高的成就。

⑪ **不朽**：永远不会磨灭。

⑫ **文以气为主**：出自曹丕的《典论·论文》，意思是说作品的特色主要表现的是作家个性、才能构成的精神气质。

⑬ **七言诗**：古代诗歌体裁，全篇每句七个字或以七个字为主，它的出现，为诗歌提供了一个新的、有更大容量的形式，丰富了中国古典诗歌的艺术表现力。

⑭ **细腻**：细致准确。

⑮ **清丽**：清雅秀丽。

⑯ **曹植**(192—232)：字子建，三国魏杰出诗人。曹操第三子，封陈王，谥思，世称"陈思王"。

⑰ **盛名**：很高的名望。

⑱ **南征北战**：形容转战各地。**征**：征伐。

⑲ **赏识**：看中人的才能而予以赞赏。

⑳ **志得意满**：愿望实现，非常得、有成就感的样子。**志**：志气，愿望。

㉑ **英姿飒**(sà)**爽**：形容威武豪迈，很有神采。

㉒ **迫害**：压迫使受害，多指政治性的。

㉓ **郁郁寡欢**：心中愁闷，很少愉快。

㉔ **感物伤时**：对事物、时事有所感慨而伤感。

㉕ **大力**：尽全力或调动一切力量。

㉖ **讲究**：注重，力求完美。

㉗ **功名**：功绩和名位，旧多指科举称号或官职名位。

㉘ **挫折**:失败,失利。
㉙ **壮志不衰**:没有减少豪壮的志愿和伟大的志向。
㉚ **激愤**:激动愤怒。
㉛ **骨气**:指刚强不屈的人格及操守。
㉜ **宏阔**:宏伟辽阔。
㉝ **凄恻**:哀伤,悲痛。
㉞ **工致**:精巧细致。
㉟ **旗帜**:比喻有代表性的某种思想、学说或政治力量。

## 步出夏门行

### 曹操

东临碣石①,以观沧②海。
水何澹澹③,山岛竦④峙。
树木丛生,百草丰茂⑤。
秋风萧瑟⑥,洪波⑦涌起。
日月之行,若出其中;
星汉灿烂⑧,若出其里。
幸甚至哉,歌以咏志⑨。(一解⑩)

神龟⑪虽寿,犹有竟⑫时。
螣蛇⑬乘雾,终为土灰。
老骥伏枥⑭,志在千里。
烈士⑮暮年,壮心不已⑯。
盈缩⑰之期,不但在天⑱。
养怡⑲之福,可得永年⑳。
幸甚至哉,歌以咏志。(四解㉑)

## 燕歌行㉒

曹丕

秋风萧瑟天气凉㉓,草木摇落露为霜,
群燕辞归雁南翔㉔。念君客游思断肠㉕,
慊慊㉖思归恋故乡,何为淹留㉗寄他方?
贱妾茕茕㉘守空房,忧来思君不敢忘,不觉泪下沾衣裳。
援琴鸣弦发清商㉙,短歌微吟不能长。
明月皎皎照我床,星汉西流夜未央㉚。
牵牛织女遥相望,尔独何辜㉛限河梁。

## 七哀㉜

曹植

明月照高楼,流光正徘徊㉝。
上有愁思妇,悲叹有余哀。
借问叹者谁,言是宕子㉞妻。
君行逾㉟十年,孤妾常独栖㊱。
君若清路尘,妾若浊水泥。
浮沉㊲各异势,会合何时谐?
愿为西南风,长逝㊳入君怀。
君怀良㊴不开,贱妾当何依?

## 杂诗(其五)㊵

曹植

仆夫早严驾㊶,吾行将远游。
远游欲何之? 吴国为我仇。
将骋㊷万里途,东路安足由㊸?
江介㊹多悲风,淮泗㊺驰急流。
愿欲一轻济,惜哉无方舟㊻。
闲居非吾志,甘心赴国忧。

## 注　释

① 碣(jié)石：这里指的是《汉书·地理志》所记载的右北平郡骊成县(今河北乐亭境)西南的大碣石山,一说在河北昌黎西北。
② 沧(cāng)：水深绿色。海水呈深绿色,所以称作沧海。
③ 澹(dàn)澹：水波摇荡的样子。
④ 竦(sǒng)：同"耸",高起之状。
⑤ 丰茂：茂盛,茂密。
⑥ 萧瑟(xiāosè)：草木被秋风吹袭的声音。
⑦ 洪波：大波浪。
⑧ 星汉：即银河。
⑨ "幸甚"二句：这两句是合乐时所加,跟正文没有直接关系,后同。
⑩ 一解：即第一章。曹操《步出夏门行》共四章,本篇是其中的第一章,是建安十二年(207)曹操征战乌桓经碣石山时所作。写登山望海的景象,气势雄浑,是诗歌中以写景为主题的名作。
⑪ 神龟：龟的寿命很长,古人将它作为长寿动物的代表,称为神龟。
⑫ 竟：终了。
⑬ 腾(téng)蛇：古代传说中一种能乘雾而飞的蛇。
⑭ 老骥伏枥：日行千里的良马因为年老力衰,所以伏在马槽中。骥：一日能行千里的良马。枥：马槽。
⑮ 烈士：指怀有雄心壮志的人。
⑯ 不已：没有停止。
⑰ 盈缩：这里指寿命的长短。盈：长。缩：短。
⑱ 不但在天：(寿命长短)不只受天的支配。
⑲ 养怡(yí)：调养身心,保持身心健康。
⑳ 可得永年：(只要保持身心健康)便可以延年益寿。
㉑ 四解：即第四章。本篇表现了作者不甘衰老和人命不全由天决定、主观努力也起作用的积极奋发精神。
㉒ 《燕歌行》：本篇写妇女思念在远方作客的丈夫,抒情委婉细腻,音节和谐流畅,为后代读者所重视。
㉓ 秋风萧瑟天气凉：秋风吹袭,天气转凉。
㉔ 翔：翅膀平直不动,盘旋地飞。
㉕ 断肠：肠子断开,形容极度悲伤。
㉖ 慊(qiàn)慊：心不满足、心有怨恨的样子。
㉗ 淹留：久留。
㉘ 贱妾：古代女子对自己的谦称。茕(qióng)茕：孤独的样子。
㉙ 援(yuán)：伸手取。清商：乐曲名。
㉚ 夜未央：夜已深而未尽之时。

㉛ 辜：罪。
㉜ 《七哀》：这首诗描写思妇怀念游子的哀怨。
㉝ 徘徊(páihuái)：在一个地方来回地走。
㉞ 宕(dàng)子：游子。
㉟ 逾：超过。
㊱ 栖(qī)：本指鸟停在树上，泛指居住或停留。
㊲ 浮沉：浮起沉下。
㊳ 逝：往。
㊴ 良：确实。
㊵ 《杂诗》(其五)：本篇抒发作者抱有甘心赴难为国立功的壮志，但又不能实现的苦闷。
㊶ 严驾：装备好车驾。
㊷ 骋(chěng)：纵马向前奔驰。
㊸ 由：行。
㊹ 江介：江边。
㊺ 淮泗：淮水和泗水。
㊻ 无方舟：喻指自己当时没有掌权。

## （一）背诵

《燕歌行》《七哀》

## （二）填空

曹植是中国文学史上第一位大力写作＿＿＿＿＿＿的作家，他非常讲究诗歌的艺术表现形式。曹植的一生热衷功名，追求理想，遭遇挫折后，壮志不衰，反而更增激愤之情，＿＿＿＿＿＿而有＿＿＿＿＿＿。曹植的诗歌充满了对＿＿＿＿＿＿的追求和对＿＿＿＿＿＿的批判，富有气势和力量，时而悲壮宏阔，时而凄恻委婉，时而清丽工致，实在是建安文学的＿＿＿＿＿＿。

## （三）思考

1. 从曹操《步出夏门行》中的哪些诗句可以看出曹操的雄心大志。
2. 根据曹植的《七哀》和《杂诗》(其五)分析"建安风骨"的特点。

**文学史知识提示**

建安时代是五言诗的成熟时期。作家的驰骛,作品的美富,有如秋天田野中的黄金色的禾稻,垂头迎风,谷实丰满;又如果园中的嘉树,枝头累累皆为晶莹多浆的甜果。五言诗虽已有几百年的历史,却只是无名诗人的东西,民间的东西,还不曾上过文坛的最高角。偶然有几位文人试手去写五言诗,也不过是试试而已,并不见得有多大的成绩。五言诗到了建安时代,刚是蹈过了文人学士润改的时代,而到了成为文人学士的主要的诗体的一个时期。

这个时期的作者们,以曹氏父子兄弟为中心。吴、蜀虽亦分据一隅,然文坛的主座却要让给曹家。曹氏左右,诗人纷纭,争求自献,其热闹的情形是空前的。

曹氏父子兄弟,不仅地位足以领导群英,即其诗才也足以为当时诸诗人的中心而无愧。曹操及子丕、植都是很伟大的诗人。尤以曹植为最有高才。屈原之后,诗思消歇者几五六百年,到了这时,诗人们才由长久的熟睡中苏醒过来。不仅五言,连四言诗也都照射出夕阳似的血红的恬美的光亮出来。

(郑振铎《插图本中国文学史》,
人民文学出版社1957年版,第130—131页)

## 白马篇①

### 曹植

白马饰金羁②,连翩西北驰。
借问谁家子,幽并游侠儿③。
少小去乡邑,扬声沙漠垂④。
宿昔秉⑤良弓,楛矢⑥何参差!
控弦破左的⑦,右发摧月支⑧;
仰手接飞猱⑨,俯身散马蹄⑩。
狡捷过猴猿,勇剽若豹螭⑪。
边城多警急,虏骑数迁移。
羽檄⑫从北来,厉马⑬登高堤。
长驱蹈匈奴,左顾陵鲜卑⑭。
弃身锋刃端,性命安可怀⑮?
父母且不顾,何言子与妻!

名在壮士籍,不得中顾⑯私。
捐躯赴国难,视死忽如归!

## 洛神赋(节选)⑰

### 曹植

其形也,翩⑱若惊鸿,婉⑲若游龙。荣曜⑳秋菊,华茂㉑春松。仿佛㉒兮若轻云之蔽月,飘飘兮若流风之回㉓雪。远而望之,皎若太阳升朝霞㉔,迫㉕而察之,灼若芙蓉出渌㉖波。秾纤得衷㉗,修㉘短合度。肩若削成㉙,腰如约素㉚。延颈秀项㉛,皓㉜质呈露。芳泽㉝无加,铅华㉞弗御。云髻峨峨㉟,修眉联娟㊱。丹唇外朗㊲,皓齿内鲜㊳,明眸善睐㊴,辅靥承权㊵。瑰㊶姿艳逸,仪静体闲㊷。柔情绰㊸态,媚于语言㊹。奇服旷世㊺,骨像应图㊻。披罗衣之璀粲㊼兮,珥瑶碧之华琚。戴金翠之首饰,缀明珠以耀躯。践远游之文履㊽,曳雾绡㊾之轻裾。微幽兰之芳蔼㊿兮,步踟蹰于山隅52。于是忽焉纵体53,以遨以嬉54。左倚采旄55,右荫桂旗56。攘皓腕于神浒57兮,采湍濑58之玄芝。

余情悦其淑美兮,心振荡而不怡59。无良媒以接欢兮,托微波而通辞60。愿诚素61之先达兮,解玉佩以要62之。嗟佳人之信修63,羌习礼而明诗64。抗琼珶以和65予兮,指潜渊而为期。执眷眷之款实66兮,惧斯灵之我欺67!感交甫之弃言68兮,怅犹豫而狐疑70。收和颜而静志兮71,申礼防以自持72。

于是洛灵感焉,徙倚73彷徨。神光离合74,乍阴乍阳75。竦轻躯以鹤立76,若将飞而未翔。践椒涂之郁烈77,步蘅薄78而流芳。超长吟以永慕79兮,声哀厉而弥长。尔乃众灵杂沓80,命俦啸侣81,或戏清流,或翔神渚82,或采明珠,或拾翠羽83。从南湘之二妃84,携汉滨之游女85。叹匏瓜86之无匹兮,咏牵牛之独处87。扬轻袿之猗靡88兮,翳修袖以延伫。体迅飞凫89,飘忽若神。陵波微步90,罗袜生尘。动无常则92,若危若安。进止难期93,若往若还。转眄流精94,光润玉颜。含辞95未吐,气若幽兰。华容婀娜96,令我忘餐。

### 注 释

①**《白马篇》**:本篇描写边塞游侠儿奋不顾身、捐躯赴难的英勇行为。
② **羁**(jī):马笼头。
③ **游侠儿**:讲义气而不顾生死安危的人。
④ **垂**:同"陲",边远的地区。
⑤ **秉**:用手拿着。
⑥ **楛**(hù)**矢**:用楛木做箭杆的箭。
⑦ **破左的**(dì):指射中左边的靶心。**的**:箭靶的中心。
⑧ **月支**:一种箭靶。
⑨ **猱**(náo):猿类,行动轻捷,攀缘树木,上下如飞。

⑩ 马蹄：一种箭靶。
⑪ 螭(chī)：传说中形状如龙的黄色猛兽。
⑫ 羽檄(xí)：古代军事文书，插上羽毛表示紧急，必须迅速传递。
⑬ 厉马：策马，鞭马前行。
⑭ 鲜卑：中国古代北方的一个少数民族，东汉末年开始强大。
⑮ 怀：顾惜。
⑯ 中顾：心中顾惜。
⑰《洛神赋》：本篇假托洛神寄寓对君主的思慕，反映自己衷情不能与君主相通的苦闷。
⑱ 翩：疾飞，引申为摇曳飘忽之貌。
⑲ 婉：曲折貌。两句形容体态轻盈婉转。
⑳ 曜(yào)：光明照耀。
㉑ 华茂：华美茂盛。这两句形容容光焕发，如同秋菊、春松。
㉒ 仿佛：若隐若现的样子。
㉓ 回：旋转。这两句形容动作的飘忽回旋。
㉔ 太阳升朝霞：太阳在朝霞中上升。
㉕ 迫：靠近。
㉖ 渌(lù)：水清的样子。
㉗ 秾(nóng)纤得衷：指不胖不瘦，体态适中。秾：花木茂盛，这里指人体丰盈。纤：细小，这里指人体苗条。
㉘ 修：长。这两句是说：洛神身材的高矮胖瘦全都恰到好处。
㉙ 削成：刻削而成。
㉚ 素：白而细致的丝制品。这两句是说：洛神肩膀和腰肢线条完美。
㉛ 延颈秀项：修长的脖子。
㉜ 皓：白。这两句是说：洛神颀长洁白的脖子露在衣领外。
㉝ 芳泽：古代妇女润发用的香油。
㉞ 铅华：粉，古代烧铅成粉，故称粉为铅华。这两句是说：洛神不施脂粉。
㉟ 峨峨：很高的样子。
㊱ 联娟：微微弯曲的样子。
㊲ 朗：明亮。
㊳ 鲜：鲜明，洁而美。
㊴ 睐(lài)：旁视，斜视。
㊵ 辅靥(yè)承权：颧骨下有酒窝相接。辅：面颊。靥：酒窝。权：通"颧"，颧骨，眼下腮上凸起部分。
㊶ 瑰：奇妙。
㊷ 闲：通"娴"，娴雅。
㊸ 绰：宽缓。
㊹ 媚于言语：言语媚人，说话十分吸引人。
㊺ 旷世：当代无可比拟。旷：空。
㊻ 应图：指与图画中的人相当。

㊼ **璀粲**(cuǐcàn)：明净的样子。
㊽ **珥**(ěr)：原来是一种珠玉的耳饰品，这里指佩戴。
㊾ **文履**(lǚ)：有花纹的鞋子。
㊿ **雾绡**(xiāo)：轻细如云雾的生丝。
㊛ **芳蔼**(ǎi)：香气。
㊜ **山隅**(yú)：山角。
㊝ **纵**(zòng)**体**：向上跳起，飞舞。
㊞ **以遨**(áo)**以嬉**(xī)：游玩嬉戏。
㊟ **采旄**(máo)：彩色的旗。**旄**：用牦牛尾做杆饰的旗子。
㊠ **桂旗**：用桂枝做旗杆的旗。
㊡ **浒**(hǔ)：水边，因为是洛神所游，故称"神浒"。
㊢ **湍濑**(tuānlài)：急流。
㊣ **"余情"二句**：我爱她的淑美，又恐不被接受，所以心里震动而不快乐。
㉠ **"无良媒"二句**：既然没有好的媒人通接欢情，所以凭托微波来传达言辞。
㉡ **素**：通"愫"，真情。
㉢ **要**：通"邀"，邀请。
㉣ **信修**：确实美好。
㉤ **习礼而明诗**：指有文化修养。
㉥ **和**(hè)：应和，回答。
㉦ **潜渊**：深渊，指洛神所居之处。
㉧ **款实**：指诚实的心意。
㉨ **斯灵**：此神，指洛神。**我欺**：欺我。
㉩ **感交甫之弃言兮**：李善注引《韩诗内传》说，郑交甫在汉水边遇两女子，赠交甫玉佩。交甫放在怀里，走了十步，发现玉佩没有了，回头看两个女子，已经不见了。
㉪ **犹豫而狐疑**：犹豫不决的样子。这两句是说：害怕再像郑交甫一样被遗弃，所以心中疑虑不定。
㉫ **静志**：镇定情志。这句话是说：收起和悦的容颜，使自己平静下来。
㉬ **自持**：自我约束。
㉭ **徙倚**(xǐyǐ)：徘徊。
㉮ **离合**：若隐若现。
㉯ **乍阴乍阳**：神去时光暗，神来时光彩明亮。**阴**：暗。**阳**：明。
㉰ **鹤立**：像鹤一样站立。
㉱ **郁烈**：香气浓烈。
㉲ **薄**：草聚生之处。
㉳ **永慕**：长久地思慕。
㉴ **杂沓**(tà)：众多的样子。
㉵ **命俦啸侣**(mìngchóu-xiàolǚ)：呼朋引类。
㉶ **渚**(zhǔ)：水中的小块陆地。
㉷ **翠羽**：翠鸟的羽毛。

㊂ **南湘之二妃**:据刘向《列女传》记载,相传舜南巡,死于苍梧,他的二妃娥皇、女英自投湘水,遂为湘水之神。

㊄ **游女**:汉水的女神。

㊅ **匏(páo)瓜**:星名,一名天鹅星,独在河鼓星东。

㊆ **牵牛**:星名,古代神话中牵牛、织女二星为夫妇,各处银河之旁,每年七月七日才能相见一次,所以说"独处"。

㊇ **猗靡**:随风飘动的样子。

㊈ **延伫(zhù)**:伸直站立。

㊉ **体迅飞凫(fú)**:形容身体活动得比飞翔的水鸟还要迅速。凫:水鸟名,也叫水鸭。

㊑ **陵波微步**:指在水波上细步行走。

㊒ **常则**:固定的规则。

㊓ **难期**:难以预期。

㊔ **转眄(miǎn)流精**:转眼顾盼之间流露出奕奕的神采。

㊕ **辞**:言辞。

㊖ **婀娜(ē'nuó)**:轻盈柔美的样子。

# 第十课

# 南北朝①时期的文人诗歌

## 课 文

南北朝时期的建安文学、正始文学②、太康文学③、玄言文学④、田园山水文学⑤、永明文学⑥、宫体文学⑦、北朝文学,异彩纷呈,各具特色,为唐代文学的全面发展奠定了厚实的基础。建安文学之后,阮籍⑧的《咏怀》八十二首,继承了小雅和《古诗十九首》等多方面的传统,创造了独特的风格,在五言诗的发展史上占据着重要的地位。

太康时期诗人左思⑨的代表作《咏史》八首,把历史的经验与个人的现实遭遇、情感体验成功地结合在诗歌之中,把古人的性情与作家的性情糅⑩为一体,气势雄健⑪,慷慨淋漓⑫,成为一代绝唱。咏史诗⑬的出现,不仅仅是文人在专制时期讽喻⑭现实的一种可行的手段,更表明作者已经自觉地把个人的命运作为普遍的历史现象来加以认识,从而使作品的思想更加深刻。

梁朝诗人庾信⑮,在梁元帝⑯时,是宫体诗的倡导者之一,其诗艺的运用与诗境的创造已经有了相当的功力。梁元帝承圣三年(554)奉使西魏,不料魏军南侵,江陵失陷,乃屈仕⑰西魏,后来又屈仕北周,因而既有南朝文人没有的特殊经历和心灵体验,又有北朝文人不可企及⑱的文学艺术的修养,这一切使庾信后期的文学创作拓展了南北朝文学全新的艺术境界,取得了突出的成就。庾信的代表作就是他后期的作品《拟咏怀》二十七首和《哀江南赋》。

## 注　释

① **南北朝**：东晋灭亡后，南方先后出现宋、齐、梁、陈四朝，北方也先后产生了北魏、东魏、西魏、北齐和北周等数个政权，史称"南北朝"。
② **正始文学**：正始(240—249)是魏废帝曹芳的年号，但习惯上所说的"正始文学"，还包括正始以后直到西晋立国(265)这一段时期的文学创作，深刻的理性思考和尖锐的人生悲哀构成了正始文学最基本的特点。
③ **太康文学**：太康(280—289)是晋武帝司马炎的年号，西晋太康文学是中国文学发展史上一个重要环节，出现了"三张""二陆""两潘""一左"等知名作家，钟嵘誉之为"文章中兴"。
④ **玄言文学**：西晋末年至东晋时期，玄学思想进入文学领域，出现了盛行一时的玄言文学，以阐释老庄和佛教哲理为主要内容，严重脱离社会生活，代表人物是孙绰、许询。
⑤ **田园山水文学**：田园诗和山水诗合称田园山水文学，但这是两类不同的题材。田园诗会写到农村的风景，但其主体是写农村的生活、农夫和农耕；山水诗则主要是写自然风景，写诗人主体对山水客体的审美，往往和行旅联系在一起。
⑥ **永明文学**：永明(483—493)是齐武帝萧赜(Zé)的年号，永明文学是指上自南朝宋泰始二年，下至南朝梁天监十二年这一时期的文学活动，而以南朝齐永明年间为中心。这段时间形成了讲究声律和对偶的诗，称为"永明体"。
⑦ **宫体文学**：宫体文学是指产生于宫廷的以描写宫廷生活为基本内容的文学，风格通常流于浮靡轻艳。
⑧ **阮籍(210—263)**：字嗣宗，陈留尉氏(今属河南)人，曹魏后期诗人，代表作是《咏怀》八十二首。这些诗抒感慨，发议论，写理想，充满苦闷、孤独的情绪，开创了中国文学史上政治抒情组诗的先河，对后世产生了重大影响。
⑨ **左思(约250—约305)**：字太冲，临淄(今山东淄博临淄北)人，西晋文学家，代表作是《咏史》八首，内容主要是描写寒士的不平及对士族的蔑视与抗争，开创了咏史诗借咏史以咏怀的新路，成为后世诗人效法的范例。
⑩ **糅**：混合，融合。
⑪ **雄健**：强健有力。
⑫ **淋漓**：形容痛快的样子。
⑬ **咏史诗**：一种诗歌体裁，借咏史来抒发作者内心的某种感受。
⑭ **讽喻**：用委婉的言语劝说。
⑮ **庾信(513—581)**：字子山，南阳新野(今属河南)人，南北朝后期辞赋家、诗人。他前期的诗文，有供君王消遣娱乐的性质，思想内容轻浅单薄。后期的作品内容上有明显变化，描写屈节于敌国的痛苦心情，风格转为萧瑟苍凉。
⑯ **梁元帝(508—555)**：萧绎，字世诚，南朝梁皇帝，梁武帝第七子。
⑰ **仕**：做官。
⑱ **企及**：盼望赶上，希望达到。

# 作品

## 咏怀（其十九）

### 阮籍

西方有佳人①，皎若白日光②。
被服③纤罗衣，左右佩双璜④。
修容耀姿美，顺风振微芳。
登高眺所思，举袂当朝阳。
寄颜云霄间，挥袖凌虚翔。
飘飘恍惚中，流眄顾我傍。
悦怿⑤未交接，晤言⑥用感伤。

## 咏史（其五）⑦

### 左思

皓天舒⑧白日，灵景耀神州⑨。
列宅紫宫⑩里，飞宇⑪若云浮。
峨峨高门内，蔼蔼⑫皆王侯。
自非攀龙客⑬，何为欻⑭来游？
被褐出阊阖⑮，高步追许由⑯。
振衣千仞冈⑰，濯足万里流⑱。

## 拟咏怀（其十八）

### 庾信

寻思万户侯，中夜忽然愁。
琴声遍屋里，书卷满床头。
虽言梦蝴蝶，定自非庄周。
残月如初月，新秋似旧秋。
露泣连珠下，萤飘碎火流。
乐天乃知命，何时能不忧？

## 重别周尚书(其一)⑲

庚信

阳关万里道⑳,不见一人归。
唯有河边雁,秋来南向飞㉑。

## 同王主簿有所思㉒

谢朓

佳期期未归㉓,望望㉔下鸣机。
徘徊东陌上,月出行人稀。

# 注 释

① **佳人**:美女,这里写的是一位女神,作者对此形象有所寓托。
② **皎若白日光**:形容女神容颜靓丽。
③ **被服**:穿着。
④ **璜(huáng)**:一种佩玉,形状为半璧形。
⑤ **悦怿(yì)**:高兴喜欢。
⑥ **晤(wù)言**:相见对谈。
⑦ **《咏史》(其五)**:本篇写作者鄙视尘俗、希望隐居的意志。
⑧ **舒**:展现。
⑨ **神州**:"赤县神州"的简称,古代对中原地区的一种称谓。
⑩ **紫宫**:星座的名称,又叫紫垣或紫微宫,比喻皇都。
⑪ **飞宇**:古代宫殿的屋檐像飞翔的鸟翼,所以称为飞宇或飞檐。**宇**:屋檐。
⑫ **蔼(ǎi)蔼**:形容众多的样子。
⑬ **攀龙客**:追随帝王以求仕途的人。
⑭ **欻(xū)**:忽然。
⑮ **阊阖(chānghé)**:宫门。
⑯ **许由**:尧时隐士,传说尧让帝位给他,他不肯接受,逃避至箕山下隐居躬耕。
⑰ **振衣千仞冈**:(因为都城的生活龌龊)所以在千仞的高岗上抖落衣服上的灰尘。**振衣**:抖去衣服上的灰尘。**仞**:七尺或八尺为一仞。
⑱ **濯(zhuó)足万里流**:在长河中洗脚,以洗去尘杂污秽。**濯**:洗。
⑲ **《重别周尚书》(其一)**:周尚书名弘正,曾于陈文帝天嘉元年出使北周,南归时庚信以诗赠别。这首诗写自己被留在北方的凄凉心情和对故国的怀念。
⑳ **阳关**:在今甘肃敦煌西南,此处用来指长安。

㉑ **"唯有"二句**:周尚书南归,就像秋雁渡河一样。
㉒ **《同王主簿有所思》**:本篇写的是思妇在月夜里怀人。
㉓ **期未归**:约好了而没有回来。
㉔ **望望**:失意的样子。

## (一) 背诵

《咏怀》(其十九)和《重别周尚书》(其一)

## (二) 填空

南北朝时期的建安文学、_____、_____、_____、田园山水文学、_____、_____、北朝文学,异彩纷呈,各具特色,为唐代文学的全面发展奠定了厚实的基础。

## (三) 思考

1. 试分析阮籍《咏怀》(其十九)的美学效果。
2. 庾信的《重别周尚书》(其一)表达了什么思想?对我们了解中国文化的特点有什么启示?

---

**文学史知识提示**

就文学的主题而言,魏晋南北朝文学脱出了两汉美刺教化的文学功利原则和"天人合一"的经学思想的桎梏,把目光更深刻地投向广阔的现实人生和个人的精神世界,从而使人成为文学的真正主题。就文学的题材而言,它不仅抒写传统的忧国忧民、建功立业、个人际遇,也面向更为丰富多彩的现实生活与精神生活,面向与人的形神息息相通的自然山水。就文学的技法而言,它确立了声律的理论规范,形成了典故的运用传统,丰富了文学的修辞技巧。就文学的体裁而言,它既是五言诗的繁荣期、七言诗的发展期、抒情赋的高峰期、骈文的成熟期、小说与格律诗的草创期,也是理论散文进入更加思辨化的时期。就文学批评和文学理论而言,它不仅涌现出一大批专门的文章和著作,而且还就文学的创作和文学的审美,提出了诸如文气、风骨、意象、缘情、神游、兴会、味象、形神、滋味等一系列重要的概念和范畴。

(郭预衡主编《中国古代文学史》二,
上海古籍出版社1998年版,第9页)

## 石壁精舍还湖中作①

谢灵运

昏旦变气候,山水含清晖。
清晖能娱人,游子憺②忘归。
出谷日尚早,入舟阳已微。
林壑敛暝色③,云霞收夕霏④。
芰荷迭映蔚⑤,蒲稗相因依⑥。
披拂⑦趋南径,愉悦偃东扉⑧。
虑澹物自轻⑨,意惬理无违⑩。
寄言摄生客⑪,试用此道⑫推。

## 拟行路难(其六)⑬

鲍照

对案⑭不能食,拔剑击柱长叹息。
丈夫生世会⑮几时,安能蹀躞垂羽翼⑯?
弃置罢官去,还家自休息。
朝出与亲辞,暮还在亲侧。
弄儿床前戏,看妇机中织。
自古圣贤尽贫贱,何况我辈孤且直⑰!

## 拟咏怀(其十一)⑱

庾信

摇落秋为气⑲,凄凉多怨情。
啼枯湘水竹⑳,哭坏杞梁城㉑。
天亡㉒遭愤战,日蹙㉓值愁兵。
直虹朝映垒㉔,长星夜落营㉕。
楚歌饶㉖恨曲,南风多死声㉗。
眼前一杯酒,谁论身后名㉘!

## 注　释

① **《石壁精舍还湖中作》**：本篇写自石壁精舍至湖中游观的乐趣和从中体会到的理趣。**精舍**：书斋，学舍。也指出家人修炼的场所。石壁精舍在始宁县(今浙江上虞)东南。**湖**：指巫湖。

② **憺(dàn)**：安适的样子。

③ **暝色**：暮色。

④ **夕霏(fēi)**：傍晚天空中云霞的余氛。

⑤ **迭映蔚(wèi)**：指芰荷的光色互相映照。

⑥ **相因依**：相互倚靠。

⑦ **披拂**：用手拨开路边的草木。

⑧ **扉(fēi)**：门扇。

⑨ **虑澹物自轻**：(对个人得失的)忧虑少了，自然会把一切看得很轻。

⑩ **意惬(qiè)理无违**：由于心里常常感到很满足，因此觉得自然界万物之理无违于自己的意愿。**意惬**：心里满足。**理**：自然界万物之理。

⑪ **摄生客**：探求养生之道的人。

⑫ **此道**：指前面"虑澹"两句所说的道理。

⑬ **《拟行路难》(其六)**：共十八首，推测应该不是一时之作，内容大都为感叹人世的忧患、抒发被压抑的不平之感。本篇是其中的第六首。

⑭ **案**：放食物的小桌。

⑮ **会**：当。

⑯ **垂羽翼**：比喻失意丧气的样子。

⑰ **孤且直**：孤高而且正直。

⑱ **《拟咏怀》(其十一)**：这首诗悼念梁朝因兵败而至覆灭的悲剧。

⑲ **气**：节气。这句本于宋玉《九辩》："悲哉秋之为气也，萧瑟兮草木摇落而变衰。"

⑳ **啼枯湘水竹**：相传春秋时舜出行死于苍梧，他的两个妃子将自沉湘水，望苍梧而哭，泪洒竹上，形成斑竹。

㉑ **哭坏杞(Qǐ)梁城**：相传春秋时齐大夫杞梁战死，他的妻子悲伤无依，放声号哭，杞城为之崩坏。

㉒ **天亡**：意思是灭亡是天意。此处指梁元帝承圣三年，西魏派遣于谨率兵攻打江陵，梁元帝出降被杀的事情。

㉓ **蹙(cù)**：缩小，减削。这里指国家的领土一天天缩小。

㉔ **直虹朝映垒**：古人认为，长虹照映军垒为兵败的象征。**直虹**：指长虹。

㉕ **长星夜落营**：古人认为，长星落营是主将死亡的征兆。在江陵防守战中，梁朝大将胡僧祐中流矢而死。这两句借天文现象暗喻梁朝已显出败亡的迹象。**长星**：指彗星。

㉖ **饶**：多。项羽被困于垓下时，听见四面都是楚歌，因此后人以"四面楚歌"形容被围困的处境。

㉗ **南风多死声**:语出《左传·襄公十八年》:"晋人闻有楚师。师旷曰:'不害。吾骤歌北风,又歌南风,南风不竞,多死声,楚必无功。'"此处指梁将败。
㉘ **"眼前"二句**:这两句描写自己只能以酒浇愁,对于身后之名,也感到无法计较。这两句含有消极无奈的情绪。

# 第十一课

## 田园诗人陶渊明

### 课 文

陶渊明(约365—427),一说名潜,字元亮,浔阳①柴桑(今江西九江西南)人。他少年时期接受过儒家思想的教育,29岁出仕②,担任过祭酒③、参军、县令等职。41岁时,他的思想发生重大变化,认为自己在官场上降志辱身④,"为五斗米折腰"⑤,违背⑥了他的意愿,因此辞职归隐⑦,整日耕读自娱⑧,诗酒为伴。陶渊明去世后,友人私谥⑨为"靖节"。

陶渊明归隐后,亲自参加生产劳动,与农民平等交流,不仅体察⑩了其中的艰辛,而且也从中得到了无穷的快乐。由于陶渊明的诗直接来自他的生活,因而没有丝毫的矫情⑪与虚伪。人生态度、生活方式的改变,造就了陶渊明的田园诗;人与自然之间审美关系的深化⑫,更给他的田园诗赋予了物我浑融的意象和平淡淳厚⑬的风格。陶诗最大的贡献在于:突破了传统诗歌的比、兴手法,情、景、物、理浑然一体⑭,在平淡的自然风光中见心境的恬静⑮,在素朴的生活语言中见人格风貌的纯美⑯,在率真⑰的白描之中透显深远的精神境界,真正实现了哲学与诗歌的高度统一。

陶渊明的诗现存120多首,他的地位与影响是随着历史的发展而逐渐扩大的。自南朝诗人鲍照⑱、江淹⑲学写陶体以来,历代"拟陶""和陶"相沿成习⑳。但是,陶诗的真正价值是到了唐代才为人所发现的。清代的沈德潜㉑总结道:"陶诗胸次㉒浩然,其中有一段渊深朴茂㉓不可到处。唐人祖述㉔者,王右丞㉕有其清腴,孟山人㉖

有其闲远,储太祝㉗有其朴实,韦左司㉘有其冲和,柳仪曹㉙有其峻洁,皆学焉而得其性之所近。"由此可见陶渊明的诗歌对后世影响之深远。

# 注 释

① **浔(Xún)阳**:旧县名,江西九江的别称。
② **出仕**:开始做官。
③ **祭(jì)酒**:古代的学官名。下文"参军"是古代的军官名。
④ **降志辱身**:降低自己的意志,屈辱自己的身份。
⑤ **为五斗米折腰**:为了很小的利益向别人弯腰、乞求。**五斗米**:这里比喻很小的利益或好处。
⑥ **违背**:不符合。
⑦ **归隐**:回到民间或故乡隐居。
⑧ **自娱**:自求娱乐。
⑨ **谥(shì)**:又称"谥号",是古代官员或其他有地位的人死后得到的带有褒贬意义的称号。这里是说陶渊明死后,他的朋友私下里给了他一个谥号"靖节"。
⑩ **体察**:体验察看。
⑪ **矫情**:掩饰真情,不把真实的情感表现出来。
⑫ **深化**:向更深的程度发展。
⑬ **淳(chún)厚**:敦厚质朴。
⑭ **浑然一体**:形成了一个完整的、不能分开的整体。
⑮ **恬(tián)静**:恬适安静。
⑯ **纯美**:纯正美好。
⑰ **率真**:直率而真诚。
⑱ **鲍(Bào)照(约414—466)**:字明远,南朝宋文学家,擅长写作七言歌行,七言诗到他手里也有显著的发展。
⑲ **江淹(444—505)**:字文通,南朝梁文学家,长于诗歌和抒情小赋,代表作有《恨赋》《别赋》。
⑳ **相沿成习**:沿袭某种做法,逐渐形成风俗习惯。
㉑ **沈德潜(1673—1769)**:清代诗人、诗歌评论家,以论诗、选诗闻名,他的古诗鉴赏对后世产生了重大影响。
㉒ **胸次**:胸中,胸怀。
㉓ **渊深朴茂**:沈德潜的意思是说,陶渊明的诗歌给人一种宽广盛大的感觉,这当中总有一些

意义非常深刻,不可能完全看透的地方。**渊**:很深的水。**朴**:朴素,没有华丽的修饰。**茂**:茂密,树多的样子。
㉔ **祖述**:学习、效法前人的做法。这里指唐代有五位诗人分别继承了陶渊明田园诗歌的不同风格。
㉕ **王右丞**:即王维(701?—761),唐代著名的山水田园派诗人。
㉖ **孟山人**:即孟浩然(689—740),唐代著名的山水田园派诗人。
㉗ **储太祝**:即储光羲(约706—约763),唐代诗人,山水田园诗派代表人物之一。
㉘ **韦左司**:即韦应物(约737—791),唐代诗人,山水田园诗派代表人物之一。
㉙ **柳仪曹**:即柳宗元(773—819),唐代思想家、文学家,诗人,唐宋八大家之一。

## 归园田居(其一)①

少无适俗韵②,性本爱丘山③。
误落尘网中④,一去三十年⑤。
羁鸟恋旧林⑥,池鱼思故渊⑦。
开荒南野际⑧,守拙归园田⑨。
方宅十余亩⑩,草屋八九间。
榆柳荫后檐⑪,桃李罗堂前⑫。
暧暧远人村⑬,依依墟里烟⑭;
狗吠深巷中⑮,鸡鸣桑树颠⑯。
户庭无尘杂⑰,虚室有余闲⑱。
久在樊笼里⑲,复得返自然⑳。

## 归园田居(其三)

种豆南山下,草盛豆苗㉑稀。
晨兴理荒秽㉒,带月荷锄归㉓。
道狭草木长㉔,夕露沾我衣㉕。
衣沾不足㉖惜,但使愿无违㉗。

## 第十一课

# 饮酒(其五)

结庐在人境㉘,而无车马喧㉙。
问君何能尔㉚,心远地自偏㉛。
采菊东篱㉜下,悠然见南山㉝。
山气日夕㉞佳,飞鸟相与㉟还。
此中有真意㊱,欲辨㊲已忘言。

## 注 释

① **《归园田居》(其一)**:《归园田居》组诗是陶渊明的代表作品之一,题目的字面意思是"回到在农村的家",表达了他安贫乐道与崇尚自然的人生理念。陶渊明一共写了五首题为"归园田居"的诗歌,本篇是其中的第一首。
② **少无适俗韵**:(我)从小就没有迎合世俗的情趣。**韵**:情趣。
③ **性本爱丘山**:本性喜爱山林的生活。**丘**:小山。
④ **误落尘网中**:错误地落入了尘世的罗网中。**尘**:比喻世俗,这里指仕途。
⑤ **一去三十年**:一离开(山林的生活)就是三十年。**去**:离开。
⑥ **羁鸟恋旧林**:我像被绑住的鸟儿一样怀念以前生活过的山林。**羁**:捆绑,束缚。
⑦ **池鱼思故渊**:我像在水池里的鱼儿一样思念以前生活的地方。**故**:旧,以前的。**渊**:深潭。
⑧ **开荒南野际**:(我)在南野垦拓荒地。**开荒**:在没有人耕作的地方垦拓荒地。**际**:地方。
⑨ **守拙归园田**:自己不善于做官,回到(以前生活的)田园。**守拙**:自己水平不高,没有能力做官,所以说是"守拙",多用于自谦。**拙**:指不善于做官,也就是不会取巧逢迎的意思。
⑩ **方宅十余亩**:住房周围有十几亩田地。**方**:四周,旁边。**宅**:住房。**亩**:中国传统的面积单位,一亩约等于667平方米。
⑪ **榆柳荫后檐**:榆树、柳树遮蔽着房屋后檐。**荫**:名词活用作动词,遮蔽。**檐**:屋檐。
⑫ **桃李罗堂前**:桃树、李树排列在屋前。**罗**:排列。
⑬ **暧(ài)暧远人村**:远处人们所住的村庄看得不太清楚。**暧暧**:昏暗不明的样子。
⑭ **依依墟里烟**:村落里的炊烟也显得非常轻柔。**依依**:轻柔的样子。**墟里**:村落。
⑮ **狗吠(fèi)深巷中**:狗在很深的巷子中叫。**吠**:狗叫。
⑯ **鸡鸣桑树颠**:鸡在桑树顶上叫。**鸣**:鸟兽或昆虫叫。**颠**:顶端。
⑰ **户庭无尘杂**:家里没有尘土、杂物。
⑱ **虚室有余闲**:空荡、安静的家中有的是空闲的时间。**虚**:空,静。
⑲ **久在樊笼里**:(我)长时间处于不自由的境地。**樊笼**:鸟笼,这里比喻不自由的境地。
⑳ **复得返自然**:(终于)再一次回到了大自然当中。**复**:副词,又,再。**返**:回。
㉑ **苗**:初生的植物。

㉒ **晨兴(xīng)理荒秽**:早上起身打理杂乱的野草。**兴**:起身。**理**:整理。**秽**:杂草。
㉓ **带月荷(hè)锄归**:晚上在月光下扛着锄头回来。**荷**:扛着。**锄**:锄头。
㉔ **道狭草木长**:路很窄,但草和树却很长。**狭**:窄。
㉕ **夕露沾我衣**:傍晚的露水打湿了我的衣服。**夕**:傍晚。**沾**:打湿。
㉖ **不足**:不值得。
㉗ **但使愿无违**:只要不违背我的志愿。**愿**:指隐居躬耕、不与世俗同流合污。**违**:违背。
㉘ **结庐在人境**:(我)在人很多的地方盖了间小屋。**结**:联结,建造。**庐**:小屋。**人境**:人间。
㉙ **喧**:声音嘈杂。
㉚ **尔**:代词,这样。
㉛ **偏**:偏僻,偏远。这两句是说:试问我为什么能这样,那是因为只要存心远离尘世,便会觉得居住的地方也远离尘世了。
㉜ **篱**:篱笆,用竹子或树枝等编成的遮挡物,用来保护院落。
㉝ **"采菊"二句**:(我在)小屋东边篱笆那儿采摘菊花,不经意地看见了南山。
㉞ **日夕**:接近黄昏之时。
㉟ **与**:结伴。这两句是说:山上的景色在傍晚非常好,鸟儿们也结伴而归。
㊱ **真意**:真实的意义。
㊲ **辩**:申辩,言说。这两句是说:这当中有(人生的)真实意义,(我)想要言说却又无法用言语表达出来。

## (一) 背诵

《归园田居》(其三)和《饮酒》(其五)

## (二) 填空

陶诗最大的贡献在于:突破了传统诗歌的比、兴手法,情、_____、物、_____浑然一体,在_____的自然风光中见心境的恬静,在_____的生活语言中见人格风貌的醇美,在_____的白描之中透显深远的精神境界,真正实现了_____的高度统一。

## (三) 写作

写一篇阅读陶渊明诗歌的读后感,并分析诗中的思想与艺术特征。

**文学史知识提示**

山水田园文学的兴起,有其深远的历史与现实的原因。第一,东汉以来豪族地主庄园兴起、汉末社会动荡,清流士大夫渐次脱离官场而移居田园,是当时文人在庄园经济背景下的一种生活理想。第二,东晋以前,中国政治、文化中心在北方。南渡以后,文化中心南移,北方的知识分子聚集江汉、江浙一带,南方的山水风貌,与北方大不相同,使南下的文人耳目为之一新。第三,晋宋王室与士族、士族与士族之间的矛盾,使一部分士人在世俗的功利追求和个人的全身远害之间,持一种就豫不决的态度,因此,自然山水在文人的现实生活与精神生活中,有了更为重要的地位。第四,魏晋以来,玄学大盛,士人追求"达自然之至,畅万物之情"的人格美,并且将人格美与自然美统一起来,将是否能够领略自然山水之美提升为衡量人格境界的重要标准。

（编者）

# 桃花源记

### 陶渊明

晋太元①中,武陵人捕鱼为业②,缘③溪行,忘路之远近。忽逢桃花林,夹岸数百步④,中无⑤杂树,芳草鲜美,落英⑥缤纷,渔人甚异⑦之。复⑧前行,欲穷⑨其林。林尽⑩水源,便⑪得一山。山有小口,仿佛若⑫有光,便舍⑬船从口入。初极狭,才通⑭人。复行数十步⑮,豁然开朗⑯。土地平旷⑰,屋舍俨然⑱,有良田、美池、桑竹之属⑲。阡陌交通⑳,鸡犬相闻㉑。其中往来种作㉒,男女衣着,悉㉓如外人；黄发垂髫㉔,并怡然㉕自乐。见渔人,乃㉖大惊,问所从来㉗,具㉘答之。便要㉙还家,设㉚酒杀鸡作食。村中闻有此人,咸㉛来问讯。自云㉜先世避秦时乱,率妻子㉝邑人来此绝境,不复出焉㉞,遂与外人间隔㉟。问今㊱是何世,乃㊲不知有汉,无论㊳魏、晋。此人一一为具言所闻㊴,皆叹惋㊵。余人各复延㊶至其家,皆出酒食。停数日,辞㊷去。此中人语云："不足为外人道㊸也。"既㊹出,得其船,便扶向⑤路,处处志㊻之。及㊼郡下,诣㊽太守,说如此。太守即遣㊾人随其往,寻向所志㊿,遂迷㊿,不复得路。南阳刘子骥㊿,高尚士也,闻之,欣然规㊿往,未果㊿,寻㊿病终。后遂无问津㊿者。

87

# 注 释

① **太元**:东晋孝武帝年号,指公元376年至396年间。
② **武陵人捕鱼为业**:有个武陵人以捕鱼为业。**武陵**:武陵郡,地名,在今湖南常德一带。**业**:职业。
③ **缘**:沿着,顺着。
④ **夹岸数百步**:(桃花)栽种在小溪两边几百步的岸上。
⑤ **无**:没有。
⑥ **英**:花。
⑦ **异**:意动用法,把……当作是奇异的。
⑧ **复**:副词,又,再。
⑨ **穷**:穷尽,这里指彻底地探究。
⑩ **尽**:完,没有了。
⑪ **便**:副词,就。这两句是说:桃花林的尽头也就是溪水的源头有一座山。
⑫ **若**:好像。
⑬ **舍**:舍弃,丢开。
⑭ **才通人**:只能供一个人通过。**通**:通过。
⑮ **复行数十步**:往前又走了几十步。
⑯ **开朗**:开阔明朗。
⑰ **旷**:空旷,开阔。
⑱ **俨(yǎn)然**:整齐的样子。
⑲ **属**:种类。这三句是说:(桃花源里)土地平整、开阔,房屋整齐,还有上好的农田、池塘、桑树、竹子之类的东西。
⑳ **交通**:交错相通。
㉑ **相闻**:互相听到。这两句是说:田间的小路交错相通,互相之间能够听见鸡和狗的叫声。
㉒ **作**:工作。
㉓ **悉**:全,都。
㉔ **黄发垂髫(tiáo)**:老人和儿童。**黄发**:指老人。老年人发色变黄,所以以黄发指代老人。**垂髫**:指儿童。**髫**:垂下来的头发。
㉕ **怡然**:安适自在的样子。
㉖ **乃**:副词,于是,就。
㉗ **所从来**:从哪里来。
㉘ **具**:全,都。这四句是说:(桃花源里的人)看见这个捕鱼的人,非常吃惊,问(捕鱼人)是从哪里来的,(捕鱼人)都回答了。
㉙ **要**:通"邀",邀请。
㉚ **设**:摆设,陈列。
㉛ **咸**:副词,全,都。
㉜ **云**:说,讲。
㉝ **妻子**:妻子和儿女。

㉞ **焉**:语气助词,用于句尾,表示陈述或肯定。这三句是说:(桃花源里的人)自己说,(他们的)祖先(为了)躲避秦朝的战乱,带领家人和同乡来到这个与世隔绝的地方,不再出去。

㉟ **间隔**:隔断,隔绝。

㊱ **今**:现在。

㊲ **乃**:副词,竟然。

㊳ **无论**:不用说。

㊴ **此人一一为具言所闻**:这个(捕鱼的)人一一地向(桃花源里的人)说出了他自己听到的事情。**为**:介词,表示动作行为所向,相当于"向""对""朝"。**言**:说,告诉。

㊵ **叹惋**(wǎn):叹惜。

㊶ **延**:邀请,请。

㊷ **辞**:告辞,告别。

㊸ **道**:说。

㊹ **既**:已经。

㊺ **向**:过去,从前。

㊻ **志**:做标记。

㊼ **及**:到达,到了。

㊽ **诣**(yì):前往,去到。

㊾ **遣**:派。

㊿ **寻向所志**:寻找以前所做的标记。

㉑ **迷**:迷路。

㉒ **刘子骥**:隐士。

㉓ **规**:计划。

㉔ **果**:实现。

㉕ **寻**:不久。

㉖ **问津**:询问渡口,这里是寻访、探求的意思。**津**:渡口。

# 第十二课

# 南北朝时期的民歌

## 课 文

  南北朝民歌继承了《诗经》和汉代民歌的现实主义精神,刚健[1]清新,为中国诗歌发展注入[2]了新的力量与血液。南北朝的民歌从体裁[3]上开辟[4]了抒情小诗的新路,这就是五言、七言绝句[5]体。五言四句的小诗,虽然在汉代已经出现,但是数量极少,也没有什么影响。因此,绝句的真正源头是南北朝时期的民歌。当时有名的诗人谢灵运[6]、鲍照、谢朓[7]等已经纷纷模仿,不过,这还只是一种尝试,至唐代才蔚为大观[8]。

  南朝的民歌由于受到当时南朝社会风习的影响,绝大部分都属于男女恋情,风格深婉[9]缠绵,清新艳丽,与汉代的民歌已是大不相同了。例如《子夜四时歌[10]·秋歌》:"秋风入窗里,罗[11]帐起飘飏。仰头看明月,寄情千里光。"委婉细腻,情景交融[12]。

  北朝的民歌多数产生于五胡十六国[13]至北魏时期,作者为鲜卑、匈奴、羌、氐[14]、汉等各民族的人民。其内容、风格与南朝民歌有很大的区别。如《敕勒歌》[15]:"敕勒川[16],阴山[17]下。天似穹庐[18],笼盖四野[19]。天苍苍,野茫茫,风吹草低见[20]牛羊。"气象苍莽[21],生活气息浓郁[22],反映了北方民族的生活面貌与精神面貌,是中国古代民歌中的上品[23]。

  南北朝民歌中最杰出的作品是《木兰诗》[24],与汉乐府民歌《孔雀东南飞》堪称中国文学史上的"双璧"[25]。二者异曲同工[26],交相辉映[27]。《木兰诗》是现实主义和浪漫主义相结合的诗篇,繁则极繁,简则极简,时而夸张铺叙[28],时而精雕细刻[29]。以乐观的态度和赞叹的笔调写出了木兰慷慨从戎㉚、代父从军的事迹与精神,以生动活泼、朴素自然的语言创造出了一位天真妩媚㉛、勇敢高尚的女性形象,在中国文学史上产生了深远的影响。

## 注　释

① **刚健**:坚强有力。
② **注入**:灌入,流进。
③ **体裁**:文学作品的表现形式,可用多种标准来划分。
④ **开辟**:创立。
⑤ **绝句**:诗体名,每首四句。
⑥ **谢灵运**(385—433):著名诗人,喜欢游历山水,是第一个大力描写山水的诗人。
⑦ **谢朓**(Tiǎo,464—499):著名诗人,善于写作风景诗,风格自然秀丽,对唐代诗歌产了较大的影响。
⑧ **蔚为大观**:形容众美聚集,给人美不胜收的感觉。
⑨ **深婉**:深沉柔美。
⑩ **《子夜四时歌》**:从《子夜歌》变化出来的一种歌唱春夏秋冬四季的曲调,《乐府诗集》载七十五首,都是描写男女爱情的。
⑪ **罗**:轻软有细孔的丝织品。
⑫ **情景交融**:情感与景色交汇融合。
⑬ **五胡十六国**:指自西晋末年到北魏统一北方期间,曾在中国北部建立政权的五个北方民族及其所建立的政权。
⑭ **氐**(Dī):鲜卑、匈奴、羌、氐都是中国古代的少数民族。
⑮ **《敕勒歌》**:这首诗写出了北方大草原的特殊景色。
⑯ **川**:平原。
⑰ **阴山**:山名,在今内蒙古。
⑱ **穹**(qióng)**庐**:圆顶毡帐。
⑲ **四野**:四方原野,也指四面八方。
⑳ **见**:同"现",呈现,出现。
㉑ **苍莽**:无边无际的样子。
㉒ **浓郁**:浓厚。
㉓ **上品**:佳品。
㉔ **《木兰诗》**:北朝民歌,内容是叙述女英雄花木兰替父从军的故事。

㉕ **堪称**:能够被称为。**璧**:美玉,比喻好的人或事物。
㉖ **异曲同工**:不同的曲调表演得同样精彩,比喻不同的做法取得同样好的效果。
㉗ **交相辉映**:互相映照,互相衬托。
㉘ **铺叙**:详细地叙述。
㉙ **精雕细刻**:精心雕琢,细致刻画。
㉚ **从戎**:从军。
㉛ **妩媚**:姿态美好可爱,多用来描绘青年女性。

## 木兰诗

唧唧①复唧唧,木兰当户②织。
不闻机杼③声,惟④闻女叹息。
问女何所思⑤?问女何所忆?
女亦⑥无所思,女亦无所忆。
昨夜见军帖⑦,可汗⑧大点兵。
军书十二卷⑨,卷卷有爷⑩名。
阿爷无大儿,木兰无长兄。
愿为市鞍马⑪,从此替爷征⑫。
东市买骏马⑬,西市买鞍鞯⑭。
南市买辔头⑮,北市买长鞭⑯。
朝辞⑰爷娘去,暮宿⑱黄河边。
不闻爷娘唤女声,但⑲闻黄河流水鸣溅溅!
旦⑳辞黄河去,暮宿黑山㉑头。
不闻爷娘唤女声,但闻燕山㉒胡骑声啾啾!

万里赴戎机㉓,关山度㉔若飞。
朔气传金柝㉕,寒光照铁衣㉖。
将军百战死,壮士十年归。

归来见天子㉗,天子坐明堂㉘。
策勋十二转㉙,赏赐百千强㉚。

可汗问所欲㉛,木兰不用㉜尚书郎。
愿借明驼㉝千里足,送儿㉞还故乡!
爷娘闻女来,出郭㉟相扶将。
阿姊㊱闻妹来,当户理红妆㊲。
小弟闻姊来,磨刀霍霍㊳向猪羊。
开我东阁�439门,坐我西阁床。
脱我战时袍㊵,着㊶我旧时裳。
当窗理云鬓㊷,对镜贴花黄㊸。
出门看火伴㊹,火伴皆惊惶㊺:
"同行㊻十二年,不知木兰是女郎㊼!"

雄兔脚扑朔㊽,雌兔眼迷离㊾。
两兔傍地走㊿,安�能辨我是雄雌?

## 注　释

① 唧(jī)唧:拟声词,用来形容叹惜的声音。
② 当户:面对门。
③ 机杼(zhù):指织布机。
④ 惟:副词,只。
⑤ 何所思:就是"思何",想什么。与下文"何所忆"互文,意思相同。
⑥ 亦:副词,也。
⑦ 帖(tiě):官府文书,公文。
⑧ 可汗(Kèhán):中国古代北方少数民族对君王的称呼。
⑨ 卷(juàn):量词,指全书的一部分。这里的"十二"和下文的一样,都是泛指多,不是确实的数字。
⑩ 爷:这里指父亲。
⑪ 愿为市鞍马:情愿为了(父亲)购买鞍和马。为:为了。鞍:骑马用的坐具。
⑫ 征:征伐,发兵讨伐。
⑬ 骏马:跑得快的好马。
⑭ 鞯(jiān):衬托马鞍的垫子。
⑮ 辔(pèi)头:驾驭牲口的嚼子、笼头和缰绳。
⑯ 鞭:打马用的皮绳。这四句描述木兰购买战马等物品的情形,互文见义。
⑰ 辞:告辞,告别。
⑱ 宿:住宿,过夜。
⑲ 但:副词,只,仅。

93

⑳ 旦:早晨太阳刚出来的时候。
㉑ 黑山:山名,在今内蒙古。
㉒ 燕(Yān)山:山名,在今河北北部。
㉓ 戎机:战争,军事。
㉔ 度:越过。
㉕ 朔气传金柝(tuò):从金柝的声音中传出了北方的严寒之气。朔气:指北方的寒气。金柝:军用工具,白天用来烧饭,晚上用来敲击提示时间或报警。
㉖ 铁衣:古代战士穿的带有铁片的战衣。
㉗ 天子:即皇帝。
㉘ 明堂:皇帝用来祭祀、接见诸侯、选拔人才等所用的厅堂。
㉙ 转(zhuǎn):当时将勋位分为若干等级,每提升一等就叫作"一转"。
㉚ 强:有余,略多于某数。
㉛ 所欲:要求什么。欲:想要,希望。
㉜ 不用:不为。
㉝ 明驼:就是骆驼。
㉞ 儿:木兰自称。
㉟ 郭:外城。
㊱ 阿姊(zǐ):姐姐。
㊲ 红妆:指妇女的艳丽装束。
㊳ 霍霍:拟声词,磨刀时发出的声音。
㊴ 阁:特指女子的卧房。
㊵ 袍(páo):外衣,战袍。
㊶ 着(zhuó):穿。
㊷ 鬓:脸两边靠近耳朵的头发。这里的"云"是比喻女子的头发像云一样轻柔舒卷。
㊸ 花黄:当时流行的一种妇女装饰,把金黄色的纸剪成星、月、花、鸟等形状贴在额头上,或者在额头上涂一点黄的颜色。
㊹ 火伴:古时军人以十人为火,共用器具做饭,所以称同火的人为火伴,引申为同伴,现在多写作"伙伴"。
㊺ 惶:恐惧,惊慌。
㊻ 同行:一起行动。
㊼ 女郎:年轻女子。
㊽ 扑朔:动弹。
㊾ 迷离:眼神不定。
㊿ 走:跑。
�612; 安:疑问代词,哪里。这四句是通过描写雄兔和雌兔在奔跑时不能区别,来赞扬木兰的才能和智慧。

## 第十二课

### （一）背诵

《敕勒歌》

### （二）填空

1. 南北朝的民歌从体裁上开辟了抒情小诗的新路，这就是＿＿＿＿＿＿＿＿＿＿。五言四句的小诗，虽然在汉代已经出现，但是数量极少，也没有什么影响。因此，绝句的真正源头是＿＿＿＿＿＿＿＿＿＿。当时有名的诗人谢灵运、鲍照、谢朓等已经纷纷模仿，不过，这还只是一种尝试，至＿＿＿＿＿＿＿＿才蔚为大观。

2. 南北朝民歌中最杰出的作品是《＿＿＿＿＿＿＿＿》，与汉乐府民歌《＿＿＿＿＿＿＿＿＿＿＿＿》堪称魏晋南北朝的文学史上的"双璧"。二者异曲同工，交相辉映。

### （三）思考

1. 为什么说"绝句的真正源头是南北朝时期的民歌"？试举例说明。
2. 分析《木兰诗》的艺术特点。

---

**知识提示 文学史**

在《木兰诗》里，出现了一个非常健康明朗的女性。她生命的充沛与情感的活跃，配合北方伟大的自然背景，组成了雄健刚强的交响乐，使我们听到了未曾听过的弦索，体现祖国精神的无限高昂。在中国古典诗歌里，初次塑造出一个典型的英雄性格的女性形象。通过这篇长诗，反映出人民要求劳动生活的强烈愿望。它表面是喜剧性的，但在反面仍然隐藏着悲剧的现实。从这首诗，我们可以体会到在那个时代里，广大人民苦于抽丁的压迫和连年不断的战争的苦痛生活。本诗的艺术特色，是故事性强，布局谨严，描写生动，且富于音乐的美感，发扬了民歌的独特风格。

（刘大杰《中国文学发展史》上，
上海古籍出版社1982年版，第337页）

## 冬歌

渊①冰厚三尺,素②雪覆千里。
我心如松柏,君③情复何似?

## 读曲歌(其二)④

打杀长鸣鸡,弹去乌臼鸟⑤,
愿得连冥不复曙⑥,一年都一晓⑦。

## 西洲曲⑧

忆梅下⑨西洲,折梅寄江北⑩。
单衫⑪杏子红,双鬓鸦雏色⑫。
西洲在何处?两桨⑬桥头渡。
日暮伯劳⑭飞,风吹乌臼树⑮。
树下即⑯门前,门中露翠钿⑰。
开门郎⑱不至,出门采红莲⑲。
采莲南塘秋,莲花过人头。
低头弄⑳莲子,莲子清如水㉑。
置㉒莲怀袖中,莲心彻底㉓红。
忆郎郎不至,仰头望飞鸿㉔。
鸿飞满西洲,望郎上青楼㉕。
楼高望不见,尽日㉖栏杆头。
栏杆十二曲㉗,垂㉘手明如玉。
卷帘㉙天自高,海水摇㉚空绿。
海水梦悠悠㉛,君愁我亦愁㉜。
南风知我意,吹梦到西洲。

## 注　释

① 渊:深水。

② 素:白色。
③ 君:尊称,您。
④ 《读曲歌》(其二):《乐府诗集》载89首《读曲歌》,是歌唱时不配合音乐的民歌,内容都是写男女情爱。本篇是其中第二首。
⑤ 乌臼鸟:一种候鸟,在黎明天亮时就啼叫。
⑥ 曙(shǔ):天亮。
⑦ 一年都一晓:(但愿)一年只天亮一次。都:总共。晓:天亮。
⑧ 《西洲曲》:本篇通过对季节变换的描写,表达了一个女子对所爱男子的深长思念。
⑨ 下:落。
⑩ 江北:应该是男子所在的地方。
⑪ 衫:上衣。
⑫ 鸦雏(chú)色:像小乌鸦一样的颜色,这里是说女子的头发乌黑发亮。雏:小鸟。
⑬ 桨(jiǎng):划船用的工具。
⑭ 伯劳:鸟名,仲夏开始鸣叫,喜欢单独生活。这里一方面用来表示仲夏的季节,一方面也暗喻女子孤单的处境。
⑮ 乌臼树:树名,种子可以制作肥皂。
⑯ 即:就是。
⑰ 翠钿(diàn):用翠玉镶嵌的首饰。一说是用翠鸟的羽毛做成的一种装饰品。翠:青绿色。
⑱ 郎:古时妇女对丈夫或者情人的称呼。
⑲ 莲:荷的种子。"莲"和"怜"谐音,"怜"有"爱"的意思;"子"有"种子"和"你"两个意思。本诗通篇的"莲""莲子""莲心"都有"爱""爱你""爱怜之心"等双关意味。
⑳ 弄:用手把玩。
㉑ 清如水:比喻爱情的纯洁。
㉒ 置:放,搁。
㉓ 彻底:到底,完全。
㉔ 望飞鸿:有盼望书信的双关意味,因为古时有鸿雁传书的故事。鸿:雁。
㉕ 青楼:魏晋南北朝诗歌中常用以指女子居住地方。
㉖ 尽日:终日。
㉗ 曲:弯曲,婉转。
㉘ 垂:垂下,放低。
㉙ 帘:遮蔽门窗用的布、竹编织物之类的东西。
㉚ 摇:摆动,荡漾。这两句承接上文,上文说想念心上人,但心上人不来,只好登楼远望;虽然楼高,但仍然望不见。这两句说卷起门帘,看到的只有显得很高的蓝天和荡漾的碧绿海水。这里的海水就是指江水,江很大,给人以海的感觉。
㉛ 海水梦悠悠:梦境如同江水一样缠绵不断。悠悠:长久,长远。
㉜ 君愁我亦愁:从我之愁推想到对方之愁大概也是这样。亦:副词,也。

# 第十三课

# 初唐①时期的文学

## 课 文

　　初唐时期继往开来的人物是号称"初唐四杰"的王勃②、杨炯③、卢照邻④、骆宾王⑤,还有张若虚⑥、陈子昂⑦等。其中陈子昂的成就最高。初唐四杰具有相似的人生经历和感受,因而也具有同样的审美追求。他们四人都反对绮靡⑧的文风,追求刚健的骨气、壮美的境界;在理论上都强调文学的经世教化⑨作用。就诗歌创作而言,四杰的风格各有特点:"王勃高华,杨炯雄厚,照邻清藻⑩,宾王坦易⑪。"他们四人描写的题材⑫差不多,可以分为边塞⑬诗、送别诗、牢骚⑭诗、咏物诗等几大类。总的来讲,边塞诗慷慨激越⑮、悲壮苍劲;送别诗情深意浓、真切感人;牢骚诗忧愤不平、荡气回肠⑯;咏物诗以物抒情,借诗言志,均开了盛唐⑰诗歌的风气。

　　张若虚的《春江花月夜》⑱,清丽婉转⑲,往复⑳缠绵,画意幽美㉑,哲理隽永㉒,为中国文学史上的名篇。

　　在初唐时期的文学史上,陈子昂是最杰出的文学家。他的诗文以深刻充实的内容和质朴刚劲的风格,扫清了六朝以来浓艳绮丽㉓的余风。他的代表作有《感遇》㉔三十八首,《蓟丘览古㉕》七首和《登幽州台㉖歌》,思想深度与广度㉗都超过了"初唐四杰"。他的《感遇·兰若生春夏》借芳草凋零、美人迟暮表达了理想落空、壮志未酬㉘的悲哀。《登幽州台歌》在短短的二十二字中,诗人思绪㉙跨越时空,上下千年,纵横㉚万里。他缅怀㉛往昔,古贤㉜难追;感慨㉝当今,才志未展㉞;遥望前景,不见来者,不禁百感交集㉟,惆怅郁结㊱,潸然㊲泪下。其特殊的感触、忧思、胸怀、抱负引起了古往今来无数仁人志士㊳的共鸣,成为千古名篇。

## 注释

① 初唐:文学史上的"初唐"一般是指唐初至唐玄宗开元初年这一段时间。
② 王勃(649或650—676):初唐诗人,在"初唐四杰"当中才气最高、成就较大。
③ 杨炯(650—约693):初唐诗人,擅长五言律诗。
④ 卢照邻(约637—约686):初唐诗人,其诗以歌行体为最佳。
⑤ 骆宾王(约638—约684):初唐诗人,擅长七言歌行。
⑥ 张若虚(约670—约730):初唐诗人,诗仅存二首。
⑦ 陈子昂(659—700):初唐诗人,他的诗歌词意激昂,风格高峻。
⑧ 绮靡:形容诗歌或文章华丽、浮艳。
⑨ 经世教化:治理国事,教育感化。
⑩ 藻:文采。
⑪ 坦易:坦率平易。
⑫ 题材:表现作品内容主题所用的材料。
⑬ 边塞:边疆地区的要塞。
⑭ 牢骚:指抑郁不满的情绪或言语。
⑮ 激越:情绪强烈、激昂。
⑯ 荡气回肠:形容音乐、文章等十分动人。
⑰ 盛唐:一般指唐玄宗开元初年至唐代宗大历初年这一段时间,是唐朝政治、经济、文化发展的鼎盛时期。
⑱ 《春江花月夜》:张若虚的代表作,以春江月夜为背景,表现了相思离别之苦。
⑲ 婉转:温和而曲折。
⑳ 往复:反复。
㉑ 幽美:幽静美丽。
㉒ 隽(juàn)永:言辞、诗文或其他事物意味深长。
㉓ 绮丽:鲜艳美丽。
㉔ 《感遇》:抒写生活感受的组诗,后人将每首第一句作为题目以区别。
㉕ 览古:游览古迹。
㉖ 幽州台:即黄金台。战国时燕昭王为招揽人才而筑。
㉗ 广度:事物的范围。
㉘ 酬:实现愿望。
㉙ 思绪:思路的线索、头绪。
㉚ 纵横:这里指思想奔放自如。
㉛ 缅(miǎn)怀:怀念,追思。
㉜ 贤:有德行,多才能的人。
㉝ 感慨:心灵受到某种感触而慨叹。
㉞ 展:施展,发挥。

㉟ 百感交集:指许多感触交织在一起,形容心情十分复杂。
㊱ 郁结:指忧思烦冤纠结不解。
㊲ 潸(shān)然:流泪的样子。
㊳ 仁人志士:仁爱而有节操的人。

## 送杜少府①之任蜀川

王勃

城阙辅三秦②,风烟望五津③。
与君离别意,同是宦游人④。
海内存知己⑤,天涯若比邻⑥。
无为在歧路⑦,儿女共沾巾⑧。

## 在狱咏蝉⑨

骆宾王

西陆⑩蝉声唱,南冠⑪客思侵。
那堪玄鬓影⑫,来对白头吟⑬。
露⑭重飞难进,风多响易沉⑮。
无人信高洁⑯,谁为表予心⑰?

## 从军行⑱

杨炯

烽火⑲照西京,心中自不平。
牙璋⑳辞凤阙,铁骑绕龙城㉑。
雪暗凋旗画㉒,风多杂鼓声㉓。
宁为百夫长㉔,胜作一书生㉕。

## 感遇(其二)

陈子昂

兰若㉖生春夏,芊蔚何青青㉗。
幽独空林色㉘,朱蕤冒紫茎㉙。
迟迟白日晚,袅袅㉚秋风生。
岁华㉛尽摇落,芳意竟何成!

## 登幽州台歌

陈子昂

前不见古人,后不见来者。
念天地之悠悠㉜,独怆然㉝而涕下。

# 注　释

① **杜少府**:杜姓的少府。**少府**:官名。
② **城阙(què)辅三秦**:三秦之地护卫长安。**城阙**:这里指长安。**阙**:宫门前的望楼。**辅三秦**:以三秦为辅。**辅**:辅佐,护卫。**三秦**:项羽灭秦,把秦地分封给三王,故称三秦,在今陕西和甘肃东部。
③ **风烟望五津**:长安城以三秦之地为卫护,可以望见五津的自然景色。**风烟**:指自然景色。**五津**:长江在蜀中某段有五处渡口,合称五津。**津**:渡口。
④ **宦游**:为求官而出游。这两句是说:杜少府和我都是宦游之人,各奔前程,不可能常聚在一起,离别是难以避免的。
⑤ **知己**:亲密的朋友。
⑥ **比邻**:近邻,邻居。
⑦ **歧路**:岔路,指分手之处。
⑧ **"无为"二句**:不要像青年男女一样在离别的时候,流泪沾湿了衣巾。
⑨ **《在狱咏蝉》**:这首诗是骆宾王因为反对武则天而被捕时在监狱中写的,诗中作者用蝉来比喻自己,表达了诗人悲愤的心情。**蝉**:昆虫,就是"知了"。
⑩ **西陆**:秋天。
⑪ **南冠**:囚犯的代称。
⑫ **玄鬓影**:因为鬓发薄得看上去像蝉的翅膀的影子,所以以"玄鬓影"来指蝉。**玄**:黑色。
⑬ **吟**:鸣叫。这两句是说:我在狱中思念家乡,此时秋蝉正对着我的满头白发哀吟,让我怎么能够承受呢?

⑭ **露**:露水,凝结在地面或靠近地面的物体表面上的水珠。
⑮ **沉**:沉没不能被听见。这两句是说:秋蝉因为露水太重而不能高飞,鸣叫的声音也因为风大而很难被听见。
⑯ **高洁**:高尚纯洁。
⑰ **谁为表予心**:谁能为我向皇帝表白我的真心呢? **表**:表白,告诉皇帝。**予**:我。
⑱ **《从军行》**:乐府旧题,内容多反映军队战争。这首诗表达了诗人慷慨从军的豪情壮志。
⑲ **烽火**:古时边防报警的烟火,这里比喻战火或战争。
⑳ **牙璋**(zhāng):古代发兵所用的兵符。由两块合成,分别由朝廷和主帅掌管,嵌合处呈牙状。
㉑ **龙城**:汉朝时匈奴各部落大会祭天的地方。这里借指敌方要地。
㉒ **凋旗画**:旗帜上的绘画暗淡失色。**凋**:凋落,凋谢。
㉓ **风多杂鼓声**:与上句共同描绘边疆军队战斗的豪壮场面。
㉔ **百夫长**(zhǎng):管理百余士兵的军官。
㉕ **书生**:读书人。
㉖ **兰若**:兰花和杜若。
㉗ **青青**:同"菁菁",繁盛的样子。
㉘ **幽独空林色**:兰草和杜若幽美地独生于林中,它们的秀色让林中其他植物黯然无光。**空**:使动用法,使……显得空,无意义。
㉙ **朱蕤**(ruí)**冒紫茎**:红花开在紫色花茎的上面。**蕤**:花下垂的样子,这里指下垂的花。
㉚ **袅**(niǎo)**袅**:微弱细长的样子。
㉛ **岁华**:草木一年一荣枯,故曰岁华。**华**:同"花"。
㉜ **悠悠**:长久,遥远。
㉝ **怆**(chuàng)**然**:伤感的样子。

## (一) 背诵

《送杜少府之任蜀川》《登幽州台歌》

## (二) 填空

1. 初唐四杰是_____、_____、_____、_____。

2. 在初唐时期的文学史上,_____是最杰出的文学家。他的诗文以深刻充实的内容和质朴刚劲的风格,扫清了_____以来浓艳绮丽的余风。他的代表作有《_____》三十八首,《蓟丘览古》七首和《登幽州台歌》,思想深度与广度都超过了"_____"。

## （三）思考

为什么说"初唐四杰"开了盛唐诗歌的风气？

**文学史知识提示**

初唐四杰都是英姿逸发的少年天才。骆宾王生七岁即能诗，被称为"神童"。杨炯年十岁即应童子举，翌年待制弘文馆。王勃十六岁时，被太常伯刘祥道称为神童而表荐于上，对策高第，拜为朝散郎。卢照邻二十岁即为邓王府典签，"王府书记，一以委之。王有书十二车，照邻总披览，略能记忆"。（张鷟《朝野佥载》）但是在仕途上，他们又都是坎坷不遇的。四人中，仅杨炯官至县令。年少志大，才高位卑，这种人生经历……深刻地影响了他们的思想性格和文学创作。

初唐四杰拓新了诗歌的主题和题材，使诗歌摆脱了颂隆盛、助娱乐的虚套，面向广阔的时代生活，用现实的人生感受，恢复了诗中清醒而严肃的自我。

初唐四杰在诗歌创作上的力求振拔，不仅表现为内容的拓展和充实，而且也表现为形式的创新和完善。他们要以新的章法和节奏，来表现新的情绪，在诗歌语言上也作出了向生活靠近的努力。大体而言，卢、骆喜作五、七言长篇，其功尤在七言歌行一体；王、杨则以五言律、绝取胜。

（章培恒、骆玉明主编《中国文学史》中卷，
复旦大学出版社1996年版，第27、29、32页）

## 春江花月夜

张若虚

春江潮水连海平，海上明月共潮生。
滟滟①随波千万里，何处春江无月明。
江流宛转绕芳甸②，月照花林皆似霰③。
空里流霜④不觉飞，汀⑤上白沙看不见。
江天一色无纤⑥尘，皎皎空中孤月轮⑦。
江畔⑧何人初见月？江月何年初⑨照人？

人生代代无穷已⑩,江月年年只相似。
不知江月待何人,但见长江送流水。
白云一片去悠悠,青枫浦⑪上不胜愁。
谁家今夜扁舟⑫子?何处相思⑬明月楼?
可怜楼上月徘徊⑭,应照离人⑮妆镜台。
玉户⑯帘中卷不去,捣衣砧上拂还来⑰。
此时相望不相闻,愿逐月华⑱流照君。
鸿雁⑲长飞光不度,鱼龙潜⑳跃水成文。
昨夜闲潭㉑梦落花,可怜春半不还家。
江水流春去欲尽,江潭落月复西斜。
斜月沉沉藏海雾,碣石潇湘无限路㉒。
不知乘㉓月几人归,落月摇情满江树㉔。

# 注　释

① 滟滟:水面动荡闪光的样子。
② 芳甸:遍生花草的原野。甸:郊外之地。
③ 霰(xiàn):小雪珠,小冰粒。这里形容洁白月光照映下的花朵。
④ 霜:在气温降到零摄氏度以下时,近地面空气中的水汽在地面物体上凝结成的白色结晶。
⑤ 汀(tīng):水边平坦的沙滩。
⑥ 纤:细小。
⑦ 月轮:指月亮。
⑧ 畔:旁边,附近。
⑨ 初:第一次,首次。
⑩ 已:停止。
⑪ 青枫浦:"浦"是"水边"的意思,青枫浦在今湖南浏阳境内。这里是泛指遥远荒凉的水边。
⑫ 扁(piān)舟:小船。
⑬ 相思:互相思念,多指男女彼此思念。
⑭ 徘徊:这里指月影移动。
⑮ 离人:与亲人等分别的人。
⑯ 玉户:月光下的房间,月色像玉的颜色,所以这么说。
⑰ 捣衣砧(zhēn)上拂还来:指月色下这位妇女的思念、愁怀无法排遣。捣衣砧:古时用于洗衣或者加工布料的平坦石块。从"玉户""捣衣砧"以及上文的一些字句,我们可以知道这里描写的是一位心上人离她而去的妇女。
⑱ 月华:月光,月色。
⑲ 鸿雁:一种候鸟,春秋来往迁徙于南北,所以古时有鸿雁代为传递书信的故事,文学作品中的鸿雁大多有此意味。

⑳ **潜**:没入水中,在水下活动。
㉑ **潭**:深水池。
㉒ **无限路**:形容自己和心上人相距之远。
㉓ **乘**:趁着,利用。
㉔ **落月摇情满江树**:思念的情绪伴随着残月余辉散落在江边的树林里。

# 第十四课

# 孟浩然与王维

## 课　文

　　六朝的谢灵运、谢朓以山水诗著称①,陶渊明以田园诗名世②。唐代诗人在此基础之上继承发展,形成了以孟浩然、王维为代表的山水田园诗派。

　　孟浩然(689—740),湖北襄阳人,曾居鹿门山。他的一生以浪漫隐逸③为主,其诗多描写田园山水,表达他隐逸、孤独的情怀:"山寺鸣钟昼④已昏,渔梁⑤渡头争渡喧。人随沙路向江村,余亦乘舟归鹿门。"(《夜归鹿门歌》)世人熙熙攘攘⑥,为名为利,我则追踪⑦先贤而归隐,这当然是一种独特的人生体悟⑧。孟浩然的山水诗善于撷取⑨孤月、疏雨、古木、寒钟等景物,并且把它们融入旅思、乡恋、客愁、友情之中,表现了一种幽远凄清⑩的意境,形成了他清幽、淡雅的风格:"春眠不觉晓⑪,处处闻啼鸟。夜来风雨声,花落知多少。"(《春晓》)"移舟泊⑫烟渚,日暮客愁新。野旷天低树⑬,江清月近人。"(《宿建德江》)

　　王维(701? —761),字摩诘,河东蒲州(今山西永济)人。他的田园诗有闲适⑭的情调,往往把田园景色的自然美和农村人情的真挚淳朴⑮,作为现实的对立面来描绘。他的山水诗幽静、空灵⑯、凄清,表现了他孤高⑰、落寞的情怀。在山水田园诗中,王维将诗、书、乐、画兼擅的艺术才华发挥得淋漓尽致⑱。特别是他以画入诗,诗中有画,画中有诗,使他的山水田园景物的布局错落有致,富有色彩的变化美与构图的和谐美;虚实相间⑲,明暗依侍⑳,将诗人超然物外的意兴和随遇而安㉑的处世态度表现得十分完满。由于他的诗显示了明心见性[2]、以禅[23]入诗的根本理趣,王维赢得了盛唐"诗佛"的称号。

王维诗歌的艺术成就,在盛唐时期,除李白、杜甫之外,没有人能够与他相提并论[24]。他的山水田园诗既得益于陶渊明的平淡自然,又继承了谢灵运的精工秀丽。虽然在盛唐的文学史上他与孟浩然并称"王孟",而就诗歌的题材的广泛、内容的深刻、意境的深远,并且擅长各种体裁的写作来看,王维都超过了孟浩然。

## 注　释

① 著称:因著名而被称道。
② 名世:闻名于世。
③ 隐逸:隐居不做官。
④ 昼:白天。
⑤ 渔梁:为捕鱼而修筑的塘堰。
⑥ 熙熙攘攘(xīxī-rǎngrǎng):形容路上行人多,喧闹杂乱的样子。
⑦ 追踪:追随,跟随。
⑧ 体悟:体会,感悟。
⑨ 撷(xié)取:采取,选取。
⑩ 凄清:凄凉,冷清。
⑪ 晓:天亮。
⑫ 泊:停船。
⑬ 天低树:开阔的原野,天空低垂,好像与树相接。
⑭ 闲适:清闲安适。
⑮ 淳朴:敦厚质朴。
⑯ 空灵:灵活而无法捉摸。
⑰ 孤高:孤独,清高。
⑱ 淋漓尽致:形容文笔或言词畅达详尽。
⑲ 相间(jiàn):相互隔开,间隔。
⑳ 依恃:依靠。
㉑ 随遇而安:处在任何环境都能适应并感到满足。
㉒ 明心见性:使心性明白易见。
㉓ 禅(chán):梵语"禅那"的省略,原指静坐默念,后泛指与佛教有关的事物。这里指佛理。
㉔ 相提并论:把截然不同或相差悬殊的人或事物摆在一起来谈论或看待。

## 作品

### 过故人庄①

孟浩然

故人具鸡黍②，邀我至田家。
绿树村边合，青山郭③外斜。
开轩面场圃④，把酒⑤话桑麻。
待到重阳⑥日，还来就⑦菊花。

### 山居秋暝⑧

王维

空山新雨后，天气晚来秋。
明月松间照，清泉石上流。
竹喧归浣⑨女，莲动下渔舟。
随意春芳歇⑩，王孙⑪自可留。

### 观猎

王维

风劲角弓鸣⑫，将军猎渭城⑬。
草枯鹰眼疾⑭，雪尽马蹄轻⑮。
忽过新丰⑯市，还归细柳营⑰。
回看射雕⑱处，千里暮云平。

### 鹿柴⑲

王维

空山不见人，但闻人语响。
返景⑳入深林，复照青苔㉑上。

## 竹里馆㉒

王维

独坐幽篁㉓里,弹琴复长啸㉔。
深林人不知,明月来相照。

## 送元二使㉕安西

王维

渭城朝雨浥㉖轻尘,客舍㉗青青柳色新。
劝君更尽一杯酒,西出阳关㉘无故人。

# 注 释

① **故人庄**:老朋友的田庄。
② **黍**(shǔ):古代专指一种籽实叫黍子的一年生草本植物,其籽实煮熟后有黏性,可以酿酒、做糕等。
③ **郭**:外城,在城的外围加筑的一道城墙。
④ **开轩面场圃**:推开窗户面对谷场和园地。**轩**:窗户。**场**:用来打谷的平坦场地。**圃**:种植蔬菜或花卉的园地。
⑤ **把酒**:拿着酒杯。
⑥ **重阳**:重阳节,在每年的农历九月初九。古代风俗,重阳节要赏菊花。
⑦ **就**:靠近,走近。
⑧ **暝**:日落,天黑。
⑨ **浣**:洗。这里指洗衣服。
⑩ **歇**:消失。
⑪ **王孙**:泛指贵族子孙,也用来尊称一般青年男子。《楚辞·招隐士》:"王孙兮归来,山中兮不可以久留。"这里反用其意,是说虽然春天的芳华已消歇,但是秋景也不错,王孙自可留在山中。
⑫ **角弓鸣**:指角弓发箭。发箭时弓弦震响,所以说"角弓鸣"。**角弓**:以动物的角作为装饰的弓。
⑬ **渭城**:指咸阳。
⑭ **草枯鹰眼疾**:雪后原野,百草凋枯,动物无所掩蔽,猎鹰很快就能发现捕猎的目标。**疾**:快,迅速。
⑮ **雪尽马蹄轻**:雪融化后马蹄更加轻快。
⑯ **新丰**:地名,在今陕西临潼东北。
⑰ **细柳营**:地名,在今陕西咸阳西南,汉代名将周亚夫屯军之地。

⑱ 雕:一种擅飞的猛禽,不易射得。
⑲ 鹿柴(Lùzhài):地名,在王维居处附近。
⑳ 返景:指反照的阳光。
㉑ 苔:植物名,多生长在阴暗潮湿的地方,贴着地面,所以也叫"地衣"。
㉒ 馆:房屋。
㉓ 幽篁:幽深的竹林。
㉔ 啸:撮口发声,类似打口哨。
㉕ 使:出使。因为这首诗后来被谱入乐府,所以这首诗又称作《渭城曲》《阳关曲》《阳关三叠》。
㉖ 浥(yì):湿润。
㉗ 舍:泛指房屋。
㉘ 阳关:关隘名,在今甘肃敦煌西南,是出塞必经之地。

## (一) 背诵

《过故人庄》《观猎》《竹里馆》

## (二) 填空

1. 春眠不觉_____,处处闻_____。夜来_____,花落知多少。(《春晓》)

2. 空山不见_____,但闻_____响。_____入深林,复照_____上。(《鹿柴》)

3. 由于王维的诗显示了明心见性、_____的根本理趣,王维赢得了盛唐"_____"的称号。

## (三) 思考

结合课文所提供的材料,比较分析孟浩然诗与王维诗的不同特点。

**文学史知识提示**

他(孟浩然)和王维的作风,看来好像很相近,其实却有根本的不同之点在着。维的最好的田园诗,是恬静得像夕光朦胧中的小湖,镜面似的躺着,连一丝的波纹儿都不动荡;人与自然,合而为一,诗人他自己是融合在他所写的景色中了。但浩然的诗,虽然也写山,也写水,也写大自然的美丽的表现,但他所写的大自然,却是活跃不停的,却是和我们的人似的刻刻在动作着的。像"却听泉声恋翠微"(《过融上人兰若》)的恋字,便充分地可以代表他的独特的作风。细读他的诗什,差不多都是惯以有情的动作,系属到无情的自然物上去的。又王维的诗,写自然者,往往是纯客观的,差不多看不见诗人他自己的影子,或连诗人他自己也都成了静物之一,而被写入画幅之中去了;他从不把自然界来拉到自己身上,作为自己动作或情绪的烘托的。浩然则不然,他的诗都是很主观的,处处都有个我在,更喜用"岁月青松老,风霜苦竹余"(《寻白鹤岩张子容隐居》)一类的句子。所以王维是个客观的田园诗人,浩然则是个性很强的抒情诗人。王维的诗境是恬静的,浩然的诗意却常是活泼跳动的。

(郑振铎《插图本中国文学史》,人民文学出版社1957年版,第318—319页)

## 临洞庭湖赠张丞相①

孟浩然

八月湖水平,涵虚混太清②。
气蒸云梦泽③,波撼④岳阳城。
欲济⑤无舟楫,端居耻圣明⑥。
坐观垂钓⑦者,徒⑧有羡鱼情。

## 田家杂兴(其二)

储光羲

众人耻贫贱⑨,相与尚膏腴⑩。
我情既浩荡⑪,所乐在畋渔⑫。
山泽时晦暝⑬,归家暂闲居。

满园植葵藿⑭,绕屋树⑮桑榆。
禽雀知我闲,翔集⑯依我庐。
所愿在优游⑰,州县莫相呼⑱。
日与南山老,兀然倾⑲一壶。

## 题⑳破山寺后禅院

常建

清晨入古寺,初日照高林。
竹径㉑通幽处,禅房花木深。
山光悦㉒鸟性,潭影空人心。
万籁㉓此都寂,但余钟磬㉔音。

## 终南㉕望余雪

祖咏

终南阴㉖岭秀,积雪浮云端。
林表明霁色㉗,城中增暮寒。

## 注释

① **张丞相**:指张九龄,丞相是官名。
② **涵虚混太清**:八月洞庭湖湖水很大,显得能够包含天空,和天空混为一体。**涵**:包含,包容。**虚**:天空。**太清**:天空。
③ **云梦泽**:古代传说中的一个非常大的湖,大约在今湖南、湖北一带。
④ **撼**:摇动。这两句是在形容洞庭湖的壮美景色,洞庭湖笼罩在蒸腾的水汽之中,波浪很大,简直摇动了岳阳城。
⑤ **济**:渡,从水的一边到另一边。
⑥ **端居耻圣明**:生活在太平时代,因为不能有所建树,所以感到羞耻。**端居**:闲居。**耻**:感到羞耻。**圣明**:这里指太平盛世。
⑦ **垂钓**:钓鱼。
⑧ **徒**:副词,白白地。这两句表达了作者希望得到对方引荐、赏识的心情。
⑨ **贫贱**:穷困又没有社会地位。
⑩ **相与尚膏腴**(gāoyú):一起尊崇奢华的生活。**相与**:副词,共同,一起。**尚**:尊崇,注重。**膏腴**:肥沃,甘美,比喻奢华的生活。
⑪ **浩荡**:形容广阔浩大。
⑫ **畋**(tián)**渔**:打猎和捕鱼。
⑬ **时**:有时,偶尔。

⑭ **葵藿**:葵与藿,均为古代的蔬菜。
⑮ **树**:栽树,种植树木。
⑯ **翔集**:群鸟飞翔而后群集于一处。
⑰ **优游**:生活得十分闲适。
⑱ **呼**:召唤。这两句是说:我的愿望就是闲适的生活,官府不要来召唤我。
⑲ **倾**:用完,喝完。
⑳ **题**:书写,题写。
㉑ **径**:小路。
㉒ **悦**:使动用法,使……高兴。
㉓ **万籁**:自然界的各种声响。
㉔ **磬**:用石或玉制成的一种古代乐器。
㉕ **终南**:山名,在今陕西西安南。
㉖ **阴**:山的北面。
㉗ **霁**(jì)**色**:雪后晴朗的天色。

# 第十五课

# 边塞诗派

## 课 文

　　唐代初年,东突厥、吐谷浑、吐蕃①等不断侵扰,导致民族之间战事不断,各方面交往频繁②,是唐代边塞诗派形成的社会基础。据粗略估计,初唐大约有四五十位诗人创作过边塞诗,盛唐时期的边塞诗人更是群星灿烂,代表诗人有王昌龄③、高适④、岑参⑤、李颀⑥、王之涣⑦、崔颢⑧等。他们大多有过从军征战的戎马生涯⑨,擅长采用七言古诗和七绝的体裁,表达请缨⑩杀敌、报国立功的豪情,描写边塞艰苦的生活和奇异⑪的风光,抒发缭绕⑫不尽的乡思边愁,揭露⑬军队中的各种矛盾,反映少数民族的风土人情⑭、表现各民族文化的融合。

　　王昌龄的边塞诗歌颂了将士们为国杀敌、英勇⑮善战的爱国精神,反映了将士们的边愁乡思,抒情真挚,寓意⑯深婉,佳作迭⑰出。王昌龄还是七绝的圣手⑱,他的七绝诗构思精美,深婉隽永,与李白合称盛唐时期的"七绝双璧"。

　　高适以功业自期⑲,但是,他命运不济⑳,生当盛世却怀才不遇㉑,慷慨悲歌、沉雄悲壮便成了他诗歌的主旋律㉒之一。其代表作《燕歌行》㉓揭露矛盾之深刻,批判黑暗之勇决,为历来边塞诗所仅见,是不朽的名篇。

　　岑参具有丰富的边疆征战的生活经历,他的诗描绘了西域边疆雄奇壮丽的风光,表现了各族文化的交融。茫茫戈壁㉔、巍巍㉕天山、皑皑㉖白雪、炎炎烈日、火云热海和狂风飞沙,加上边疆变幻㉗不定的气候,构成了他的边塞诗奇异绚丽㉘的特色。

# 注 释

① **吐蕃**(Tǔbō)：东突厥、吐谷、吐蕃都是中国古代的少数民族名称。
② **频繁**：间隔短暂，次数多。
③ **王昌龄**(？—756)：唐代著名边塞诗人，擅长五言古诗和七言绝句。
④ **高适**(约700—765)：唐代著名边塞诗人，和岑参并称"高岑"。
⑤ **岑参**(约715—770)：唐代著名边塞诗人。
⑥ **李颀**(？—约753)：唐代诗人，诗歌内容和题材都很广泛，尤以边塞诗著称。
⑦ **王之涣**(688—742)：唐代著名诗人。
⑧ **崔颢**(？—754)：唐代著名诗人，诗歌内容广泛，风格多样，或写儿女之情，或写军旅之苦。
⑨ **戎马生涯**：指从事征战的生活、经历。**戎马**：军马，借指军事、战争。
⑩ **请缨**(yīng)：主动请求上阵杀敌。缨：指捆俘虏的绳子。
⑪ **奇异**：奇特，特别。
⑫ **缭绕**：指事情结束后延续存在不断绝。
⑬ **揭露**：揭发隐蔽的事，使之暴露。
⑭ **风土人情**：指一个地方的自然环境、风俗、礼节、习惯等的总称。
⑮ **英勇**：勇敢出众。
⑯ **寓意**：寄托或蕴含的意旨。
⑰ **迭**：屡次，连着。
⑱ **圣手**：指技艺高超的人。
⑲ **期**：希望，期待。
⑳ **不济**：不好，不成功。
㉑ **怀才不遇**：有才能学识但是没有遇到好的机遇。
㉒ **主旋律**：比喻主题。
㉓ **《燕歌行》**：乐府旧题，歌词多歌咏北方的军事生活。
㉔ **戈壁**：沙漠。
㉕ **巍巍**：形容高大雄伟。
㉖ **皑皑**：形容洁白的样子。
㉗ **变幻**：不规律地改变。
㉘ **绚丽**：耀眼而华丽。

## 作 品

### 别董大①

高适

千里黄云白日曛②,北风吹雁雪纷纷。
莫愁前路无知己,天下谁人不识君。

### 碛③中作

岑参

走马西来欲到天,辞家见月两回圆。
今夜不知何处宿,平沙万里绝人烟④。

### 逢入京使

岑参

故园东望路漫漫⑤,双袖龙钟泪不干⑥。
马上相逢无纸笔,凭君传语报平安。

### 从军行(其一)⑦

王昌龄

烽火城西百尺楼,黄昏独坐海风秋⑧。
更吹羌笛关山月⑨,无那金闺⑩万里愁。

### 出塞⑪

王昌龄

秦时明月汉时关,万里长征人未还⑫。
但使龙城飞将在,不教⑬胡马度阴山。

### 闺怨

王昌龄

闺中少妇不知愁,春日凝妆⑭上翠楼。
忽见陌头杨柳色,悔教夫婿觅封侯⑮。

## 注 释

① 董大：人名。
② 曛(xūn)：日落，昏暗。
③ 碛(qì)：水中沙堆，引申为沙漠。
④ 人烟：住户的炊烟，借指人家，住户。
⑤ 漫漫：(时间、地方)长而远的样子。
⑥ 双袖龙钟泪不干：用两袖拭泪，袖已沾湿而泪仍不止。龙钟：指湿润的样子。
⑦ 《从军行》(其一)：乐府旧题，内容叙述军旅战争之事。本篇是组诗的第一首。
⑧ 海风秋：从青海湖上吹来阵阵带着秋意的寒风。海：这里指青海湖。
⑨ 关山月：乐府旧题，内容主要是抒写离别伤感之情。
⑩ 金闺：指住在华美闺房里的少妇。闺：指女子居住的内室。
⑪ 《出塞》：乐府旧题，主要写军旅征战之事。
⑫ "秦时"二句：自秦汉以来，边疆一直在无休止地进行战争。"秦""汉""明月""关"，互文见义，并非专指。
⑬ 教：让，使。
⑭ 凝妆：相当于"严妆"，认真地打扮。
⑮ 觅封侯：就是说为了得到帝王封侯的赏赐而从军。觅：寻找，寻求。封侯：帝王把爵位赐给有军功的臣子。

### (一) 背诵
《碛中作》《从军行》

### (二) 填空
1. 盛唐时期的边塞诗人更是群星灿烂，代表诗人有_____、_____、_____、_____、_____、_____等。

2. 秦时明月_____，万里_____人未还。但使龙城_____在，不教胡马度阴山。(《出塞》)

### (三) 思考
分析唐代边塞诗的艺术特点。

**文学史知识提示**

七言绝句亦源于民歌，魏晋之《行者歌》《豫州歌》都是句句用韵的七言小诗。宋汤惠休的《秋思引》是最早的文人七言小诗，第三句已不用韵。梁陈北朝，作者渐多，萧纲的《夜望单飞雁》、魏收的《挟琴歌》、庾信的《代人伤往》都比较著名。隋无名氏《送别诗》，平仄已暗合规格。初唐偶作者颇多，但成就不高。盛唐作者辈出，乐府唱词，也主要用绝句。而王昌龄对七绝用力最专，成就最高，后代称为"七绝圣手"。由于他善于捕捉典型的情景，善于概括和想象，语言圆润蕴藉，音调和谐宛转，民歌气息很浓。所以他写传统的主题，能令读者感到意味深长，光景常新。

（游国恩等主编《中国文学史》二，人民文学出版社1963年版，第65页）

## 登鹳雀楼①

王之涣

白日依②山尽，黄河入海流。
欲穷③千里目，更上一层楼。

## 凉州词④

王之涣

黄河远上白云间，
一片孤城万仞山。
羌笛何须⑤怨杨柳，
春风不度玉门关⑥。

## 古从军行

李颀

白日登山望烽火，黄昏饮⑦马傍交河。
行人刁斗⑧风沙暗，公主琵琶⑨幽怨多。

野云万里无城郭,雨雪纷纷连大漠。
胡雁哀鸣夜夜飞,胡儿眼泪双双落。
闻道玉门⑩犹被遮,应将性命逐轻车⑪。
年年战骨埋荒外,空见蒲桃⑫入汉家。

## 燕歌行

### 高适

汉家烟尘⑬在东北,汉将辞家破残贼⑭。
男儿本自重横行⑮,天子非常赐颜色⑯。
摐⑰金伐鼓下榆关,旌旆⑱逶迤碣石间。
校尉羽书飞瀚海⑲,单于⑳猎火照狼山。
山川萧条㉑极边土,胡骑凭陵杂风雨㉒。
战士军前半死生㉓,美人帐㉔下犹歌舞。
大漠穷秋塞草腓㉕,孤城落日斗兵稀㉖。
身当恩遇常轻敌㉗,力尽关山未解围㉘。
铁衣远戍㉙辛勤久,玉箸㉚应啼别离后。
少妇城南欲断肠㉛,征人蓟北空回首㉜。
边庭㉝飘飖那可度,绝域㉞苍茫无所有。
杀气三时㉟作阵云,寒声一夜㊱传刁斗。
相看白刃㊲血纷纷,死节从来岂顾勋㊳。
君不见沙场�439;征战苦,至今犹忆李将军㊵。

## 注释

① 鹳雀楼:在今山西永济。
② 依:靠着,顺着。
③ 穷:尽,探究到极点。
④《凉州词》:乐府旧题,主要内容是边塞之事。
⑤ 何须:何必。
⑥ 玉门关:关塞名,在今甘肃敦煌西。诗歌末两句是在写边疆景物的荒凉。虽然羌笛吹着《折杨柳》的曲调,可是玉门关外是春风吹不到的地方,哪里会有杨柳呢?《折杨柳》本是乐府旧题,"怨杨柳"一是说曲调哀怨,同时也是说埋怨杨柳不发青,一语双关。
⑦ 饮(yìn):把水给人或牲畜喝。
⑧ 刁斗:军用铜器,白天用来做饭,晚上用来提示时间或者报警。
⑨ 公主琵琶:相传汉代公主远嫁乌孙,因途中烦闷而弹琵琶。
⑩ 玉门:即玉门关。汉武帝时李广利攻大宛(古代西域国名),作战多年,死伤过多。李广利

请求回国,汉武帝大怒,下令阻塞玉门关,不许李广利回国。这里使用这个典故是说统治者在无休止地发动战争。

⑪ **轻车**:指汉武帝时轻车将军李蔡,这里借指行军的将领。

⑫ **蒲桃**:即"葡萄"。相传葡萄是西域特产,汉武帝时征伐西域,将葡萄带回来,本句即言此事。

⑬ **烟尘**:烽烟和战场上扬起的尘土,指战争。

⑭ **贼**:先秦两汉时期,指作乱叛国危害人民的人。开元十八年(730)五月,契丹族可突干杀其国王李邵固,胁迫奚族叛唐降突厥。此后,唐和契丹、奚族的战争连年不断。

⑮ **横行**:纵横驰骋,扫荡敌寇。

⑯ **颜色**:荣光。

⑰ **摐**(chuāng):敲击。这句和下一句都是在描写行军作战时的壮观场面。

⑱ **旌旆**(jīngpèi):军队使用的旗帜。

⑲ **瀚海**:这里指蒙古高原大沙漠以北及以西今准噶尔盆地一带。

⑳ **单于**(Chányú):匈奴人的君长。

㉑ **萧条**:寂寥冷落,草木凋零的样子。

㉒ **胡骑凭陵杂风雨**:敌人的骑兵像狂风暴雨一样发动进攻。**凭陵**:倚仗某种有利条件而去侵犯别人。

㉓ **半死生**:意思是说战士们一半死了,一半还活着,伤亡惨重。

㉔ **帐**:营帐,这里指将领的营帐。

㉕ **腓**(féi):(草木)枯萎。

㉖ **稀**:少。

㉗ **轻敌**:轻视敌手。

㉘ **解围**:解除包围或围困。

㉙ **戍**:防守边疆。

㉚ **玉箸**:这里指思妇的眼泪。**箸**:筷子。

㉛ **断肠**:形容极度悲伤的感情。

㉜ **回首**:回头看。

㉝ **边庭**:泛指边疆地方。

㉞ **绝域**:极其遥远的地方。

㉟ **三时**:指经历的时间长。

㊱ **一夜**:彻夜,整夜。这两句是说:白天战场上杀气森森,天昏地暗;夜晚军营戒备森严,警报频传。

㊲ **白刃**:锋利的刀剑。

㊳ **死节从来岂顾勋**:为了国事不惜牺牲,哪里为的是个人的功勋? **死节**:为国事而献身。**节**:气节,这里指保卫国家的壮志。**岂**:副词,表示反问,难道。**顾**:顾及,顾念。**勋**:特别大的功劳。

㊴ **沙场**:战场。

㊵ **李将军**:即汉代将军李广。

# 第十六课

# 李 白

## 课 文

　　李白是盛唐诗坛①的代表作家,现存诗歌九百多首,有《李太白集》三十卷传世②。他善于从民间文学中吸取营养,想象丰富奇特,风格雄奇奔放,色调瑰玮③绚丽,语言清新自然,是中国文学史上继庄子、屈原之后又一位伟大的浪漫主义文学家。

　　李白自小受到儒家用世济时④、忧国忧民思想的影响,具有"直挂云帆⑤济沧海"、建功立业的雄心;但同时他又深受道家、道教思想的浸润,愤世嫉俗⑥,放达⑦超脱,因此,蔑视富贵权势⑧、追求自由解放,成了李白诗歌的主旋律。由于他生活在唐代开元⑨和天宝年间,经历了大唐帝国的繁荣昌盛⑩和危机战乱,因而他的诗歌是盛唐气象的鲜明写照⑪,是他豪放不羁⑫个性的生动体现,更是开元、天宝之际唐朝盛极一时而又危机四伏⑬的社会现实的深刻再现。

　　李白的诗歌把神奇瑰丽的想象与江河奔泻式的情感宣泄⑭结合起来,把奇思遐想⑮与奇峰绝壑的大山、天外飞来的瀑布等壮丽的风光结合起来,把比兴、象征的诗歌传统和拟人⑯、夸张等修辞手法结合起来,融汇了诗人叛逆⑰不羁的性格,倾注了火山迸发⑱式的情感,体现了他欲与天地星辰同呼吸、与天仙神灵⑲相往来的人生理想,具有雄奇壮丽的崇高⑳美,并且因此而获得了"诗仙"的称号。

　　从诗歌的审美效果上来讲,李白的诗歌"清水出芙蓉㉑,天然去雕饰㉒"(李白《赠江夏韦太守》),"笔落惊风雨,诗成泣㉓鬼神"(杜甫

《寄李十二白二十韵》),以其天才的艺术创造力,丰富了诗歌艺术的浪漫主义风格,发展了浪漫主义的艺术方法和技巧,开拓了诗歌艺术的新境界,使他的诗歌成为继屈原之后,中国古代浪漫主义的新高峰,成为中华民族乃至世界诗歌史上一朵奇葩[24]。

## 注 释

① **诗坛**:诗歌界。
② **传世**:流传到后代。
③ **瑰玮**:风姿奇丽雄伟。这里指李白的诗歌内容奇特,文辞壮丽。
④ **用世济时**:为世所用,救济世人。
⑤ **帆**:挂在船桅上利用风力使船前进的布篷。
⑥ **愤世嫉俗**:不满黑暗的世道,憎恶不合理的社会习俗。
⑦ **放达**:放肆,不拘礼法。
⑧ **权势**:居高位有势力的人。
⑨ **开元**:唐玄宗李隆基的年号,公元713年至741年。下文"天宝"也是唐玄宗李隆基的年号,公元742年至755年。
⑩ **昌盛**:蓬勃发展,兴盛。
⑪ **写照**:描写刻画。
⑫ **豪放不羁**:雄豪奔放,气魄大而不拘小节。
⑬ **危机四伏**:到处都是危机,形容非常危险。
⑭ **宣泄**:舒散;吐露(心中的积郁)。
⑮ **遐想**:悠远地思索或想象。
⑯ **拟人**:修辞手法,使事物人格化。
⑰ **叛逆**:这里指背叛公认的习惯或传统。
⑱ **迸发**:由内到外地突然发出。
⑲ **天仙神灵**:天上的各类神。
⑳ **崇高**:高尚,至高,在精神、智力或道德上卓越杰出的精神。
㉑ **清水出芙蓉**:形容诗体的清秀,犹如芙蓉出水般美丽。
㉒ **雕饰**:雕刻并装饰,这里指刻意的修饰。

㉓ 泣：无声或低声地哭。这两句中的"惊"和"泣"都是使动用法，意思是"使……吃惊""使……哭泣"。
㉔ 奇葩：奇特而美丽的花朵。

## 行路难①

金樽②清酒斗十千，玉盘珍馐直③万钱。
停杯投④箸不能食，拔剑四顾心茫然。
欲渡黄河冰塞⑤川，将登太行⑥雪满山。
闲来垂钓碧⑦溪上，忽复乘舟梦日边⑧。
行路难，行路难！多歧路，今安在⑨？
长风破浪⑩会有时，直挂云帆济沧海。

## 渡荆门⑪送别

渡远荆门外，来从楚⑫国游。
山随平野尽，江入大荒⑬流。
月下飞天镜，云生结⑭海楼。
仍怜故乡水⑮，万里送行舟。

## 望庐山⑯瀑布水

日照香炉生紫烟⑰，遥看瀑布挂前川。
飞流直下三千尺⑱，疑是银河落九天⑲。

## 望天门山⑳

天门中断㉑楚江开，碧水东流至此回㉒。
两岸青山相对出，孤帆一片日边来。

## 早发白帝城㉓

朝辞白帝彩云㉔间,千里江陵一日还㉕。
两岸猿声啼不住㉖,轻舟已过万重㉗山。

### 注 释

① **《行路难》**:乐府旧题。这首诗写世路艰难,充满了政治上遭遇挫折后的抑郁不平之感。
② **樽**:中国古代盛酒的器具。
③ **直**:通"值",价值。这两句是说:装在金杯里的美酒,一斗要一万个钱;盛在玉盘里的名贵食物也价值上万,非常昂贵。
④ **投**:抛,掷,扔。
⑤ **塞**:堵塞,阻塞。
⑥ **太行**:即太行山,在山西高原与河北平原间,这里是泛指山峰。这两句是以渡河、登山的不得过来比喻人生途中的事与愿违。
⑦ **碧**:青绿色。
⑧ **"闲来"二句**:"姜子牙遇文王之前在磻溪钓鱼,伊尹在见汤之前曾梦见乘船经过日月旁边,这里用这两个典故来表示人生遭遇变幻莫测。
⑨ **安在**:就是"在安",在哪里,宾语前置。**安**:疑问代词,哪里。
⑩ **长风破浪**:比喻宏大的抱负得以施展。
⑪ **荆门**:山名,在今湖北宜都西北长江南岸。
⑫ **楚**:今湖北省及其周围,春秋战国时是楚国地方。
⑬ **大荒**:广阔无际的原野。这两句是说:自荆门以外,地势平坦。
⑭ **结**:结成,形成。这两句诗在船上写景,上句说江中明亮的月影,好像是明镜从天空飞下。下句说江上的云彩奇丽多变,像海市蜃(shèn)楼一样。
⑮ **故乡水**:指长江。长江自蜀东流,李白是蜀人,所以这么说。
⑯ **庐山**:山名,在江西境内,避暑胜地。
⑰ **日照香炉生紫烟**:在太阳的照射下,山上的雾气变成了紫色。**香炉**:山峰名,在庐山的东南。
⑱ **三千尺**:这里用夸张的手法形容庐山瀑布的雄伟壮观。
⑲ **九天**:天的最高处,形容极高,古代传说天有九重。
⑳ **天门山**:山名,在今安徽当涂西南的长江两岸,在江西的叫西梁山,江东的叫东梁山,两山隔江而望,形似天门,所以叫"天门山"。
㉑ **中断**:就是指东西梁山之间被江水隔断。
㉒ **至此回**:长江流至当涂,突然向北拐弯,所以这么说。
㉓ **白帝城**:城名,故址在今重庆奉节白帝山上。

㉔ **彩云**：白帝城地势高峻，从山下仰望，像是在云中。早晨云霞变幻多彩，故云"彩云"。

㉕ **还(huán)**：归来。李白被流放夜郎(在西南地区)，行至白帝城时遇赦，乘舟东返，所以诗中说"还"。

㉖ **不住**：不停。

㉗ **重(chóng)**：量词，层。

### （一）背诵

《渡荆门送别》《早发白帝城》

### （二）填空

1. 李白是盛唐诗坛的代表作家，现存诗歌九百多首，有《_____》三十卷传世。他善于从_____文学中吸取营养，想象丰富_____，风格雄奇_____，色调瑰玮_____，语言清新_____，是中国文学史上继_____、_____之后又一位伟大的浪漫主义文学家。

2. 李白的诗歌把神奇瑰丽的想象与江河奔泻式的感情宣泄结合起来，把奇思遐想与奇峰绝壑的大山、天外飞来的瀑布等壮丽的风光结合起来，把比兴、象征的诗歌传统和拟人、夸张等修辞手法结合起来，融汇了诗人_____的性格，倾注了_____式的情感，体现了他_____的人生理想，具有雄奇壮丽的_____美，并且因此获得了"_____"的称号。

### （三）思考

结合李白的诗歌作品，分析李白诗歌的特点。

**文学史知识提示**

李白(701年—762年),字太白,号青莲居士,是中国文学史上少有的天才诗人。他的心犹如一注滔滔汨汨流淌不尽的诗的源泉。无论是山川风物还是人事交往,无论是所见所闻还是所思所想,在他的笔底统统可以谱写成震撼人心的乐章,而且永远是那样雄浑而清新,具有高山大河般的力度、初日芙蓉般纯粹的美感。

一首《蜀道难》,博得前辈贺知章的极高赞赏,初到长安的李白被惊叹为"天上谪仙人",从此誉满京师。

(董乃斌、钱理群主编《彩色插图本中国文学史》,
贵州人民出版社2004年版,第97页)

(李)白的诗,纵横驰骋,若天马行空,无迹可寻;若燕子追逐于水面之上,倏忽西东,不能羁系。……他的诗如游丝,如落花,轻隽之极,却不是言之无物;如飞鸟,如流星,自由之极,却不是没有轨辙;如侠少的狂歌,农工的高唱,豪放之极,却不是没有腔调。他是蓄储着过多的天才的。随笔挥写下来,便是晶光莹然的珠玉。

他的诗是在飘逸以上的。有人说他的诗是"仙"的诗。但仙人,似决不会有他那末狂放。我们勉强的可以说,他的诗的风格是豪迈联合了清逸的。他是高适、岑参又加上了王维、孟浩然的。他恰好代表了这一个音乐的诗的奔放的黄金时代。在我们的文学史上,没有第二个像开、天的万流辐辏,不名一轨的时代;也没有第二个像李白似的那末同样的作风的。他是不可模拟的!

(郑振铎《插图本中国文学史》,
人民文学出版社1957年版,第319—320页)

## 将进酒①

君不见黄河之水天上来,奔流到海不复回。
君不见高堂明镜悲白发②,朝如青丝③暮成雪。
人生得意④须尽欢,莫使金樽空对月。
天生我材必有用,千金散⑤尽还复来。
烹羊宰牛且为乐⑥,会须⑦一饮三百杯。
岑夫子⑧,丹邱生⑨,将进酒,杯莫停。
与⑩君歌一曲,请君为我侧耳⑪听。

钟鼓馔玉⑫不足贵,但愿长醉不复醒。
古来圣贤皆寂寞⑬,惟有⑭饮者留其名。
陈王⑮昔时宴平乐,斗酒十千恣欢谑⑯。
主人何为言少钱,径须沽⑰取对君酌。
五花马⑱,千金裘⑲,
呼儿将⑳出换美酒,与尔同销㉑万古愁。

## 宣州谢朓楼饯别校书叔云㉒

弃㉓我去者昨日之日不可留,
乱我心者今日之日多烦忧。
长风万里送秋雁,对此可以酣㉔高楼。
蓬莱文章建安㉕骨,中间小谢又清发㉖。
俱怀逸兴壮思㉗飞,欲上青天览㉘明月。
抽刀断水水更流,举杯销愁愁更愁。
人生在世不称意㉙,明朝散发㉚弄扁舟。

## 注　释

① **《将(qiāng)进酒》**:本是乐府旧题,内容多写饮酒放歌时的情感。
② **悲白发**:因为在明镜中看见白发而悲伤。
③ **青丝**:黑头发。
④ **得意**:满意,感到满足时的高兴心情。
⑤ **散(sàn)**:散发,分散。
⑥ **烹羊宰牛且为乐**:烹羊杀牛姑且寻求欢乐。烹:烧煮,烹饪。宰:杀牲畜。且:副词,姑且,暂且。为乐:作乐,寻求欢乐。
⑦ **会须**:应当,应该。
⑧ **岑夫子**:岑勋,李白的好友。
⑨ **丹邱生**:元丹邱,李白的好友。
⑩ **与**:介词,为,给。
⑪ **侧耳**:认真倾听的样子。
⑫ **钟鼓馔(zhuàn)玉**:指权贵人家的音乐和精美珍贵的食品。这里作富贵利禄的代称。
⑬ **寂寞**:冷清孤单。
⑭ **惟有**:只有。
⑮ **陈王**:三国时的曹植。
⑯ **谑(xuè)**:尽情地作乐。

⑰ **沽**(gū):买。
⑱ **五花马**:名贵的马。
⑲ **千金裘**:价值千金的皮衣。**裘**:皮衣。
⑳ **将**:拿。
㉑ **销**(xiāo):排遣,打发。
㉒ **宣州谢朓楼饯别校书叔云**:在宣州谢朓楼准备酒食为叔叔李云送别。**宣州**:地名,今安徽宣城。**谢朓楼**:楼名,在宣州。**饯**(jiàn)**别**:准备酒食为人送行。**校书**:官名。**云**:人名,即李云。
㉓ **弃**:抛弃,背弃。
㉔ **酣**:酒喝得很畅快。
㉕ **建安骨**:"建安风骨"的简称,建安时期诗人的特殊气质。**建安**:汉献帝的年号。
㉖ **清发**:清新秀丽。这两句上句说李云的文章有建安风骨,下句把自己比为谢朓,认为自己有谢朓清发的风格。
㉗ **壮思**:豪壮的情思。
㉘ **览**:同"揽",搂,拥抱。
㉙ **称意**:合意,符合自己的意愿。
㉚ **散发**:披散着头发,指解冠隐居。

# 第十七课

# 杜 甫

## 课 文

  杜甫是盛唐时期伟大的现实主义诗人。博大精深的内容,感时伤世的情感,沉郁顿挫①的风格,使他的诗歌达到了历史真实与艺术真实的高度统一,深刻地反映了唐代安史之乱②前后各种各样的社会矛盾和现实生活,堪称唐代由盛而衰的"诗史"③。

  由于家庭的影响,杜甫的儒家思想根深蒂固④。一生贫穷漂泊⑤的生活使他看到并且感受到了社会巨大的贫富悬殊和尖锐的阶级矛盾,因此,揭露统治阶级敲骨吸髓⑥的剥削,反对竭泽而渔⑦式的横征暴敛,反映广大人民的苦难构成了杜诗的重要内容。杜甫作为一代集大成⑧的诗人,他的诗歌的风格是多种多样的,但其主要的风格是"沉郁顿挫"。形成这一风格的原因是:第一,诗人饱经忧患⑨而壮志未酬,性格深沉,思想深邃⑩,感情深挚⑪,郁结既久且深而融汇于笔端⑫;第二,杜甫是一位伟大的现实主义诗人,因此他写时代之实,道性情之真,传事物之神,肺腑肝胆袒露于字里行间⑬,使人悲愤,使人忧愁,具有超常的震撼力量;第三,杜诗善于把丰富的感情,层叠的蕴含⑭,集中浓缩,托物比兴⑮,一波三折⑯,跌宕腾挪⑰,曲折有致;第四,杜诗的语言精练苍劲。由于杜甫有深邃的思想、高远的理想追求,还具有深入的洞察⑱力和高度的概括力,因此他的诗歌真正具有"语不惊人死不休"的功力。

  杜甫的诗歌是中国现实主义诗歌传统的一次重要的总结与发扬⑲。它们因为忧国忧民而流芳千古⑳,因为体大思精㉑而泽被万代。杜甫因此被誉为中国诗歌史上的"诗圣"。

## 注 释

① **沉郁顿挫**：文辞深沉蕴藉，音调抑扬有致。
② **安史之乱**：唐朝安禄山、史思明发动的叛乱，从玄宗天宝十四年（755）至代宗广德元年（763），前后历时八年，严重地破坏了社会生产，唐朝统治也因此由盛转衰。
③ **诗史**：指能反映某一历史时期现实情况的诗歌。
④ **根深蒂(dì)固**：比喻基础稳固，不容易动摇。
⑤ **漂泊**：比喻没有固定的居所或职业，生活不固定，东奔西走。
⑥ **敲骨吸髓(suǐ)**：敲碎骨头来吮吸骨髓，比喻残酷的压榨、剥削。
⑦ **竭泽而渔**：抽干池水，捉尽池鱼，比喻目光短浅，缺乏深谋远虑。
⑧ **集大成**：集中某类事物的各个方面，达到相当完备的程度。
⑨ **饱经忧患**：成语，经历了许多忧愁患难。
⑩ **深邃**：深奥，不易理解。
⑪ **深挚**：深厚而诚挚。
⑫ **笔端**：指写文章、写字、绘画时笔的运用以及所表现出来的意境。
⑬ **字里行间**：文字语句中间，常用来指文句言语之间的含义。
⑭ **层叠**：层层重叠。**蕴含**：包含在内的思想情感等。
⑮ **托物比兴**：写作手法，指用其他的事物来烘托、比喻。
⑯ **一波三折**：形容文章结构等的曲折起伏。
⑰ **腾挪**：挪动，调换，比喻文章变化多，不易把握。
⑱ **洞察**：观察得很透彻，发现了在内的内容或意义。
⑲ **发扬**：使美好的事物不断得到发展、提高。
⑳ **流芳千古**：成语，指美名永远流传于后代。
㉑ **体大思精**：规模很大，思维严密。

## 望岳①

岱宗②夫如何？齐鲁青未了③。
造化钟神秀④，阴阳割昏晓⑤。
荡⑥胸生层云，决眦入归鸟⑦。
会当凌绝顶⑧，一览众山小⑨。

## 春望

国破山河⑩在,城春草木深。
感时花溅⑪泪,恨别鸟惊心⑫。
烽火连三月⑬,家书抵⑭万金。
白头搔⑮更短,浑⑯欲不胜簪。

## 春夜喜雨

好雨知时节⑰,当春乃⑱发生。
随风潜⑲入夜,润⑳物细无声。
野径云俱黑㉑,江船火独明。
晓看红湿处,花重锦官城㉒。

## 江畔㉓独步寻花七绝句(其六)

黄四娘家花满蹊㉔,千朵万朵压枝低。
留连㉕戏蝶时时舞,自在娇莺恰恰㉖啼。

## 登高

风急天高猿啸哀,渚清沙白鸟飞回㉗。
无边落木萧萧㉘下,不尽长江滚滚来。
万里悲秋常作客㉙,百年㉚多病独登台。
艰难苦恨繁霜鬓㉛,潦倒㉜新停浊酒杯。

## 注 释

① 岳:指五岳,中国五座有名的山,这里特指泰山。
② 岱宗:泰山的别称。
③ 齐鲁青未了:泰山位于齐鲁之间,山峰青苍之色,齐鲁之外,还可以望见。**齐鲁**:泰山在今山东泰安,山北古时是齐国的地方,山南是鲁国的地方。**了**:结束,完结。
④ 造化钟神秀:大自然把神奇和秀美都集中在了泰山。**造化**:指大自然。**钟**:聚集。
⑤ 阴阳割昏晓:形容泰山非常高大,山南山北,黄昏与清晓,明暗不同。**阴**:山北。**阳**:山南。**割**:划分。**昏**:黄昏。**晓**:早晨。

⑥ **荡**:洗涤,涤荡。
⑦ **决眦**(zì):形容极度使用目力。**决**:裂开。**眦**:眼眶。这两句是描写看到的泰山景象,上句说望见山中层云叠生,舒展飘拂,心胸像经过洗涤一般;下句说极力用眼远望,目送山中的飞鸟归林。
⑧ **会当凌绝顶**:一定要登上最高的山峰。**会当**:就是说"终当",表示将来一定要如此。**凌**:登上。**绝顶**:最高的山峰。
⑨ **一览众山小**:登上泰山,就会觉得其他的山峰相比之下都很小。**小**:意动用法,"认为……小"。
⑩ **山河**:山岭和河流,指国家的疆土。
⑪ **溅**:液体受到冲击向四处飞射。
⑫ **"感时"二句**:由于感时恨别,因而对花溅泪,听鸟惊心。
⑬ **烽火连三月**:战火持续了很长时间。**三**:虚指,表示时间长。
⑭ **抵**:相当于。
⑮ **搔**:挠,用手指甲轻刮。
⑯ **浑**:副词,简直。这两句是说:头上的白发,越搔越短少,简直都梳不到一起,用不上簪子了。
⑰ **时节**:季节,时令。
⑱ **乃**:副词,就。
⑲ **潜**:秘密地,悄悄地。夜间细雨无声,人们察觉不到。
⑳ **润**:滋润,润湿。
㉑ **野径云俱黑**:阴云密布,没有星光,天上地下黑成一片。
㉒ **花重**(zhòng):花枝被雨水打湿,重量增加,所以说"花重"。
㉓ **畔**:旁边。
㉔ **黄四娘**:人名。**蹊**:小路。
㉕ **留连**:滞留,停留。
㉖ **恰恰**:拟声词,形容鸟的叫声。
㉗ **回**:回旋。
㉘ **萧萧**:冷落凄清的样子。
㉙ **作客**:寄居异地,在别处居住。
㉚ **百年**:指人的一生,一辈子。
㉛ **繁霜鬓**:就是说鬓角有很多像霜一样的白色头发。**繁**:多。这句话是说:时局艰难,自己已经老去,功业无成。
㉜ **潦倒**:失意,不得志。

## (一)背诵

《春望》《登高》

## (二) 填空

1. 杜甫是_____时期伟大的现实主义诗人。博大精深的内容,感时伤世的情感,沉郁顿挫的风格,使他的诗歌达到了历史真实与艺术真实的高度统一,深刻地反映了唐代_____各种各样的社会矛盾和现实生活,堪称唐代由盛而衰的"_____"。

2. 杜甫的诗歌是_____的一次重要的总结与发扬。它们因为_____而流芳千古,因为_____而泽被万代。杜甫因此被誉为中国诗歌史上的"_____"。

## (三) 思考

试结合课文分析杜甫的诗歌中"沉郁顿挫"风格形成的原因。

---

**知识提示文学史**

　　李白和杜甫是中国文学史上光照千古的双子星座,分别代表诗歌创作中浪漫主义和现实主义创作的高峰。由于时代、出身、思想气质、生活道路及文学主张的差异,导致他们创作方法和风格的不同。轩轾抑扬,实无必要:"李杜文章在,光焰万丈长。不知群儿愚,那用故谤伤?蚍蜉撼大树,可笑不自量。"(韩愈《调张籍》)而比较异同,则利于借鉴。

　　李白敏于才思,斗酒百篇,援笔立成;杜甫深于学力,改罢长吟,一字不苟。李诗"豪逸宕丽",杜诗"沉郁雄深"(《诗薮·内编》卷三);李诗如海,杜诗如山,已是两人诗风不同的定评。李白诗歌的形象多凭主观想象幻化而成,往往从大处落墨,作总体勾勒,犹如泼墨写意;杜甫诗歌的形象多来自生活,真实具体,且善作精雕细刻,颇多工笔彩绘。在意象组合上,李白常以一句一联表现一个形象,疏朗而飘逸空灵;杜甫常用一字一词呈现形象,紧密而沉着厚重。在抒情表达上,李白如江河直泻,火山喷发,势不可挡;杜甫则愁肠百结,十步九折,一唱三叹。在章法结构上,李诗疏宕,跳跃腾挪;杜诗谨细,针严线密。在体裁上,李白长于乐府歌行绝句,律体非其所好;杜甫的五七言律诗臻于极致,而歌行绝句稍弱。

(郭预衡主编《中国古代文学史》二,
上海古籍出版社1998年版,第267—268页)

## 兵车行①

车辚辚②,马萧萧③,行人弓箭各④在腰。
耶娘⑤妻子走相送,尘埃不见咸阳桥⑥。
牵衣顿足⑦拦道哭,哭声直上干⑧云霄。
道旁过者问行人,行人但云点行⑨频。
或从十五北防河⑩,便至四十西营田⑪。
去时里正与裹头⑫,归来头白还戍边⑬。
边庭流血成海水,武皇⑭开边意未已。
君不闻汉家山东二百州⑮,千村万落⑯生荆杞。
纵⑰有健妇把锄犁,禾生陇亩无东西⑱。
况复秦兵⑲耐苦战,被驱不异⑳犬与鸡。
长者㉑虽有问,役夫㉒敢申恨?
且如㉓今年冬,未休关西卒㉔。
县官急索㉕租,租税㉖从何出?
信知生男恶㉗,反是生女好,
生女犹得㉘嫁比邻,生男埋没㉙随百草。
君不见青海㉚头,古来白骨无人收。
新鬼烦冤㉛旧鬼哭,天阴雨湿声啾啾㉜。

## 哀江头㉝

少陵野老吞声哭㉞,春日潜行曲江曲㉟。
江头宫殿㊱锁千门,细柳新蒲㊲为谁绿!
忆昔霓旌㊳下南苑,苑中万物生颜色㊴。
昭阳殿里第一人㊵,同辇随君侍君㊶侧。
辇前才人㊷带弓箭,白马嚼啮㊸黄金勒。
翻身向天仰射云,一笑正坠双飞翼㊹。
明眸皓齿㊺今何在?血污游魂归不得㊻。
清渭东流剑阁㊼深,去住㊽彼此无消息。
人生有情泪沾臆㊾,江水江花岂终极㊿!
黄昏胡骑尘满城,欲往城南望城北㉛。

## 注　释

① **《兵车行》**：杜甫创制的一个乐府新题，这首诗的中心思想是反对统治者进行长期的战争。
② **辚辚**：拟声词，众多车辆发出的急速、连续、短促、硬物相撞的声音。
③ **萧萧**：拟声词，形容马的叫声。
④ **各**：副词，皆，都。
⑤ **耶(yé)娘**：同"爷娘"，父母。
⑥ **咸阳桥**：由长安往西北去经过的大桥。
⑦ **顿足**：用脚使劲地踩地，形容着急、悲痛的样子。
⑧ **干(gān)**：冲犯，冲。
⑨ **点行**：按名册抽取成年男子参军。
⑩ **或**：代词，有的人。**防河**：唐玄宗时，经常征调大批兵力，驻扎在河西（今甘肃及宁夏一带），称为防河。
⑪ **营田**：在边疆防守的士兵，兼职从事垦荒的工作，称为营田。
⑫ **与裹头**：替他裹头。新兵入伍时，须装束整齐，而被征者年龄太小，不会自己裹头，所以里正代为裹头。**裹头**：古代的头巾。
⑬ **戍边**：防守边境，守卫边疆。
⑭ **武皇**：即汉武帝，这里借指唐玄宗。
⑮ **山东二百州**：泛指华山以东的广大地区。
⑯ **落**：村庄。
⑰ **纵**：纵使，即使。
⑱ **无东西**：没有秩序，不成行列。这里指庄稼长得不好。
⑲ **秦兵**：陕西秦地的士兵，即下文的"关西卒"。
⑳ **不异**：没有什么不同，一样。
㉑ **长者**：对年老人的尊称，即上文所说的"道旁过者"。
㉒ **役夫**：服兵役的人自谦之辞。
㉓ **且如**：不敢说又忍不住内心的怨苦，姑且举眼前的事以为实例。**且**：副词，姑且，暂且。**如**：比如，例如。
㉔ **卒**：士兵。
㉕ **索**：要，要求得到。
㉖ **租税**：指按田地征收的捐税。
㉗ **恶(è)**：坏，不好。
㉘ **犹得**：还能够。
㉙ **埋没(mò)**：埋在地下。
㉚ **青海**：即今青海一带。
㉛ **冤**：同"怨"，怨恨，仇恨。
㉜ **啾啾**：拟声词，泛指像各种凄切尖细的声音。

㉝**《哀江头》**:这首诗以江头宫殿作为描写背景,追溯往事,有深刻的教训意义。**江**:指曲江,长安城南著名的风景区。

㉞**少陵野老**:杜甫在长安时,曾经住在少陵附近,所以自称"少陵野老"。

㉟**曲江曲**:曲江的深曲之处。

㊱**宫殿**:帝王处理事情或者居住的建筑物。

㊲**蒲**:树木名,就是水杨。

㊳**霓旌**(níjīng):指皇帝的旗帜。

㊴**生颜色**:焕发光彩。

㊵**昭阳殿里第一人**:指杨贵妃。**昭阳殿**:汉代宫殿名,赵飞燕之妹居住的地方。**第一人**:最受皇帝宠爱的人。唐人诗中多以杨贵妃比赵飞燕。

㊶**辇**(niǎn):特指皇帝或皇后所乘的车。**君**:君王,皇帝。

㊷**才人**:宫女。唐代宫廷中,有娴习武艺的宫女,称之为"射生宫女"。

㊸**嚼啮**(jiáoniè):咬。

㊹**双飞翼**:借指双飞鸟,两只鸟。

㊺**明眸皓齿**:闪亮、妩媚的眼睛和洁白的牙齿,这里是指杨贵妃的美丽形象。

㊻**归不得**:等于说"不得归"。**得**:能够。这句指的是马嵬(wéi)坡兵变,杨贵妃被缢杀之事。

㊼**剑阁**:即大剑山,在今四川剑阁的北面,是从长安入蜀的必经之地。

㊽**去住**:离开和停留。

㊾**臆**(yì):胸部。

㊿**终极**:最终,穷尽。这两句是说:江花江水年年依旧,而人生有情,则不免感怀今昔而生悲。以无情衬托有情,更见此情难以排遣。

○51 **欲往城南望城北**:这句是在写极度悲伤时的迷茫心情。

# 第十八课

# 白居易与新乐府运动

## 课 文

白居易(772—846),字乐天,自号香山①居士。他是杜甫的有意识②的继承者,也是杜甫之后杰出的现实主义诗人。他继承并发展了《诗经》和汉乐府的现实主义传统,沿着杜甫所开辟的道路,进一步从文学的理论与创作上掀起了一个波澜壮阔③的现实主义诗歌高潮——新乐府运动。

白居易是新乐府运动的旗手④,他主张"文章合⑤为时而著,歌诗合为事而作",文学创作应该植根⑥于现实而且直接为现实生活服务,因此他强调诗歌的教育作用和社会功能,追求内容与形式的统一。晚唐皮日休⑦、陆龟蒙⑧等人延续了新乐府运动的精神。此后,宋代王禹偁⑨、梅尧臣⑩、张耒⑪、陆游⑫等人以至晚清的黄遵宪⑬,也一直有所继承。这一诗派始终保持对社会现实的批判精神,坚持浅近、通俗⑭的诗风,语言平易近人⑮,以俗为奇,以常为新,因而拥有空前广泛的读者群体,诗歌作品也因此而流传久远。

白居易的诗歌作品现存3000多首,他曾自分为讽喻、闲适、感伤、杂律四类。其中成就最高、影响最大的是新乐府诗歌五十首、《秦中吟》⑯十首以及感伤诗《长恨歌》⑰《琵琶行》⑱。白居易的诗歌主题专一,思想集中,注重人物的外貌与心理描写,注重细节的刻画和情节的曲折有致,对比鲜明,夹叙夹议;注重"缘事而发",用新题写时事,因事立题⑳,真实地揭示了中唐㉑时期的社会矛盾,反映了人民的疾苦㉒,充分地实践㉓了他的文学主张。

## 注  释

① **香山**：在今河南洛阳龙门山之东，白居易晚年居住在这里，所以自号"香山居士"。
② **有意识**：故意，刻意。
③ **波澜壮阔**：比喻声势浩大。
④ **旗手**：举着旗走在行列前面的人，比喻领导人或先行者。
⑤ **合**：副词，应该。
⑥ **植根**：扎根，比喻深入进去，打下基础。
⑦ **皮日休**（约838—约883）：著名文学家，工诗能文，诗学白居易，文学韩愈。
⑧ **陆龟蒙**（？—约881）：著名文学家，工诗文，与皮日休齐名。
⑨ **王禹偁**（Yǔchēng，954—1001）：宋代文学家，反对浮艳文风。
⑩ **梅尧臣**（Yáochén，1002—1060）：宋代著名文学家，诗的成就高，与苏舜钦（Shùnqīn）齐名，世称"苏梅"。
⑪ **张耒**（Lěi，1054—1114）：宋代著名诗人，"苏门四学士"之一。
⑫ **陆游**（1125—1210）：宋代伟大的爱国诗人，词和散文的成就也很高。
⑬ **黄遵宪**（1848—1905）：晚清著名诗人，是当时"诗界革命"中成就较高的诗人。
⑭ **通俗**：浅显易懂，适合或体现大多数人的水平。
⑮ **平易近人**：这里形容文字深入浅出，容易理解。
⑯ **《秦中吟》**：组诗，反映秦地人民的生活。
⑰ **《长恨歌》**：长篇叙事诗，描写唐玄宗和杨贵妃的爱情悲剧。
⑱ **《琵琶行》**：长篇叙事诗，主要写琵琶女的悲惨命运。
⑲ **夹叙夹议**：一边叙述，一边议论。
⑳ **因事立题**：根据事情确立主题。**因**：根据。
㉑ **中唐**：一般指唐代宗大历初年至唐文宗大和初年这一段时间。
㉒ **疾苦**：指生活上的困苦。
㉓ **实践**：实际去做，履行。

## 第十八课

### 作品

#### 轻肥①

意气骄②满路,鞍马光照尘。
借问何为者③? 人称是内臣④。
朱绂⑤皆大夫,紫绶悉将军⑥。
夸赴军中⑦宴,走马去如云⑧。
樽罍溢九酝⑨,水陆罗八珍⑩。
果擘⑪洞庭橘,脍⑫切天池鳞。
食饱心自若⑬,酒酣气益振⑭。
是⑮岁江南旱,衢州人食⑯人!

#### 卖炭翁⑰

卖炭翁,伐薪⑱烧炭南山中。
满面尘灰烟火色,两鬓苍苍⑲十指黑。
卖炭得钱何所营⑳? 身上衣裳口中食㉑。
可怜身上衣正单㉒,心忧炭贱㉓愿天寒。
夜来城外一尺雪,晓驾炭车辗冰辙㉔;
牛困㉕人饥日已高,市南门外泥中歇㉖。
翩翩㉗两骑来是谁? 黄衣使者白衫儿㉘。
手把文书口称敕㉙,回车叱㉚牛牵向北。
一车炭,千余斤㉛,宫使驱将㉜惜不得。
半匹红纱一丈绫㉝,系向牛头充炭直㉞。

#### 赋㉟得古原草送别

离离㊱原上草,一岁一枯荣㊲。
野火烧不尽,春风吹又生。
远芳侵古道,晴翠接荒城㊳。
又送王孙㊴去,萋萋㊵满别情。

# 钱塘湖㊶春行

孤山寺㊷北贾亭西,水面初平云脚㊸低。
几处早莺争暖树,谁家新燕啄㊹春泥?
乱花渐欲迷人眼,浅草才能没马蹄㊺。
最爱湖东行不足㊻,绿杨阴㊼里白沙堤。

# 注　释

① **轻肥**:"轻裘肥马"的简称,指豪华的生活。
② **意气骄**:神色傲慢。
③ **何为者**:就是"为何者","做什么的人",宾语前置。
④ **内臣**:即宦官,在皇帝宫中服役的太监。
⑤ **绂**(fú):官服的一种。
⑥ **紫绶**(shòu):系官印的紫色的带子。唐制官分九品,四品、五品穿红色的官服,二品、三品佩戴紫色的绶带。唐自玄宗后,宦官得势。
⑦ **军中**:指掌握在宦官手里的禁军。
⑧ **如云**:形容众多的样子。
⑨ **九酝**:经过重酿的美酒。
⑩ **八珍**:指精美罕见的食品。这两句是说:酒器里都装满了上好的美酒,还罗列着水中、陆地上各种精美罕见的食品。
⑪ **擘**(bò):分开,剖开。
⑫ **鲙**(kuài):把鱼肉等细切而成的食品。这两句是说:水果有来自洞庭湖旁的橘子,鱼有来自大海的鱼。
⑬ **自若**:镇静自如,毫不拘束。
⑭ **振**:振奋,振作。这两句是说:酒醉饭饱之后,志得意满,旁若无人。
⑮ **是**:代词,这。
⑯ **食**:吃。
⑰ **翁**:泛称老年男性。
⑱ **薪**:柴火,木柴。
⑲ **苍苍**:灰白色。
⑳ **营**:营生,生活。
㉑ **食**:食物。
㉒ **单**:(衣服等)单薄。
㉓ **贱**:价格低,便宜。
㉔ **辙**:车迹,车轮碾过的痕迹。

㉕ 困:劳累,疲倦。
㉖ 歇:休息以消除疲劳。
㉗ 翩翩:举止洒脱的样子。
㉘ 黄衣使者白衫儿:这里指专替统治阶级掠夺人民财富的人。使者:奉命办事的人。衫:上衣。黄衣、白衫:平民和没有品级的官差穿黄色或者白色的衣服。
㉙ 敕:皇帝的命令。
㉚ 叱:大声呵斥、驱赶。
㉛ 千余斤:就是一千多斤的意思。余:多。
㉜ 将(jiāng):助词,用在动词后面,表示动作、行为的趋向或进行。
㉝ 绫:一种很薄的丝织品。
㉞ 直:同"值",价值。
㉟ 赋:作诗。
㊱ 离离:繁茂的样子。
㊲ 枯荣:草木干枯和开花。
㊳ "远芳"二句:蔓延的春草,一直伸向远方的古道;阳光照耀下的广阔绿野连接着荒城。
㊴ 王孙:贵族,这里借指被送的友人。
㊵ 萋萋:茂盛的样子。
㊶ 钱塘湖:即西湖,在今浙江杭州西部。
㊷ 孤山寺:孤山在西湖中后湖与外湖之间,山上有孤山寺。
㊸ 云脚:出现在雨前或雨后接近地面的云气。
㊹ 啄:鸟用嘴取食等。
㊺ 没(mò):高过,漫过。这两句是说:纷繁的花朵渐渐地要迷住了人的眼睛,浅浅的草儿才刚刚高过马蹄。
㊻ 不足:不够,满足不了需要。
㊼ 阴:树阴。

## (一) 背诵

《赋得古原草送别》

## (二) 填空

1. 白居易是_____的有意识的继承者,也是杜甫之后杰出的_____诗人。他继承并发展了_____和_____的现实主义传统,沿着杜甫所开辟的道路,进一步从文学的理论与创作上掀起了一个波澜壮阔的现实主义诗歌高潮——_____运动。

2. 白居易的诗歌作品现存_____多首,他曾自分为_____、_____、_____、_____四类。其中成就最高、影响最大的是新乐府诗歌五十首、《秦中吟》十首以及感伤诗《长恨歌》《_____》。

### (三) 思考

为什么说白居易"拥有空前广泛的读者群体,诗歌作品也因此而流传久远"?

元稹、白居易是情同手足的挚友,两人志同道合,诗文酬唱,共倡新乐府运动,世称元白。

元、白同中有异,元稹后期仍积极用世,汲汲功名,而白居易则消极出世,明哲保身。表现在抒情诗中,元稹多主观感情抒发,色彩浓烈;白居易则多客观理性的阐发,手法白描。寓言诗,元稹直言激词,剑拔弩张;白居易则较幽默含蓄,情趣自生。以新乐府长篇叙事诗而言,元稹主题不够集中,语言较为晦涩,讽谏更为直露;白居易后来居上,成就在元稹之上。以闲适诗而言,元多轻艳之词,白多知足之语,故有"元轻白俗"之称。

(郭预衡主编《中国古代文学史》二,
上海古籍出版社1998年版,第313、319页)

## 琵琶行①

浔阳江②头夜送客,枫叶荻花秋瑟瑟③。
主人下马客在船,举酒欲饮无管弦④。
醉不成欢惨⑤将别,别时茫茫江浸⑥月。
忽闻水上琵琶声,主人忘归客不发⑦。
寻声暗问弹者谁,琵琶声停欲语迟。
移船相近邀⑧相见,添酒回灯⑨重开宴。
千呼万唤始出来,犹抱琵琶半遮面。

转轴拨弦⑩三两声，未成曲调先有情。
弦弦掩抑声声思⑪，似诉平生不得志。
低眉信手⑫续续弹，说尽心中无限⑬事。
轻拢慢捻抹复挑⑭，初为《霓裳》后《六幺》⑮。
大弦嘈嘈⑯如急雨，小弦切切如私语⑰。
嘈嘈切切错杂⑱弹，大珠小珠落玉盘。
间关⑲莺语花底滑，幽咽⑳泉流水下难。
冰泉冷涩㉑弦凝绝，凝绝不通声暂歇㉒。
别有幽愁暗恨生，此时无声胜有声。
银瓶乍㉓破水浆迸，铁骑突出㉔刀枪鸣。
曲终收拨㉕当心画，四弦一声如裂帛㉖。
东船西舫㉗悄无言，唯见江心秋月白。
沉吟放拨插弦中，整顿衣裳起敛容㉘。
自言本是京城女，家在虾蟆陵㉙下住。
十三学得琵琶成，名属教坊㉚第一部。
曲罢曾教善才伏㉛，妆成每被秋娘㉜妒。
五陵年少争缠头㉝，一曲红绡㉞不知数。
钿头云篦击节碎㉟，血色罗裙翻酒污㊱。
今年欢笑复明年，秋月春风等闲㊲度。
弟走从军㊳阿姨死，暮去朝来颜色故㊴。
门前冷落车马稀㊵，老大㊶嫁作商人妇。
商人重利轻别离，前月浮梁㊷买茶去。
去来㊸江口守空船，绕船月明江水寒。
夜深忽梦少年事，梦啼妆泪红阑干㊹。
我闻琵琶已叹息，又闻此语重唧唧。
同是天涯沦落㊺人，相逢何必曾相识！
我从去年辞帝京，谪居卧病浔阳城。
浔阳地僻㊻无音乐，终岁不闻丝竹㊼声。
住近湓江㊽地低湿，黄芦苦竹绕宅㊾生。
其间旦暮㊿闻何物？杜鹃啼血㊛猿哀鸣。
春江花朝秋月夜，往往取酒还独倾。
岂㊜无山歌与村笛？呕哑嘲哳㊝难为听。
今夜闻君琵琶语，如听仙乐耳暂明。
莫辞㊞更坐弹一曲，为君翻㊟作琵琶行。
感我此言良久㊠立，却坐㊡促弦弦转急。
凄凄不似向前㊢声，满座重闻皆掩泣㊣。
座中泣下谁最多，江州司马㊤青衫湿。

## 注　释

① 行(xíng)：歌行体，文学体裁的一种。
② 浔阳江：长江流经江西九江北一段的别名。
③ 瑟瑟：风吹草木的声音。
④ 管弦：管乐和弦乐，借指音乐。
⑤ 惨：悲伤，使人难受。
⑥ 浸(jìn)：泡在水里，淹没。
⑦ 发：出发。
⑧ 邀：请，邀请。
⑨ 回灯：把撤了的灯拿回来。
⑩ 转轴拨弦：弹奏琵琶之前的调音动作。
⑪ 弦弦掩抑声声思：弹琴时用掩按抑遏的手法，声调幽咽，一声声都含着深长的情思。**掩抑**：掩按抑遏。
⑫ 信手：随手。
⑬ 无限：没有尽头，没有限量。
⑭ 拢、捻、抹、挑：都是弹琵琶的指法。
⑮ 《霓裳》：即《霓裳羽衣曲》，乐曲名。《六幺》：又名《录要》，当时京城流行的曲调名。
⑯ 嘈嘈：形容声音沉重而舒长。
⑰ 切切：形容声音轻细而急促。
⑱ 错杂：交错掺杂，混杂。
⑲ 间关：拟声词，形容宛转的鸟鸣声。
⑳ 幽咽(yè)：形容低微的流水声。
㉑ 涩：不光滑，不滑溜。
㉒ 歇：停止。
㉓ 乍：忽然。
㉔ 突出：突然出现。这两句是说：静寂之后，忽然又发出激越而雄壮的声音。
㉕ 拨：拨子，弹琵琶的工具。
㉖ 帛：丝织品的总称。这两句是说：弹到最后，将拨子在琵琶中心，并和四弦，用力一划，声音强烈清脆，像布帛裂开的声音一样。
㉗ 舫：船。
㉘ 敛容：收敛面部笑容等，现出严肃的神色。
㉙ 虾蟆(Háma)陵：地名，在长安城东南，曲江附近，是唐代有名的游乐地区。
㉚ 教坊：古时管理宫廷音乐、舞蹈、戏曲的官署。
㉛ 曲罢曾教善才伏：每曲弹完都令乐师们佩服。**罢**：完，停止。**教**：让，使。**善才**：唐代用来称呼弹琵琶的艺人或乐师，意为"能手"。**伏**：屈服，佩服。
㉜ 秋娘：唐时以歌舞为职业的女子，多以秋娘为名。
㉝ 五陵年少争缠头：京城的富家子弟争着赠送礼物。**五陵**：汉代五个皇帝的陵墓，在长安附

近,当时富家豪族和外戚都居住在五陵附近,因此后世诗文常以五陵为富豪人家聚居长安之地。**缠头**:当时风俗,歌舞女表演完后,把丝织品等当作礼物送给她们,叫作"缠头彩"。

㉞ **绡**:一种精细轻薄的丝织品。

㉟ **钿头云篦(bì)击节碎**:珍贵的装饰品,因为歌舞击节而被打碎。**云篦**:镶有珠宝的发篦。**篦**:篦子,齿密的梳头工具。**击节**:用器物或者手掌来打拍子。

㊱ **血色罗裙翻酒污**:少年们游戏作乐,泼翻了酒而污损了红裙。**罗**:轻软的丝织品。

㊲ **等闲**:轻易,随便。

㊳ **从军**:参加军队。

㊴ **故**:衰老。

㊵ **稀**:少。

㊶ **老大**:年老。

㊷ **浮梁**:地名,在今江西景德镇北。

㊸ **来**:语气助词。

㊹ **阑干**:(眼泪等)横流的样子。

㊺ **沦落**:被驱逐流落,陷入不良的境地。

㊻ **僻**:偏僻,边远。

㊼ **丝竹**:泛指音乐。

㊽ **湓江**:河流名,源出江西瑞昌西青山,东流至九江市,北入长江。

㊾ **宅**:住所,住处。

㊿ **旦暮**:早晨和傍晚。

㈣ **杜鹃啼血**:传说杜鹃鸟啼叫时,嘴里会流出血来,这是形容杜鹃啼声的悲切。

㈤ **岂**:难道,表示反问。

㈥ **呕哑嘲哳**(ōuyā-zhāozhā):形容杂乱而繁碎的声音。

㈦ **辞**:推辞,拒绝。

㈧ **翻**:按照曲调写歌词,谱制歌曲。

㈨ **良久**:很久,好一会儿。

㈩ **却坐**:退回原处,重新坐下。

㈪ **向前**:先前,以前。

㈫ **掩泣**:掩面而哭。

㈬ **江州司马**:指作者自己。**江州**:地名,州治在今江西九江。**司马**:官名,州刺史的副职,分管武事。

# 第十九课

# 韩愈与柳宗元

## 课　文

　　韩愈、柳宗元都是唐代古文运动的领袖。韩愈(768—824),字退之,河南孟州人。三岁而孤①,受李华②和萧颖士③等唐代古文运动先驱④的影响而倾向于复古⑤。韩愈以儒家道统的传人自居⑥,一生弘扬⑦儒学,排斥佛教、老庄⑧。他的文学思想比较系统:首先是"文以明道",提倡古文的目的就是要尊崇⑨儒家的道德观念;其次是"不平则鸣"⑩,强调文学抒情言志的功能;最后,反对骈文⑪的华而不实,学习先秦古文的平易流畅。韩愈是继司马迁之后成就卓著⑫的散文家,其散文创作的艺术成就在于文体创新、手法创新、语言创新和风格创新四个方面。

　　柳宗元(773—819),字子厚,山西运城人,其诗文成就与韩愈齐肩⑬,世称"韩柳"。他也是唐代古文运动的领袖,但其政治思想、诗文风格与韩愈有很大的不同。柳宗元的人生经历比韩愈坎坷得多,所以他在学术上的修养也要深刻得多。柳宗元崇尚儒家、道家和佛教,兼收并蓄⑭而归结于孔子;柳宗元具有先进的哲学观与历史发展观,文学创作也极为丰富;柳宗元敢于突破传统旧说,立意⑮新、构思奇、蕴含深。柳宗元的一生短暂而充满磨难⑯,因而针砭⑰时弊、满腔⑱悲愤、嬉笑怒骂,皆成文章⑲。

　　此外,韩愈和柳宗元都是写诗高手。韩愈以文为诗,丰富了诗歌的表现手法,但同时也开创了中唐诗歌晦涩深奥一派,开宋代诗歌议论化、散文化倾向的先河⑳。柳宗元一生悲愤痛苦郁结于心,诉之于诗,他的诗在简淡㉑高远的外表下,蕴含着深厚浓烈的内在

情感:"千山鸟飞绝,万径人踪灭。孤舟蓑笠翁,独钓寒江雪。"(《江雪》)

## 注 释

① **孤**:幼年丧父。
② **李华**(715—766):唐代散文家,与萧颖士齐名。
③ **萧颖士**(717—759):唐代散文家,古文运动的先驱之一。
④ **先驱**:最初发现或帮助发展某种新事物的人,为别人作出可仿效的榜样或为别人铺平道路的人。
⑤ **复古**:恢复往古的社会秩序和习俗。
⑥ **自居**:自以为,自己认为。
⑦ **弘扬**:大力宣扬。
⑧ **老庄**:老子和庄子,道家的代称。
⑨ **尊崇**:敬重推崇。
⑩ **不平则鸣**:对不公平的事表示愤慨,提意见。
⑪ **骈(pián)文**:文体名,与散文相对称,也叫骈体文,因为字句都成对偶而得名。骈文用四字六字与四字六字相对为基本句法,所以又叫四六文。骈文讲究声律、用字、对偶和用典。
⑫ **卓著**:突出显著。
⑬ **齐肩**:肩膀一样高,比喻地位相当。
⑭ **兼收并蓄**:不管来源和性质如何,都一概收容积蓄,形容博采众长。
⑮ **立意**:确定主题。
⑯ **磨难**:在艰难困苦的逆境中遭受折磨。
⑰ **针砭(biān)**:古代的一种针刺疗法,现已失传,砭是古代治病的石头针。"针砭"比喻发现或指出错误,以求改正。
⑱ **满腔**:心中充满。
⑲ **皆成文章**:都写成了文章。
⑳ **先河**:古代以黄河为海的本源,因而帝王先祭河,后祭海,后来称有倡导作用的事物为先河。
㉑ **简淡**:简洁淡雅。

## 作 品

### 马说

韩愈

世有伯乐①,然后有千里马②;千里马常有,而伯乐不常有。故虽有名马,只辱于奴隶人③之手,骈死于槽枥之间④,不以千里称也⑤。

马之千里者,一食或尽粟一石⑥。食⑦马者不知其能千里而食也。是⑧马也,虽有千里之能⑨,食不饱,力不足,才美不外见⑩,且欲与常马等⑪不可得,安⑫求其能千里也?

策之不以其道⑬,食之不能尽其材⑭,鸣之而不能通⑮其意,执策⑯而临之曰:"天下无马。"呜呼⑰!其真无马邪⑱?其真不识马也!

### 黔⑲之驴

柳宗元

黔无驴,有好事⑳者船载以入。至则㉑无可用,放之山下。虎见之,庞然大物㉒也,以为神。蔽林间窥㉓之,稍㉔出近之,慭慭㉕然莫相知。

他日㉖,驴一鸣,虎大骇㉗,远遁㉘,以为且噬㉙己也,甚恐㉚。然㉛往来视之,觉无异能㉜者。益习㉝其声,又近出前后,终不敢搏。稍近,益狎㉞,荡倚冲冒㉟,驴不胜怒,蹄㊱之。虎因㊲喜,计㊳之曰:"技止此耳㊴!"因跳踉㊵大㘎,断其喉,尽其肉,乃去㊶。

噫㊷!形之庞也类有德㊸,声之宏㊹也类有能。向不出其技㊺,虎虽猛,疑畏㊻,卒㊼不敢取。今若是焉㊽,悲夫㊾!

## 注 释

① 伯乐:相传春秋时秦国人,名孙阳,以善于观察品评马之好坏著称,后指善于发现、推荐、培养和使用人才的人。
② 千里马:原指善跑的骏马,可以日行千里,常用来比喻人才,特指有才华的青少年。
③ 奴隶人:奴仆,这里指养马的仆人。
④ 骈(pián)死于槽枥之间:千里马和其他一般的马同时死在马厩(jiù,马住的棚)里。**骈死**:并

列而死,一起死去。**槽**:指用来盛饲料喂牲畜的器具。**枥**:系马之处。

⑤ **不以千里称也**:不被人称为千里马。

⑥ **一食或尽粟一石**(dàn):千里马有时一次就会吃完一石粮食。**食**:吃。**或**:有时。**粟**:就是小米,这里是粮食的通称。**石**:容量单位,十斗为一石。

⑦ **食**(sì):作动词用,饲养,喂养。

⑧ **是**:代词,这。

⑨ **能**:能力,能耐。

⑩ **才美不外见**(xiàn):才华不能表现出来。**见**:显现,表现。

⑪ **等**:相等,相同。

⑫ **安**:疑问代词,哪里。

⑬ **策之不以其道**:不按照它的特性来鞭策它。**策**:名词活用作动词,用鞭棒驱赶马等,引申为驾驭。**道**:方法。

⑭ **材**:本能,这里指千里马的食量。

⑮ **通**:知道,了解。

⑯ **策**:马鞭。

⑰ **呜呼**:叹词,对不幸的事表示叹息、悲痛等。

⑱ **邪**:同"耶",疑问语气词,相当于"吗"。

⑲ **黔**(Qián):唐代黔中道,今贵州省。

⑳ **好**(hào)**事**:喜欢多事,惹是生非。

㉑ **则**:连词,表示转折,相当于"但"。

㉒ **庞然大物**:外表上很大的东西。

㉓ **窥**:暗中察看,偷偷观察。

㉔ **稍**:逐渐,渐渐。

㉕ **慭**(yìn)**慭**:谨慎小心的样子。

㉖ **他日**:有一天。

㉗ **骇**:受惊,吃惊。

㉘ **遁**:逃避,逃跑。

㉙ **噬**:咬。

㉚ **恐**:害怕。

㉛ **然**:连词,但是。

㉜ **异能**:突出的能力。

㉝ **习**:熟悉。

㉞ **狎**(xiá):亲昵,亲近。

㉟ **冲冒**:冲撞,冒犯。

㊱ **蹄**:名词活用作动词,用蹄子踢。

㊲ **因**:副词,于是,就。

㊳ **计**:考虑。

㊴ **耳**:语气词,表示限制,相当于"而已""罢了"。

㊵ **阚**(hǎn):虎怒吼。

㊶去：离开。
㊷噫：叹词，表示感慨、悲痛、叹息等。
㊸德：能力。
㊹宏：大。
㊺向不出其技：先前不表现出自己的才能。向：从前，先前。
㊻畏：害怕。
㊼卒：最终。
㊽焉：语气词，用于句尾，表示感叹，相当于"呢""啊"。
㊾夫：语气词，用于句尾，表示感叹。

（一）背诵

《江雪》

（二）填空

1. 韩愈散文创作的艺术成就在于_____创新、_____创新、_____创新和_____创新四个方面。

2. 柳宗元一生_____痛苦郁结于心，诉之于诗，他的诗在_____高远的外表下，蕴含着_____浓烈的内在情感。

（三）解释下列带点的词语

1. 骈死于槽枥之间，不以千里称也。
2. 食马者不知其能千里而食也。
3. 安求其能千里也？
4. 黔无驴，有好事者船载以入。
5. 以为且噬己也，甚恐。

（四）思考

韩愈的文学思想表现在哪几个方面？

**文学史知识提示**

总之,韩愈力求创造一种融化古人词汇语法而又适合于反映现实表达思想的文学语言,同时力求用这种新颖的文学语言创造一种自由流畅、直言散行的新形式。……

韩愈这种比较合实际的文体主张,由于适应时代社会的迫切要求,由于他通过师承、交游关系的大力鼓吹,在古文运动中得到了很好的实现。作为"韩门弟子"的李翱和皇甫湜,或学习韩愈文章的平易通畅,或发展他的奇诡宏伟,成为著名的古文家。与他同时的欧阳詹、李观、沈亚之等也纷纷从事"古文"的写作。李翱在《韩吏部行状》中说:"自贞元末以至于兹(长庆末),后进之士,其有志于古文者,莫不视公以为法。"说明古文运动已成为一种广泛的社会运动了。

柳宗元在古文运动中有特别重要的作用。但从唐代到北宋,一直没有得到应有的评价。他不仅热情地培养和指导后进的古文作者,而且以自己杰出的散文成就在士大夫中间树立了新文体的威望,实际上成为仅次于韩愈的核心人物。

这次古文运动的胜利,不仅有力地打击了风靡三百年的绮丽柔弱的文风,而且直接启示了北宋的文学革新运动,开创了中国文学史上以唐宋八大家为代表的古文传统,对后世的影响是极其深远的。

(中国社会科学院文学研究所中国文学史编写组《中国文学史》二,人民文学出版社1962年版,第498—499页)

## 左迁至蓝关示侄孙湘①

### 韩愈

一封朝奏九重天②,夕贬潮州③路八千。
欲为圣明除弊④事,肯将衰朽惜残年⑤。
云横秦岭⑥家何在?雪拥蓝关马不前。
知汝远来应有意⑦,好收吾骨瘴江边⑧。

## 酬曹侍御过象县见寄⑨

柳宗元

破额山前碧玉⑩流,骚人遥驻木兰舟⑪。
春风无限潇湘意,欲采蘋花不自由⑫。

## 渔翁

柳宗元

渔翁夜傍西岩⑬宿,晓汲⑭清湘燃楚竹。
烟销⑮日出不见人,欸乃⑯一声山水绿。
回看天际下中流⑰,岩上无心云相逐。

### 注　释

① **左迁至蓝关示侄孙湘**:降官途中行至蓝关,给侄孙韩湘留言。**左迁**:降职。**蓝关**:即蓝田关,关隘名,在今陕西蓝田南。**示**:给……看。**侄孙**:兄弟的孙子或侄子的儿子。**湘**:即韩湘,韩愈侄子韩老成的长子。
② **九重天**:借指皇帝。
③ **潮州**:地名,州治在今广东潮州。这两句是说:早上给皇帝上了一份奏章,晚上就被降职到了八千里外的潮州。
④ **弊**:坏,不好。
⑤ **肯将衰朽惜残年**:哪里敢顾惜自己年老的生命。**肯**:这里是"哪里敢""怎么敢"的意思。**衰朽**:衰老无用,这里指作者自己。**惜**:顾惜,舍不得。**残年**:晚年,暮年。
⑥ **秦岭**:山脉名,在蓝田县东南。
⑦ **有意**:有心思,有所考虑。
⑧ **瘴(zhàng)江边**:这里特指潮州。**瘴**:南方山林湿热蒸郁致人疾病的空气。
⑨ **见寄**:"见"为助词,用在动词前面表示对我怎么样,这里的"见寄"意思就是"寄给我"。
⑩ **碧玉**:形容水色的湛深明净。
⑪ **木兰舟**:木兰,一种有香味的树;用木兰做船,取芬芳之义,是诗歌中惯用的词语。
⑫ **不自由**:是说采蘋相赠的愿望无法实现。
⑬ **西岩**:即西山,在今湖南永州。
⑭ **汲**:取水,打水。
⑮ **销**:同"消",消失,消散。
⑯ **欸乃**:拟声词,像摇动船桨发出的声音。
⑰ **回看天际下中流**:船下中流之后,回看西岩,远在天边。**天际**:天边。

# 第二十课

# 唐传奇

## 课　文

　　唐代的传奇小说与唐代的诗歌并称"一代之奇"。传奇,就是传述奇闻异事的意思。传奇小说的兴盛是唐代经济繁荣的结果,是市民文学兴起的划时代①标志,也是唐代古文运动风起云涌②的重要成果。

　　先秦两汉的史传文学,六朝的志怪小说③、志人小说,是唐传奇的文学渊源,但是,唐传奇"揉变化之理,察神人之际,著文章之美,传要妙④之情"(沈既济《任氏传》⑤),借助唐代古文接近口语、生动流利、便于叙事抒情的语言载体⑥,以丰富的想象、离奇的情节、生动的人物造型以及深刻的人文⑦觉醒意识,标志着中国小说的发展具有了独立的艺术性质,进入了成熟阶段。

　　在思想内容上,唐传奇刻画了为争取爱情的理想而奋勇⑧抗争的妇女形象,歌颂了济困扶危⑨的侠义之士,讽刺了对世俗利禄⑩的追求,揭露了官场的腐败和统治阶级钩心斗角⑪、尔虞我诈⑫的丑行。唐传奇取得了崇高的艺术成就,展现了一组生动鲜明的人物画廊⑬,结构完整,情节波澜起伏⑭,曲折有致,诗歌的语言与散文的语言彼此交错、烘托,形成了简洁、凝炼⑮、生动、流畅的表现风格。

　　唐传奇的代表作有陈玄祐的《离魂记》、沈既济的《枕中记》和《任氏传》、李公佐的《南柯太守传》⑯、陈鸿的《长恨歌传》、李朝威的《柳毅传》、许尧佐的《柳氏传》、元稹的《莺莺传》、白行简的《李娃传》等。

## 注释

① 划时代：开辟新时代。
② 风起云涌：狂风刮起，云层涌来，形容气势雄大或者规模宏大。
③ 志怪小说：记录怪异之事的小说。
④ 要妙(yāomiào)：美丽的样子。
⑤ 《任氏传》：唐传奇作品，是关于贫士郑六与狐精幻化的美女任氏的爱情故事。
⑥ 载体：这里比喻能传达作者思想的文本。
⑦ 人文：指人类社会的各种文化现象。
⑧ 奋勇：奋发而努力鼓起勇气。
⑨ 济困扶危：也作"扶危济困"，指救济、扶助生活困难或境况危急的人。
⑩ 利禄：指经济利益和官位。
⑪ 钩心斗角：指用心计、耍心眼，明争暗斗，相互排挤。
⑫ 尔虞我诈：你欺骗我，我欺骗你，互相欺骗。
⑬ 画廊：专为展览艺术品用的一系列房间、走廊或大厅。
⑭ 起伏：比喻感情、关系、情节等起落变化。
⑮ 凝练：简洁，没有铺张和多余的语言。
⑯ 《南柯太守传》：主要内容是写淳于棼梦中的遭遇。

## 作品

### 柳毅传①（节选）

#### 李朝威

语未毕，而大声忽发，天拆②地裂，宫殿摆簸③，云烟沸涌④。俄⑤有赤龙长千余尺，电目血舌，朱鳞火鬣⑥，项擎⑦金锁，锁牵玉柱，千雷万霆⑧，激绕其身，霰雪雨雹⑨，一时皆下，乃擘⑩青天而飞去。毅恐蹶仆⑪地。君亲起持⑫之曰："无惧⑬。固⑭无害。"毅良久稍安，乃获自定⑮。因⑯告辞曰："愿得生⑰归，以避复⑱来。"君曰："必不如此。其⑲去则然，其来则不然。幸为少尽缱绻⑳。"因命酌互举㉑，以款人事㉒。

俄而祥风庆云㉓，融融怡怡㉔，幢节㉕玲珑，箫韶㉖以随。红妆㉗千万，笑语熙熙㉘，后有一人，自然蛾眉㉙，明珰㉚满身，绡㉛毅参差。迫㉜而视之，乃前寄辞者㉝。然㉞若喜若悲，零㉟泪如丝。须臾㊱红烟蔽其左，紫气舒㊲其右，香气环旋，入于宫中。君笑谓毅曰："泾水之囚人㊳至矣。"君乃辞归宫中。须臾，又闻怨苦㊴，久而不已。

有顷㊵,君复出,与毅饮食。又有一人,披紫裳,执青玉,貌耸神溢㊷,立于君左。君谓㊸毅曰:"此钱塘也。"毅起,趋㊹拜之。钱塘亦尽礼相接㊺,谓毅曰:"女侄不幸,为顽童㊻所辱。赖明君子信义昭彰㊼,致达㊽远冤。不然者㊾,是为泾陵之土㊿矣。飨�德怀恩,词不悉㉒心。"毅抆退辞谢,俯仰唯唯㊌。然后回告兄曰:"向者辰发灵虚㊍,巳㊎至泾阳,午㊏战于彼,未㊐还于此。中间驰㊑至九天,以告上帝㊒。帝知其冤,而宥㊓其失。前所谴责㊔,因而㊕获免。然而刚肠激发,不遑辞候㊖。惊扰宫中,复忤㊗宾客。愧惕惭惧㊘,不知所失。"因退而再拜。君曰:"所杀几何?"曰:"六十万。""伤稼㊙乎?"曰:"八百里。""无情郎安在?"曰:"食之矣。"君怃然㊚曰:"顽童之为是心也,诚㊛不可忍。然汝亦太草草㊜。赖上帝显圣,谅其至㊝冤。不然㊞者,吾何辞㊟焉。从此已去㊠,勿复如是㊡。"钱塘复再拜。是夕,遂宿㊢毅于凝光殿。

# 注　释

① 《柳毅传》:神话传奇故事,写人神相恋的故事。
② 拆:同"坼",裂开,绽开。
③ 摇簸:摇摆、颠簸。
④ 涌:云、雾、烟、气等上腾冒出。
⑤ 俄:一会儿,时间短。
⑥ 火鬣(liè):火红色的鬣毛。鬣:某些哺乳动物(如马、狮子)颈上生长的又长又密的毛。
⑦ 掣(chè):牵引,拉。
⑧ 霆:雷声。
⑨ 雹:冰雹,空中水蒸气遇冷结成的冰粒或冰块,常在夏季随暴雨下降。
⑩ 擘:分开,剖开。
⑪ 仆:向前跌倒。
⑫ 持:扶,搀扶。
⑬ 无惧:不要怕。
⑭ 固:副词,一定,肯定。
⑮ 自定:等于说"定自",镇静下来。
⑯ 因:连词,于是,就。
⑰ 生:活着。
⑱ 复:再次。
⑲ 其:代词,他,这里指上文说的那条红色的龙。
⑳ 缱绻(qiǎnquǎn):情意深厚。
㉑ 互举:相对举杯。

㉒ **人事**:人情事理。这两句是说:洞庭君同柳毅一起饮酒,以此来向柳毅表达感谢之情。
㉓ **庆云**:喜庆的云气。
㉔ **融融怡怡**:形容和乐愉快的样子。
㉕ **幢(chuáng)节**:古时作为仪仗用的旗帜之类。
㉖ **箫韶**:这里指音乐。
㉗ **红妆**:代指美女。
㉘ **熙熙**:热闹的样子。
㉙ **蛾眉**:美人的秀眉,也喻指美女或美好的姿色。
㉚ **明珰**:珍珠制的装饰品。
㉛ **縠(hú)**:皱纱,用细纱织成的皱状丝织物。
㉜ **迫**:接近。
㉝ **乃**:是,就是。这两句是说:接近去看她,原来就是先前寄信的那位。
㉞ **然**:转折连词,但是。
㉟ **零**:像雨一样地落下。
㊱ **须臾**:片刻,一会儿。
㊲ **舒**:伸展。
㊳ **囚人**:受罪的人,这里指龙女。
㊴ **怨苦**:埋怨,诉苦,这里指龙女在内廷悲诉的声音。
㊵ **有顷**:过了一会儿。
㊶ **与**:给,给予。
㊷ **貌耸神溢**:容貌出众,精神焕发。**耸**:比喻出众,不凡。
㊸ **谓**:告诉。
㊹ **趋**:快步走,表示敬意。
㊺ **接**:接见,接待。
㊻ **顽童**:指愚笨无知的人。
㊼ **昭彰**:显而易见。
㊽ **致达**:送到,传达。
㊾ **不然者**:不这样。**者**:助词,表示语气的停顿。
㊿ **为泾陵之土**:这里指死在泾阳。**为**:成为。**陵**:坟墓。
㉛ **飨**:同"享",领受。
㉜ **悉**:详尽地叙述。这两句是说:(我们)领受了你的恩德,心里常怀报恩之情,没有办法用语言来表达。
㉝ **㧑(huī)退**:谦敬地后退。古人向尊长告辞,边退边致辞,不能扭身便走。
㉞ **唯唯**:恭逊的应辞,相当于今天的"是,是"。
㉟ **灵虚**:即灵虚殿,文中描写到的洞庭龙君的一处宫殿的名称。
㊱ **巳**:即上午九时至十一时。
㊲ **午**:即十一时至十三时。
㊳ **未**:即十三时至十五时。
㊴ **驰**:行,迅速地行进。

㉰ **以告上帝**：把这件事告诉了上帝。**以**：介词,把。**上帝**：天帝,古时指天上主宰一切的神。

㉱ **宥**：宽恕,原谅。

㉲ **谴责**：斥责,责备。

㉳ **因而**：是"因之而"的省略,"因为这件事所以……"。这两句是说：先前被天帝所谴责的事,也因此得到了赦免。

㉴ **刚肠**：指刚强的性格。

㉵ **辞候**：告辞。

㉶ **忤**：抵触,不顺从。这里有"得罪"的意思。

㉷ **愧惕惭惧**：既惭愧又担心。**惕**：害怕,放心不下。

㉸ **因**：连词,于是,就。

㉹ **稼**：庄稼,农作物。

㉺ **怃然**：不高兴、失意的样子。

㉻ **诚**：副词,的确,确实。

㉼ **草草**：马虎,不细致或不全面。

㉽ **至**：副词,最,极。

㉾ **然**：代词,这样。

㊀ **何辞**：用什么言辞来卸责。

㊁ **已去**：以后,"已"同"以"。

㊂ **如是**：像这样。

㊃ **宿**：动词的使动用法,让……睡。

## （一）填空

1. 唐代的传奇小说与唐代的_____并称"_____"。传奇,就是_____的意思。传奇小说的兴盛是_____的结果,是_____的划时代标志,也是唐代_____的重要成果。

2. 先秦两汉的_____,六朝的_____、_____,是唐传奇的文学渊源。

3. 唐传奇的代表作有陈玄祐的《_____》、沈既济的《_____》和《任氏传》、李公佐的《_____》、陈鸿的《_____》、李朝威的《_____》、许尧佐的《柳氏传》、元稹的《_____》、白行简的《_____》。

## (二) 思考

1. 唐传奇反映了哪些方面的社会生活及内容。
2. 结合作品，分析《柳毅传》的艺术特色。

**文学史知识提示**

几乎每一篇唐传奇的名作都被改编为戏曲。《离魂记》元郑德辉改编为《倩女离魂》；《任氏传》被衍为诸宫调《郑子遇妖狐》；《枕中记》由汤显祖演变为《邯郸记》；取材于《李娃传》的剧本，有高文秀的《郑元和风雪打瓦罐》、石君宝的《李亚仙诗酒曲江池》、徐霖的《绣襦记》；取材于《柳毅传》的，有元代尚仲贤的《柳毅传书》、明黄惟楫的《龙绡记》等；《长恨歌传》被改编者，以白朴的《梧桐雨》、洪昇的《长生殿》尤为著名。王实甫的《西厢记》，取材于《莺莺传》。

宋代以后，古典小说分为文言、白话两支。宋元话本《碾玉观音》中的秀秀和《三言》中的杜十娘、花魁娘子的形象塑造，借鉴于李娃、霍小玉。凌濛初的《初刻拍案惊奇》中第十九卷《李公佐巧解梦中言，谢小娥智擒船上盗》取材于《谢小娥传》；《醒世恒言》中的《杜子春三入长安》取材于《续玄怪录》中的《杜子春》，可见白话小说所受的影响。而宋代以后的文言小说，更是与唐传奇一脉相衔，至清代蒲松龄的不朽杰作《聊斋志异》而臻于顶峰。

(郭预衡主编《中国古代文学史》二，
上海古籍出版社1998年版，第456页)

## 李朝威的《柳毅传》

他(李朝威)的《柳毅传》写落第①书生柳毅途经泾河，遇见洞庭龙女牧羊②荒郊。龙女自述在泾河夫家备受虐待③，要求柳毅传书④至洞庭。柳毅慨然⑤允诺，入洞庭龙宫。洞庭君弟钱塘君闻讯⑥大怒，凌空⑦而去，诛杀泾河逆⑧龙，救出龙女。后经许多曲折，龙女终于和柳毅结成美满婚姻。作品中的龙女是反抗夫权⑨压迫、追求幸福爱情的妇女形象。父母包办⑩的婚姻给了她无限的痛苦和折磨。但是经过她的坚决反抗，终于和柳毅结成夫妻。柳毅是一位富有正义感的书生。他的传书，纯系激于义愤⑪，没有个人企图⑫，因此当钱塘君酒后逼婚时，他竟毅然⑬拒绝。他后来爱上龙女，也不单是慕色⑭,而是感于龙女的深情。作者对火龙钱塘君的描绘,有声有色⑮,在他出场前,就借洞庭君之口加以渲染⑯;并通过洞庭君的软弱谨慎⑰,陪衬⑱出他那烈火般的刚强性格。他的对答简短干脆⑲,与个性完全切合,所以着墨⑳不多而形象鲜明。总之,《柳毅传》的人物形象描写相当成功,全篇荡漾㉑着诗意的想象,浪漫色彩非常浓厚,情节也离奇曲折,富有戏剧性。它比较典型地运用了通过幻想反映现实的表现方法。

# 注 释

① 落第:指科举考试失败。
② 牧羊:放羊。
③ 虐待:用狠毒残忍的手段对待人。
④ 传书:送信。
⑤ 慨然:慷慨、大方的样子。
⑥ 闻讯:听到信息、消息。
⑦ 凌空:高升到天空。
⑧ 逆:抵触,不顺从,背叛。
⑨ 夫权:旧时丈夫对妻子拥有的支配权。
⑩ 包办:一手负责办理,不让别人参与。
⑪ 义愤:基于正义公理激发的愤怒或对非正义的事情的愤慨。
⑫ 企图:图谋,谋划,打算。
⑬ 毅然:刚强坚韧而果断的样子。
⑭ 慕色:爱慕美色。
⑮ 有声有色:形容说话或写文章非常生动,十分精彩。
⑯ 渲染:比喻夸大的形容。
⑰ 谨慎:细心慎重。
⑱ 陪衬:衬托,使之更加突出。
⑲ 干脆:痛痛快快,干净利索。
⑳ 着(zhuó)墨:指用笔墨来叙述描述。
㉑ 荡漾:飘荡,起伏不定。

# 第二十一课

# 温庭筠与花间派

## 课 文

词,是中国古代诗歌的一种特殊形式,又称"曲子词""乐府""长短句"①等,起源于隋唐时期,是音乐语言与文学语言相结合的产物②。根据字数的多少,词分为"小令"(58字以内)、"长调"(91字以上)和"中调"(介于③小令与长调之间)。除小令外,一般词作分为前后两段,分别称作上片、下片,也称上阕④、下阕,或称前阕、后阕。

早在中唐时期,文人倚声填词⑤就已经形成了风气,白居易、刘禹锡⑥、戴叔伦⑦、韦应物等诗人均有佳作。虽然他们的词作中小令居多⑧,声调简单,平仄⑨变化少,但是题材广泛,风格清新,浅显明朗。这些尝试在艺术的形式上打破了唐代五言律诗、七言律诗、绝句的成规⑩,从民间文学中汲取营养,促进了长短句的发展,是唐代近体诗⑪向文人词转变的产物,是从敦煌民间曲子词过渡到晚唐花间派的桥梁。

花间派的创始人是温庭筠。他不仅是中晚唐时期重要的诗人,与李商隐并称"温李",而且是中国文学史上第一位以词名家⑫的诗人。温词以描写妇女生活为主要题材,但融入了作者自己人生失意与怅惘⑬的情怀。温词景语⑭多,情语⑮少,以富丽的意象、华丽的构图,反衬闺妇⑯的孤独;以隐约迷离的意境,暗示幽怨哀婉的心曲⑰,形成了不同于唐诗的词境,奠定了词"以婉约为宗"⑱的基调。这是温词对中国文学史的重要贡献。

花间派主要还有五代⑲西蜀出现的一批词人,包括韦庄、牛峤[20]、欧阳炯[21]、孙光宪[22]等人。后蜀[23]时期的赵崇祚选录了其中十八位作家的词作,编辑为《花间集》,因此,后世就称这一批词人为"花间词人"。花间词人中的韦庄(约836—910)与温庭筠比肩[24],并称"温韦"。韦庄不仅以《秦妇吟》[25]七言歌行体叙事诗[26]闻名于世,他的诗是文人诗歌和民间说唱文学[27]相结合的结晶,体现了唐诗中叙事诗的最高水平,他的词作清丽、疏淡[28],有别于温词的浓艳、富丽,代表了《花间集》中的另一种风格。

# 注 释

① **长短句**:因为词的每句字数不一样,有长有短,所以叫"长短句"。
② **产物**:特定条件下产生的事物。
③ **介于**:发生或位置在两个事物之间。
④ **阕**(què):量词,词的一段叫一阕。
⑤ **倚声填词**:按照音乐写词。倚:依照,按照。声:声律,音乐。
⑥ **刘禹锡**(772—842):唐代文学家、哲学家。
⑦ **戴叔伦**(732—789):唐代诗人。
⑧ **居多**:占多数。
⑨ **平仄**(zè):古代汉语的声调有"平""上(shǎng)""去""入"四种,习惯上把"平"叫作平声,后面三声统称为仄声,合称"平仄"。讲究平仄是诗歌创作时遵循的原则之一。
⑩ **成规**:前人制定的规章制度,也指现成的规则、办法。
⑪ **近体诗**:就是指律诗和绝句。
⑫ **以词名家**:因为写词成为著名作家。
⑬ **怅惘**:因为失意而心事重重的样子。
⑭ **景语**:写风景的语句。
⑮ **情语**:写心情的语句。
⑯ **闺妇**:古代指守在家里的已婚女子。
⑰ **心曲**:内心深处。
⑱ **以婉约为宗**:以婉约的风格作为宗旨。
⑲ **五代**:唐朝灭亡后到宋朝建立前,即907—960年,有五个朝代更替,同时还有十个割据政权,历史上称为"五代十国"。
⑳ **牛峤**:生卒年不祥,五代词人。

㉑ 欧阳炯(约896—971)：五代词人。
㉒ 孙光宪(约895—968)：五代词人。
㉓ 后蜀：五代时期十国之一，在今天的四川省一带，也叫"西蜀"。
㉔ 比肩：肩膀碰肩膀，比喻地位相等。
㉕ 《秦妇吟》：韦庄的代表作，现存唐诗中最长的一首，主要内容是借一位从长安逃难出来的"秦妇"之口，来叙写黄巢起义军和唐政府军反复争夺长安的战争情形。
㉖ 七言歌行体叙事诗：以叙事为主要内容的歌咏长诗，每句有七个字。
㉗ 说唱文学：从唐代开始兴起的一种通俗文学样式，韵文和散文结合，可以连讲带唱，讲一段，唱一段。内容多讲佛经故事、历史故事、民间传说等等。
㉘ 疏淡：稀疏，不浓密。

## 菩萨蛮①

温庭筠

小山重叠金明灭②，鬓云欲度香腮雪③。懒起④画蛾眉，弄妆梳洗迟⑤。　照花前后镜⑥，花面⑦交相映，新帖绣罗襦⑧，双双金鹧鸪⑨。

## 望江南⑩

温庭筠

梳洗罢⑪，独倚⑫望江楼。过尽千⑬帆皆不是，斜晖脉脉⑭水悠悠，肠断白蘋洲⑮。

## 更漏子⑯

温庭筠

玉炉香，红蜡泪，遍照画堂秋思⑰。眉翠⑱薄，鬓云残⑲，夜长衾⑳枕寒。　梧桐树，三更㉑雨，不道㉒离情正苦。一叶叶，一声声，空阶㉓滴到明。

## 思帝乡㉔

韦庄

春日游,杏花吹满头。陌㉕上谁家年少,足风流。妾㉖拟将身嫁与,一生休。纵㉗被无情弃,不能羞。

## 菩萨蛮(其五)

韦庄

洛阳城里春光好,洛阳才子他乡㉘老。柳暗魏王堤㉙,此时心转迷。桃花春水渌㉚,水上鸳鸯㉛浴。凝恨㉜对残晖,忆君君不知。

## 注　释

① **菩萨蛮**(Púsàmán):词牌名。词本是为了配乐歌唱的,所以每一首词都有(或曾经有过)一个乐谱,每个乐谱都属于一定的宫调(古代乐曲曲调的总称),有一定的音律、节奏,这些因素的组合就是词调。每个词调都有一个名称,例如《沁园春》《西江月》《阮郎归》等,这个名称就叫词牌。词牌的来源比较复杂,有些词牌是乐曲的本名;有些词牌是填写较早而又是影响较大的词的题目;还有一些词牌,既非原来曲名,又非词的内容概括,而是由于这个词调的创制或有关的人物、故事而得名。词牌还有"摊破""减字""偷声"等名目,都是关于字句增减的术语。

② **金明灭**:形容阳光的闪烁。

③ **香腮雪**:香而白的面颊。这两句是说:屏风上画的山在阳光映照下闪烁着金光,云一样柔软的头发松散下来,快要遮住那雪白的面颊。

④ **懒起**:懒洋洋地起床。

⑤ **迟**:慢悠悠地。

⑥ **前后镜**:一前一后两面镜子。

⑦ **面**:脸。这两句是说:用两面镜子前后对着看,花一样美丽的脸和头上戴的花朵相互映照。

⑧ **绣罗襦**:绣花的丝绸短袄。

⑨ **鹧鸪**(zhègū):一种鸟的名字。这两句是说:往绣花的丝绸短袄上,贴上一双金鹧鸪的花纹。

⑩ **望江南**:词牌名。

⑪ **罢**:完了。

⑫ **独倚**:独自靠着。

⑬ **千**:概数,形容很多。

⑭ 脉脉:含情的样子。这两句是说:很多船过去了,但都不是你的,夕阳的光芒脉脉含情,江上的流水缓缓流过。
⑮ 白蘋(pín)洲:长满白色小花的岛。白蘋:一种开白色小花的植物。洲:水中的小岛。
⑯ 更漏子:词牌名。
⑰ 秋思:因为秋天引起的愁闷的心情。这三句是说:玉做成的香炉里飘出香烟,红色的蜡烛滴下泪珠一样的蜡油,照亮了整个画堂,带来浓浓的忧愁情绪。
⑱ 眉翠:眉毛上画的妆。
⑲ 残:不完好,不整齐。
⑳ 衾:被子。这三句是说:眉毛上化的妆颜色已经淡了,像云一样的鬓发也已经松散了,长夜漫漫,连被子和枕头都是冷的。
㉑ 更(gēng):古代晚上的计时单位。一夜五更,三更相当于二十三点至凌晨一点。
㉒ 不道:不顾。
㉓ 阶:台阶。
㉔ 思帝乡:词牌名。
㉕ 陌:田野。
㉖ 妾:古代女子对自己的谦称。
㉗ 纵:即使。
㉘ 他乡:和"故乡"相对,指故乡以外的别的地方。
㉙ 魏王堤:在洛阳城外。堤:用土石等材料修筑的挡水的高岸。
㉚ 渌:清澈。
㉛ 鸳鸯:一种水鸟的名字,像鸭子,常成对出现,在文艺作品中常用来比喻夫妻。
㉜ 凝恨:凝聚着遗憾,这里指因为见不到对方而伤心失望的心情。

## (一) 背诵

《望江南》《更漏子》

## (二) 填空

1. 词,又称"_____""_____""_____"等,起源于_____时期,是_____语言与_____语言相结合的产物。根据字数的多少,词分为"_____""_____"和"_____"。除小令外,一般词作分为前后两段,分别称作上片、下片,也称_____、_____,或称前阕、后阕。

2. 韦庄不仅以《＿＿＿＿＿》七言歌行体叙事诗闻名于世,他的诗是文人诗歌和＿＿＿＿＿文学相结合的结晶,体现了唐诗中＿＿＿＿＿诗的最高水平,他的词作＿＿＿＿＿、＿＿＿＿＿,有别于温词的＿＿＿＿＿、＿＿＿＿＿,代表了《花间集》中的另一种风格。

## (三) 思考

温庭筠对中国古代文学史的重要贡献是什么?

**文学史知识提示**

　　蜀中词当始于韦庄。韦庄是一位伟大的诗人,他在五七言诗的领域里,所建树的也很重要。《秦妇吟》为咏吟这个变动时代的长诗;时有"《秦妇吟》秀才"之称。他的词也充分地表现出他的清蒨温馥,隽逸可喜的作风。在他之前,蜀中文学,无闻于世。蜀士往往出游于外。李(白)、杜(甫)与蜀皆有关系,但并没有给蜀中文学以任何的影响。到了韦庄的入蜀,于是蜀中乃俨然成为一个文学的重镇了。从前后二位后主起,到欧阳炯等诸人止,殆无不受有庄的影响。"花间"的一派,可以说是,虽由温庭筠始创,而实由韦庄而门庭始大的。庄字端己,杜陵人,唐乾宁元年(公元八九四年)进士。天复元年(公元九〇一年)赴蜀,为王建书记。建自立为帝,以庄为丞相。他的词集,名《浣花词》,原本已佚,今人尝辑为一卷。庄的词以写婉娈的离情者为最多。相传他的姬为王建所夺,庄曾作《荷叶杯》一词。姬见此词,不食而死。然此语殊无根。《荷叶杯》的全词如左:

　　记得那年花下,深夜。初识谢娘时:水堂西面画帘垂,携手暗相期。惆怅晓莺残月,相别。从此隔音尘。如今俱是异乡人,相见更无因。

(郑振铎《插图本中国文学史》,人民文学出版社1957年版,第427页)

## 名篇欣赏

### 渔父

张志和①

西塞山前白鹭②飞,桃花流水鳜鱼③肥。
青箬笠④,绿蓑衣⑤,斜风细雨不须⑥归。

### 忆江南⑦

白居易

江南好,风景旧曾谙⑧。
日出江花红胜⑨火,
春来江水绿如蓝⑩。
能不忆江南⑪!

### 潇湘神⑫

刘禹锡

斑竹枝⑬,斑竹枝,泪痕点点寄⑭相思。
楚客欲听瑶瑟怨⑮,潇湘深夜月明时⑯。

### 注 释

① 张志和(732—774):花间派词人。
② 白鹭(lù):一种鸟的名字。
③ 鳜(guì)鱼:也叫"桂鱼",一种鱼的名字,是江南的特产。
④ 箬笠:用竹叶或者草叶做成的大帽子,下雨的时候戴在头上避雨。
⑤ 蓑衣:用竹叶或者草叶做成的雨衣,下雨的时候穿着避雨。
⑥ 不须:不必,不需要。
⑦ 忆江南:词牌名。
⑧ 风景旧曾谙(ān):(江南的)风景是自己以前就熟悉的。旧:过去,以前。谙:熟悉。
⑨ 胜:胜过,超过。
⑩ 蓝:蓝草,一种草的名字,可以用来制作蓝色的染料。
⑪ 能不忆江南:怎能不叫我想念江南啊! 能:怎能。
⑫ 潇湘神:词牌名。

⑬ **斑竹**:一种竹子的名字,这种竹子的茎、枝条上有许多斑点,传说是娥皇、女英的泪痕,所以又叫"湘妃竹"。

⑭ **寄**:寄托。

⑮ **楚客欲听瑶瑟怨**:来到楚地的客人想要听美妙的瑟奏出的哀怨的曲子。**瑶**:美玉。**瑟**:一种古代乐器的名字。**怨**:哀怨的曲子。

⑯ **潇湘深夜月明时**:须在潇水、湘水边夜深月明之时。

# 第二十二课

# 李 煜

## 课 文

　　偏安①江南的南唐,社会相对安定,经济繁荣。以中主李璟、后主李煜、宰相冯延巳为中心,形成了南唐词派。其中最杰出的代表是后主李煜。

　　李煜精通音律②,工书善画③,尤其擅长于作词。但是,他的个性不适合做政治家,南唐的军事力量也完全无法与北宋相抗衡④。所以,他主持国政之后,向宋朝纳贡称臣⑤,苟且偷安⑥。公元975年,南唐为宋所灭,李煜被俘,沦为囚徒⑦,后被宋太宗⑧毒死。

　　这种特殊的政治经历决定了李煜的创作必然划分为前后两个阶段,前期词多写宫廷生活和男女情爱。降⑨宋之后,李煜国破家亡,生活与思想都发生了重大的变化。他的《破阵子·四十年来家国》就是他沦为阶下囚⑩的真实写照。天翻地覆⑪的巨变,地老天荒⑫的悲怆,使李煜在被俘的两年多时间里进入了他的创作高峰,奠定了他在中国文学史上的地位。他在这个时期的代表性作品都是表达的亡国之痛、家国之思⑬。由花前月下到社稷⑭江山,从游冶⑮宴乐到凄凉悲痛,扩大了词的题材,开拓了词的意境,艺术风格也由早期的婉转旖旎⑯转变为沉郁凄切。王国维⑰说:"词至李后主而眼界⑱始大,感慨遂⑲深,遂变伶工⑳之词而为士大夫之词。"(《人间词话》)

　　李煜的词能通过对话、动作来刻画人物的心理与情感;用简笔淡墨㉑,点染景物,将抽象的情思融入具体的景物之中,创造出情景交融的意境;以浑然天成㉒的结构,行云流水㉓般地营构了高远寥廓的境致,展示了沉痛的情感世界。因此,李煜大大丰富了词的表现手法,走出了花间派词刻红剪翠㉔的藩篱,抒写了古往今来一切仁人志士的亡国之恨㉕,被奉为宋词之祖。

## 注 释

① **偏安**:这里指安于仅存江南地区的部分领土。
② **精通音律**:对音乐很了解,很有研究。
③ **工书善画**:擅长书法和绘画。工、善:擅长。
④ **抗衡**:彼此对抗而且不分上下。
⑤ **纳贡称臣**:缴纳贡品,表示愿意服从中央政府的领导。
⑥ **苟且偷安**:只顾眼前的安宁,得过且过。
⑦ **囚徒**:犯人,被抓获的人。
⑧ **宋太宗**(939—997):即北宋的第二位皇帝赵炅(赵光义)。
⑨ **降**(xiáng):投降。
⑩ **阶下囚**:囚犯,俘虏。
⑪ **天翻地覆**:天和地都翻倒了过来,形容变化非常大。
⑫ **地老天荒**:也作"天荒地老",天和地都老了,形容时间非常漫长。
⑬ **家国之思**:对国家的思念。
⑭ **社稷**(shèjì):土神和谷神,古时君主都祭祀社稷;后来就用社稷代表国家。
⑮ **游冶**(yě):出游寻乐。
⑯ **婉转旖旎**(wǎnzhuǎn-yǐnǐ):含蓄曲折,温和柔美。
⑰ **王国维**(1877—1927):近代学者、词人,著有《观堂集林》《观堂别集》《静安文集》等。《人间词话》是他从美学角度讨论"词"的短论集。
⑱ **眼界**:目力所及的范围。借指见识的广度。
⑲ **遂**:副词,于是,就。
⑳ **伶**(líng)**工**:乐师或演员,社会地位低下。以上四句是说:词到了李煜这里,眼界才开阔了,感想也更有深度了,于是,把词从乐师和演员的层次,提高到了知识分子的层次。
㉑ **简笔淡墨**:形容语句非常简洁,不加渲染。
㉒ **浑然天成**:不可分割,好像天然生成的一个整体。
㉓ **行云流水**:好像天上浮云和地上流水一样流畅。

㉔ **刻红剪翠**：比喻有意写出华丽的语句和意象。
㉕ **亡国之恨**：国家灭亡造成的悲愤心情。

## 破阵子①

　　四十年来家国②，三千里地山河③。凤阙龙楼连霄汉④，玉树琼枝⑤作烟萝，几曾识干戈⑥。　　一旦归为臣虏⑦，沈腰潘鬓销磨⑧。最是仓皇⑨辞庙日，教坊犹奏别离歌⑩。垂泪对宫娥⑪。

## 浪淘沙令⑫

　　帘外雨潺潺⑬，春意阑珊⑭。罗衾不耐五更寒⑮。梦里不知身是客⑯，一晌贪欢⑰。　　独自莫凭栏⑱，无限⑲江山，别时容易见时难⑳。流水落花春去也㉑，天上人间㉒。

## 虞美人㉓

　　春花秋月何时了㉔，往事知多少。小楼昨夜又东风，故国不堪回首月明中㉕。　　雕栏玉砌㉖应犹在，只是朱颜㉗改。问君能有几多㉘愁？恰似一江春水㉙向东流。

## 乌夜啼㉚

　　无言独上西楼，月如钩。寂寞梧桐深院锁清秋㉛。　　剪不断，理㉜还乱，是离愁㉝。别㉞是一般滋味，在心头。

## 注　释

① **破阵子**:词牌名。
② **四十年来家国**:四十年了,这里都是我的国家。**四十年**:从937年李昪称帝(李煜出生)到975年亡国,将近四十年。
③ **三千里地山河**:形容国家的面积,三千里的山河,曾经都是我的领土。
④ **凤阙龙楼连霄汉**:精美的楼阁高高耸立,仿佛和天空相连。**凤阙龙楼**:雕刻着龙凤的楼阁。**霄汉**:天空。
⑤ **玉树琼枝**:美丽非凡的树木。
⑥ **干戈**:干、戈是古代两种常见兵器。这里喻指战争。
⑦ **臣虏**:俘虏,被俘称臣。
⑧ **沈腰潘鬓消磨**:腰变瘦了,头发也花白了。**沈腰**:出自《南史·沈约传》,沈约形容自己年老体弱,说每隔几十天或者一百多天,皮带就要移一次孔。后来就用这个词作为典故,形容腰肢瘦损。**潘鬓**:西晋潘岳《秋兴赋》有"斑鬓髟以承弁兮"句。
⑨ **仓皇**:匆忙而慌张。
⑩ **"最是"二句**:在辞别宗庙的最匆忙慌张的时候,教坊还演奏着离别的音乐。
⑪ **垂泪对宫娥**:面对着宫女,流下了泪水。**垂泪**:流下了眼泪。**宫娥**:宫女。
⑫ **令**:有一些词牌末尾有"令""引""近""慢"等术语。"令"与酒令有关,是一种比较接近民歌的抒情小曲。
⑬ **窗外雨潺(chán)潺**:帘外传来潺潺的雨声。**潺潺**:下雨的声音。
⑭ **阑珊**:衰退,消减,这里指春天快要过去了。
⑮ **五更寒**:更,古代夜间计时单位,五更大概相当于凌晨三点到五点之间,这是一天中最寒冷的时候。
⑯ **梦里不知身是客**:在梦里不知道自己是客居他乡。
⑰ **一晌(shǎng)贪欢**:短暂地沉迷在欢乐里。**一晌**:片刻,形容时间比较短。
⑱ **凭栏**:靠在栏杆边(望远方)。
⑲ **无限**:没有边界,形容辽阔,面积很大。
⑳ **别时容易见时难**:告别的时候很容易,想再见却很难。**别时**:告别的时候。
㉑ **流水落花春去也**:落花随流水漂走,美好的春天也一去不返。
㉒ **天上人间**:相隔好像天上和人间(那么远),再也找不到了。
㉓ **虞美人**:词牌名。
㉔ **了(liǎo)**:了,结束,完。
㉕ **故国不堪回首月明中**:在月光中,不忍心回想起过去的故乡和祖国。**不堪回首**:不忍回头再想过去的事。
㉖ **雕栏玉砌**:雕花的栏杆和玉石的台阶,这里用来指代宫殿。
㉗ **朱颜**:红润美好的容颜。这里指自己的面容。这两句是说:宫殿楼阁应该还在,只是我的容貌已经变了样子(衰老了)。
㉘ **几多**:多少。
㉙ **春水**:春天的江水。

㉚ **乌夜啼**:词牌名。
㉛ **清秋**:清冷的秋天。这两句是说:种着梧桐树的寂寞的深深庭院里,锁住了清冷的秋天。
㉜ **理**:整理。
㉝ **离愁**:因为离别带来的忧愁。
㉞ **别**:另外的、别样的。这两句是说:心中另有一番情绪,无法用言语表达。

## (一) 背诵

《虞美人》

## (二) 填空

1. 李煜精通_____,_____,尤其擅长于_____。

2. 李煜大大丰富了词的表现手法,走出了花间派词_____的藩篱,抒写了古往今来一切仁人志士的亡国之恨,被奉为_____。

## (三) 思考

结合作品,试分析李煜词的白描手法。

---

**文学史知识提示**

李煜的词所以在中国古代文学史上占有不容忽视的地位,除了如上所说的一些生活上的和美学上的原因之外,还因为他的作品对词这种创作艺术的发展起着不小的作用。在李煜以前,很多词人的作品,所表现的内容大都不脱女人、相思之类,题材和意境都很狭窄。有一些超出这类题材的作品,如唐代早期一些诗人所写的词,也往往是"诗余"之作,各方面还显得不够成熟。等到李煜出来以后,他的创作(主要是后期的创作),才把词从狭窄的、虚浮的"花间派"中突破出来,扩展和提高了词的表现生活和抒发感情的能力,并且显示出词的发展潜力。

词至李煜后,在中国文学史上开始争得了和古典诗歌一同发展、一同受到重视的地位。在紧接着他之后的宋代,达到高度繁荣的境地,成为标志着一个时代特色的文学。

(中国科学院文学研究所中国文学史编写组《中国文学史》二,
人民文学出版社1962年版,第626—627页)

## 摊破浣溪沙①

李璟

菡萏②香销翠叶残,西风③愁起绿波间。还与韶光④共憔悴,不堪看。　细雨梦回鸡塞远⑤,小楼吹彻玉笙寒⑥。多少泪珠何限恨,倚阑干⑦。

## 清平乐⑧

李煜

别来⑨春半,触目⑩愁肠断。砌⑪下落梅如雪乱,拂了一身还满。雁来音信无凭⑫,路遥归梦难成⑬。离恨⑭恰如春草,更行更远还生。

## 鹊踏枝⑮

冯延巳

谁道闲情抛掷⑯久,每到春来,惆怅⑰还依旧。日日花前常病酒⑱,不辞镜里朱颜瘦。　河畔青芜⑲堤上柳,为问新愁,何事⑳年年有?独立小桥风满袖,平林新月人归后。

### 注　释

① **摊破浣溪沙**:词牌名。
② **菡萏**(hàndàn):荷花。
③ **西风**:常常用来暗指秋天来了。
④ **韶光**:美好的时光。
⑤ **细雨梦回鸡塞远**:细雨蒙蒙,梦中醒来,边塞在遥远的地方。**鸡塞**:汉朝的一个边塞,这里指边远地区的军事要塞。
⑥ **小楼吹彻玉笙寒**:小楼里,吹到了最后一支曲子,精美的笙也冰冷了。**吹彻**:吹遍,即吹到最后一曲。**笙**:一种乐器的名称。
⑦ **阑干**:栏杆。
⑧ **清平乐**:词牌名。
⑨ **来**:以来,表示时间从过去某时持续到现在。
⑩ **触目**:目光接触到,看到。

⑪ **砌**:台阶。
⑫ **雁来音信无凭**:大雁飞来了,但是却没有你的消息。**雁**:一种鸟,古代认为它是送信的使者。**音信**:信息,书信,消息。
⑬ **成**:实现。
⑭ **离恨**:离别的烦恼。
⑮ **鹊踏枝**:词牌名。
⑯ **抛掷**:丢弃。
⑰ **惆怅**:伤感、愁闷、失意的样子。
⑱ **常病酒**:常常沉醉在酒中。
⑲ **青芜**:青草。
⑳ **何事**:为什么。

# 第二十三课

# 柳 永

## 课 文

柳永是宋代著名词人,他的创作促进了词的市民化,增加了词的表现容量与表现手段,是中国词史上一位里程碑①式的人物。

柳永一生游历②广泛,与歌妓、乐工关系十分密切。这一方面使柳永与市民文艺保持了紧密的联系,使民间曲子词的传统得以传承,另一方面也使柳永从民间艺人的身上获取了丰富的创作营养,写出了大量为广大市民喜闻乐见③的作品。柳永的创作合文人词与民间词为一体,融雅俗于一炉④,为文人词的创作输入了新的活力,极大地拓展了词的影响范围,以至柳永还在世的时候就赢得了"凡有井水饮处,即能歌柳词"的声誉。

柳永极大地开拓了词的题材,有意识地走出了传统文人词含蓄、典雅的藩篱,面向青楼市井⑤,抒写人间的真情实感,充满了现实的生活气息。他借助游历中的所见所闻所感,通过对景物的描写,将自己心中的落魄⑥与牢骚、不幸与痛苦抒发得淋漓尽致;以敏锐的洞察力和概括力,捕捉到了社会历史与经济发展的脉搏⑦,以铺叙的手法全方位地描写了中国宋代都市的繁华。

在艺术手法上,柳永以丰富的生活阅历⑧为创作基础,采取铺叙的手法,开合起伏⑨,铺陈漫衍,使词从单纯的一刹那间的感受型(小令)提升到了复杂的过程型(慢词)⑩,通过艺术结构的多重性体现了世界的丰富和人性的复杂。柳永善于将景物描写与内心的独白⑪融合在一起,借景抒情。不论是由景生情,还是化情为景,都能达到天然浑成⑫的艺术境界。

柳永写下了大量俚俗⑬的词曲,通俗易懂、适应市民的审美情趣,是柳永词最大的特点之一。在通俗的基础上锤辞炼句⑭,善于点化⑮前人的诗境、诗句,再加上讲究音调和格律等各种因素,都使柳永的词能够很好地做到雅俗共赏⑯,俗中见奇,韵味悠然,自成一家。

## 注　释

① **里程碑**:设置在路旁记录里数的标志,比喻在历史发展过程中可以作为标志的大事。
② **游历**:到远方游览,考察。
③ **喜闻乐见**:爱听,喜欢看。
④ **融雅俗于一炉**:意思是说,把高雅和通俗的两种风格融合在一起。
⑤ **青楼市井**:这里泛指社会下层。**青楼**:妓女居住的地方。**市井**:街市。
⑥ **落魄**:生活困难,理想志向得不到实现。
⑦ **脉搏**:比喻潜在的感情、意见或动向。
⑧ **阅历**:经历。
⑨ **开合起伏**:这里指词的结构上的变化。
⑩ **慢词**:词有"令""引""近""慢"等。"令"一般比较短,在文人创作中盛行比较早,如《捣练子令》《浪淘沙令》等。"引"和"近"一般较长,如《望云涯引》《阳关引》《祝英台近》《诉衷情近》等,北宋后期,出现了篇幅较长,字句较繁的词,称为慢词,如《太平年慢》等类型。但它们之间的区别,并不在字数多少,而在于音乐的节奏不同。
⑪ **独白**:戏剧、电影中角色独自抒发感情或表达个人愿望的话,这里指作者自己的内心思想。
⑫ **浑成**:完整,浑然一体。
⑬ **俚俗**:本意是粗野庸俗,这里指贴近下层人民,通俗易懂。
⑭ **锤辞炼句**:等于说"锤炼辞句"。反复琢磨研究文辞用句。
⑮ **点化**:道教传说中指神仙能使法术使东西发生变化。后借指用言语启发人,使人领悟道理,泛指启发开导。
⑯ **雅俗共赏**:高雅的和通俗的都欣赏。

## 作品

### 雨霖铃①

寒蝉②凄切,对长亭③晚,骤雨初歇④。都门帐饮无绪⑤,留恋处,兰舟催发⑥。执⑦相看泪眼,竟无语凝噎⑧。念去去,千里烟波⑨,暮霭⑩沉沉楚天阔。　　多情自古伤⑪离别,更那⑫堪,冷落清秋节!今宵⑬酒醒何处?杨柳岸,晓风残月。此去经年⑭,应是良辰好景虚设。便纵有千种风情⑮,更⑯与何人说?

### 望海潮⑰

东南形胜⑱,三吴都会⑲,钱塘自古繁华。烟柳⑳画桥,风帘翠幕㉑,参差㉒十万人家。云树㉓绕堤沙。怒涛卷霜雪㉔,天堑㉕无涯。市列珠玑㉖,户盈罗绮㉗竞豪奢。　　重湖叠巘清嘉㉘。有三秋㉙桂子,十里荷花。羌管弄㉚晴,菱歌㉛泛夜,嬉嬉钓叟莲娃㉜。千骑拥高牙㉝。乘㉞醉听箫鼓,吟赏烟霞㉟。异日㊱图将好景,归去凤池㊲夸。

### 八声甘州㊳

对潇潇㊴暮雨洒江天,一番洗清秋㊵。渐霜风㊶凄紧,关河㊷冷落,残照㊸当楼。是处红衰翠减㊹,苒苒㊺物华休。惟有长江水,无语东流。　　不忍登高临远,望故乡渺邈㊻,归思难收㊼。叹年来踪迹,何事苦淹留㊽!想佳人妆楼颙望㊾,误几回天际识归舟㊿。争㊿知我倚阑干处,正恁凝愁㊿!

## 注 释

① **雨霖铃**:词牌名。
② **寒蝉**:秋天的蝉。**蝉**:一种昆虫,也叫"知了"。
③ **长亭**:古代驿路旁建有亭子,供行人休息,也是送别的地方。
④ **骤雨初歇**:暴雨刚刚停。
⑤ **无绪**:没有情绪,没有心情。
⑥ **兰舟催发**:客船催人出发。**兰舟**:船的美称。
⑦ **执手**:手握着手,手拉着手。
⑧ **凝噎**:因为心里难过而喉头哽塞说不出话。

⑨ **烟波**:雾气和水色浑然一体。
⑩ **暮霭**:傍晚的云气。
⑪ **伤**:为动用法,为了……悲伤。
⑫ **那**:同"哪",哪里,怎么。
⑬ **宵**:夜晚。
⑭ **经年**:一年复一年。
⑮ **风情**:指男女间爱恋的情意。
⑯ **更**:副词,又,再。
⑰ **望海潮**:词牌名。
⑱ **形胜**:地理形势优越。
⑲ **都会**:大城市。
⑳ **烟柳**:远看很多柳树连成一片,像烟雾一样朦胧。
㉑ **翠幕**:绿色的罗幕。
㉒ **参差**:这里指房屋高低错落。
㉓ **云树**:茂密高大的树木。
㉔ **霜雪**:形容浪花像霜雪一样白。
㉕ **天堑**(qiàn):险要的江河,这里指钱塘江。
㉖ **玑**:不圆的珠子。
㉗ **罗绮**:美丽的丝绸制品。
㉘ **清嘉**:清秀美好。
㉙ **三秋**:这里指农历九月。
㉚ **弄**:吹奏。
㉛ **菱歌**:采菱船上传出的歌声。**菱**:一种水生植物,果实可以吃。这两句是说:白天有人吹奏乐器,夜晚船上也是歌声四起。
㉜ **钓叟**(sǒu)**莲娃**:钓鱼翁和采莲姑娘。
㉝ **高牙**:军队前面的大旗,上面装饰着象牙。这里用"高牙"指代达官贵人。
㉞ **乘**:趁着,利用。
㉟ **烟霞**:风烟云霞,指水光山色。
㊱ **异日**:改天,(以后)某一天。
㊲ **凤池**:即凤凰池,指朝廷最高行政机关中书省。
㊳ **八声甘州**:词牌名。
㊴ **潇潇**:形容雨下得又大又急。
㊵ **一番洗清秋**:经过一番暴风雨地洗刷,又到了清冷的秋天。**洗**:洗刷,这里含有改变的意思。
㊶ **霜风**:秋风。
㊷ **关河**:泛指一般的山河。
㊸ **残照**:夕阳余晖的映照。
㊹ **红衰翠减**:花木凋零。**红、翠**:指代花木。
㊺ **苒苒**:同"冉冉",慢慢地。

㊻ 渺邈:遥远。
㊼ 收:收回来,停止思考。
㊽ 踪迹:行动所留下可觉察的形迹。这里指一年来的经历。
㊾ 淹留:长久地停留(在他乡)。
㊿ 颙(yóng)望:抬头凝望。
�51 误几回天际识归舟:(故乡的爱人)多少回误将远来的船当作归舟。天际:天边,形容很远的地方。
�52 争:怎。
�262 凝愁:忧愁的情绪凝聚不散。这两句是说:怎知我现在靠着楼栏杆,也是如此的忧愁。

(一) 背诵

《雨霖铃》

(二) 填空

1. 柳永的创作合文人词与民间词为一体,融＿＿＿＿＿＿于一炉,为文人词的创作输入了新的活力,极大地拓展了词的影响范围,以至柳永还在世的时候就赢得了"凡有井水饮处,＿＿＿＿＿＿"的声誉。

2. 柳永极大地开拓了词的题材,＿＿＿＿＿地走出了传统文人词含蓄、典雅的＿＿＿＿＿,面向＿＿＿＿＿,抒写人间的真情实感,充满了现实的＿＿＿＿＿气息。

3. 柳永以丰富的生活阅历为创作的基础,采取＿＿＿＿的手法,开合起伏,铺叙漫衍,使词从单纯的一刹那间的＿＿＿＿型(小令)提升到了复杂的＿＿＿＿型(慢词),通过艺术结构的＿＿＿＿体现了世界的＿＿＿＿和人性的＿＿＿＿。

(三) 思考

1. 柳永词在哪些方面开拓了词的题材?
2. 结合第二十一课的内容,分析柳永词在艺术手法上的成就。

**文学史知识提示**

耆卿词的好处,在于能细细地分析出离情别绪的最内在的感觉,又能细细地用最足以传情达意的句子传达出来。也正在于"铺叙展衍,备足无余"。《花间》的好处,在于不尽,在于有余韵。耆卿的好处却在于尽,在于"铺叙展衍,备足无余"。《花间》诸代表作,如绝代少女,立于绝细绝薄的纱帘之后,微露丰姿,若隐若现,可望而不可即。耆卿的作品,则如初成熟的少妇,"偎香倚暖",恣情欢笑,无所不谈,谈亦无所不尽。所以五代及北宋初期的词,其特点全在含蓄二字,其词不得不短隽。北宋第二期的词,其特点全在奔放铺叙四字,其词不得不繁辞展衍,成为长篇大作。这个端乃开自耆卿。耆卿的影响极大。秦少游本以短隽擅场,却也逃不了耆卿的范围。《高斋词话》说:"少游自会稽入都,见东坡。东坡曰:'不意别后,公却学柳七作词。'少游曰:'某虽无学,亦不至如是。'东坡曰:'销魂当此际,非柳七语乎?'"少游至此,也只好愧服了。少游如此,其他更可知了。东坡词虽取境取意与柳七绝异,然在奔放铺叙一方面,当也是暗受耆卿势力的笼罩的。

（郑振铎《插图本中国文学史》,
人民文学出版社1957年版,第487—488页）

## 柳永的《雨霖铃》

《雨霖铃》是柳永的代表作,也是宋代词史上抒写离情别绪的千古名篇。词的上阕写词人与恋人离别时"无语凝噎"的惜别痛苦,下阕写离别后"晓风残月"的凄凉景象。整首词以铺叙的手法,把词人即将离开汴京与恋人惜别时的真情实感表达得缠绵悱恻①,凄婉动人。暮霭沉沉中的清秋骤雨,寒蝉凄切中的千里烟波,梦回②酒醒时的晓风残月,与词人人生的失意情怀彼此交融,由景生情,化情为景,成为宋代婉约词中的上品,是宋元时期流行的"宋金十大曲"之一。

起首③三句写别时之景,点明了地点、时间和环境。通过景物的描写,氛围的渲染,词人化情为景,暗寓别意。寒蝉、长亭、骤雨和清秋的暮霭,词人所见所闻,一片凄凉。"对长亭晚"一句,中间插入,顿挫吞咽④,准确地传达了这种凄凉情绪。这三句景色的铺写,也为后两句的"无绪"和"催发",设下伏笔⑤。面对"都门帐饮"的送别宴席,回想人生的连连⑥挫折,词人毫无兴致。"留恋处,兰舟催发",以精炼之笔刻画了离别的环境与心理:一边是留恋情浓,一边是兰舟催发,写离别之紧迫,促使感情的深化。于是,便迸发出"执手相看泪眼,竟无语凝噎"的情感交集。相对无言,百感汇心⑦。形象逼真,历历在目⑧。

"念去去"二句是词人的内心独白,上承"凝噎"而自然一转,下启"千里"以下而一气流贯。"念"字后"去去"二字连用,则愈益显示出激越的声情⑨,读时一字一顿⑩,遂觉形单影只⑪,去路茫茫。"千里烟波,暮霭沉沉楚天阔",声调和谐,景色如绘。既曰"烟波",又曰"暮霭",更曰"沉沉",着色⑫一层浓似一层;既曰"千里",又曰"阔",一程远似一程,道尽了恋人分手时难舍难分的离愁。词人依托于清秋的背景,在上阕中首先推出了"都门帐饮无绪"的离别画面;然后在情感迸发的基础上推出"执手相看泪眼,竟无语凝噎",第二幅离别画面。这两幅画面以特写⑬的手法,自然流转,是感情递进、深化的自然产物,没有任何雕琢⑭的痕迹,浑然天成。

上阕正面话别,下阕则荡开一笔:"多情自古伤离别",意谓伤离惜别,自古皆然⑮。接以"更那堪冷落清秋节"一句,则极言⑯时当冷落凄凉的秋季,离情更甚于⑰常时。"清秋节"一词,映射⑱起首三句,前后照应,针线极为绵密;而冠以"更那堪"三个虚字⑲,则加强了感情色彩,比起首三句的以景寓情更为明显、深刻。

"今宵酒醒何处,杨柳岸,晓风残月"三句,蝉联⑳上句而来,是柳永光耀㉑词史的名句。这三句是想象今宵旅途中的凄凉景象,遥想㉒不久之后一舟临岸,词人酒醒梦回,却只见习习㉓晓风吹拂萧萧疏柳,一弯残月高挂杨柳梢头㉔。人生之孤独,客情㉕之冷落,风景之清幽,离愁之绵邈,完全凝聚在这幅想象的画面之中。这是本词推出的第三幅画面。前面两幅画近景式特写的手法在这里一变而为寥廓、高远、凄清,大化流行㉖,天人合一㉗。

"此去经年"四句,改用情语。他们相聚之时,良辰好景,可以慰藉㉘人生的哀愁;可是,从此以后,千里烟波,年复一年,纵有良辰好景,也只能徒增怅惘而已。"此去"二字,遥应㉙上阕"念去去";"经年"二字,近应"今宵"。时间与思绪上均是环环相扣,步步推进,把慢词艺术结构的多重性特征体现得十分透彻,深刻地表现了人生情感的丰富性和精神世界的复杂性。

此词脍炙人口㉚,久负㉛盛名。早在宋代,就有记载说,此词缠绵悱恻、深沉婉约,"只合㉜十七八女郎,执红牙板㉝,歌'杨柳岸,晓风残月'"。词人善于把传统的情景交融手法运用到慢词的铺叙之中,把离情别绪㉞的感受,通过具有画面性的境界表现出来,意与境会㉟,情与景化,构成了一种诗意美的化境㊱,给读者以强烈的艺术感染㊲。全词虽为直写,但叙事清楚,写景工致,以具体鲜明而又能触动离愁的自然风景画面来渲染主题,通过词人由景生情、化情为景的内心独白,寥廓天空,渐行渐远,情景交融,彼此映托,把词的结构设计得层层深入而又跌宕起伏,令人目不暇接㊳。

181

## 注　释

① **缠绵悱恻**(chánmián-fěicè)：本义指情绪缠结不解，内心烦乱，悲苦凄切。这里指语言、文字的情调哀婉。
② **梦回**：等于说梦醒。
③ **起首**：开头。
④ **顿挫吞咽**：语调、音律等停顿转折，婉转含蓄。
⑤ **伏笔**：文章或文艺作品中，在前段里为后段所做的提示或暗示。
⑥ **连连**：不断。
⑦ **百感汇心**：等于说"百感交集"，指许多感触一齐发生，交织在一起。
⑧ **历历在目**：清楚地显示在眼前。
⑨ **声情**：声音和感情。
⑩ **顿**：停顿。
⑪ **形单影只**：形影只有一个。形容孤独，没有人做伴。
⑫ **着**(zhuó)**色**：原指绘画时涂上颜色，这里指文字生动、有力。
⑬ **特写**：这里指文学创作上的一种手法，即抓住一部分进行放大，详细描述。
⑭ **雕琢**：过分地修饰文辞。
⑮ **皆然**：都是这样。
⑯ **极言**：极力突出。
⑰ **甚于**：超过。
⑱ **映射**：照应。
⑲ **虚字**：古人所谓没有实在意义的字，其中一部分相当于现代的虚词。
⑳ **蝉联**：紧接着，紧挨着。
㉑ **光耀**：显扬，光大。
㉒ **遥想**：想距离很久远的事。
㉓ **习习**：形容风轻轻地吹。
㉔ **梢头**：树枝的顶端。
㉕ **客情**：作客在外的情怀。
㉖ **流行**：流转，运行。
㉗ **天人合一**：自然和人融为一体。
㉘ **慰藉**：安慰，抚慰。
㉙ **应**：呼应，照应。
㉚ **脍炙**(kuàizhì)**人口**：细切的肉和烤熟的肉人人都爱吃，用来比喻好的诗文得到大家共同的称赞。**脍**：细切的肉。**炙**：烤熟的肉。
㉛ **负**：具有。
㉜ **合**：适合。
㉝ **执**：拿。**牙板**：一种乐器的名称。

㉞ **离情别绪**：离别的情绪。
㉟ **会**：会合，聚集。
㊱ **化境**：奇妙的境界。
㊲ **感染**：通过语言文字或其他形式引起别人相同的思想感情。
㊳ **目不暇接**：景色既美又多，让人的眼睛来不及全看。

# 第二十四课

# 欧阳修

## 课 文

　　欧阳修(1007—1072),字永叔,号醉翁,晚年又号六一居士。吉州永丰(今属江西)人。四岁丧父,家境贫寒,母亲用荻秆画地教他识字。由于勤于著述,思想深刻,逐步成为北宋中期重要的政治人物和诗文革新运动①的领袖。

　　欧阳修不仅在政治生活中表现出令人尊重的人格,而且在诗、文、词的创作中也表现出高深的修养。欧阳修在当时的文人群体中有很强的号召力。唐宋八大家②中宋代的其他五位都曾受到他的帮助和举荐。欧阳修是一位成就巨大的学者,他是《新唐书》《新五代史》的主修③,还擅长金石④考古,同时也是文学评论的专家。

　　欧阳修是诗、文、词兼长的全才作家,对宋代文学产生了深远的影响,这也是他成为宋代诗文革新运动领袖的主要原因。欧阳修的创作,内容深刻,现实性强,关心民生疾苦,其中以散文的成就最高。欧阳修的散文题材、内容、形式都非常广泛。他的政论文不尚空谈⑤,洞达人情⑥,切⑦于事实而气势充沛;他的抒情散文抒发身世之感,表现人生的体验,刻画自我形象,充满强烈的抒情色彩,为中国古代的散文开拓了更为广阔的领域。

　　欧阳修散文的艺术特色是平易自然,委婉曲折。这一总的特点在不同的文体中有不同的体现。欧阳修散文语言的运用同样具有这一特点。他多用寻常平易、清虚流畅的字句,不用奇字、难字、怪字,在平淡中见艺术意境的美丽,在自然中见文学形象的生动,此其一;善于用虚字穿插⑧呼应,读起来跌宕起伏,气韵生动,充满音乐性的舒缓⑨深长、回环飘动的美感,此其二;句式变化错落有致,时散时偶⑩,时长时短,既有明晰的节奏感,又流动摇曳⑪,具有音乐的空灵感,此其三。

# 注　释

① **诗文革新运动**:晚唐五代以来,华而不实的文风流行于世。从北宋初年开始,针对这种浮华的文风,兴起了一场继承杜甫、白居易的现实主义传统,继承韩愈、柳宗元的古文传统,主张平实朴素的文风的文学革新运动,称为北宋诗文革新运动。这场运动的主要代表人物是欧阳修。
② **唐宋八大家**:唐宋时期最著名的八位古文家,他们是唐代的韩愈、柳宗元和宋代的欧阳修、苏洵、苏轼、苏辙、曾巩、王安石。
③ **主修**:主编。
④ **金石**:金属或石制器物,古人常在上面刻字记事,这类历史资料被称为金石。
⑤ **不尚空谈**:不注重做空虚的议论。**尚**:注重,崇尚。
⑥ **洞达人情**:通晓人情世故,非常熟悉社会状况。
⑦ **切**:契合,与……一致。
⑧ **穿插**:互相错开,交叉。
⑨ **舒缓**:平缓,不激烈。
⑩ **时散时偶**:有时不押韵,有时押韵。**散**:不用韵。**偶**:押韵。
⑪ **摇曳**:这里形容飘荡、摇摆的审美感受。

## 作  品

### 醉翁亭①记

　　环滁②皆山也。其西南诸③峰,林壑④尤美,望之蔚然⑤而深秀者,琅琊⑥也。山行⑦六七里,渐闻水声潺潺⑧,而泻⑨出于两峰之间者,酿泉也。峰回路转⑩,有亭翼然⑪临于泉上者,醉翁亭也。作亭者谁？山之僧曰智仙也。名之者谁？太守自谓也⑫。太守与客来饮于此,饮少辄醉⑬,而年⑭又最高,故自号曰醉翁也。醉翁之意不在酒,在乎⑮山水之间也。山水之乐⑯,得之心而寓之酒也⑰。

　　若夫⑱日出而林霏开,云归而岩穴暝⑲,晦明⑳变化者,山间之朝暮㉑也。野芳发而幽香㉒,佳木秀而繁阴㉓,风霜高洁㉔,水落而石出者㉕,山间之四时㉖也。朝而往,暮而归,四时之景不同,而乐亦无穷也。

　　至于负者歌于涂㉗,行者㉘休于树,前者呼,后者应,伛偻㉙提携,往来而不绝者,滁人游也。临溪而渔㉚,溪深而鱼肥,酿泉为酒,泉香而酒洌㉛,山肴野蔌㉜,杂然㉝而前陈者,太守宴也。宴酣㉞之乐,非丝非竹㉟,射㊱者中,弈㊲者胜,觥筹交错㊳,起坐而喧哗㊴者,众宾欢也。苍颜白发,颓然㊵乎其间者,太守醉也。

　　已而㊶夕阳在山,人影散乱,太守归而宾客从也。树林阴翳㊷,鸣声㊸上下,游人去而禽鸟乐也。然而禽鸟知山林之乐,而不知人之乐；人知从太守游而乐,而不知太守之乐其乐㊹也。醉能同其乐,醒能述㊺以文者,太守也。太守谓谁？庐陵㊻欧阳修也。

### 注  释

① **醉翁亭**:在今安徽境内。
② **滁**(Chú):滁州城,地名,今安徽滁州。
③ **诸**:众多。
④ **壑**:山沟。
⑤ **蔚然**:草木茂盛的样子。
⑥ **琅琊**(Lángyá):山名。
⑦ **山行**:走山路。
⑧ **潺潺**:流水声。
⑨ **泻**:流出,排出。
⑩ **峰回路转**:形容山势回环,山路曲折。

⑪ **翼然**:像鸟儿张开翅膀那样,形容亭角翘起的样子。

⑫ **太守自谓也**:(名字)是太守自己取的。

⑬ **饮少辄醉**:喝了一点儿酒就醉了。**辄**:副词,就。

⑭ **年**:年龄,年岁。

⑮ **在乎**:在于。

⑯ **山水之乐**:欣赏山水的乐趣。

⑰ **得之心而寓之酒也**:领会在心里,而寄托在饮酒之中。**寓**:寄托。

⑱ **若夫**:发语词,用于引出下文的议论。

⑲ **云归而岩穴暝**:傍晚的时候云归山,岩洞显得昏暗。

⑳ **晦明**:光线的昏暗和光明。

㉑ **朝暮**:早上和傍晚。

㉒ **野芳发而幽香**:野花开放了,发出清幽的香气。**野芳发**:野花开放。

㉓ **佳木秀而繁阴**:美好的树木生长起来,形成茂密的树荫。

㉔ **风霜高洁**:秋高气爽,霜色洁白。

㉕ **水落而石出者**:水位低落,现出石头。

㉖ **四时**:四季。

㉗ **涂**:道路。

㉘ **行者**:行人。

㉙ **伛偻**(yǔlǚ):弯腰弓背的老人。

㉚ **渔**:捕鱼,抓鱼。

㉛ **洌**:清凉。

㉜ **野蔌**(sù):野菜。

㉝ **杂然**:众多的样子。

㉞ **酣**:兴致最浓,兴趣最高。

㉟ **非丝非竹**:不在于音乐。**丝、竹**:都是乐器,这里用来指代音乐。

㊱ **射**:古代的一种游戏。

㊲ **弈**:下围棋。

㊳ **觥筹**(gōngchóu)**交错**:酒杯和酒筹交互错杂,形容许多人聚在一起饮酒的热闹情景。

㊴ **喧哗**:声音大而杂乱。

㊵ **颓**(tuí)**然**:喝醉了要倒的样子。

㊶ **已而**:不久以后。

㊷ **阴翳**:阴影遮蔽。

㊸ **鸣声**:这里指鸟叫声。

㊹ **乐其乐**:为他们的快乐而快乐。

㊺ **述**:记述。

㊻ **庐陵**:庐陵郡,就是吉州,即今江西吉安。

## （一）填空

1. 欧阳修是一位成就巨大的学者，他是《＿＿＿＿＿》《新五代史》的主修，还擅长＿＿＿＿＿＿，同时也是＿＿＿＿＿＿评论的专家。

2. 欧阳修是＿＿＿、＿＿＿、＿＿＿兼长的全才作家，对宋代文学产生了深远的影响，这也是他成为＿＿＿＿＿＿领袖的主要原因。

## （二）解释下列带点的词语

1. 其西南诸峰，林壑尤美。
2. 山行六七里，渐闻水声潺潺。
3. 有亭翼然临于泉上者，醉翁亭也。
4. 太守与客来饮于此，饮少辄醉。
5. 山水之乐，得之心而寓之酒也。
6. 至于负者歌于涂，行者休于树。
7. 杂然而前陈者，太守宴也。

## （三）思考

欧阳修散文语言的艺术特点。

---

**文学史知识提示**

古文运动兴起于唐德宗、宪宗年间，经过韩、柳等人的大力倡导，无论从实践或理论上，从内容或形式上，都形成了散文的优良传统。但到了晚唐、五代时期，浮靡的骈俪之文却重又得势，这反映了动乱时代文人逃避现实的游离和彷徨，也正是这种风气使得古文的发展受到妨碍。到了北宋，古文在新的历史条件下复兴了，而且取得了辉煌的成就。就其性质而言，唐代的古文运动是复西汉、先秦之古，宋代的第二次古文运动则是复韩、柳之古，名为复古，实际上是针对晚唐、五代文弊和西昆体的流行而进行的革新。

**文学史知识提示**

欧(阳修)文独特的艺术风格,是继承韩愈的优良传统而形成的。他从学习韩愈开始,又进而学习韩愈所钻仰的古代史家如司马迁等的著作。苏轼曾指出他"论大道似韩愈,论事似陆贽,记事似司马迁,诗赋似李白(《居士集叙》)。"但最基本的是学韩,所以苏轼又说:"愈之后三百有余年,而后得欧阳子,其学推韩愈、孟子以达于孔氏,著礼乐仁义之实以合于大道。其言简而明,信而通,引物连类,折之于至理,以服人心。故天下翕然师尊之。……士无贤不肖,不谋而同曰:'欧阳子,今之韩愈也。'"但由于时代、个性的差异,古文运动的首创者韩愈和古文运动的复兴者欧阳修,在风格上是有显著的差别的。用古典文论的术语来说,韩文偏于阳刚之美,而欧文则偏于阴柔之美;韩文深厚雄博,欧文和婉曲折。虽然两人的作品都有着丰富的社会内容,然而又各自以其个性化的艺术技巧显示着独特的风格。

(程千帆、吴新雷《两宋文学史》,上海古籍出版社1991年版,第32、51页)

## 名篇欣赏

### 踏莎行①

候馆②梅残,溪桥柳细,草薰风暖摇征辔③。离愁渐远渐无穷,迢迢④不断如春水。　寸寸柔肠⑤,盈盈粉泪⑥。楼高莫近危阑⑦倚。平芜⑧尽处是春山,行人⑨更在春山外。

### 蝶恋花⑩

庭院深深深几许⑪。杨柳堆烟,帘幕无重数。玉勒雕鞍⑫游冶处,楼高不见章台⑬路。　雨横风狂三月暮。门掩黄昏,无计⑭留春住。泪眼问花花不语,乱红⑮飞过秋千去。

# 采桑子⑯

群芳⑰过后西湖好,狼藉⑱残红。飞絮濛濛⑲,垂柳栏干尽日风。　　笙歌散尽游人去,始觉春空。垂下帘栊⑳,双燕归来细雨中。

## 注　释

① **踏莎(suō)行**:词牌名。**莎**:一种草。
② **候馆**:接待旅行的人的馆舍。
③ **摇征辔**:骑马远行的意思。**辔**:驾驭马匹的缰绳。
④ **迢迢**:形容遥远、长久。
⑤ **寸寸柔肠**:柔软的心肠好像一寸一寸被割断了。
⑥ **粉泪**:青年女子脸上的眼泪。
⑦ **危阑**:高处的栏杆。
⑧ **平芜**:平坦的草地。
⑨ **行人**:指出门远游的那个人。
⑩ **蝶恋花**:词牌名。
⑪ **几许**:多少。
⑫ **玉勒雕鞍**:精美的马具,这里指骑着骏马的贵族公子。
⑬ **章台**:汉朝长安城章台下街,是歌妓聚居的地方。
⑭ **无计**:没有办法。
⑮ **乱红**:凋零的花瓣。
⑯ **采桑子**:词牌名。
⑰ **群芳**:指百花。
⑱ **狼藉**:乱七八糟的样子。这里指春天将要过去,百花零落的样子。
⑲ **濛濛**:迷茫,看不清的样子。
⑳ **帘栊**:带帘子的窗户。**栊**:窗户。

# 第二十五课

# 苏 轼

## 课 文

　　苏轼(1037—1101),字子瞻,号东坡居士,眉州眉山(今属四川)人,是北宋中期伟大的文学家,宋代诗文革新运动的集大成者①。他的散文在唐宋八大家中位居前茅②;他的诗歌达到了北宋诗歌的最高水平;他的词作突破了"婉约"风格一统天下的拘束,以豪放、旷达的情怀开宗立派③,为中国文学史的发展做出了重大的贡献,产生了深远的影响。

　　苏轼的散文平易自然,流畅婉转,长于说理、叙事、抒情,继承并发展了欧阳修散文的风格,成为后世散文家学习的楷模④。苏轼的诗现存2700多首,不仅在数量上是空前的,而且其内容表现自我,反映现实,歌咏自然,才学兼备⑤,博大精深,富有哲理,堪称宋代诗歌的典型代表。

　　苏轼的词作更是中国文学史上的丰碑⑥。他全面开拓了词的题材,把前人很少涉及或从未表现过的内容大量引入词中,把人们的视线从狭小的翠帐香径⑦引向了社会的各个领域,由此从根本上提高了词的社会地位与审美价值。

　　在风格上,苏轼也对词的创作进行了根本性的发展:第一,苏轼特别注重将慷慨激昂、悲壮苍凉的感情融入词中,以奔放豪迈的形象、飞动峥嵘的气势、阔大雄伟的场面给人以大江东去、气吞山河⑧的感觉,此之谓豪放;第二,苏轼一生得意⑨时少,失意时多,因此,通过超越生活的艺术形式尽力地摆脱现实中的自我,把自己融化到大自然之中,让有限的人生在大自然无始无终的变化规律中得到永恒,此之谓旷达;第三,苏轼多以清幽寂静的明月、瘦雪霜姿的湖山、杳远⑩空蒙的孤鸿等意象,刻画自己高洁的精神境界,让自己从各种难以排解⑪的矛盾中净化出来,与大自然融为一体,此之谓清空。

　　苏轼的书法、绘画成就也很高,所以,他是诗、文、书、画全才。

① **集大成者**:把某类事物的各个方面集中起来达到完备的程度的人。这里指在苏轼身上,体现了诗文革新运动各方面的成就,也是各方面成就的最高代表。
② **位居前茅**:名次排在前面。
③ **开宗立派**:开创一个流派。
④ **楷模**:值得学习的人或事物,榜样。
⑤ **才学兼备**:既有才华,又有学识。
⑥ **丰碑**:高大的石碑。这里指值得记载或保存的艺术上的成就。
⑦ **翠帐香径**:绿色的罗帐,花园里的小路。这里指代家庭生活、男女相恋的题材。
⑧ **气吞山河**:形容气概很大,能够包容下山河。
⑨ **得意**:得志,也就是理想抱负得以施展。下文的"失意"是它的反义词。
⑩ **杳(yǎo)远**:渺茫遥远。
⑪ **排解**:排除,去除。

## 江城子①

### 乙卯②正月二十日夜记梦

　　十年③生死两茫茫,不思量④,自难忘。千里孤坟,无处话凄凉⑤。纵使相逢应不识⑥,尘满面⑦,鬓如霜⑧。　　夜来幽梦⑨忽还乡。小轩窗⑩,正梳妆。相顾⑪无言,惟有泪千行。料得⑫年年肠断处,明月夜,短松冈⑬。

## 水调歌头⑭

丙辰⑮中秋,欢饮达旦⑯,大醉。作此篇,兼怀子由⑰

明月几时有,把酒⑱问青天。不知天上宫阙⑲,今夕是何年?我欲乘风归去,又恐琼楼玉宇⑳,高处不胜㉑寒。起舞弄清影㉒,何似㉓在人间。 转朱阁㉔,低绮户㉕,照无眠㉖。不应有恨㉗,何事长向别时圆㉘?人有悲欢离合,月有阴晴圆缺,此事古难全㉙。但愿人长久,千里共婵娟㉚。

## 念奴娇㉛·赤壁㉜怀古

大江㉝东去,浪淘尽,千古风流人物㉞。故垒㉟西边,人道是㊱三国周郎赤壁。乱石穿空㊲,惊涛㊳拍岸,卷起千堆雪㊴。江山如画,一时多少豪杰。 遥想公瑾㊵当年,小乔初嫁了。雄姿英发㊶,羽扇纶巾㊷,谈笑间,樯橹㊸灰飞烟灭。故国神游㊹,多情应笑我㊺,早生华发㊻。人生如梦,一尊还酹㊼江月。

## 注 释

① 江城子:词牌名。
② 乙卯(yǐmǎo):中国古代的纪年方式,这里指公元1075年。
③ 十年:这首词是苏轼悼念去世的妻子王弗的,那时他的妻子已去世十年了。
④ 思量:思索。
⑤ 话凄凉:诉说悲伤。
⑥ 纵使相逢应不识:即使相遇,也应该不认识了吧。
⑦ 尘满面:满脸都是尘土。
⑧ 鬓如霜:鬓发也像霜一样白了。
⑨ 幽梦:迷离的梦。
⑩ 小轩窗:小房间的窗子,这里指卧室的窗子。
⑪ 顾:看。
⑫ 料得:猜想到。
⑬ 短松冈:长着小松树的山岗。这里指他的妻子的坟地。
⑭ 水调歌头:词牌名。
⑮ 丙辰:这里指公元1076年。
⑯ 达旦:到天亮。
⑰ 子由:苏轼的弟弟苏辙,字子由,那时二人已有七年没有见面了。
⑱ 把酒:端起酒杯。

⑲ **宫阙**:宫殿。
⑳ **琼楼玉宇**:这里指月亮里面的宫殿。在中国古代神话传说中,月亮上有宫殿,有神仙居住。**琼**:美玉。
㉑ **不胜**:经受不住。
㉒ **起舞弄清影**:在月光下起舞,清影随人舞动。**清影**:月光下的淡淡的影子。
㉓ **何似**:哪里像。这里是反问语气,意思是不像。
㉔ **转朱阁**:月光绕着朱红色的华美楼阁,从一面移到另一面。
㉕ **低绮户**:低低地透过雕花窗户。
㉖ **照无眠**:照着睡不着觉的人。
㉗ **不应有恨**:月亮不该有什么恨事吧?
㉘ **何事长向别时圆**:为什么总在人们离别时圆呢?**何事**:为什么。
㉙ **古难全**:从古到今都难以圆满。
㉚ **婵娟**:这里指月亮。
㉛ **念奴娇**:词牌名。
㉜ **赤壁**:三国时期著名的战场,吴将周瑜曾在这里大败曹操的大军。苏轼写这首词是在湖北黄冈赤壁,并不是历史上发生赤壁大战的地方。
㉝ **大江**:长江。
㉞ **风流人物**:杰出的人物。
㉟ **故垒**:以前的军营。
㊱ **人道是**:人们说是。
㊲ **乱石穿空**:陡峭的石壁高入天空。
㊳ **惊涛**:巨浪。
㊴ **千堆雪**:无数浪花。
㊵ **公瑾**(jǐn):周瑜,字公瑾,三国时有名的将领。
㊶ **小乔**:周瑜的妻子。
㊷ **英发**:言谈议论卓越不凡。
㊸ **羽扇纶**(guān)**巾**:羽毛扇和青丝带做的头巾。
㊹ **樯橹**(qiánglǔ):这里指曹操率领的军队的战船。也作"强虏",意即强大的敌人,指曹操率领的军队。
㊺ **神游**:在想象或梦境中游历。
㊻ **多情应笑我**:这是一个倒装句,正常语序是"应笑我多情"。**多情**:情感丰富细腻,多愁善感。
㊼ **华发**:白发。
㊽ **酹**(lèi):把酒浇在地上,表示献给神灵或者死者。

## （一）背诵

《水调歌头》

## （二）填空

苏轼，字子瞻，号_____居士，_____人，是_____中期伟大的文学家，宋代_____运动的集大成者。他的散文在唐宋八大家中位居前茅；他的诗歌达到了北宋诗歌的_____；他的词作突破了"婉约"风格_____的拘束，以豪放、旷达的情怀_____，为中国文学史的发展做出了重大的贡献，产生了深远的影响。

## （三）思考

为什么说"苏轼的词作更是中国文学史上的丰碑"？

**文学史知识提示**

苏轼注意培养后进，吸引许多重要作家在他的周围，成为欧阳修以后北宋文坛的杰出领导者。被称为苏门四学士的黄庭坚、秦观、张耒、晁无咎，以及陈师道、李廌等，在他们还不大为人所知时就得到苏轼的热情鼓励和培养，在文艺方面各有成就，和中唐时期的"韩门弟子"后先辉映。

……………

苏轼在北宋后期就以文采风流为学者文人所羡慕；南宋以后，他的诗文集更为流行。他一生执中持平、守正不阿，虽屡遭贬谪，而处之泰然。这种政治态度也引起后世正直文人的同情和钦仰。他的策论、史论成为许多科举士子摹拟的对象，其他散文和诗歌又以其才华的丰茂，笔力的纵横恣肆，博得后人的爱好。由于他思想的复杂性和文艺上的多方面成就，他在文学史上的影响也是广泛而深远的。南宋陆游、辛弃疾，金元好问，明袁宏道，清陈维崧、查慎行等，有的爱好他的诗歌，有的继承他的词派，有的学习他议论的纵横，有的追摹他小品的清隽。他们的成就有大小，但都明显看出苏轼的影响。他作品的浪漫主义精神为后来许多在文艺上不满现状，要求创新的作者所喜爱……

（游国恩等主编《中国文学史》三，人民文学出版社1964年版，第66—68页）

## 后赤壁赋①

是岁十月之望②,步自雪堂③,将归于临皋④。二客从予,过黄泥之坂⑤。霜露既⑥降,木叶⑦尽脱。人影在地,仰见明月。顾⑧而乐之,行歌相答⑨。已而⑩叹曰:"有客无酒,有酒无肴⑪,月白风清,如此良夜何⑫?"客曰:"今者薄暮⑬,举网得鱼,巨口细鳞,状似松江之鲈⑭。顾安⑮所得酒乎?"归而谋诸⑯妇。妇曰:"我有斗酒,藏之久矣,以待子不时之需⑰。"

于是携酒与鱼,复游于赤壁之下。江流有声,断岸千尺。山高月小⑱,水落石出。曾日月之几何⑲,而江山不可复识矣。

予乃摄⑳衣而上,履巉岩㉑,披蒙茸㉒,踞虎豹㉓,登虬龙㉔,攀栖鹘之危巢㉕,俯冯夷㉖之幽宫。盖㉗二客不能从焉。划㉘然长啸,草木震动,山鸣谷应,风起水涌。予亦悄然㉙而悲,肃然㉚而恐,凛乎㉛其不可留也。反㉜而登舟,放乎㉝中流,听其所止而休焉㉞。时夜将半,四顾寂寥㉟,适㊱有孤鹤,横江东来,翅如车轮,玄裳㊲缟衣,戛然㊳长鸣,掠予舟而西㊴也。

须臾㊵客去,予亦就㊶睡,梦一道士,羽衣翩跹㊷,过临皋之下,揖㊸予而言曰:"赤壁之游乐乎?"问其姓名,俛㊹而不答。呜呼噫嘻㊺,我知之矣!"畴昔㊻之夜,飞鸣而过我者,非子也耶㊼?"道士顾笑,予亦惊悟㊽。开户㊾视之,不见其处。

### 注 释

① **《后赤壁赋》**:苏轼被贬官到黄州后,先后写了《前赤壁赋》和《后赤壁赋》,两篇写作时间只隔三个月。这篇《后赤壁赋》着重描绘冬天的夜间景色,同时写见闻和梦境,寄托了作者超凡脱俗的奇想。
② **望**:农历的每月十五日前后。
③ **步自雪堂**:从雪堂走出来。**雪堂**:苏轼所筑的堂的名字。
④ **临皋**(gāo):即临皋馆,在湖北黄冈一带的长江边上。
⑤ **黄泥之坂**(bǎn):即黄泥坂,地名,在临皋附近。
⑥ **既**:副词,已经。
⑦ **木叶**:树叶。
⑧ **顾**:看。
⑨ **行歌相答**:大家边走边唱歌,歌声互相应答。
⑩ **已而**:不久,后来。
⑪ **肴**:做熟了的鱼、肉类。
⑫ **如此良夜何**:这么好的夜晚怎么办呢? 意思是说:夜晚这么美好,该怎么度过呢?

⑬ **薄暮**:傍晚。
⑭ **鲈**:鲈鱼,味道鲜美。
⑮ **顾安**:但是怎么。
⑯ **诸**:"之于"的合音字。
⑰ **不时之需**:临时或随时可能会有的需求。
⑱ **山高月小**:山峰很高,月亮远远的,看上去很小。
⑲ **曾日月之几何**:时间不知道过了多久。**日月**:时间,岁月。
⑳ **摄**:提起,拉起。
㉑ **巉岩**:险峻的山崖。
㉒ **蒙茸**:杂乱的草丛。
㉓ **虎豹**:像虎豹形状的石头。
㉔ **虬(qiú)龙**:像盘旋的龙的形状的树木。
㉕ **危巢**:高处的鸟巢。
㉖ **冯夷**:古代传说中水神的名字。
㉗ **盖**:副词,表示推测,相当于"大约""大概"。
㉘ **划**:形容长啸的声音。
㉙ **悄(qiǎo)然**:忧愁的样子。
㉚ **肃然**:形容十分恭敬、谨慎的样子。
㉛ **乎**:形容词后缀,和"然"差不多。
㉜ **反**:通"返",返回。
㉝ **乎**:介词,于,在。
㉞ **听其所止而休焉**:任凭船漂,它漂到哪儿就停在哪儿。**听**:听凭,任凭。
㉟ **寂寥**:寂静,安静。
㊱ **适**:正好,恰好。
㊲ **裳**:古人穿的遮蔽下体的衣裙,男女都穿,是裙的一种,不是裤子。
㊳ **戛(jiá)然**:突然。
㊴ **西**:名词作动词,向西飞去。
㊵ **须臾**:片刻,一会儿。
㊶ **就**:动词,接近,靠近。
㊷ **翩跹(piānxiān)**:旋转的跳舞的姿态。
㊸ **揖**:作揖,古代的行礼方式,就是拱手礼。
㊹ **俛**:同"俯",屈身,低头。
㊺ **呜呼噫嘻**:叹词,表示叹息、悲痛等。
㊻ **畴昔**:以前。
㊼ **耶**:句末语气词,相当于"吗"或"呢"。
㊽ **悟**:睡醒。
㊾ **户**:门。

## 第二十六课

## 李清照

### 课　文

　　李清照(1084—约1155),号易安居士,齐州章丘(今山东济南章丘西北)人,是两宋之交①伟大的词作家,也是中国文学史上最伟大的女词人。她的一生经历了表面繁华却危机四伏的北宋末年,以及动乱不已②、偏安江南的南宋初年。从安定走向动荡,从优裕③走向苦难,她的词表达了那一时代人们背井离乡④、亲人分离的共同感受。她的词作丰富,才调绝伦⑤,字字珠玑⑥,为宋代婉约词派⑦的正宗。

　　李清照的创作明显分为两个时期。前期词充满了热情爽朗的朝气⑧,跃动着青春的活力。靖康之难⑨中,李清照家藏十余屋古物遭到焚毁,她心爱的丈夫赵明诚⑩也不久病逝。从此以后,颠沛流离⑪之痛,辛酸孤独的情感生活,使她的词作越来越沉挚、悲凉、凄切。

　　在艺术风格上,李清照特别擅长白描,善用口语,既浅近又不庸俗,既工丽⑫又不艰深,在词家中独具一格⑬。她善于掌握声调韵律的节奏,以适应自己思想感情的起伏变化,把人物感情上的波澜恰到好处⑭地表现出来;她善于巧妙地运用中国传统诗歌中的比、兴手法,"言在此而意在彼",言近旨远⑮,含蓄蕴藉,委婉曲折,富于弦外之音⑯,给人留下无限想象和思考的余地;她还善于把自己的思想感情和客观景物熔铸⑰在一起,在词作中创造出诗情浓郁、诗意盎然⑱的境界,非常细腻地传达出人物心灵深处的奥秘。

　　李清照不仅是一位伟大的词人,而且是一位成绩卓著的文学评论家。她有《词论》一文,是宋人最早的一篇论词专文,她明确提出"词别⑲是一家",认为词作为一种独立的、以抒情为主的音乐歌词的样式,应当有其内容与形式上的特色,应该与诗划分严格的界限,此外,李清照对词的音律、情调和表现手法也提出了特别的要求。

## 注 释

① 两宋之交:北宋和南宋交替的时代。
② 不已:持续不停。
③ 优裕:富裕充足。
④ 背井离乡:离开自己的家乡,到外地生活。
⑤ 才调绝伦:才华出众。
⑥ 字字珠玑:形容文字非常优美。
⑦ 婉约词派:以柳永、秦观、李清照为代表的一批词人,在创作上都倾向柔美婉约的风格,称为婉约词派。
⑧ 朝气:奋发进取的精神状态。
⑨ 靖康之难(nàn):靖康二年(1127),金兵攻陷北宋东京开封,抓走了两位皇帝徽宗和钦宗。难:灾难。
⑩ 赵明诚(1081—1129):李清照的丈夫,著名的金石学家,北宋灭亡后,在辗转流离中病死。
⑪ 颠沛流离:形容生活不安定,遭遇很多挫折,到处流浪。
⑫ 工丽:精致秀丽。
⑬ 独具一格:单独有一种特别的风格、格调。
⑭ 恰到好处:指说话、做事等达到了最适当的地步。
⑮ 言近旨远:言词简单浅近而含义宏大深远。
⑯ 弦外之音:指通过语言暗示,而没有明白说出的意思。
⑰ 熔铸:熔化后铸造。这里比喻相互结合并形成新的东西。
⑱ 盎(àng)然:形容气氛、趣味等浓厚的样子。
⑲ 别:另外。

## 作  品

### 如梦令①

　　常记溪亭日暮②,沉醉③不知归路。兴尽晚回舟,误入藕花④深处。争渡⑤,争渡,惊起一滩⑥鸥鹭。

### 醉花阴⑦

　　薄雾浓云愁永昼⑧,瑞脑消金兽⑨。佳节又重阳⑩,玉枕纱厨⑪,半夜凉初透。　东篱⑫把酒黄昏后,有暗香⑬盈袖。莫道不销魂⑭,帘卷西风⑮,人比黄花⑯瘦。

### 武陵春⑰·春晚

　　风住尘香花已尽,日晚倦梳头。物是人非⑱事事休,欲语泪先流。　闻说⑲双溪春尚好,也拟⑳泛轻舟。只恐双溪舴艋㉑舟,载不动许多愁。

### 声声慢㉒

　　寻寻觅觅㉓,冷冷清清,凄凄惨惨戚戚㉔。乍暖还寒㉕时候,最难将息㉖。三杯两盏淡酒,怎敌㉗他晓来风急?雁过也,正伤心,却是旧时相识㉘。满地黄花㉙堆积,憔悴损㉚,如今有谁堪摘?守着窗儿独自,怎生得黑㉛!梧桐更兼细雨,到黄昏点点滴滴。这次第㉜,怎一个愁字了得㉝!

## 注  释

① **如梦令**:词牌名。
② **日暮**:黄昏。
③ **沉醉**:大醉。
④ **藕花**:荷花。
⑤ **争渡**:抢着把船划出去。

⑥ 滩:指江、河、湖、海边水涨淹没、水退显露的平地。
⑦ 醉花阴:词牌名。
⑧ 薄雾浓云愁永昼:房间里香雾缭绕,心中愁绪满怀,长日漫漫难熬。薄雾浓云:形容房间里薰香的烟雾。愁永昼:心情烦闷,难以排遣,觉得白天很长。昼:白天。
⑨ 瑞脑消金兽:瑞脑香在刻着兽形花纹的铜香炉里燃着。瑞脑:一种香料的名称。金兽:刻着兽形的铜香炉。
⑩ 重阳:每年农历九月初九是重阳节。重阳节有登高赏秋和感恩敬老的习俗。
⑪ 纱厨:一种带木架的纱帐。
⑫ 东篱:指菊花花圃。这个词语出自东晋诗人陶渊明《饮酒》中的名句"采菊东篱下,悠然见南山"。
⑬ 暗香:这里指菊花的清香。
⑭ 销魂:形容非常愁闷,非常悲伤。
⑮ 西风:秋风。
⑯ 黄花:菊花。
⑰ 武陵春:词牌名。
⑱ 物是人非:一切事物没有变化,但人却不同了。
⑲ 闻说:听说。
⑳ 拟:打算。
㉑ 舴艋(zéměng):小船。
㉒ 声声慢:词牌名。
㉓ 寻寻觅觅:形容若有所失,徒劳地想把已经失去的东西找回来。
㉔ 戚戚:忧愁难过的样子。
㉕ 乍暖还寒:天气忽然暖和起来,但又还有些冷。乍:刚刚。
㉖ 将息:调养。
㉗ 敌:抵抗,抵挡。
㉘ 旧时相识:指大雁曾经为自己传寄过书信。这里暗含现在丈夫去世,无人可寄的意思。
㉙ 黄花:菊花。
㉚ 损:消损,消瘦。
㉛ 怎生:怎么。黑:天黑。
㉜ 次第:光景,情形。
㉝ 怎一个愁字了得:哪里是一个"愁"字形容得完的啊!

（一）背诵

《声声慢》

## (二) 填空

1. 李清照是_____伟大的词作家,也是中国文学史上最伟大的_____词人。她的一生经历了表面繁华却危机四伏的北宋末年,以及动乱不已、偏安江南的南宋初年。从_____走向_____,从_____走向_____,她的词表达了那一时代人们背井离乡、亲人分离的共同感受。她的词作丰富,才调绝伦,_____,成为宋代_____的正宗。

2. 李清照不仅是一位伟大的词人,而且是一位成绩卓著的_____家。她有《_____》一文,是宋人最早的一篇_____专文。

## (三) 思考

请结合作品论述李清照词的艺术特色。

**文学史知识提示**

李清照生活的时代,不但是大变动的时期,同时也是词风大转变的时期。早在李清照之前,词坛上已经分为婉约与豪放两派。婉约派从晚唐的温庭筠、韦庄开始,经过南唐的李煜、北宋的晏殊父子、欧阳修和秦观,确立了一个传统。他们词作的主要特色是委婉含蓄、深情绵邈、凄惋动人;内容多为恋情相思、伤离惜别、悲秋伤春、酣歌醉饮和羁旅穷愁。李清照也写了这类题材,并继续发展了婉约派的风格。但是由于时代和个人生活的剧变,她的词在内容上比前辈更为丰富,感情也更为深挚。她在艺术上的成就也超过二晏和欧、秦。晏、欧假托闺情写自己的感情,毕竟不如这位女作家自抒怀抱。秦观的词虽也歌唱了爱情的真挚和纯洁,但有时却流于柔靡和哀伤,反而不如李清照有须眉之气。……她的词于婉约之中兼有豪放,反映了婉约派在时代激流影响下的变化与发展。应该说,在这一流派中,她的成就是很高的。她是宋代词坛上婉约派的杰出代表,曾被前人推为"婉约之宗"。

(徐培均《李清照》,
上海古籍出版社1981年版,第90—91页)

## 李清照的《声声慢》

唐宋古文家以散文为赋,而倚声家①实以慢词为赋。慢词具有赋的铺叙特点,且蕴藉流利,匀整而富变化,堪称"赋之余"。李清照这首《声声慢》,脍炙人口数百年,就其内容而言,简直是一篇悲秋赋。亦惟有②以赋体读之,乃得其旨③。李清照的这首词在作法上是有创造性的。原来的《声声慢》的曲调,韵脚押平声④字,调子相应地也比较徐缓⑤。而这首词却改押入声⑥韵,并屡用叠字和双声字⑦,这就变舒缓为急促,变哀惋为凄厉。此词以豪放纵恣⑧之笔写激动悲怆之怀,既不委婉,也不隐约,不能列入婉约体。

前人评此词,多以开端三句用一连串叠字为其特色。但只注意这一层,不免失之皮相⑨。词中写主人公一整天的愁苦心情,却从"寻寻觅觅"开始,可见她从一起床便百无聊赖⑩,如有所失,于是东张西望⑪,仿佛漂流在海洋中的人要抓到点什么才能得救⑫似的,希望找到点什么来寄托自己的空虚寂寞。下文"冷冷清清",是"寻寻觅觅"的结果,不但无所获,反被一种孤寂清冷的气氛袭来,使自己感到凄惨忧戚。于是紧接着再写了一句"凄凄惨惨戚戚"。仅此三句,一种由愁惨而凄厉的氛围已笼罩全篇,使读者不禁为之屏息凝神⑬。这乃是百感迸发于中,不得不吐⑭之为快,所谓"欲罢不能"⑮的结果。

"乍暖还寒时候"这一句也是此词的难点之一。此词作于秋天,但秋天的气候应该说"乍寒还暖",只有早春天气才能用得上"乍暖还寒"。我以为,这是写一日之晨,而非写一季之候⑯。秋日清晨,朝阳初出,故言"乍暖";但晓寒犹重,秋风砭骨⑰,故言"还寒"。至于"时候"二字,有人以为在古汉语中应解为"节候";但柳永《永遇乐》⑱云:"薰风解愠⑲,昼景清和,新霁⑳时候。"由阴雨而新霁,自属㉑较短暂的时间,可见"时候"一词在宋时已与现代汉语无殊㉒了。"最难将息"句则与上文"寻寻觅觅"句相呼应,说明从一清早自己就不知如何是好。

下面的"三杯两盏淡酒,怎敌他晓来风急","晓",通行本作"晚"。这又是一个可争论的焦点。俞平伯㉓《唐宋词选释》注云:

> "晓来",各本多作"晚来",殆因下文"黄昏"云云㉔。其实词写一整天,非一晚的事,若云"晚来风急",则反而重复。上文"三杯两盏淡酒"是早酒,即《念奴娇》词所谓"扶头酒㉕醒";下文"雁过也",即彼词"征鸿㉖过尽"。今从《草堂诗余别集》、《词综》、张氏《词选》等各本,作"晓来"。

这个说法是对的。说"晓来风急",正与上文"乍暖还寒"相合。古人晨起于卯时㉗饮酒,又称"扶头卯酒"。这里说用酒消愁是不抵事㉘的。至于下文"雁过也"的"雁",是南来秋雁,正是往昔在北方见到的,所以说"正伤心,却是旧时相识"了。《唐宋词选释》

说:"雁未必㉙相识,却云'旧时相识'者,寄怀乡之意㉚。赵嘏㉛《寒塘》:'乡心正无限,一雁度南楼。'词意近之㉜。"其说是㉝也。

上片从一个人寻觅无着,写到酒难浇愁;风送雁声,反而增加了思乡的惆怅。于是下片由秋日高空转入自家庭院。园中开满了菊花,秋意正浓。这里"满地黄花堆积"是指菊花盛开,而非残英满地㉞。"憔悴损"是指自己因忧伤而憔悴瘦损,也不是指菊花枯萎凋谢。正由于自己无心看花,虽值㉟菊堆满地,却不想去摘它赏它,这才是"如今有谁堪摘"的确解㊱。然而人不摘花,花当自萎;及㊲花已损,则欲摘已不堪摘了。这里既写出了自己无心摘花的郁闷,又透露了惜花将谢的情怀,笔意比唐人杜秋娘所唱的"有花堪折直须折,莫待无花空折枝"要深远多了。

从"守着窗儿"以下,写独坐无聊,内心苦闷之状,比"寻寻觅觅"三句又进一层。"守着"句依张惠言《词选》断句㊳,以"独自"连上文。秦观(一作无名氏)《鹧鸪天㊴》下片:"无一语,对芳樽㊵,安排肠断到黄昏。甫㊶能炙得灯儿了,雨打梨花深闭门",与此词意境相近。但秦词从人对黄昏有思想准备方面着笔㊷,李则从反面说,好像天有意不肯黑下来而使人尤为难过。"梧桐"两句不仅脱胎淮海㊸,而且兼用温庭筠《更漏子》㊹下片"梧桐树,三更雨,不道离情正苦;一叶叶,一声声,空阶滴到明"词意,把两种内容融而为一,笔更直而情更切。最后以"怎一个愁字了得"句作收,也是蹊径独辟㊺之笔。自庾信以来,或言愁有千斛㊻万斛,或言愁如江如海(分别见李煜、秦观词),总之是极言其多。这里却化多为少,只说自己思绪纷茫复杂,仅用一个"愁"字如何包括得尽。妙在又不说明于一个"愁"字之外更有什么心情,即戛然而止㊼,仿佛不了了之㊽。表面上有"欲说还休"之势,实际上已倾泻㊾无遗,淋漓尽致了。

这首词大气包举㊿,别无枝蔓(51),逐(52)件事一一说来,却始终紧扣(53)悲秋之意,真得六朝抒情小赋(54)之神髓。而以接近口语的朴素清新的语言谱入新声,又确体现了倚声家的不假(55)雕饰的本色,诚属难能可贵(56)之作了。

# 注 释

① **倚声家**:根据声律填词的词作家,词人。
② **亦惟有**:也只有。
③ **旨**:意思,含义。
④ **平声**:古代汉语有"平、上、去、入"四种声调,现代汉语有"阴平(第一声)、阳平(第二声)、上声(第三声)、去声(第四声)"四种,其基本演变规律是古代汉语"平"到现代汉语分成"阴平""阳平"两种;"上"一部分仍为上声,一部分变成去声;"去"仍为去声;"入"分别进入阴平、阳平、上声、去声。
⑤ **徐缓**:舒缓。
⑥ **入声**:古代汉语中以-p、-t、-k收尾的一种声调类型,这种声调具有短暂、急促的特点。
⑦ **双声字**:声母相同的两个字连用。
⑧ **纵恣**:尽情地,无拘无束地。

⑨ **失之皮相**:被表面现象吸引,而错过了更本质的东西。

⑩ **百无聊赖**:指思想感情没有事物可以寄托,非常空虚无聊。

⑪ **东张西望**:东看看,西看看,形容到处寻觅、窥探。

⑫ **得救**:得到救援,被救。

⑬ **屏(bǐng)息凝神**:屏住呼吸,集中精神。

⑭ **吐(tǔ)**:说出,抒发。

⑮ **欲罢不能**:想停止却停不下来。

⑯ **一季之候**:一个季节的气候。

⑰ **砭骨**:刺骨。

⑱ **永遇乐**:词牌名。

⑲ **愠**:恼怒,生气。

⑳ **霁**:雨后初晴。

㉑ **自属**:自然属于,当然属于。

㉒ **无殊**:没有差别。

㉓ **俞平伯(1900—1990)**:著名昆曲研究家、《红楼梦》研究家、文学家。

㉔ **云云**:放在句末,表示"如此、这样"等意思。

㉕ **扶头酒**:让人容易醉的酒。

㉖ **征鸿**:远飞的大雁。

㉗ **卯时**:这是中国古代的计时法,相当于现在的早晨五点到七点。

㉘ **抵事**:顶事,能解决问题。

㉙ **未必**:不一定。

㉚ **寄怀乡之意**:寄托怀念家乡的含义。

㉛ **赵嘏(Gǔ)**:生卒年不详,唐代诗人。

㉜ **近之**:和它相近。

㉝ **是**:正确。

㉞ **残英满地**:花儿凋谢,花瓣掉了一地。

㉟ **值**:正当……的时候。

㊱ **确解**:确切解释。

㊲ **及**:等到。

㊳ **断句**:古书没有标点符号,诵读时根据文义作停顿,或同时在书上按停顿加圈点,叫作"断句"。

㊴ **鹧鸪天**:词牌名。

㊵ **芳樽**:装满美酒的酒杯。

㊶ **甫**:副词,方才,刚刚。

㊷ **着(zhuó)笔**:落笔,下笔。

㊸ **淮海**:这里就是指秦观。

㊹ **更漏子**:词牌名。

㊺ **蹊(xī)径独辟**:也作"独辟蹊径"。单独开辟一条小路,比喻新颖别致,和别人不同。

㊻ **斛(hú)**:中国古代计量单位,一斛等于十斗。

㊼ **戛然而止**:突然结束。

㊽ **不了了(liǎo liǎo)之**:该办的事情没有办完,放在一边不管它,就算完事。

㊾ **倾泻**:倾吐,把心里话全说出来。

㊿ **包举**:总括,全部都包含。

�) **枝蔓**:枝节,比喻文词烦琐纷杂。

㊷ **逐**:副词,依次,按顺序,一个一个地。

㊸ **扣**:符合,相符。

㊹ **抒情小赋**:六朝时期非常流行"赋"这种文体,它又细分为大赋和小赋,大赋多描绘景观,小赋多抒情咏怀。

㊺ **假**:动词,借助。

㊻ **难能可贵**:居然做到了难做之事,十分可贵。

# 第二十七课

# 陆 游

## 课 文

陆游(1125—1210),字务观,号放翁,越州山阴(今浙江绍兴)人,是继李白、杜甫、白居易、苏轼之后的又一位伟大的诗人。他创作数量惊人,内容丰富,以杜甫的现实主义风格为体①,以李白的浪漫主义风格为用②,集前人之大成,成为中国古代最后一位超一流③的大诗人。

陆游在诗、词、文各方面都展现出了突出的才能。不论是数量,还是质量,不论是作品本身的感染力,还是其文学史地位,都非常突出,其中尤以爱国诗价值最高。陆游始终是以爱国志士的身份来写爱国诗的,因而他以诗明志④、以诗报国的目的非常明确。这些诗题材广泛,感情真挚,想象奇特,表达了北伐⑤抗金、收复失地的理想,表现了坚定的爱国信念。

陆游的爱国诗具有高度的抒情性。它们以深沉、雄厚、郁结的风格作为抒发爱国思想的基调,把《诗经》的风雅、屈原的浪漫、陶渊明的淳朴、王维的静穆⑥、岑参的恣肆、李白的雄奇、杜甫的沉郁、苏轼的飘逸融为一体,将前人的风格吸收融化,形成了集大成的一家之风。

在南宋的时代风格的基础上,陆游还采用了李白奔放、激昂的表现手法,具体表现在以下几个方面:第一,悲愤与哀伤、抑郁与希望、难堪的境遇与渴望复国的激情交织⑦共存、错综复杂,直接影响了诗作转折变幻的布局、一气贯注⑧的节奏、瑰玮奇特的想象以及清壮顿挫的笔力;第二,诗人善于突破现实所带来的压抑感、沉郁感,以慷慨激昂、意气风发⑨的浪漫主义情调抒发爱国之情;第三,语言宏丽恣肆,多豪壮语、感慨语、反问语、夸张语,豪迈纵横,气魄雄健。

① **体**:指根本原则。
② **用**:指具体方法。
③ **超一流**:超出一流水平,指达到了极高的境界。
④ **以诗明志**:用诗歌来表明志向。
⑤ **北伐**:这里指南宋政权向北进军,收复失地。
⑥ **静穆**(mù):安静而严肃。
⑦ **交织**:错综复杂地合为一体。
⑧ **一气贯注**:形容在结构和气势上没有转折或停顿,不间断地形成诗文。
⑨ **意气风发**:形容精神振奋,气概豪迈。

## 书愤①

早岁那知世事艰,中原北望气如山②。
楼船夜雪瓜洲渡③,铁马秋风大散关④。
塞上长城空自许⑤,镜中衰鬓⑥已先斑。
《出师》一表⑦真名世,千载谁堪伯仲⑧间!

## 秋夜将晓出篱门迎凉有感(其二)⑨

三万里河⑩东入海,五千仞岳上摩天⑪。
遗民⑫泪尽胡尘里,南望王师⑬又一年。

## 十一月四日风雨大作(其二)⑭

僵卧孤村不自哀⑮,尚思为国戍⑯轮台。
夜阑⑰卧听风吹雨,铁马冰河入梦来。

## 示儿⑱

死去元知万事空,但悲不见九州同⑲。
王师北定中原日,家祭无忘告乃翁⑳。

## 注 释

① **书愤**:就是表达内心悲愤的情感。**书**:写。
② **中原北望气如山**:北望中原,非常愤慨,收复失地的意志像山一样高大坚定。
③ **瓜洲渡**:瓜洲渡口。瓜洲是当时的军事重地,在今江苏扬州邗江区,与镇江隔江斜对。
④ **大散关**:也叫散关,在今陕西宝鸡西南的大散岭上,是南宋的边防重镇。这两句写南宋军队抗击金兵侵犯的史实,并回顾自己的经历。
⑤ **塞上长城空自许**:白白以塞上长城自许,指自己抗敌保国的宏大理想落空了。**自许**:自己称赞自己。
⑥ **衰鬓**:人老时鬓发疏落。
⑦ **《出师》一表**:指《出师表》。227年,后蜀诸葛亮向后主刘禅(Shàn)上《出师表》,申述北伐曹魏的决心。**表**:古代臣子向皇帝上书的一种文体,多用于陈述衷情。
⑧ **伯仲**:兄弟。指相并列,有资格做比较。这两句是说《出师表》曾经名扬于世,千年以来有谁能和它的作者诸葛亮相提并论呢?
⑨ **《秋夜将晓出篱门迎凉有感》(其二)**:这首诗写于1192年秋。这个题目下,陆游一共写了两首诗,这是第二首。
⑩ **河**:指黄河。
⑪ **五千仞岳上摩天**:千仞高的华山耸入云霄触青天。**五千仞**:是一个概数,形容非常高。**仞**:中国古代长度单位,一仞等于七尺或八尺。**岳**:指西岳华山。中国有五岳,指东岳泰山、西

岳华山、南岳衡山、北岳恒山和中岳嵩山,是中国历史上的五大名山。**摩天**:跟天接触,常形容建筑物或山极高。

⑫ **遗民**:指改朝换代后仍效忠前一朝代的人,也泛指大乱后遗留下来的人民。这里指居住在原宋境内、受金人统治的人民。

⑬ **王师**:指南宋官军。

⑭ **《十一月四日风雨大作》(其二)**:这首诗写于1192年农历十一月。这个题目下,陆游一共写了两首诗,这是第二首。

⑮ **不自哀**:不为自己的境遇哀叹。

⑯ **戍**:驻守边关。

⑰ **夜阑**:夜将尽。

⑱ **《示儿》**:这是诗人去世前所作的绝笔诗,作于1210年。**示**:给……看。

⑲ **九州同**:统一全国。**九州**:全国。

⑳ **乃翁**:你的父亲。这里是作者的自称。

## (一) 背诵

《十一月四日风雨大作》(其二)

## (二) 填空

1. 陆游是继李白、杜甫、白居易、苏轼之后的又一位伟大的诗人。他不仅创作数量惊人,内容丰富,而且以_____的现实主义风格为体,以_____的浪漫主义风格为用,集前人之大成,成为中国古代_____的大诗人。

2. 陆游的爱国诗具有高度的_____性。它们以深沉、雄厚、郁结的风格作为抒发爱国思想的_____,把《诗经》的_____、屈原的_____、陶渊明的_____、王维的_____、岑参的_____、李白的_____、杜甫的_____、苏轼的_____融为一体,将前人的风格吸收融化,形成了集大成的一家之风。

## (三) 思考

陆游诗歌在哪几个方面受到了李白诗歌的影响?

## 文学史知识提示

陆游,作为一位大诗人,对当时和后世都发生过积极的影响,与陆游交往相接而在诗法上有渊源关系的,是称为上饶二泉的赵蕃和韩淲。稍后的永嘉四灵虽学唐人而实际上是"用陆之法度","多酷似处"(《诗人玉屑》卷十九)。至于江湖派中的苏泂、戴复古和刘克庄,则更是直接师承陆游的。苏、戴二人是陆游的弟子。……刘克庄虽然没有得到陆游的亲自指教,但他却倾心学陆,自称"由放翁入"(《〈刻楮集〉自序》),他和宋末的林景熙等诗人,都能继承并发扬陆诗的爱国主义精神。

到了清代,出现了许多学习或研究陆游的诗人和学者,如汪琬、王士祯、查慎行、郑燮、赵翼、方东树等,都欢喜把陆游和杜甫相提并论。陆游的爱国主题,对后人的教育意义很大。清末的爱国志士愤恨帝国主义侵略者的凶残,痛感国势之危弱,纷纷诵读和提倡陆游的作品,以寄托发愤图强之心。梁启超就曾经热烈地歌颂陆游说:"诗界千年靡靡风,兵魂销尽国魂空;集中什九从军乐,亘古男儿一放翁(《读陆放翁集》)!"这种推崇正好说明陆游的作品在清末反侵略斗争中也起了巨大的作用。

(程千帆、吴新雷《两宋文学史》,上海古籍出版社1991年版,第323—324页)

## 名篇欣赏

### 钗头凤①

红酥手②,黄縢酒③,满城春色宫墙柳。东风④恶,欢情薄,一怀愁绪,几年离索⑤。错,错,错。　春如旧,人空瘦,泪痕红浥鲛绡透⑥。桃花落,闲池阁,山盟⑦虽在,锦书⑧难托。莫⑨,莫,莫。

### 卜算子⑩·咏梅

驿⑪外断桥边,寂寞开无主。已是黄昏独自愁,更着⑫风和雨。　无意苦争春,一任⑬群芳妒。零落成泥碾作尘,只有香如故。

# 关山月

和戎诏⑭下十五年,将军不战空临边⑮。
朱门⑯沉沉按歌舞,厩⑰马肥死弓断弦。
戍楼刁斗催落月⑱,三十从军⑲今白发。
笛里谁知壮士⑳心,沙头空照征人㉑骨。
中原干戈㉒古亦闻,岂有逆胡㉓传子孙。
遗民忍死望恢复,几处今宵垂泪痕!

## 注　释

① **钗头凤**:词牌名。陆游初娶唐琬为妻,夫妻感情很好。因为陆母不喜欢唐琬,夫妻俩被迫分离,一个另娶,一个改嫁。后来两人在沈园(在今浙江绍兴)相遇,陆游心中伤感,题此词于壁上。
② **红酥(sū)手**:女子红润细嫩的手。
③ **黄縢(téng)酒**:酒名。
④ **东风**:这里比喻母亲。借东风吹拂,春天过去,比喻母亲结束了自己美满幸福的婚姻。
⑤ **离索**:分离独居。
⑥ **泪痕红浥鲛(jiāo)绡透**:伤心的泪水湿透了手帕。**浥**:湿润。**鲛绡**:手帕。**鲛**:这里指美人鱼,传说能织绡(一种丝织品)。
⑦ **山盟**:指男女永久相爱的誓言,成语有"山盟海誓"。
⑧ **锦书**:情书。
⑨ **莫**:罢了。这里有无可奈何只好作罢的意思。
⑩ **卜算子**:词牌名。
⑪ **驿**:古代机构的名称,掌管投递公文、转运官物,以及供往来官员休息、换马。
⑫ **着(zhuó)**:附着,这里指经受。
⑬ **一任**:完全任凭。
⑭ **诏**:诏书,皇帝颁发的命令文告。这句是叙述历史,1163年,南宋皇帝派遣使臣和金人议和,至此已经十五年了。
⑮ **空临边**:白白地到边关去。
⑯ **朱门**:贵族的家里。古代贵族官僚住宅的大门漆成红色。
⑰ **厩**:马棚。这两句是描述议和后的安逸生活,在贵族官僚的大房子里,人们沉溺在歌舞享乐之中,马棚里的战马因肥胖而死,战弓闲置不用,弦已经断了。
⑱ **戍楼刁斗催落月**:在刁斗声中,时间白白流逝了。**戍楼**:边关上防守敌情的岗楼。**刁斗**:古代军中打更用的铜器。
⑲ **从军**:指参加军队。
⑳ **壮士**:意气豪壮且勇敢的人。

㉑ **征人**:出征的人,指士兵。
㉒ **干戈**:干与戈,古代常用来喻指战争。
㉓ **胡**:中国古代称北方和西方的民族为胡,这里指金人。这句是叙述历史,自从金人侵占中原以来,已经传国四世。

# 第二十八课

# 辛弃疾

## 课　文

　　辛弃疾(1140—1207),字幼安,号稼轩,历城(今山东济南)人,是南宋伟大的词作家,他充实、巩固并极大地发展了苏轼所开创的豪放风格。面对南宋王朝偏安一隅的伤心局面,辛弃疾始终是一位积极进取、干预政治、气吞万里①的爱国志士,他将"壮士悲歌"的情感、"挑灯看剑"的渴望和"栏杆拍遍"的痛苦都熔铸到词作之中,以大量的创作,登上了豪放词派的最高峰。

　　辛弃疾在词作中,塑造了许多鲜明生动、虎虎②有生气的艺术形象,信念坚定、雄姿威武、抱负远大、龙腾虎跃③。辛弃疾善于发挥浪漫主义的想象,用象征的手法使人物刻画、景物描写和感情抒发冲破时空的局限,在更宽广的天地里驰骋④;他善于运用跳跃、顿挫的运思⑤方式,增强时空的跨度和感情的起伏,尤其擅长将最凝重的感情熔铸于词作的整体布局之中来展现奔涌恣肆的想象,从而加强豪放风格的底蕴和气势;他还善于把常人看来微不足道的景象、事物与抗金爱国的重大主题联系起来,使平凡的细节变得不同凡响⑥。辛词寓刚健于温柔,寓悲愤于闲适,寓庄严于谐谑⑦,使他的豪放词格外深沉。

　　从表现手法上来看,辛弃疾以诗为词,以文为词,把一切文学手段都调集到词的写作之中。其特点有:第一,善于用典⑧,尤其喜欢将历史上的英雄人物、悲剧人物的典故组合起来使用,形成典中套典、层层深入的特点,以历史的厚重来强化他的爱国主题;第二,辛弃疾通过词言志抒情,必然要加强词的议论性,辛词的议论性往往以生动形象的方式表现出来,因而切中要害,画龙点睛⑨,发人深省⑩;第三,善于运用比兴、比拟⑪、比喻等修辞手法,构思巧妙,手法奇特,显示出浑然天成的艺术效果;第四,语言的运用技巧已经达到了集优荟萃⑫、炉火纯青⑬的境界,既精美又通俗,雅俗共赏;第五,把散文的句式纳入词的写作之中,这是辛弃疾的一大创造,不仅使继柳永、苏轼以来的铺叙手法更趋成熟,也使辛弃疾雄踞词坛之巅⑭。

## 注 释

① **气吞万里**:形容气魄很大。
② **虎虎**:形容威武。
③ **龙腾虎跃**:如蛟龙飞腾、猛虎跳跃,形容威武雄壮。
④ **驰骋**:骑马奔跑,奔驰。
⑤ **运思**:思考,思维。
⑥ **不同凡响**:形容事物不同寻常(多指文艺作品)。
⑦ **谐谑**:幽默诙谐,引人发笑。
⑧ **用典**:"典"就是典故,在诗文等作品中,引用古代故事或有出处的词句,叫作"用典"。
⑨ **画龙点睛**:唐代张彦远《历代名画记》中记载,著名画家张僧繇在墙壁上画了四条龙,但是没有点眼睛,说是点上眼睛龙就飞走了。众人不信,偏叫他点上。刚点了两条,两条龙就离开墙壁飞走了。后来用这个成语比喻绘画、作文等在紧要之处加上一笔,使作品灵动有神。
⑩ **发人深省**(xǐng):启发人进行深刻的检查,使人醒悟。
⑪ **比拟**:修辞手法的一种,包括拟人和拟物。
⑫ **荟萃**(huìcuì):(杰出的人物或精美的东西)会集,聚集。
⑬ **炉火纯青**:本来指炼丹术士炼至炉火呈现纯净的青色时才能成功,现在作为成语,比喻知识和技艺达到博大精深的地步。
⑭ **巅**(diān):顶峰,事物的最高峰。

## 作 品

### 青玉案①·元夕②

东风夜放花千树③,更吹落,星如雨④。宝马雕车⑤香满路。凤箫⑥声动,玉壶⑦光转,一夜鱼龙⑧舞。　蛾儿雪柳黄金缕⑨,笑语盈盈⑩暗香去。众里寻他千百度⑪,蓦然⑫回首,那人却在,灯火阑珊⑬处。

### 清平乐⑭·独宿博山王氏庵⑮

绕床饥鼠,蝙蝠翻灯舞⑯。屋上松风吹急雨,破纸窗间自语⑰。　平生塞北江南⑱,归来华发苍颜⑲。布被秋宵梦觉⑳,眼前万里江山。

### 破阵子㉑·为陈同甫㉒赋壮词以寄之

醉里挑灯看剑,梦回吹角连营㉓。八百里㉔分麾下炙,五十弦翻塞外声㉕。沙场㉖秋点兵。　马作的卢㉗飞快,弓如霹雳㉘弦惊。了却君王天下事㉙,赢得生前身后名。可怜白发生!

## 注 释

① 青玉案:词牌名。
② 元夕:就是元宵节,是中国传统节日,在每年的正月十五,这一天的晚上要赏玩花灯。
③ 东风夜放花千树:夜晚满城灯火,好像春风吹过,花开千树。
④ 星如雨:形容满天焰火。
⑤ 宝马雕车:装饰华美的车马。
⑥ 凤箫:排箫,一种吹奏乐器。
⑦ 玉壶:指月亮。
⑧ 鱼龙:指鱼灯、龙灯。
⑨ 黄金缕:女子在元宵节戴的头饰。
⑩ 盈盈:美好的样子。
⑪ 度:量词,回、次。
⑫ 蓦然:忽然。
⑬ 阑珊:零落,稀少。

⑭ 清平乐:词牌名。
⑮ 庵:茅草屋。
⑯ 翻灯舞:在灯前来回飞舞。
⑰ 自语:自己说话,这里形容窗纸被风吹得作响。
⑱ 平生塞北江南:自己这一生,走遍了塞北江南。塞北:指长城以北地区。
⑲ 苍颜:苍老的容貌。
⑳ 梦觉:从梦中醒来。
㉑ 破阵子:词牌名。
㉒ 陈同甫:即南宋爱国主义词人陈亮,辛弃疾的好友。
㉓ 梦回吹角连营:在梦中,仿佛回到了军营,又听到了军队的号角声。
㉔ 八百里:诗词中常以"八百里"指代牛,这里有双关的意味,一指牛,一指长途征战。
㉕ 五十弦翻塞外声:乐队演奏着悲壮的歌曲。五十弦:指各种乐器。
㉖ 沙场:广阔的沙地,多指战场。
㉗ 的卢:马名,一种烈性快马。
㉘ 霹雳:又急又响的雷。这里比喻猛烈的弓弦声。
㉙ 天下事:指恢复中原,完成统一大业。

## (一) 背诵

《清平乐·独宿博山王氏庵》

## (二) 填空

辛弃疾(1140—1207),字幼安,号稼轩,历城(今山东济南)人,是南宋伟大的词作家,他充实、巩固并极大地发展了_____所开创的豪放风格。面对南宋王朝偏安一隅的伤心局面,辛弃疾始终是一位_____、干预政治、气吞万里的爱国志士,他将"壮士悲歌"的情感、"挑灯看剑"的渴望和"栏杆拍遍"的痛苦都_____到词作之中,以大量的创作,登上了_____的最高峰。

## (三) 思考题

1. 辛弃疾采用哪些手段加强了词作的豪放性。
2. 请结合具体的作品分析辛弃疾豪放词的表现手法。

**文学史知识提示**

辛弃疾在词史上是一位划时代的作家。正如《四库全书总目》卷一百九十八《稼轩词》提要所云："其词慷慨纵横，有不可一世之慨，于倚声家为变调，而异军特起，能于剪红刻翠之外，屹然别立一宗，迄今不废。"……

辛弃疾的艺术实践给词坛带来了深远的影响。他启发了作家们如何从事生活实践，从而使自己的作品为进步的政治理想服务；如何从事艺术实践，从而打破传统的束缚，有胆有识地进行创造性的新变。

关于辛词的成就和影响，周济曾说："苏、辛并称。东坡天趣独到处，殆成绝诣，而苦不经意，完璧甚少。稼轩则沉着痛快，有辙可循，南宋诸公，无不传其衣钵，固未可同年而语也（《宋四家词选·目录序论》）。"这指出了辛词在影响上超过了苏词，南宋的豪放派爱国词都是"传其衣钵"者。和辛弃疾同时或稍晚的时代里，受辛词影响的词人约五十多家，著名的如陆游、韩元吉、陈亮、刘过、袁去华、杨炎正、刘仙伦、赵善括、黄机、岳珂、程垓和稍后的刘克庄、戴复古、吴潜、陈人杰、文天祥、刘辰翁等，都在其内。

（程千帆、吴新雷《两宋文学史》，
上海古籍出版社1991年版，第372页）

**名篇欣赏**

## 菩萨蛮·书江西造口①壁

郁孤台②下清江水，中间多少行人泪③？西北望长安④，可怜⑤无数山。　青山遮不住，毕竟东流去⑥。江晚正愁余⑦，山深闻鹧鸪⑧。

## 摸鱼儿⑨

淳熙己亥⑩，自湖北漕移⑪湖南，同官王正之置酒⑫小山亭，为赋⑬。

更能消⑭几番风雨？匆匆春又归去。惜春长怕花开早，何况落红⑮无数！春且住⑯，见说道天涯芳草无归路⑰。怨春不语，算只有殷勤⑱，画檐⑲蛛网，尽日惹⑳飞絮。　长门事㉑，准拟㉒佳期又误。蛾眉㉓曾有人妒。千金纵买相如赋㉔，脉脉此情谁诉？君㉕莫舞。君不见玉环飞燕㉖皆尘土！闲愁最苦。休去倚危栏㉗，斜阳正在，烟柳断肠处。

## 第二十八课

# 清平乐㉙

　　茅檐低小，溪上青青草。醉里吴音相媚好㉚，白发谁家翁媪㉛？　　大儿锄㉜豆溪东，中儿正织鸡笼。最喜小儿无赖㉝，溪头卧剥莲蓬㉞。

### 注　释

① **造口**：一名皂口，在今江西万安西南。
② **郁孤台**：地名，在今江西赣州西北。
③ **中间多少行人泪**：江水里面有多少过路的人流下的眼泪啊！这句暗指北宋末年，金兵追赶哲宗皇帝的皇后孟氏的御舟，一直追到这一带，因为追不上，孟皇后才脱险。后来南宋人民来到这个地方，想起孟皇后被追杀的屈辱，总要流下眼泪。
④ **长安**：汉、唐等朝代的都城，即今陕西西安。
⑤ **可怜**：可惜。这两句是说：向西北方向遥望故都长安，可惜被无数山峰挡住了视线。言外之意是感叹中原地区长期沦陷，至今无法收复。
⑥ **"青山"二句**：青山挡不住赣江水向东流去。这里用奔流不息的江水，比喻自己对故土的深情，还有北伐抗金的决心。
⑦ **愁余**：使我发愁。**愁**：使动用法，使……忧愁。**余**：我。
⑧ **鹧鸪**：一种鸟的名字，传说这种鸟的叫声好像在说"行不得也哥哥"。古诗词常用鹧鸪声表达离别的愁绪。
⑨ **摸鱼儿**：词牌名。
⑩ **淳熙己亥**：指淳熙六年，即1179年，"淳熙"是宋孝宗赵昚(Shèn)的年号。
⑪ **移**：调任。这一年，作者由湖北转运副使调任湖南转运副使。
⑫ **置酒**：指设酒席为作者送行。
⑬ **为赋**：为答谢而写此词。
⑭ **消**：消受，经受住。
⑮ **落红**：落花。
⑯ **且住**：暂时留下。
⑰ **见说道天涯芳草无归路**：听说无边的芳草遮断了回去的路。**见说道**：听说。
⑱ **殷勤**：勤奋，勤勉。
⑲ **檐**：房顶伸出墙壁的部分。
⑳ **惹**：招惹，这里的意思是沾染。
㉑ **长门事**：指汉武帝的陈皇后失宠后被贬到长门宫居住。
㉒ **准拟**：预定好。
㉓ **蛾眉**：美好的眉毛，比喻美人。因为有人嫉妒陈皇后，所以向皇帝说了她的坏话，本来皇帝皇后约好了相会，但是最终没有见面。
㉔ **千金纵买相如赋**：陈皇后失宠后，曾经以重金请当时的文学家司马相如写《长门赋》呈给皇帝，皇帝看后很受感动。

219

㉕ **脉脉**:眼神含情的样子。
㉖ **君**:你们。
㉗ **玉环飞燕**:杨玉环和赵飞燕。杨玉环是唐玄宗的妃子,被封为贵妃,极受宠爱,后来唐玄宗被军队逼迫,命令她自杀。赵飞燕是汉成帝的皇后,很受皇帝宠爱,最后被废自杀。
㉘ **危栏**:高楼上的栏杆。
㉙ **清平乐**:词牌名。
㉚ **醉里吴音相媚好**:老夫妇喝醉了,说着南方话,格外美好。吴音:指南方话。
㉛ **翁媪(ǎo)**:老年男性和老年妇女。
㉜ **锄**:用锄头松土和除草。
㉝ **无赖**:调皮。
㉞ **莲蓬**:莲花开过后的花托,倒圆锥形,里面有莲子,可以吃。

# 第二十九课

# 宋代的小说与戏剧

## 课 文

　　随着唐、宋两代城市经济的不断发展,市民阶层的人口逐渐增长,中国文学也在不断地市民化、通俗化。宋代的白话小说和戏剧,是受隋、唐以来的变文①、歌舞、民间说唱艺术等多种艺术形式影响而形成的市民文艺,它们的出现标志着中国文学进入了一个全新的时代。

　　宋代的白话小说又称"话本",就是民间"说话"艺术的底本②。"说话"就是讲故事,分为"小说""讲史""讲经""说浑话"③四类,其中以"小说"与"讲史"两类成就最大。"小说"大致可分为爱情小说、社会问题小说、豪侠小说和神怪小说四类。现存影响较大的有《碾玉观音》《闹樊楼多情周胜仙》《志诚张主管》《错斩崔宁》《快嘴李翠莲记》等作品。它们长于动作、语言和心理的描写,尤其善于在情理之中制造悬念④,具有引人入胜⑤的情节。"讲史"专讲朝代兴亡的历史故事,比较重要的作品有《五代史平话》《大宋宣和遗事》等。它们通过塑造理想化、类型化的历史人物,表达鲜明的爱憎⑥,富有浪漫的色彩和艺术的感染力,对后来长篇小说的产生具有重要的奠基之功。

　　宋代戏剧分为杂剧和南戏两种。它们从角色分工、表演程式⑦、韵律宫调等多个方面为元代杂剧和明清传奇的形成奠定了基础。宋代杂剧是继承了唐代各种歌舞艺术、说唱艺术的传统,在新的时代精神引导下形成的一种综合性艺术,所以叫"杂剧"。宋代杂剧现存剧目⑧280多种。从广义上讲,宋代南戏也可以泛称为杂剧,但由于它们在很多方面具有较强的地域性(以浙江温州为中心),因此人们习惯上称它们为"南戏"。南戏的代表作有《王魁》《赵贞女》《张协状元》《小孙屠》《宦门子弟错立身》等。

# 注　释

① **变文**:唐代通俗文学的一种,是寺院僧侣向听众作佛教的通俗宣传的文体,把佛经转变成为通俗易懂的故事,讲一段,唱一段,叫作"变文"。
② **底本**:这里指提供故事基本情节的稿本。
③ **浑话**:开玩笑的话。
④ **悬念**(xuánniàn):文艺作品中,作者为了提高作品的吸引力,有意在情节发展和人物命运方面设置一些疑问,不马上做出回答,就是悬念。
⑤ **引人入胜**:把人引进佳境,多指美丽的自然景色或优秀的文艺作品对人的吸引。
⑥ **爱憎**(àizēng):爱和恨。
⑦ **程式**:规定的形式,一定的程序。
⑧ **剧目**:传统戏剧和歌剧的名称。

# 作　品

## 闹樊楼多情周胜仙(节选)

如今且说那大宋徽宗朝年东京①金明池边,有座酒楼,唤作②樊楼。这酒楼有个开酒肆③的范大郎。兄弟④范二郎,未曾有妻室⑤。时值春末夏初,金明池游人赏玩作乐。那范二郎因⑥去游赏,见佳人才子如蚁⑦。行到了茶坊⑧里来,看见一个女孩儿,方年二九⑨,生得花容月貌。这范二郎立地多时,细看那女子,生得:

色色易迷难拆⑩,隐深闺⑪,藏柳陌⑫;足步金莲⑬,腰肢一捻⑭,嫩脸映桃红,香肌晕玉白。娇姿恨惹狂童,情态愁牵艳客⑮。芙蓉帐里作鸾凰,云雨此时何处觅⑯?

原来情色都不由你。那女子在茶坊里,四目相视,俱各有情。这女孩儿心里暗暗地喜欢,自思量⑰道:"若还我嫁得一似这般子弟⑱,可知好哩。今日当面挫过⑲,再来那里去讨?"正思量道:"如何着个道理⑳和他说话?问他曾娶妻也不曾?"那跟来女子和奶子㉑,都不知许多事。你道好巧!只听得外面水盏㉒响。女孩儿眉头一纵,计上心来㉓,便㉔叫:"卖水的,倾㉕一盏甜蜜蜜的糖水来。"那人倾一盏糖水在铜盂儿㉖里,递与那女子。那女子接得在手,才上口一呷㉗,便把那个铜盂儿望空打一丢㉘,便叫:"好好!你却来暗算我!你道我是兀谁㉙?"那范二听得道:"我且㉚听那女子说。"那女孩儿道:"我是曹门里周大郎的女儿,我的小名叫作胜仙小娘子,年一十八岁,不曾吃人暗算㉛。你今却来算我!我是不曾嫁的女孩儿。"这范二自思量道:"这言语跷蹊㉜,分明是说与㉝我听。"这卖水的道:"告小娘子!小人怎敢暗算!"女孩儿道:"如何不是暗算我?盏子里有条草。"卖水的道:"也不为利害㉞。"女孩儿道:"你待㉟算我喉咙,却恨我爹爹㊱不在家里。我爹若在家,与你打官司。"奶子在傍边㊲道:"却也叵耐㊳这厮!"茶博士见里面闹吵,走入来㊵道:"卖水的,你去把那水好好挑出来。"对面范二郎道:"他既暗递㊶与我,我如何不回他?"随即也叫:"卖水的,倾一盏甜蜜蜜糖水来。"卖水的便倾一盏糖水在手,递与范二郎。二郎接着盏子,吃一口水,也把盏子望空一丢,大叫起来道:"好好!你这个人真个要暗算人!你道我是兀谁?我哥哥是樊楼开酒店的,唤作范大郎,我便唤作范二郎,年登一十九岁,未曾吃人暗算。我射得好弩㊷,打得好弹,兼我不曾娶浑家㊹。"卖水的道:"你不是风㊺!是甚意思,说与我知道?指望我与你作媒?你便告到官司㊻,我是卖水,怎敢暗算人!"范二郎道:"你如何不暗算?我的盂儿里,也有一根草叶。"女孩儿听得,心里好欢喜。茶博士入来,推那卖水的出去。女孩儿起身来道:"俺们回去休㊼!"看着那卖水的道:"你敢随我去?"这子弟思量道:"这话分明是教我随他去。"只因㊽这一去,惹出一场没头脑㊾官司。

# 注 释

① 东京:指北宋都城,在今河南开封一带。
② 唤作:叫作。
③ 酒肆:卖酒的店铺。
④ 兄弟:弟弟。
⑤ 妻室:妻子。

⑥ **因**:介词,趁着,趁便。
⑦ **如蚁**:像蚂蚁一样,形容人很多。
⑧ **茶坊**:卖茶的店铺。
⑨ **二九**:两个九,即十八岁。
⑩ **色色易迷难拆**:姑娘容貌美丽出众,很容易让人着迷,着迷了难以清醒。
⑪ **深闺**:指有钱人家女子的闺房。还没有出嫁的女孩子的卧室叫作"闺房"。
⑫ **柳陌**:长着柳树的街道。**陌**:街道。
⑬ **金莲**:古代妇女的小脚。
⑭ **捻**:用大拇指和其他手指夹住。这里形容腰很细。
⑮ **"娇姿"二句**:这两句是说那姑娘的神态娇媚,非常吸引人。
⑯ **"芙蓉"二句**:这两句话是想象和她结成夫妻以后生活的美妙。
⑰ **思量**:思索,想。
⑱ **子弟**:年轻人。
⑲ **挫过**:同"错过"。
⑳ **道理**:办法。
㉑ **奶子**:奶妈。
㉒ **盏**:浅而小的杯子。
㉓ **计上心来**:(她)想出了一个好主意。
㉔ **便**:连词,于是。
㉕ **倾**:倒。
㉖ **盂儿**:一种装液体的容器,这里用作杯子。
㉗ **呷(xiā)**:小口地喝。
㉘ **打一丢**:一扔。
㉙ **是兀谁**:相当于"是哪一个",是谁。**兀**:代词,这,那。
㉚ **且**:副词,暂且,姑且。
㉛ **暗算**:暗中图谋伤害或陷害,下文的"算"也是这个意思。
㉜ **跷蹊**:同"蹊跷",奇怪,可疑。
㉝ **与**:给。
㉞ **也不为利害**:也没什么重要的,也没什么关系。
㉟ **待**:要,将要。
㊱ **爹爹**:子女对父亲的称呼。
㊲ **傍边**:同"旁边"。
㊳ **叵(pǒ)耐**:不可忍耐,可恨。
㊴ **茶博士**:古代茶馆里的伙计。
㊵ **入来**:进来。
㊶ **暗递**:暗中传递信息。
㊷ **弩**:弓箭。
㊸ **好弹**:射箭、打弹子都是古代的武术技艺,这两句是范二郎在夸耀自己的功夫。
㊹ **浑家**:妻子。

㊺ 风:同"疯"。
㊻ 官司:官府。
㊼ 休:语气助词,相当于"吧"。
㊽ 因:连词,因为。
㊾ 没头脑:没来由,没道理。

## (一) 填空

1. 宋代的白话小说和戏剧,是受到隋、唐以来的_____、歌舞、民间_____等多种艺术形式影响而形成的_____文艺,它们的出现标志着中国文学进入了一个_____的时代。

2. "说话"就是讲故事,分为"小说""讲史""讲经""说浑话"四类,其中以"_____"与"_____"两类成就最大。"小说"大致可分为_____小说、_____小说、_____小说和_____小说四类。

## (二) 思考

宋代的戏剧为什么叫"杂剧"?

**知识提示 文学史**

(在宋代)艺术由于适应城市商业经济的发展,从内容、风格、剧团组织的形式,一直到剧场组织的办法等,产生了一系列的新形式。在脚本的创作上,这时也出现了一批职业的作者,他们叫做"书会先生","书会"就是他们的行会组织。这也是和前代不同的新组织形式。在十一世纪以前,无论唐代或宋代,歌词、曲本的创作都是文人学士们一时高兴的事。八世纪的时候,唐代的妓女在旗亭上唱的是王昌龄、王之涣、高适这些诗人的诗,他们却并不是以作声诗为职业的。十世纪的时候,宋代的妓女唱的是柳永的词,他也不是靠着这个来吃饭的,虽然他很热心于这件工作。但到了北宋末年,大约和瓦舍出现同时,也就出现了书会先生。南宋说话人口中所称的"京师老郎"就是他们了。这些书会先生是以写作各种形式的脚本,如话本、剧本、曲词等为职业的。他们和以前的诗人们不同的地方就在于靠这件事情吃饭。到南宋,"书会"的名称也出现了。所谓"书会",就是为了保护他们的权益而组织起来的行会。这当然也是一种社会组织的新形式。这些新的组织形式的一个共同原则就是把艺术变成一种商品来论价出售。艺人到勾栏里来是为了"卖艺",而观众到这里来是出钱买娱乐。这就和唐代,特别与安史之乱以前大不相同了。那时的艺术是不论价的,是被皇帝、贵族、达官们所养起来供自己娱乐的;它的艺术内容、风格和趣味是由他们决定的。现在呢,它是由广大市民观众的爱好所决定的。这样子,属于市民的艺术就出现了。

（张庚、郭汉城主编《中国戏剧通史》上,
中国戏剧出版社1980年版,第42—43页）

## 名篇欣赏

### 闹樊楼多情周胜仙（节选,接"作品"部分）

女孩儿约莫①去得远了,范二郎也出茶坊,远远地望着女孩儿去。只见那女子转步,那范二郎好喜欢②,直到女子住处。女孩儿入门去,又推起帘子出来望。范二郎心中越③喜欢。女孩儿自入去了,范二郎在门前一似失心风④的人,盘旋⑤走来走去,直到晚方才归家。

且说女孩儿自那日归家,点心也不吃,饭也不吃,觉得身体不快⑥。做娘的慌问迎儿⑦道："小娘子不曾吃甚⑧生冷?"迎儿道："告妈妈,不曾吃甚。"娘见女儿几日只在床上不起,走到床边问道："我儿害甚的病⑨?"女孩儿道："我觉有些浑身痛,头疼,有一两声咳嗽⑩。"周妈妈欲请医人来看女儿,争奈⑪员外出去未归,又无男子汉在家,不敢去请。迎儿道："隔一家有个王婆,何不请来看小娘子?他唤作王百会,与人收生⑫,作针线,作媒人,又会与人看脉⑬,知人病轻重。邻里家有些些事都浼⑭他。"周妈妈便令迎儿去请得王婆来。见了妈妈,妈妈说女儿从金明池走了一遍,回来就病倒的因由⑮。王婆道："妈妈不须说得。待老媳妇⑯与小娘子看脉自知。"周妈妈道："好好!"迎儿引将王婆进女儿房里。小娘子正睡哩⑰,开眼叫声："少礼⑱!"王婆道："稳便⑲!老媳妇与小娘子看脉则个⑳。"小娘子伸出手臂来,教王婆看了脉。道："娘子害的是头疼浑身痛,觉得㤞㤞㉑地恶心。"小娘子道："是也。"王婆道："是否?"小娘子道："又有两声咳嗽。"王婆不听得万事皆休,听了道："这病跷蹊!如何出去走了一遭㉒,回来却便害这般病!"王婆看着迎儿奶子道:"你们且出去,我自问小娘子则个。"迎儿和奶子自出去。王婆对着女孩儿道:"老媳妇却理会㉓得这病。"女孩儿道:"婆婆,你如何理会得?"王婆道:"你的病唤作心病。"女孩儿道:"如何是心病?"王婆道:"小娘子,莫不见了甚么人,欢喜㉔了,却害出这病来?是也不是?"女孩儿低着头叫:"没。"王婆道:"小娘子,实对我说。我与你作个道理,救了你性命。"那女孩儿听得说话投机㉕,便说出上件事来:"那子弟唤作范二郎。"王婆听了道:"莫不是㉖樊楼开酒店的范二郎?"那女孩儿道:"便㉗是。"王婆道:"小娘子休要烦恼。别人时老身便不认得。若说范二郎,老身认得他的哥哥嫂嫂,不可得㉙的好人。范二郎好个伶俐㉚子弟,他哥哥见教我与他说亲㉛。小娘子,我教你嫁范二郎,你要也不要㉜?"女孩儿笑道:"可知好哩。只怕我妈妈不肯。"王婆道:"小娘子放心,老身自有个道理,不须烦恼。"女孩儿道:"若得恁地㉝时,重谢婆婆。"王婆出房来,叫妈妈道:"老媳妇知得小娘子病了。"妈妈道:"我儿害甚么病?"王婆道:"要老身说,且告三杯酒吃了却㉞说。"妈妈道:"迎儿,安排酒来请王婆。"妈妈一头㉟请他吃酒,一头问婆婆:"我女儿害甚么病?"王婆把小娘子说的话一一说了一遍。妈妈道:"如今却是如何?"王婆道:"只得把小娘子嫁与范二郎。若还不肯嫁与他,这小娘子病难医。"妈妈道:"我大郎㊱不在家,须使不得。"王婆道:"告妈妈,不若与小娘子下了定㊲,等大郎归后,却做亲㊳。且眼下㊴救小娘子性命。"妈妈允㊵了道:"好好,怎地作个道理?"王婆道:"老媳妇就去说,回来便有消息。"王婆离了周妈妈家,取路径㊶到樊楼,来见范大郎,正在柜身里坐。王婆叫声万福㊷。大郎还了礼道:"王婆婆,你来得正好!我却待使㊸人来请你。"王婆道:"不知大郎唤老媳妇作甚么?"大郎道:"二郎前日出去归来,晚饭也不吃,道:'身体不快。'我问他那里去来?他道:'我去看金明池。'直至今日不起,害在床上,饮食不进。我待来请你看脉。"范大娘子出来与王婆相见了,大娘子道:"请婆婆看叔叔㊹则个。"王婆道:"大郎,大娘子,不要入来,老身自问二郎,这病是甚的样起㊺?"范大郎道:"好好!婆婆自去看,我不陪了。"王婆走到二郎房里,见二郎睡在床上。叫声:"二郎,老媳妇在这里。"范二郎闪开眼道:"王婆婆,多时不见,我性命休也㊻!"王婆道:"害甚病便休?"二郎道:"觉头疼恶心,有一两声咳嗽。"王婆笑将㊼起来。二郎道:"我有病,你却笑我!"王婆道:"我不笑别的,我得知你的病了。不害别病,你害曹门里周大郎女儿,是也不是?"二郎被王婆道着了,跳起来道:"你如何得知?"王婆道:"他家教我来说亲事。"范二郎不听得说万事皆休,听得说好喜欢。正是:

　　人逢喜信精神爽㊽,话合心机意趣投㊾。

## 注 释

① **约莫**:大概,大约。
② **喜欢**:高兴。
③ **越**:更,更加。
④ **失心风**:同"失心疯",疯了。

⑤ **盘旋**：指大致呈圆形地运动，绕圈儿。
⑥ **不快**：不爽快，身体不舒服。
⑦ **迎儿**：使女的名字。
⑧ **甚**(shén)：疑问代词，什么。
⑨ **害甚的病**：得的什么病。
⑩ **有一两声咳嗽**：偶尔有一两声咳嗽。
⑪ **争奈**：同"怎奈"，无奈。
⑫ **收生**：接生，帮助孕妇生产。
⑬ **看脉**：中医看病的方法之一，通过病人脉搏的强弱虚实等状态进行诊断，也叫"诊脉"。
⑭ **浼**(měi)：请求，拜托。
⑮ **因由**：原因，理由。
⑯ **老媳妇**：王婆的自称。
⑰ **哩**：语气助词，相当于"呢"。
⑱ **少礼**：因为在床上，不方便行礼，所以说"少礼"。
⑲ **稳便**：自便，任便。这句是对上面"少礼"的回答。
⑳ **看脉则个**：意思就是看一下脉。**则个**：语气助词，表示商量的语气。
㉑ **恹**(yān)**恹**：精神不振的样子。
㉒ **遭**：量词，回，次。
㉓ **理会**：知道，明白。
㉔ **欢喜**：喜欢。
㉕ **投机**：见解相同，符合自己的心意。
㉖ **莫不是**：表示揣测或反问，莫非。
㉗ **便**：副词，就。
㉘ **老身**：老年妇女对自己的自称。
㉙ **不可得**：也作"不可多得"，形容非常稀少，难得。
㉚ **伶俐**：机灵，灵活。
㉛ **说亲**：说合婚姻。
㉜ **要也不要**：等于说"要还是不要"。
㉝ **恁地**：这样。
㉞ **却**：副词，再。
㉟ **一头**：一边，一面。
㊱ **大郎**：这里指自己的丈夫。
㊲ **使不得**：不可以。
㊳ **下了定**：下了聘，古代的订婚形式。
㊴ **做亲**：结婚。
㊵ **眼下**：此时此刻。
㊶ **允**：答应。
㊷ **径**：径直，直接。
㊸ **万福**：古代女子向人问好的方式，一边说"万福"，一边行礼。

㊹ **使**:派。

㊺ **叔叔**:古时妇女称自己丈夫的弟弟为"叔叔"。

㊻ **起**:发起,开始,指得病的原因。

㊼ **性命休也**:意思是说我要死了。**休**:完。

㊽ **将**:动词词尾,没有意义。

㊾ **却**:副词,还,又。

㊿ **人逢喜信精神爽**:人碰到了使人高兴的消息,就觉得精神爽快。

○51 **话合心机意趣投**:说话符合自己的心意,就觉得志趣相投合。

# 第三十课

# 元杂剧与关汉卿

## 课 文

　　元代是中国古代戏剧史上的黄金时代①。有姓名可考②的戏剧作家有80多人,见于书面记载的杂剧作品有500多种、南戏作品有200多种。元代杂剧,现存160多种,最兴盛的时期在元代前期,代表作家有关汉卿、杨显之、王实甫、白朴、马致远、高文秀、石君宝、纪君祥、康进之、尚仲贤、郑廷玉等;元代后期的代表作家有郑光祖、乔吉、宫天挺、秦简夫等。元代南戏,代表当时最高水平的作品是元代末年高明③的《琵琶记》。

　　关汉卿④是元代戏剧作家中最优秀的代表,是中国文学艺术史上第一位享有世界声誉的伟大戏剧家。他一生共创作了60多种杂剧,保存下来的只有18种。他的戏剧作品鞭挞了现实社会的黑暗与丑恶(《窦娥冤⑤》),赞美了不幸的女性与邪恶势力不屈斗争的形象(《望江亭》《救风尘》),歌颂了历史英雄人物,表达了自己的爱憎与希望(《单刀会》)。关汉卿同时也是一位著名的散曲⑥家。

　　关汉卿不仅是一位高产的剧作家,而且也是一位具有丰富艺术实践的戏剧活动家,因此,他的作品紧扣观众的欣赏心理,情节激荡,关目⑦紧凑,人物语言本色当行⑧,戏剧冲突集中尖锐,艺术效果感人肺腑⑨、荡气回肠,具有极高的审美价值。关汉卿的代表作是伟大的悲剧《窦娥冤》。《窦娥冤》的全名是《感天动地窦娥冤》,与其他元杂剧一样,全剧由一个"楔子"⑩和四折⑪组成。"楔子"交代了窦娥的父亲窦天章因高利贷的盘剥⑫,不得不把七岁的女儿端云卖给放高利贷的蔡婆婆为童养媳⑬,这就构成窦娥悲剧命运的第一个因素。十三年后,泼皮⑭张驴儿父子要强占蔡婆婆和寡居⑮的儿媳窦娥,构成了窦娥悲剧命运的第二个因素(第一折)。楚州太守贪赃枉法⑯,将窦娥诬陷⑰入狱,构成了窦娥悲剧命运的第三个因素(第二折)。第三折窦娥的刑前"三誓",发出了对整个黑暗制度的控诉⑱,展开了窦娥与黑暗官府的根本冲突,表现了窦娥强烈的反抗精神,显示了戏剧作品巨大的悲剧力量。第四折是戏剧的结局,正义得到了伸张,邪恶势力受到了惩罚,这样的结局寄托了广大人民的愿望。

## 注 释

① **黄金时代**:比喻最好的时期。
② **可考**:可以考证。即能够在历史上找到相关内容,证明真实存在。
③ **高明**(约1301—约1370):字则成,号菜根道人,被誉为"南戏中兴之祖",他的南戏代表作《琵琶记》叙述了赵五娘和丈夫分离又团聚的故事。
④ **关汉卿**:生卒年不详,元代杂剧作家,是中国古代戏曲创作的代表人物。
⑤ **冤**:冤枉,无辜受到指责或不公正对待。
⑥ **散(sǎn)曲**:中晚唐以来,流传在民间的长短句歌词经过长期酝酿,在宋金时期吸收了民间兴起的一些曲词和北方少数民族的乐曲,逐渐形成了新的诗歌形式并流行于北方,称为散曲,也称北曲。散曲包括小令和套数两种主要形式。
⑦ **关目**:戏剧中的重要情节。
⑧ **当行**:人物的语言行动等符合人物的身份。
⑨ **感人肺腑**:使人的内心深受感动。
⑩ **楔(xiē)子**:元杂剧通常以四折为一本,合为一个完整的故事;楔子是在四折以外所加的一幕短剧,常常放在全剧开头,作为剧情开端。也有放在折与折之间的。它的作用相当于现代戏剧中的"序幕"或者"过场"。
⑪ **折**:许多古代戏剧采用"折"作为单位,一折相当于一场,元杂剧通常由四折组成。
⑫ **盘剥**:指高利剥削。
⑬ **童养媳**:从小被婆家领养待长大后跟这家的儿子结婚的女孩子。
⑭ **泼皮**:流氓,无赖。
⑮ **寡居**:妇女丧夫独居。
⑯ **贪赃枉法**:贪污受贿,违犯法纪。

⑰ **诬陷**:捏造罪状以陷害他人。
⑱ **控诉**:向有关机关或公众陈述受害经过、受害事实。

## 作品

# 感天动地窦娥冤(节选)

(外扮监斩官①上,云②)下官监斩官是也。今日处决犯人,着做公的把③住巷口,休放往来人闲走。(净④扮公人,鼓三通⑤,锣三下科⑥。刽子磨旗⑦、提刀,押正旦带枷⑧上,刽子云)行动些⑨,行动些。监斩官去法场⑩上多时了。(正旦唱)

【正宫端正好⑪】没来由⑫犯王法,不提防遭刑宪⑬,叫声屈动地惊天。顷刻间游魂先赴森罗殿⑭,怎不将天地也生⑮埋怨。

【滚绣球⑯】有日月朝暮悬,有鬼神掌着生死权。天地也,只合把清浊⑰分辨,可怎生糊突⑱了盗跖、颜渊?为善的受贫穷更命短,造恶的享富贵又寿延。天地也,做得个怕硬欺软,却元来也这般顺水推船⑲。地也,你不分好歹⑳何为地?天也,你错勘贤愚枉㉑做天!哎,只落得两泪涟涟㉒。

(刽子云)快行动些,误了时辰㉓也。(正旦㉔唱)

【倘秀才㉕】则被这枷纽㉖的我左侧右偏,人拥的我前合后偃㉗。我窦娥向哥哥行㉘有句言。(刽子云)你有什么话说?(正旦唱)前街里去心怀恨,后街里去死无冤,休㉙推辞路远。

(刽子云)你如今到法场上面,有什么亲眷㉚要见的,可教他过来,见你一面也好。(正旦唱)

【叨叨令㉛】可怜我孤身只影㉜无亲眷,则落的吞声忍气㉝空嗟怨。(刽子云)难道你爷娘㉞家也没的?(正旦云)止㉟有个爹爹,十三年前上朝取应㊱去了,至今杳无音信㊲。(唱)早㊳已是十年多不睹爹爹面。(刽子云)你适才�439要我往后街里去,是什么主意?(正旦唱)怕则怕前街里被我婆婆见。(刽子云)你的性命也顾不得,怕他见怎的?(正旦云)俺婆婆若见我披枷带锁,赴法场餐刀㊵去呵,(唱)枉将他气杀也么哥㊶,枉将他气杀也么哥。告哥哥,临危好与人行方便㊷。

## 注 释

① **监斩官**:监督死刑执行的官员。
② **云**:说。
③ **把**:看守,把守。

④ 净:净角,杂剧角色名,一般扮演性格刚烈粗鲁或奸险的人物,俗称"花脸"。

⑤ 通:次,遍。

⑥ 科:杂剧术语,剧本中对演员的动作、表情以及音响效果的舞台提示。

⑦ 刽(guì)子磨旗:执行死刑的人挥动旗帜开道。

⑧ 枷(jiā):刑具名,古时一种方形木质项圈,用以套住脖子,有时还套住双手,作为惩罚。

⑨ 行动些:走快点儿。

⑩ 法场:古时执行死刑的场所,刑场。

⑪ 正宫端正好:"正宫"是宫调名,"端正好"是曲牌名。

⑫ 没来由:无缘无故。

⑬ 刑宪:刑律。

⑭ 森罗殿:迷信说法,人死后鬼魂到阴间要受审判,森罗殿是阴间统治者阎王审案的地方。

⑮ 生:深,甚,非常。

⑯ 滚绣球:曲牌名。

⑰ 清浊:比喻是非善恶,好人和坏人。

⑱ 糊突:糊涂,弄错了。

⑲ 顺水推船:比喻顺应形势行事。

⑳ 不分好歹(dǎi):不辨别善恶好坏。

㉑ 枉:副词,徒然,白白地。

㉒ 涟涟:泪流不断的样子。

㉓ 时辰:这里指执行死刑的特定时间。

㉔ 正旦:杂剧角色名,女主角称正旦。旦:传统戏剧中的女演员或女性角色类型。

㉕ 倘秀才:曲牌名。

㉖ 纽:同"扭"。

㉗ 前合后偃:前仆后倒,站立不稳。偃:仰面倒下。

㉘ 哥哥行(háng):即哥哥那儿。行:宋元时期的俗语,用在名词或代词后面,指示处所或方位。

㉙ 休:别,不要。

㉚ 亲眷:亲戚,亲人。

㉛ 叨叨令:曲牌名。

㉜ 孤身只影:孤身一人,连影子也只有一个。

㉝ 吞声忍气:也作"忍气吞声"。形容受了气只能勉强忍着,不敢发作。

㉞ 爷娘:指父母。

㉟ 止:同"只"。

㊱ 取应:参加科举考试。

㊲ 杳无音信:毫无消息。

㊳ 蚤:同"早"。

㊴ 适才:刚才。

㊵ **餐刀**:吃刀,被杀的意思。
㊶ **也么哥**:语尾助词,这里是曲规定要用的衬字。
㊷ **行方便**:照顾,帮忙。

### (一) 熟读

《感天动地窦娥冤》中的"滚绣球"部分。

### (二) 填空

1. 元代杂剧,现存160多种,最兴盛的时期在元代前期,代表作家有关汉卿、_____、_____、王实甫、_____、马致远、高文秀、_____、纪君祥、_____、尚仲贤、_____等;元代后期的代表作家有_____、乔吉、宫天挺、_____等。元代南戏,代表当时最高水平的作品是元代末年高明的《_____》。

2. 关汉卿是元代戏剧作家中最优秀的代表,是中国文学艺术史上_____ _____的伟大戏剧家。他一生共创作了_____多种杂剧,保存下来的只有_____种。他的戏剧作品鞭挞了现实社会的黑暗与丑恶(《_____》),赞美了不幸的女性与邪恶势力不屈斗争的形象(《_____》《_____》),歌颂了历史英雄人物,表达了自己的爱憎与希望(《_____》)。

### (三) 思考

简述《窦娥冤》的戏剧冲突。

## 文学史知识提示

关汉卿在杂剧上的巨大成就，是通过现实主义的艺术手法，广泛而又深入地反映出元人统治下的极端黑暗混乱的典型历史环境和不合理的社会制度，塑造了许多有典型性格的人物形象，反映出人民的生活和思想感情。现实主义的创作方法，在他的杂剧里，达到了很高的成就。关汉卿在中国戏曲史上的地位，有同于莎士比亚在英国戏曲史上的地位。他们的年代虽是不同，但有许多相像的地方。

一、莎士比亚以前，英国的戏曲俱不足观，由于莎士比亚的优秀创作，提高了戏曲的地位，开展了戏曲发展的道路，关汉卿在中国戏曲史上，也有同样的情形。

二、莎士比亚与关汉卿同样没有政治社会上的地位，都是以毕生精力，贡献于戏曲事业，在戏曲上得到光辉的成就。

三、他们的戏曲创作，不仅数量多，而且质量高。莎士比亚一生作过三十多本戏剧，关汉卿作过六十多本戏剧。

四、他们的戏曲题材，非常广泛，内容多样化，种类和形式也多样化；有悲剧，有喜剧，有历史剧，有讽刺剧，并且都写得很成功。

五、他们都是在城市人民生活中成长、发展起来的作家，都是具有戏场实际生活体验的作家。他们一面创作，一面粉墨登场，参加过指导表演的实际工作。

六、莎士比亚的戏曲才能，是在英国资本主义初期的伦敦城市中成长起来的；关汉卿的戏曲才能，是在元朝封建的商业经济繁荣下的北京城市中成长起来的。他们的文学成就，都受有不同的历史条件和时代生活的明显影响。

(刘大杰《中国文学发展史》下，
上海古籍出版社1982年版，第844—845页)

## 名篇欣赏

### 感天动地窦娥冤（节选，接"作品"部分）

（卜儿①哭上科，云）天哪，兀的②不是我媳妇儿！（刽子云）婆子，靠后。（正旦云）既是俺婆婆来了，叫他来，待我嘱付他几句话咱③。（刽子云）那婆子近前来，你媳妇要嘱付你话哩。（卜儿云）孩儿，痛杀我也！（正旦云）婆婆，那张驴儿把毒药放在羊肚儿汤里，实④指望药死了你，要霸占⑤我为妻。不想婆婆让与他老子⑥吃，倒把他老子药死了。我怕连累婆婆，屈招⑦了药死公公，今日赴法场典刑⑧。婆婆，此后遇着冬时年节⑨，月一十五，有瀽⑩不了的浆水饭，瀽半碗儿与我吃，烧不了的纸钱，与窦娥烧一陌儿⑪，则是看你死的孩儿面上⑫。（唱）

【快活三⑬】念窦娥葫芦提⑭当罪愆，念窦娥身首⑮不完全，念窦娥从前已往干家缘⑯。婆婆也，你只看窦娥少爷无娘面。

【鲍老儿⑰】念窦娥服侍⑱婆婆这几年，遇时节将碗凉浆奠⑲；你去那受刑法尸骸上烈⑳些纸钱，只当把你亡化的孩儿荐㉑。（卜儿哭科，云）孩儿放心，这个老身都记得。天那，兀的不痛杀我也！（正旦唱）婆婆也，再也不要啼啼哭哭，烦烦恼恼，怨气冲天。这都是我做窦娥的没时没运㉒，不明不暗，负屈衔冤㉓。

（刽子做喝㉔科，云）兀那婆子靠后，时辰到了也。（正旦跪科）（刽子开枷科）（正旦云）窦娥告监斩大人，有一事肯依㉕，窦娥便死而无怨。（监斩官云）你有什么事？你说。（正旦云）要一领净席，等我窦娥站立；又要丈二白练㉗，挂在旗枪㉘上，若是我窦娥委实㉙冤枉，刀过处头落，一腔热血休半点儿沾在地下，都飞在白练上者㉚。（监斩官云）这个就依你，打什么不紧㉛。（刽子做取席站科，又取白练挂旗上科）（正旦唱）

【耍孩儿㉜】不是我窦娥罚下这等无头愿㉝，委实的冤情不浅；若没些儿灵圣㉞与世人传，也不见得湛湛㉟青天！我不要半星热血红尘洒㊱，都只在八尺旗枪素㊲练悬，等他四下里㊳皆瞧见，这就是咱苌弘化碧㊴，望帝啼鹃㊵。

（刽子云）你还有甚的㊶说话，此时不对监斩大人说，几时说那㊷？（正旦再跪科，云）大人，如今是三伏㊸天道，若窦娥委实冤枉，身死之后，天降三尺瑞雪㊹，遮掩了窦娥尸首。（监斩官云）这等三伏天道，你便㊺有冲天的怨气，也召不得一片雪来，可不胡说！（正旦唱）

【二煞】你道是暑气暄㊻，不是那下雪天；岂不闻飞霜六月因邹衍㊼？若果㊽有一腔怨气喷如火，定要感的六出冰花㊾滚似绵，免着我尸骸现。要什么素车白马㊿，断送出古陌荒阡�！

（正旦再跪科，云）大人，我窦娥死的委实冤枉，从今以后，着这楚州亢旱㉒三年。（监斩官云）打嘴！那有这等说话！（正旦唱）

【一煞】你道是天公不可期，人心不可怜，不知皇天也肯从人愿。做什么三年不见甘霖㉝降?也只为东海曾经孝妇冤㉞。如今轮到㉟你山阳县。这都是官吏每㊱无心正法,使百姓有口难言。

(剑子做磨旗科,云)怎么这一会儿天色阴了也?(内做风科,剑子云)好冷风也!(正旦唱)

【煞尾】浮云为我阴,悲风为我旋,三桩㊲儿誓愿明题遍。(做哭科,云)婆婆也,直等待雪飞六月,亢旱三年呵,(唱)那其间才把你个屈死的冤魂㊳这窦娥显。

(剑子做开刀,正旦倒科)(监斩官惊云)呀,真个下雪了,有这等异事!(剑子云)我也道平日杀人,满地都是鲜血,这个窦娥的血,都飞在那丈二白练上,并无半点落地,委实奇怪。(监斩官云)这死罪必有冤枉。早两桩儿应验㊴了,不知亢旱三年的说话㊵,准也㊶不准?且看后来如何。左右㊷,也不必等待雪晴,便与我抬他尸首,还了那蔡婆婆去罢㊸。(众应㊹科,抬尸下)

### 注 释

① **卜儿**:元代戏曲中扮演老年妇女的角色。
② **兀的**:代词,含有"那"的意思。
③ **咱**:用在祈使句末,表示祈使语气,相当于"吧"。
④ **实**:副词,的确,确实。
⑤ **霸占**:仗势占为己有。
⑥ **老子**:父亲。
⑦ **招**:承认,认罪。
⑧ **典刑**:此处指受死刑。
⑨ **年节**:指春节及其前后的几天。
⑩ **溅**(jiǎn):泼掉,倒掉。
⑪ **一陌儿**:古代以一百钱为陌,这里是一串、一叠(纸钱)的意思。
⑫ **看你死的孩儿面上**:看在你已经死去的孩子的面子上。窦娥的丈夫早已死了,所以这里说"看你死的孩儿面上"。
⑬ **快活三**:曲牌名。
⑭ **葫芦提**:宋元时有"葫芦提"的俗语,意即糊里糊涂。
⑮ **首**:头,头部。
⑯ **干家缘**:做家务事。
⑰ **鲍老儿**:曲牌名。
⑱ **服侍**:伺候,照料。
⑲ **奠**:给死去的人陈设酒和食物的仪式。
⑳ **烈**:烧。
㉑ **荐**:无酒肉作贡品的祭祀,素祭。
㉒ **没时没运**:等于说"没时运"。时运即一时的运气。
㉓ **负屈衔冤**:受到冤枉,无辜受罪。

㉔ **喝**(hè):大声喊叫。
㉕ **依**:顺从,同意。
㉖ **领**:量词,常用于席类事物。
㉗ **白练**:白色的丝绢。
㉘ **旗枪**:带枪头的旗杆。
㉙ **委实**:确实。
㉚ **者**:用在句尾,表示祈使语气。
㉛ **打什么不紧**:没有什么要紧。
㉜ **耍孩儿**:曲牌名。
㉝ **无头愿**:没头没脑的、没来由的誓愿。
㉞ **灵圣**:这里指奇异之事。
㉟ **湛湛**:清澈深远。
㊱ **红尘洒**:就是"洒红尘",即洒在地面上。**红尘**:通常指繁华的社会。这里指尘土,地面。
㊲ **素**:白色。
㊳ **四下里**:四处,四周。
㊴ **苌弘化碧**:传说周代的忠臣苌弘遭受冤屈被杀,他的血三年后化为碧玉。
㊵ **望帝啼鹃**:传说蜀王杜宇,号望帝,退位后隐居山中,传说他的魂化成杜鹃鸟,日夜悲鸣。
㊶ **甚的**:什么。
㊷ **那**:同"哪",是"啊"的变体。
㊸ **三伏**:夏天中最热的三十天,也是一年中最炎热的时候。
㊹ **瑞雪**:文学作品中对雪的美好说法。
㊺ **便**:连词,即便,即使。
㊻ **暄**:炎热。
㊼ **邹衍**:战国时期的齐国人。传说他被人诬陷,在监狱里仰天大哭,当时虽然是夏天,但是天上下了霜。后来用"六月飞霜"比喻冤狱。
㊽ **果**:副词,果真,果然。
㊾ **六出冰花**:"冰花"就是雪花,因为雪花是六角形,所以称为"六出冰花"。
㊿ **素车白马**:古代用来办丧事的白车白马。
� **古陌荒阡**:荒郊野外。
㉑ **亢旱**:大旱。**亢**:极度。
㉒ **甘霖**:久旱后下的雨,及时雨。
㉓ **孝妇冤**:传说汉代时候,东海有一个孝顺的儿媳妇,丈夫死了以后,为了奉养婆婆,发誓不改嫁他人。婆婆不愿意拖累她,自杀死了。结果媳妇被人诬陷是杀婆婆的凶手,被官府处死了。她死以后,东海地方大旱,旱灾持续了三年。后任官员查清了冤案,并且到她的墓前祭拜,马上就下了大雨。
㉕ **轮到**:轮流到。
㉖ **每**:近代汉语的人称代词复数标记,现代汉语中作"们"。
㉗ **桩**(zhuāng):量词,多指事情的件数。
㉘ **冤魂**:冤屈而死的鬼魂。

�59 **应验**:后来发生的事实与预先所言、所估计的相符。
�60 **说话**:说的话,说法。
�61 **也**:副词,表选择,相当于"还是"。
�62 **左右**:身边办事的人,侍从。
�63 **罢**:句末语气助词,表祈使。
�64 **应**:回应,答应。

# 第三十一课

## 《西厢记》

### 课　文

　　王实甫的《西厢记》是元杂剧的压卷①之作。它突破了元杂剧一本四折的定规②，在篇幅上是一般杂剧剧本的五倍，突破了末本③、旦本④的限制，出现了两三个角色分唱的形式，提高了杂剧的表现能力，其鲜明的反抗礼教⑤、歌颂青年男女纯洁爱情的主题，数百年来，久盛不衰⑥，对中国文学史、戏剧史产生了深远的影响。

　　《西厢记》在艺术上最突出的成就是根据人物的性格特征，展开了错综复杂的戏剧冲突，完成了崔莺莺、张君瑞、红娘等艺术形象的塑造。《西厢记》中的人物个性鲜明，有血有肉⑦，张生的憨厚⑧、诚实，莺莺的深沉、幽静、叛逆与苦闷，红娘的机智与正义感，老夫人的势利⑨、虚伪与狠毒，都刻画得惟妙惟肖⑩。尤其是他们的性格都随着剧情的推进而发展，成功地表现了整个故事复杂曲折的过程。《西厢记》的情节与人物性格的发展得到了高度的融合，一方面是波澜壮阔，一波三折，另一方面，全剧五本二十一折，细密紧凑，一气呵成⑪，结构相当完整。《西厢记》的戏剧冲突有两条发展线索，一是崔莺莺、张君瑞、红娘与老夫人的根本冲突，二是崔、张、红三人之间的误会与矛盾。围绕这两条主线还穿插了各种性质不同、时起时伏的辅线，好戏连台，引人入胜。作者善于描摹景物、酝酿⑫气氛，衬托人物的内心活动，诗情画意，沁人心脾⑬，形成了作品独特的优美风格。作者选择和融化了古代诗词里富有美感的词句，提炼了民间生动活泼的口语，熔铸成自然而华美的曲词，成为此后爱情剧的典范。另外，《西厢记》在主唱角色的分配和结构的扩大上,对元杂剧的体制具有重要的革新与创造,为全剧场次的转换、剧情的穿插、人物性格的成长以及各种人物之间矛盾的交错展开,都提供了广阔的空间。

① 压卷:评为第一、压倒其余的诗文书画等。
② 定规:现成的或久已通行的规矩,成规。
③ 末本:一本四折戏全部由男主角主唱的剧本叫末本。
④ 旦本:一本四折戏全部由女主角主唱的剧本叫旦本。
⑤ 礼教:封建社会里盛行的、有利于维护统治阶级权益的礼法、教条、规则等。
⑥ 久盛不衰:长期盛行而不衰减。
⑦ 有血有肉:比喻文艺作品的描写生动,内容充实。
⑧ 憨(hān)厚:诚朴,厚道。
⑨ 势利:形容以财产、地位分别对待人。
⑩ 惟妙惟肖(xiào):描写或模仿得非常好,非常形象。
⑪ 一气呵(hē)成:比喻文章的气势首尾连贯。
⑫ 酝酿:制造酒的发酵过程,比喻做准备。
⑬ 沁(qìn)人心脾:形容文艺作品的美好与感人给予人清新爽朗的感受。

## 西厢记(节选)

(夫人①、长老②上,开)今日送张生赴京③,就④十里长亭,安排下筵席⑤。我和长老先行,不见张生小姐来到。(旦⑥、末⑦、红⑧同上,旦云)今日送张生上朝取应去。早是⑨离人伤感,况值⑩那暮秋天气,好烦恼人也呵!"悲欢聚散一杯酒,南北东西万里程。"(旦唱)

【正宫⑪】【端正好⑫】碧云天,黄花地⑬,西风紧,北雁南飞。晓来谁染霜林醉⑭?总是离人泪⑮。

【滚绣球】恨相见得迟,怨归去⑯得疾。柳丝长玉骢⑰难系,恨不得倩⑱疏林挂住斜晖。马儿迍迍⑲行,车儿快快随⑳,却告了相思回避㉑,破题儿又早别离。听得道一声"去也",松了金钏㉒;遥望见十里长亭,减了玉肌㉓。此恨㉔谁知!

(红云)姐姐今日怎么不打扮?(旦云)红娘呵,你那里㉕知我的心哩!(旦唱)

【叨叨令】见安排着车儿、马儿,不由人熬熬煎煎的气㉖;有甚么心情花儿、靥儿㉗,打扮得娇娇滴滴㉘的媚。准备着被儿、枕儿,则索㉙昏昏沉沉的睡;从今后衫儿、袖儿,揾㉚湿做重重叠叠的泪。兀的不闷杀人也么哥㉛!兀的不闷杀人也么哥。久已后书儿、信儿,索与我恓恓惶惶㉜的寄。

(做到了科,见夫人了)(夫人云)张生和长老坐,小姐这壁㉝坐,红娘将㉞酒来。张生,你向前来,是自家亲眷,不要回避。俺今日将莺莺与你,到京师休辱末㉟了俺孩儿,挣揣㊱一个状元回来者。(末云)小生托夫人余荫,凭着胸中之才,觑官如拾芥㊲耳。(洁㊳云)夫人主张不差,张生不是落后的人。(把酒了㊴,坐)(旦长吁㊵了)(旦唱)

【脱布衫】下西风黄叶纷飞,染寒烟㊶衰草萋迷。酒席上斜签着㊷坐地,蹙愁眉死临侵㊸地。

【小梁州】我见他阁㊹泪汪汪不敢垂,恐怕人知。猛然见了把头低,长吁气,推整素罗衣㊺。

【幺㊻】虽然久后成佳配,奈时间怎不悲啼。意似痴,心如醉,昨宵今日,清减㊼了小腰围。

(夫人云)小姐把盏㊽者!(红递酒了,旦把盏了)(旦唱)

【上小楼】合欢㊾未已,离愁相继㊿。想着俺前暮私情,昨夜成亲,今日别离。我谂㊶知,这几日相思滋味,却元来㊷此别离情更增十倍。

【幺】年少呵轻远别,情薄呵易弃掷㊸。全不想腿儿相压,脸儿相偎㊹,手儿相携㊺。你与俺崔相国做女婿,妻荣夫贵,但得一个并头莲㊻,强似状元及第㊼。

# 注 释

① **夫人**:崔母。
② **长老**:寺院住持僧的通称,这里指普救寺的法本和尚。
③ **赴京**:去京城。
④ **就**:在。
⑤ **筵席**:酒席。
⑥ **旦**:杂剧中女角的通称,这里指扮演莺莺的角儿。
⑦ **末**:杂剧中男角的通称,这里指扮演张生的角儿。
⑧ **红**:指红娘。
⑨ **早是**:本来已是。

⑩ **况值**:况且又遇上。这两句是说:离别的人已经是很伤感了,何况又遇上那凄凉的晚秋天气。

⑪ **正宫**:宫调名。元杂剧规定每折戏限用一个宫调,下面由若干曲牌组成套曲,一韵到底。

⑫ **端正好**:曲牌名,与下面的滚绣球、叨叨令等,都是属于同一宫调的曲牌。

⑬ **黄花地**:指黄色的菊花落了一地。

⑭ **晓来谁染霜林醉**:是谁把深秋的霜林枫叶染得那么红? **霜林醉**:形容枫叶经霜变红,如同人醉后脸红一样。

⑮ **总是离人泪**:那是将要离别的人儿眼里流的泪和血啊。

⑯ **归去**:离去。这里指张生进京赶考。

⑰ **玉骢**(cōng):原指一种青白色的骏马,这里是马的代称。

⑱ **倩**(qìng):央求,请。这两句是说:路边的柳丝虽长,却难以拴住张生的马儿,恨不得请那稀疏的树林帮我挂住斜阳,使它不要下落(让时间停住)。

⑲ **迍迍**:行动缓慢的样子。

⑳ **随**:追随。

㉑ **回避**:这里是避开、躲开的意思。

㉒ **破题儿**:原指诗赋的开头几句,这里比喻事情的开始。这两句是说:才结束了相思,又早开始了别离。

㉓ **金钏**:金手镯。

㉔ **"遥望"二句**:远远地看见那十里长亭,便使我浑身洁白如玉的肌肤瘦得减了一圈。

㉕ **恨**:遗憾,惆怅。

㉖ **那里**:同"哪里",怎么。

㉗ **不由人熬熬煎煎的气**:不由得我心里熬熬煎煎气得难受。**熬熬煎煎**:指受煎熬。

㉘ **靥儿**:原指嘴边的酒窝,此处指古代女子额上或两鬓点帖的花饰。

㉙ **娇娇滴滴**:现代汉语一般说"娇滴滴",形容娇媚可爱的样子。

㉚ **则索**:只好,只得。

㉛ **揾**(wèn):擦。

㉜ **也么哥**:元曲中常用的句末衬字,无意义。

㉝ **恓恓惶惶**:忙碌不安的样子。

㉞ **这壁**:这边。

㉟ **将**:取,拿。

㊱ **与**:给,这里是"许配"的意思。

㊲ **辱末**:即"辱没",使……不光彩。

㊳ **挣揣**:努力争取,夺取。

㊴ **余荫**:指受到长辈的庇护。

㊵ **拾芥**:比喻轻而易举。

㊶ **洁**:元杂剧把僧人称为洁郎,简称洁,这里指长老。

㊷ **把酒了**(liǎo):倒完酒。

㊸ **吁**:叹息。

㊹ **寒烟**:秋天傍晚的雾气。这两句是说:枯黄的树叶在秋风中纷纷飘飞,衰败的秋草在寒烟

笼罩下一片凄迷。

㊺ **斜签着**:斜着身子。

㊻ **临侵**:憔悴无力的样子。

㊼ **阁**:同"搁",这里是含着、忍住的意思。

㊽ **推整素罗衣**:假装作整理衣裳。**推**:推托,这里引申为假装。**罗**:质地较轻的丝织品。

㊾ **幺**:幺篇,元杂剧中凡重复前曲的叫幺篇,与前曲的字数有时不一样。

㊿ **奈时间怎不悲啼**:无奈眼前这个时候怎忍得住不悲声啼哭呢! **时间**:目前,现时。

51 **清减**:消瘦。

52 **把盏**:端酒杯。

53 **合欢**:这里是成亲的意思。

54 **继**:接着,紧接。

55 **谂**(shěn):熟知。

56 **元来**:原来。

57 **弃掷**:抛弃。这两句是说:少年人常常不看重远别离,薄情郎往往轻易抛弃昨日的妻子。

58 **偎**:依偎,紧靠在一起。

59 **携**:手拉手。

60 **妻荣夫贵**:封建社会以夫贵妻荣为常理,这里反用其意,认为张生做了崔相国家的女婿,可以因妻而贵,本来无需再进京应试。

61 **并头莲**:并排地长在同一个茎上的两朵莲花,文学作品中常用来比喻恩爱的夫妻。

62 **及第**:指科举考试考中。这两句是说:只要夫妻俩能如并蒂莲花长相厮守,比你远在京城高中状元强多了。

## (一) 填空

1. 《西厢记》在艺术上最突出的成就是根据人物的性格特征,展开了错综复杂的戏剧_____,完成了_____、_____、_____等艺术形象的塑造。

2. 《西厢记》的戏剧冲突有两条发展线索,一是崔莺莺、张君瑞、红娘与老夫人的根本冲突,二是崔、张、红三人之间的误会与矛盾。围绕这两条主线还穿插了各种性质不同、时起时伏的_____,好戏连台,引人入胜。

## (二) 思考

简述《西厢记》的艺术成就。

**文学史知识提示**

在文学创作和艺术实践领域内,我们也可感受到《西厢记》的广泛而深刻的影响。还在《西厢记》问世不久,元代就有著名作家白朴模仿创作了《董秀英花月东墙记》……以后从明代到清代,各种地方戏曲大多编演了这个剧目,并在说唱、剪纸、泥塑、牙雕、绘画等各种艺术形式中,形成了一股持久的"西厢热"。这股"西厢热"至今还未消退。特别是,明清以来的一些优秀的小说戏曲作品,都无不从它那里汲取过思想和艺术上的营养。例如明代的进步戏剧家汤显祖,他在《牡丹亭》内所塑造的杜丽娘这个形象,可以说是崔莺莺形象的发展;而他在作品中所表现的反对封建礼教的主题,也是《西厢记》反封建主题的深化;就是他那优美华丽的语言风格,也明显是受了《西厢记》的影响。再如代表了我国古典小说艺术高峰的《红楼梦》,无疑也是继承了《西厢记》《牡丹亭》等作品的优秀传统。在《红楼梦》里,不仅专门写了"《西厢记》妙词通戏语,《牡丹亭》艳曲警芳心"整整一回(第二十三回),来表现这两部作品在宝、黛身上所引起的强烈共鸣,而且还通过钗、黛对这两部作品的不同态度(分见第四十二回和第五十一回),典型地反映出封建社会两个贵族女子的不同思想品德。

……在我国古典文学研究中,《西厢记》研究是可以和《楚辞》研究、杜诗研究、《红楼梦》研究等相媲美的少数领域之一。

(孙逊《董西厢和王西厢》,
上海古籍出版社1983年版,第119—120页)

## 西厢记(节选,接"作品"部分)

(红云)姐姐不曾吃早饭,饮一口儿汤水。(旦云)红娘呵,甚么汤水咽①得下!(唱)

【满庭芳】供②食太急,须臾对面③,顷刻别离④。若不是酒席间子母每⑤当回避,有心待与他举案齐眉⑥。

【么】虽然是厮守⑦得一时半刻,也合着⑧俺夫妻共桌而食。眼底空留意,寻思起就里⑨,险化做望夫石⑩。

(夫人云)红娘把盏者。(红把酒科)(旦唱)

【快活三】将来的酒共食,尝着似土和泥;假若便是土和泥,也有些土气息、泥滋味。

【朝天子】暖溶溶玉杯⑪,白泠⑫冷似水,多半是相思泪。眼面前茶饭怕不待要⑬吃,恨塞满愁肠胃⑭。蜗角虚名⑮,蝇头微利⑯,拆鸳鸯在两下里⑰。一个这壁⑱,一个那壁,一递一声长吁气⑲。

（夫人云）辆⑳起车儿，俺先回去，小姐随后和红娘来。（下）（末辞洁科）（洁云）此一行别无话说，贫僧准备买登科录㉑，看做亲㉒的茶饭，少不了贫僧的。先生在意㉓，鞍马上保重者。从今经忏㉔无心礼，专听春雷第一声㉕。（下）（旦唱）

【四边静】霎时间杯盘狼藉㉖，车儿投东，马儿向西。两意徘徊㉗，落日山横翠。知他今宵宿在那里？有梦也难寻觅。

（旦云）张生，此一行，得官不得官，疾㉘早便回来。（末云）小姐心儿里艰难。小生这一去，白㉙夺一个状元，真乃是："青霄㉚有路终须到，金榜㉛无名誓不归。"（旦云）君行别无所赠，口占㉜一绝，为君送行："弃掷今何在，当时且自亲㉝，还将旧来意，怜取眼前人㉞。"（末云）小姐之意差㉟矣，张珙更敢怜㊱谁？谨赓㊲一绝，以剖寸心㊳："人生长㊴远别，孰与最关亲㊵？不遇知音㊶者，谁怜长叹人㊷？"（旦唱）

【耍孩儿】淋漓襟袖啼红泪㊸，比司马青衫㊹更湿。伯劳㊺东去燕西飞，未登程先问归期㊻。虽然眼底㊼人千里，且尽生前酒一杯。未饮心先醉，眼中流泪，心内成灰。

【五煞】到京师服水土㊽，趁程途㊾，节饮食，顺时自保揣㊿身体。荒村雨露宜㊿眠早，野店风霜要起迟！鞍马秋风里，最难调护㊿，最要扶持㊿。

【四煞】这忧愁诉与谁？相思只自知，老天不管人憔悴。泪添九曲黄河㊿溢，恨压三峰华岳低㊿。到晚来闷把西楼倚，见了些夕阳古道，衰草长堤。

【三煞】笑吟吟一处来，哭啼啼独自归。归家若到罗帏㊿里，昨日个绣衾㊿香暖留春住，今夜个翠被生寒有梦知。留恋你别无意，见据㊿鞍上马，阁不住泪眼愁眉。

（末云）有甚言语嘱咐小生咱㊿？（旦唱）

【二煞】你休忧文齐福不齐㊿，我则㊿怕你停妻再娶妻。你休要"一春鱼雁无消息㊿"！我这里"青鸾㊿有信频须寄"，你却休"金榜无名誓不归"。此一节君须记：若见了那异乡花草㊿，再休似此处栖迟㊿。

（末云）再谁似小姐？小生又生此念。仆㊿童赶早行一程儿，早寻个宿处。（末念）泪随流水急，愁逐野云飞。（下）（旦唱）

【一煞】青山隔送行，疏林不做美，淡烟暮霭相遮蔽。夕阳古道无人语，禾黍㊿秋风听马嘶。我为甚么懒上车儿内，来时甚急，去后何迟！

（红云）夫人去好一会，姐姐，咱家去！（旦唱）

【收尾】四围㊿山色中，一鞭残照里㊿。遍人间烦恼填胸臆，量这些大小车儿如何载得起㊿？

（旦、红下）

## 注　释

① 咽：吞下。
② 供：摆设，陈设。

③ 须臾对面:面对面只坐了片刻工夫。
④ 顷刻别离:马上就要别离了。
⑤ 每:们。
⑥ 举案齐眉:出自《后汉书·梁鸿传》。梁鸿的妻子孟光给丈夫送饭时,总是把端饭的盘子举得和眉毛一样高,表示夫妻间互相敬重的意思。案:古时进食用的木托盘。这两句是说:如果不是酒席上母亲在座,做子女的有些事情不能做,我就有心要学一学"举案齐眉"的故事。
⑦ 厮守:相聚相守,彼此待在一起。
⑧ 也合着:也算是。
⑨ 就里:内情,这里指与张生婚姻中的波折。
⑩ 望夫石:据刘义庆《幽明录》记载,武昌阳新县北山上有望夫石,状如人立,相传有贞妇因丈夫从军,在这里站着望她丈夫回来而化为山石。
⑪ 玉杯:美酒之称。
⑫ 泠:清凉,冷清,这里比喻美酒无味。
⑬ 待要:打算,想要。
⑭ 恨塞满愁肠胃:这离别的惆怅已把肠胃都塞满了。
⑮ 蜗角虚名:比喻像蜗牛角一样细小而虚幻的名声。
⑯ 蝇头微利:比喻像苍蝇头一样微不足道的利益。
⑰ 两下里:两处,两个不同的地方。
⑱ 壁:边,面。
⑲ 一递一声长吁气:你一声我一声接连不断地长吁短叹。递:轮流,交替。
⑳ 辆:这里是驾、套的意思,作动词用。
㉑ 登科录:科举考试后的录取名册。
㉒ 做亲:举行婚礼。
㉓ 在意:注意,留神。
㉔ 经忏:经文忏词,这里泛指佛经。
㉕ 春雷第一声:形容进士及第高中的消息。
㉖ 狼藉:杂乱不堪的样子。
㉗ 徘徊:犹疑不决的样子。
㉘ 疾:快,迅速。
㉙ 白:副词,单单,只是。
㉚ 青霄:即青云之上,这里比喻考中状元,飞黄腾达。
㉛ 金榜:科举时代俗称殿试录取的榜。这两句是说:飞黄腾达既然有路可循就一定要达到,如果金榜无名就发誓不回来。
㉜ 占:口头吟作。这首绝句出自唐人小说元稹的《会真记》,原来是小说中莺莺被张生抛弃后所写的诗。
㉝ "弃掷"二句:抛弃我的人今天在何方,想当初你待我是何等的亲热。
㉞ "还将"二句:以后还应当用过去待我的那番情意,来怜爱眼前的人。此处莺莺作这首诗,是假设自己会被抛弃,以试探张生的真心和情意。

㉟ **差**:不对,错误。
㊱ **怜**:爱。
㊲ **赓**:续作。
㊳ **寸心**:微小的心意。
㊴ **长**:即"常"。
㊵ **孰与最关亲**:孤身一人之时谁和我最亲呢? **孰与**:与谁。**关亲**:关切亲近。
㊶ **知音**:知己,能赏识自己的人。这里指莺莺。
㊷ **长叹人**:这里是张生自指。这两句是说:若不是遇到小姐你这个知我心音的人,有谁会怜爱我这个仰天长叹的落魄人啊?
㊸ **红泪**:王嘉《拾遗记》记载,魏文帝时,薛灵云被选入宫,泣别父母。她以玉壶承泪,壶即显红色,不久泪凝如血。后称女子的眼泪为红泪。
㊹ **司马青衫**:白居易《琵琶行》:"坐中泣下谁最多,江州司马青衫湿。"这句是形容悲伤痛苦的样子,比江州司马白居易泪湿青衫袖还更厉害。
㊺ **伯劳**:鸟名。古乐府《东飞伯劳歌》:"东飞伯劳西飞燕。"后来多以劳燕分飞比喻人(特别是夫妻)的别离。
㊻ **未登程先问归期**:还没有启程就问何时归来。
㊼ **眼底**:眼前。
㊽ **水土**:泛指环境和气候,即指某一地域的自然条件。
㊾ **趁程途**:赶路程。
㊿ **保揣**:保重,爱惜。
�1 **宜**:副词,应该。
52 **调护**:调理保护,调养护理。
53 **扶持**:帮助,支撑照料。
54 **九曲黄河**:黄河河道曲折,相传从积石山到龙门一带有九弯,所以说黄河九曲。
55 **恨压三峰华岳低**:(泪水流到黄河里,使河水溢了出来)遗憾压到华山的三个高峰上,使华山也低下来了。
56 **帏**:同"帷",帐子。
57 **衾**:被子。
58 **据**:手靠着,凭借。
59 **咱**:用在祈使句末,表示祈使语气。
60 **文齐福不齐**:文才好但是运气不好。**齐**:齐全,好。
61 **则**:副词,只,就。
62 **鱼雁无消息**:即音信不通。古人认为鱼、雁能传信,所以这么说。
63 **青鸾**:即青鸟,神话传说中为西王母传信的神鸟。
64 **花草**:比喻女子。
65 **栖迟**:停留不走,留恋不舍。
66 **仆**:仆人,供使役的人。
67 **禾黍**:代指庄稼,此处泛指田野。

⑱ **四围**:四周,四边。

⑲ **一鞭残照里**:张生提鞭骑马走在夕阳余晖里。

⑳ **胸臆**:指心里头。

㉑ **量这些大小车儿如何载得起**:(整个人间的烦恼都填塞在我胸膛)估量这些大车小车如何装载得起?

# 第三十二课

## 《琵琶记》

### 课　文

　　《琵琶记》是高明继承南戏传统,吸取北杂剧的艺术营养,在改编民间传统南戏《赵贞女蔡二郎》①的基础上,精心结撰②的优秀作品,在中国文学史上占据重要的地位,被誉为南戏之祖。

　　《琵琶记》从根本上改变了《赵贞女蔡二郎》中蔡伯喈背亲弃妇、暴雷轰死的情节,写蔡伯喈不想去应考,他父亲蔡公不从③;高中状元后,牛府招他入赘④,他辞婚,牛丞相不从;他要辞官回家尽孝,朝廷不从。三不从的大关目把蔡伯喈写成了一个全忠全孝、有情有义的形象。《琵琶记》最大的成就在于塑造了赵五娘在饥荒岁月独自奉养公婆,苦苦维持生计的贤妻、孝妇形象。在吃糠、尝药、剪发、筑坟⑤等情节中,歌颂了赵五娘忍辱负重⑥、吃苦耐劳、不怕艰苦、自我牺牲的优秀品德,集中反映了中国妇女的传统美德,同时也真实地再现了天灾人祸中广大人民的苦难生活。

　　从关目的安排来看,《琵琶记》结构严谨、对比鲜明,两条情节线索交错发展,一边是赵五娘孤苦无依的悲戚⑦,一边是蔡伯喈杏园⑧春宴的奢侈;一边是赵五娘背着公婆吃糟糠⑨,一边是蔡伯喈与牛氏赏月饮酒。处在两地的人物一悲一乐,一忧一喜;一方是无穷的愁怨,一方是无限的思念。赵五娘与蔡伯喈的性格和情感,在两相对比中,得到了充分的揭示,收到了悲怆动人的艺术效果。《琵琶记》的语言风格清丽本色,朴实无华,却又委婉细致,刻写入髓⑩。以口头语剖露人物的思想感情,在塑造性情上下功夫,使其自然澄澈⑪,真挚动人,在中国古代戏剧史上产生了深远的影响。

## 注 释

① 《赵贞女蔡二郎》：早期南戏作品，写蔡伯喈背弃父母、抛弃妻子，最后被暴雷轰死的故事，谴责男子因地位提高而变心。
② 结撰：创作，撰写。
③ 不从：不允许。
④ 入赘(zhuì)：男方进入女方家庭结婚成家，成为女方的家庭成员。
⑤ 筑坟：建造坟墓。
⑥ 忍辱负重：忍受屈辱，承担重任。
⑦ 悲戚：悲苦，哀戚。
⑧ 杏园：指新科进士游宴处。
⑨ 糟糠(zāokāng)：旧指穷人用来充饥的酒渣糠皮等粗劣食物。
⑩ 入髓：深入骨髓，十分深刻。
⑪ 澄澈：原义指水清见底，这里指人物的思想感情清澈透明。

## 作 品

### 糟糠自厌①（节选）

(旦上唱)【山坡羊】乱荒荒不丰稔②的年岁，远迢迢③不回来的夫婿。急煎煎不耐烦的二亲，软怯怯不济事的孤身己④。衣尽典⑤，寸丝不挂体。几番要卖了奴⑥身己，争奈没主公婆教谁看⑦取？(合)思之，虚飘飘命怎期？难捱，实丕丕⑧灾共危。

【前腔】滴溜溜难穷尽的珠泪，乱纷纷难宽解的愁绪。骨崖崖难扶持的病体⑨，战钦钦难捱过的时和岁⑩。这糠呵，我待⑪不吃你，教奴怎忍饥⑫？我待吃呵，怎吃得？(介)苦！思量起来不如奴先死⑬，图得不知他亲死时⑭。(合前)

(白)奴家早上安排些饭与公婆，非不欲买些鲑菜⑮，争奈无钱可买。不想婆婆抵死埋冤⑯，只道奴家背地吃了甚么⑰。不知奴家吃的却是细米皮糠⑱，吃时不敢教他知道⑲，只得回避⑳。便埋冤杀了㉑，也不敢分说㉒。苦㉓！真实这糠怎的吃得㉔。(吃介)(唱)

【孝顺歌】呕得我肝肠痛㉕，珠泪垂㉖，喉咙尚兀自牢嗄住㉗。糠！遭砻被舂杵㉘，筛你簸扬你，吃尽控持㉚。悄似奴家身狼狈，千辛万苦皆经历㉜。苦人吃着苦味㉝，两苦相逢㉞，可知道欲吞不去㉟。(吃吐介)(唱)

【前腔】糠和米，本是两倚依㊱，谁人簸扬你作两处飞㊲？一贱与一贵㊳，好似奴家共夫婿㊵，终无见期㊶。丈夫，你便是米么，米在他方没寻处。奴便是糠么㊷，

怎的把糠救得人饥馁㊸?好似儿夫出去㊹,怎的教奴,供给得公婆甘旨㊺?(不吃放碗介)(唱)

【前腔】思量我生无益,死又值甚的!不如忍饥为怨鬼。公婆年纪老,靠着奴家相依倚,只得苟活㊻片时。片时苟活虽容易,到底日久也难相聚。谩㊼把糠来相比,这糠尚兀自有人吃㊽,奴家骨头㊾,知他埋在何处㊿?

## 注 释

① 厌:饱,满足。
② 丰稔:丰收,成熟。
③ 迢迢:遥远的意思。
④ 孤身已:孤身一人。
⑤ 衣尽典:衣服全部拿去典当或典卖了。
⑥ 奴:旧时青年女子对自己的谦称,也叫"奴家"。
⑦ 看:照看,照料。
⑧ 实丕丕:实实在在。
⑨ 骨崖崖难扶持的病体:瘦骨嶙峋难支持的病体。骨崖崖:瘦骨嶙峋的样子。
⑩ 战钦钦难推过的时和岁:战战兢兢难度过的岁月。战钦钦:"战战兢兢",形容非常害怕而发抖的样子。
⑪ 待:要是,如果。
⑫ 忍饥:忍受饥饿。
⑬ 思量起来不如奴先死:想一想还不如我先死了。
⑭ 图得不知他亲死时:图一个不须看到双亲饿死的惨状。
⑮ 鲑(xié)菜:泛指鱼类菜肴。
⑯ 不想婆婆抵死埋冤:没想到婆婆拼命埋怨(我)。
⑰ 只道奴家背地吃了甚么:说我背地里吃了什么好东西。
⑱ 不知奴家吃的却是细米皮糠:他们却不知道我吃的是米糠。
⑲ 吃时不敢教他知道:吃的时候又不敢让他们知道(担心他们知道后伤心)。
⑳ 只得回避:(吃米糠的时候)只能躲避着双亲。
㉑ 埋冤杀了:他们把我埋怨死了。
㉒ 不敢分说:我也不敢分辩。
㉓ 苦:一语双关,一是说吃的米糠味道苦得很,二是说受了很多委屈还不敢分辩。
㉔ 真实这糠怎的吃得:这糠真是很难咽得下啊。
㉕ 呕得我肝肠痛:我呕吐得肝肠痛。
㉖ 珠泪垂:眼泪流。
㉗ 喉咙尚兀自牢嘎住:喉咙还被牢牢地卡住。

㉘ **遭砻被舂杵**:你被磨碾,被杵舂。**砻**:磨碾。**舂**:用杵臼捣去谷物的皮壳。**杵**:捣物的棒槌。

㉙ **筛你簸扬你**:用筛子筛你,用簸箕扬你。

㉚ **吃尽控持**:受尽折磨。

㉛ **悄似奴家身狼狈**:好像和我一样被生活折磨得不成样子。**悄**:通"肖"。

㉜ **千辛万苦皆经历**:历尽千辛万苦。

㉝ **苦人吃着苦味**:受苦的人吃着苦味。

㉞ **两苦相逢**:两个苦的碰到了一起。这里是说自己的命苦,吃着苦味的糠。

㉟ **欲吞不去**:想要吞,却难以咽得下去。

㊱ **糠和米**:这是用米和糠来比喻赵五娘的丈夫和她自己的关系,以及他们大不相同的命运。

㊲ **本是两倚依**:本来是相互依靠。

㊳ **谁人簸扬你作两处飞**:是谁把糠和米(赵五娘、蔡伯喈)簸扬开,飞向两边?

㊴ **一贱与一贵**:一边贫贱,一边富贵。

㊵ **好似奴家共夫婿**:就像我和我的丈夫。

㊶ **终无见期**:永远没有见面的那一天。

㊷ **奴便是糠么**:我就是这糠吗?**么**:语气助词。

㊸ **怎的把糠救得人饥馁**:怎么能用糠来解救人的饥饿啊?**饥馁**:饥饿。

㊹ **好似儿夫出去**:就好像丈夫出了门。

㊺ **"怎的"二句**:怎么能让我把公公婆婆供奉好呢?

㊻ **苟活**:暂时活着。

㊼ **谩**:不要。

㊽ **这糠尚兀自有人吃**:这糠还有人吃。

㊾ **奴家骨头**:我死后的尸骨。

㊿ **知他埋在何处**:谁知埋在哪里。

## （一）填空

《琵琶记》是高明继承_____传统,吸取_____的艺术营养,在改编民间传统南戏《_____》的基础上,精心结撰的优秀作品,在中国文学史上占据重要的地位,被誉为_____。

## （二）思考

1.《琵琶记》最大的成就是什么?
2.《琵琶记》在关目安排上有什么特色?

## 文学史知识提示

南戏最早的剧目据《草木子》《猥谈》《南词叙录》等书记载,有《赵贞女蔡二郎》和《王魁》两种,并称为"戏文之首"。此外,还有元·刘一清《钱塘遗事》卷六《戏文诲淫》所记载的《王焕》戏文,《中原音韵》里记载的《乐昌分镜》,宋·张炎《山中白雪(云)词》卷五《满江红》词注里提到的《韫玉传奇》,以及《永乐大典戏文三种》中的《张协状元》等六种,可以确定是宋人的作品。当然,宋代南戏已有较长时间的发展历史,它的演出剧目绝不会仅此六种,还有待新的发现。

元代南北统一之后,南戏并没有因为南宋的灭亡而消失,它仍然和金、元之际在北方兴起的杂剧并行在南北剧坛上。元杂剧南来的同时,南戏也逐步北上,出现南北戏曲艺术交流的局面。这个时候,南戏的演出剧目也在不断的丰富,一些杂剧的剧目也被改编成南戏演出。在《南词叙录·宋元旧篇》所著录的六十五种戏文中,就可以找到二十四种与北杂剧相同的名目。这一事实说明南戏作家和艺人们善于吸收各种艺术养料来充实自己,因而到了元末明初之际,南戏便更加成熟。在创作上出现了新的高峰,产生了《荆钗记》《白兔记》《拜月亭记》《杀狗记》和《琵琶记》等在戏曲史上有重大影响的作品。

(张庚、郭汉城主编《中国戏剧通史》上,中国戏剧出版社1980年版,第235—236页)

## 糟糠自厌(节选,接"作品"部分)

(外净①上探白)媳妇,你在这里说甚么?(旦遮糠介)(净搜出打旦介)(白)公公,你看么?真个背后自逼逻②东西吃,这贱人好打!(外白)你把他吃了,看是什么物事?(净荒吃介)(吐介)(外白)媳妇,你逼逻的是甚么东西?(旦介)(唱)

【前腔】这是谷中膜,米上皮,将来③逼逻堪疗饥。(外净白)这是糠,你却怎的吃得?(旦唱)尝④闻古贤书,狗彘⑤食人食,公公,婆婆,须强如草根树皮。(外净白)这的不嘎杀了你?(旦唱)嚼雪餐毡苏卿犹健⑥,餐松食柏到做得神仙侣⑦,纵然吃些何虑?(白)公公,婆婆,别人吃不得,奴家须是吃得。(外净白)胡说!偏你如何吃得?(旦唱)爹妈休疑,奴须是你孩儿的糟糠妻室⑧!

(外净哭介白)原来错埋冤了人,兀的不⑨痛杀了我!(倒介)(旦叫介唱)

【雁过沙】他沉沉向迷途,空教我耳边呼。公公,婆婆,我不能尽心相奉事⑩,番教你为我归黄土⑪。公公,婆婆,人道你死缘何故⑫?公公,婆婆,你怎生割舍⑬抛弃了奴?(白)公公,婆婆。(外醒介唱)

【前腔】媳妇,你耽饥事公姑⑭。媳妇,你耽饥怎生度⑮?错埋冤你也不肯辞⑯,我如今始信有糟糠妇⑰。媳妇,我料应不久归阴府⑱。媳妇,你休便为我死的把生的受苦⑲。(旦叫婆婆介唱)

【前腔】婆婆,你还死教奴家怎支吾⑳?你若死教我怎生度?我千辛万苦回护㉑丈夫,如今到此难回护。我只愁母死难留父,况衣衫尽解㉒,囊箧又无㉓。(外㉔叫净介唱)(唱)

【前腔】婆婆,我当初不寻思,教孩儿往皇都。把媳妇闪㉕得苦又孤,把婆婆送入黄泉路㉖,只怨是我相耽误。我骨头未知埋在何处所?

(旦白)婆婆都不省人事了,且扶入里面去。正是:青龙共白虎同行㉗,吉凶事全然未保。(并下)(末㉘上白)福无双至犹难信,祸不单行㉙却是真。自家为甚说这两句?为邻家蔡伯喈妻房㉚,名唤做赵氏五娘子,嫁得伯喈秀才,方才两月,丈夫便出去赴选。自去之后,连年饥荒,家里只有公婆两口,年纪八十之上,甘旨之奉㉛,亏杀这赵五娘子,把些衣服首饰之类尽皆典卖,籴㉜些粮米做饭与公婆吃,他㉝却背地里把些细米皮糠逼逻充饥。唧唧,这般荒年饥岁,少什么有三五个孩儿的人家㉞,供膳㉟不得爹娘。这个小娘子,真个今人中少有,古人中难得。那公婆不知道,颠倒把他埋冤;今来听得他公婆知道,却又痛心都害了病。俺㊱如今去他家里探取消息则个。(看介)这个来的却是蔡小娘子,怎生㊲地走得慌?(旦慌走上介白)天有不测风云㊳,人有旦夕祸福㊴。(见末介)公公,我的婆婆死了。(末介)我却要来㊵。(旦白)公公,我衣衫首饰尽行典卖,今日婆婆又死,教我如何区处㊶?公公可怜见,相济㊷则个。(末白)不妨,婆婆衣衾棺椁㊸之费皆出于我,你但尽心承值㊹公公便了。(旦哭介唱)

【玉包肚】千般生受,教奴家如何措手?终不然把他骸骨,没棺椁送在荒丘?(合)相看到此,不由人不珠泪流,正是不是冤家不聚头。(末唱)

【前腔】不须多忧㊺,送婆婆是我身上有㊻。你但小心承直公公,莫教又成不救㊼。(合前)(旦白)如此,谢得公公!只为无钱送老娘。(末白)娘子放心,须知此事有商量。(合)正是:归家不敢高声哭,只恐人闻也断肠。(并下)

# 注 释

① **外净**:这里指的是赵五娘的公公、婆婆这两个角色。
② **逼逻**:安排,张罗。
③ **将来**:取来,拿来。
④ **尝**:曾经。
⑤ **彘**:猪。"狗彘食人食"出自《孟子·梁惠王》,本意是说狗和猪竟然吃人的食物。这里是反过来说,狗和猪吃的糠,人却在吃。

⑥ **嚼雪餐毡苏卿犹健**：苏武出使匈奴被拘留后,宁死不屈,之后被流放到北海牧羊,渴了就吃雪,饿了就吃羊皮毡。

⑦ **餐松食柏到做得神仙侣**：在中国古代的传说中,神仙是不食人间烟火的,专门以松柏的籽为食。

⑧ **糟糠妻室**：在贫穷困苦中一起渡过难关的妻子。

⑨ **兀的不**：岂不,难道不。

⑩ **我不能尽心相奉事**：我没有能力尽心奉养你们。**奉事**：奉养,侍侯。

⑪ **番教你为我归黄土**：反而让你因为我而丢命。**番**：反而,倒。**归黄土**：命归黄泉,死去。

⑫ **缘何故**：是因为什么原因。

⑬ **割舍**：舍弃。

⑭ **你耽饥事公姑**：你忍饥挨饿侍奉公婆。

⑮ **你耽饥怎生度**：你忍饥挨饿怎么度日？

⑯ **错埋冤你也不肯辞**：错误地埋怨了你,你也不为自己辩解。

⑰ **我如今始信有糟糠妇**：我现在才相信有患难中坚贞守孝的媳妇。

⑱ **我料应不久归阴府**：我想我不久就要去世了。**料应**：料想应该。**阴府**：阴间。

⑲ **你休便为我死的把生的受苦**：你不要因为我这死去的人(相对于将来而言)而使你这个活着的人受苦。

⑳ **支吾**：支持,支撑。

㉑ **回护**：袒护,包庇。

㉒ **衣衫尽解**：为赡养父母把所有的衣服都典当出去了。

㉓ **囊箧又无**：指非常贫困,身上一文钱也没有。**囊箧**：口袋和箱子。

㉔ **外**：指蔡公。

㉕ **闪**：害。

㉖ **黄泉路**：走向死亡的道路。

㉗ **青龙共白虎同行**：青龙和白虎都是星宿的名称,青龙是象征吉祥的吉星,白虎是象征灾祸的凶星,这里是说吉凶难测,祸福难料。

㉘ **末**：指蔡家邻居张大公,这是一个仗义行善的热心人,多次给蔡家以帮助。

㉙ **祸不单行**：灾祸之事从不单独来,意思是两件三件地一起来。

㉚ **妻房**：妻子。

㉛ **甘旨之奉**：奉上美味的食品。

㉜ **籴**(dí)：买粮食。

㉝ **他**：这里指赵五娘。

㉞ **少什么有三五个孩儿的人家**：少于有三五个孩子的家庭。**少**：少于。**什么**：概数。

㉟ **供膳**：供饭,奉养。

㊱ **俺**：我。

㊲ **恁**：这样。

㊳ **天有不测风云**：天上风云变化多端,比喻有些事情很难预测。

㊴ **人有旦夕祸福**：人间的灾祸与幸福飘忽难料,即便早晨还平安无事,晚上就说不定会遇上灾祸。

㊵ 却要来:正要来,刚好要来。

㊶ 区处:应付,对付。

㊷ 相济:从金钱方面给与帮助。

㊸ 椁(guǒ):棺材外面套的大棺材。

㊹ 承值:照料,关照。

㊺ 不须多忧:不需要太过忧愁。

㊻ 送婆婆是我身上有:给婆婆送终、安葬的费用我身上有。

㊼ 莫教又成不救:不要让他(出现意外)又没法救了。

# 第三十三课

## 《三国演义》

### 课　文

　　罗贯中的《三国演义》是中国古代章回小说①的开山之作,也是中国最有成就的长篇历史小说。它在宋元讲史《三国志平话》的基础上,将各种历史资料融会贯通②,使三国纷争中的历史人物和事件纳入了一个十分完整细密的宏大结构,有条不紊③地处理了繁复的头绪,描绘了极其壮阔的历史画面,寄托了中国人民的政治理想和道德理想,在中国文学史、文化史上产生了巨大的影响。

　　《三国演义》通过对蜀汉集团④的仁者之政、曹魏集团⑤的霸者之政和孙吴集团⑥的庸者之政的对比性描绘,表达了拥刘反曹⑦的倾向,突出了尊仁政而抑霸权⑧的主题。《三国演义》在艺术上取得了辉煌的成就。第一,它塑造了一系列独具神采的人物形象,全书所涉人物约1200人,有姓有名者约400人,能给读者深刻印象者约100人,其中影响最大的是号称"三绝"的贤相⑨诸葛亮、名将关羽和奸雄曹操。第二,它成功地处理了历史真实与艺术虚构之间的关系,七分史实三分虚构⑩的创作思想对小说的传播起到了很大的作用,其虚构的目的在于集中地表现人物性格,加强小说的艺术感染力,突出全书的核心主题。第三,它特别擅长在尖锐、复杂的矛盾中描写各种战争。作者总是以人物为中心,首先写出双方的战略战术、力量的对比、地位的转化,在刀光剑影⑪中闪耀着思想的光辉。作者善于把大的战争写小,把小的战争写大,波澜壮阔,云谲波诡⑫,千变万化。第四,虽然三国时期几十年间的重大事件,纷繁复杂,集中地再现于小说中,各种头绪,错综交结,主线辅线平行交叉,互相牵制,但是,作者高屋建瓴⑬,千里伏脉⑭,首尾呼应,在中国古典小说的叙事结构上取得了重大的突破,是中国小说史上一座重要的里程碑。第五,《三国演义》吸收了传记文学的语言成就,在新的时代形成了独特的风格:典雅而不深涩,通俗而不鄙俚,雅俗共赏,简洁明快,生动活泼。人物的对话语言极富个性,描写景物的语言富有意境美,尤其是描绘人物,略貌取神⑮,往往三言两语,便能绘声绘色⑯,刻画出人物的个性。

# 注　释

① **章回小说**:是中国古代长篇小说的一种体裁,全书分为若干回,每回有标题,概括该回的故事内容。
② **融会贯通**:把各方面的知识或道理融合贯穿起来,从而得到系统透彻的理解,或提升到一个更高的水平。
③ **有条不紊**(wěn):形容做事、说话有条有理,丝毫不乱。
④ **蜀汉集团**:以汉室后裔刘备为首的军事政治集团。
⑤ **曹魏集团**:以曹操、曹丕父子为首的军事政治集团。
⑥ **孙吴集团**:以孙坚、孙权父子为首的军事政治集团。
⑦ **拥刘反曹**:拥护刘备,反对曹操。
⑧ **尊仁政而抑霸权**:尊崇以仁德为核心理念建立起来的政权,而贬抑靠武力和霸道建立起来的强权政治。
⑨ **贤相**:贤能的丞相。
⑩ **七分史实三分虚构**:指作家在处理历史真实与艺术虚构之间的关系时,尊重历史事实,笔下所写大部分(或大体骨架)为真事,但绝不排除虚构,特别是在一些细节上加入自己的想象。
⑪ **刀光剑影**:形容充满杀机的气氛或激烈的搏斗与厮杀,也形容凶险的形势。
⑫ **云谲波诡**(yúnjué-bōguǐ):形容事物像云彩和波浪那样变化莫测。
⑬ **高屋建瓴**(líng):在高屋顶上把水瓶里的水倒下。比喻居高临下,势不可挡;或俯瞰一切,气魄宏大。
⑭ **千里伏脉**:形容作品的结构严谨,情节发展有深厚的伏笔。
⑮ **略貌取神**:略去或略写外貌,而突出其精神。
⑯ **绘声绘色**:形容讲述或描写情景时,能够生动、逼真。

## 作  品

### 关云长温酒斩华雄①（节选）

或说术②曰："孙坚③乃江东猛虎；若打破洛阳，杀了董卓，正是除狼而得虎也。今不与④粮，彼军必散。"术听之，不发粮草。孙坚军缺食，军中自乱，细作⑤报上关来。李肃⑥为华雄谋曰："今夜我引一军从小路下关，袭孙坚寨后，将军击其前寨，坚可擒矣。"雄从之，传令军士饱餐，乘夜下关。是夜⑦月白风清。到坚寨时，已是半夜，鼓噪直进。坚慌忙披挂上马，正遇华雄。两马相交，斗不数合，后面李肃军到，竟天价放起火来。坚军乱窜。众将各自混战，止有祖茂跟定孙坚，突围而走。背后华雄追来。坚取箭，连放两箭，皆被华雄躲过。再放第三箭时，因用力太猛，拽折了鹊画弓，只得弃弓纵马而奔。祖茂曰："主公头上赤帻射目⑧，为贼所认识。可脱帻与某戴之。"坚就脱帻换茂盔，分两路而走。雄军只望赤帻者追赶，坚乃从小路得脱。祖茂被华雄追急，将赤帻挂于人家烧不尽的庭柱上，却入树林潜躲。华雄军于月下遥见赤帻，四面围定，不敢近前。用箭射之，方知是计，遂向前取了赤帻。祖茂于林后杀出，挥双刀欲劈华雄；雄大喝一声，将祖茂一刀砍于马下。杀至天明，雄方引兵上关。

程普、黄盖、韩当⑨都来寻见孙坚，再收拾军马屯扎。坚为折⑩了祖茂，伤感不已，星夜遣人报知袁绍⑪。绍大惊曰："不想孙文台⑫败于华雄之手！"便聚众诸侯商议。众人都到，只有公孙瓒⑬后至，绍请入帐列坐。绍曰："前日鲍将军之弟不遵调遣，擅自进兵，杀身丧命，折了许多军士；今者孙文台又败于华雄，挫动锐气，为之奈何⑭？"诸侯并皆不语。绍举目遍视，见公孙瓒背后立着三人，容貌异常，都在那里冷笑。绍问曰："公孙太守背后何人？"瓒呼玄德出曰："此吾自幼同舍兄弟，平原令刘备⑮是也。"曹操曰："莫非破黄巾⑯刘玄德乎？"瓒曰："然。"即令刘玄德拜见。瓒将玄德功劳，并其⑰出身，细说一遍。绍曰："既是汉室宗派，取坐来。"命坐。备逊谢。绍曰："吾非敬汝名爵，吾敬汝是帝室之胄⑱耳。"玄德乃坐于末位，关、张⑲叉手侍立于后。

忽探子来报："华雄引铁骑下关，用长竿挑着孙太守赤帻，来寨前大骂搦战⑳。"绍曰："谁敢去战？"袁术背后转出骁将俞涉㉑曰："小将愿往。"绍喜，便著俞涉出马。即时报来："俞涉与华雄战不三合，被华雄斩了。"众大惊。太守韩馥㉒曰：吾有上将潘凤㉓，可斩华雄。"绍急令出战。潘凤手提大斧上马。去不多时，飞马来报："潘凤又被华雄斩了。"众皆失色。绍曰："可惜吾上将颜良、文丑㉔未至！得一人在此，何惧华雄！"言未毕，阶下一人大呼出曰："小将愿往斩华雄头，献于帐下！"众视之，见其人身长九尺㉕，髯㉖长二尺，丹凤眼，卧蚕眉，面如重枣㉒,声如巨钟,立于帐前。绍问何人。公孙瓒曰:"此刘玄德之弟关羽也。"绍问现居何职。瓒曰:"跟随刘玄德充马弓手。"帐上袁术大喝曰:"汝欺吾众诸侯无大将耶? 量一弓手,安敢乱言! 与我打出!"曹操急止之曰:"公路息怒。此人既出大言,必有勇略;试教出马,如其不胜,责之未迟。"袁绍曰:"使一弓手出战,必被华雄所笑。"操曰:"此人仪表不俗,华雄安知他是弓手?"关公曰:"如不胜,请斩某头。"操教酾㉓热酒一杯,与关公饮了上马。关公曰:"酒且斟下,某去便来。"出帐提刀,飞身上马。众诸侯听得关外鼓声大振,喊声大举,如天摧地塌,岳撼山崩,众皆失惊。正欲探听,鸾铃响处,马到中军,云长提华雄之头,掷于地上。其酒尚温。后人有诗赞之曰:

　　威镇乾坤第一功,辕门画鼓响冬冬。
　　云长停盏施英勇,酒尚温时斩华雄。

# 注　释

① **关云长温酒斩华雄**:关羽在热酒尚温(还没冷却下来)时就已经斩下华雄首级,极言其神勇、神速。
② **术**:即袁术(?—199),东汉末汝南汝阳(今河南商水西北)人,字公路,袁绍从弟。
③ **孙坚**(155—191):东汉末吴郡富春(今浙江杭州富阳)人,字文台,孙权的父亲。
④ **与**:给予。
⑤ **细作**:旧指暗探、间谍。
⑥ **李肃**:人名。下文"华雄"同。
⑦ **是夜**:这一夜。
⑧ **射目**:很显眼。
⑨ **程普、黄盖、韩当**:人名。
⑩ **折**:损失,失去。
⑪ **袁绍**(?—202):东汉末汝南汝阳(今河南商水西北)人,公元200年,在官渡为曹操大败,不久病死。
⑫ **孙文台**:指孙坚。
⑬ **公孙瓒**:人名。
⑭ **为之奈何**:对此怎么办。
⑮ **刘备**(161—223):三国时蜀汉的建立者,字玄德,涿郡涿县(今河北涿州)人。
⑯ **破黄巾**:镇压、挫败黄巾起义。
⑰ **并其**:连同他的。
⑱ **胄**:古代称帝王或贵族的子孙。
⑲ **关、张**:即关羽、张飞,人名。

⑳ 搦(nuò)战:挑战。
㉑ 俞涉:人名。
㉒ 韩馥:人名。
㉓ 潘凤:人名。
㉔ 颜良、文丑:人名。
㉕ 尺:长度单位,一尺约0.33米。
㉖ 髯(rán):两腮的胡子,亦泛指胡子。
㉗ 重(zhòng)枣:深暗红色的枣子。常用以形容人的脸色。
㉘ 酾(shī):斟酒。

## (一) 填空

1. 罗贯中的《三国演义》是中国古代章回小说的_____之作,也是中国最有成就的长篇_____小说。

2. 《三国演义》通过对_____集团的仁者之政、_____集团的霸者之政和_____集团的庸者之政的对比性描绘,表达了_____的倾向,突出了尊仁政而抑霸权的主题。

3. 《三国演义》塑造了一系列独具神采的人物形象,全书所涉人物约1200人,有姓有名者约400人,能给读者深刻印象者约100人,其中影响最大的是号称"三绝"的贤相_____、名将_____和奸雄_____。

## (二) 思考

1. 《三国演义》作为历史小说,有一定的艺术性的虚构,它虚构的目的是什么?
2. 结合《关云长温酒斩华雄》,分析《三国演义》的艺术成就。

**文学史知识提示**

一、它(《三国演义》)和《水浒》一起,成为我国最早出现的、无论思想或艺术都相当成熟的长篇章回小说。从此,我国文坛结束了长篇小说创作不过是说书人底本的时代。这在中国小说史上是具有划时代意义的。

二、由于它是把某一段历史事实敷演成非常成功的演义小说,这就为同类的长篇小说的创作开辟了一条崭新的道路。从明代开始,这类作品就接踵而至。不仅传说罗贯中自己还著有《隋唐志传》和《残唐五代史演义》等小说,其他人也著有《盘古至唐虞传》《有夏志传》《有商志传》《列国志传》《东周列国志》《全汉志传》《两汉开国中兴传志》《西汉通俗演义》《东汉十二帝通俗演义》《东西晋演义》《隋唐两朝志传》《隋唐演义》《隋史遗文》《大宋中兴通俗演义》等等。到了清代,又有《南北史演义》《说唐演义全传》等。直到近代以历朝历代盛衰兴替为题材的历史演义仍陆续出现。

三、受着《三国》和《水浒》的影响,不少作家相继从一个时代中择取一个或几个英雄人物,为他们创作了传奇式的长篇小说。这类小说有:《征西演义全传》《薛家将平西演传》《岳武穆王精忠传》《说岳全传》《杨家府通俗演义》《说呼全传》《五虎平西前、后传》等等。尽管在这些长篇历史演义小说和英雄传奇小说中,绝大部分是水平较低的,不仅赶不上《三国演义》,甚至勉强称得起中品的也不多,但却不能否认这是开了长篇章回体演义小说的风气。

(李厚基、林骅《三国演义简说》,
上海古籍出版社1984年版,第121—122页)

## 定三分隆中决策①(节选)

却说玄德访孔明②两次不遇,欲再往访之。关公曰:"兄长两次亲往拜谒③,其礼太过矣。想诸葛亮有虚名而无实学,故避而不敢见。兄何惑于斯人之甚也!"玄德曰:"不然。昔齐桓公欲见东郭野人,五反而方得一面④。况吾欲见大贤耶⑤?"张飞曰:"哥哥差矣。量此村夫,何足为大贤?今番不须哥哥去;他如不来,我只用一条麻绳缚将来⑥!"玄德叱曰:"汝岂不闻周文王谒姜子牙⑦之事乎?文王且如此敬贤,汝何太无礼!今番汝休去,我自与云长去。"飞曰:"既两位哥哥都去,小弟如何落后!"玄德曰:"汝若同往,不可失礼。"飞应诺。

于是三人乘马引从者⑧往隆中。离草庐半里之外,玄德便下马步行,正遇诸葛均⑨。玄德忙施礼,问曰:"令兄在庄否?"均曰:"昨暮方归。将军今日可与相见。"言罢,飘然自去。玄德曰:"今番侥幸得见先生矣!"张飞曰:"此人无礼!便引我等到庄也不妨,何故竟自去了!"玄德曰:"彼各有事,岂可相强⑩。"

三人来到庄前叩门,童子开门出问。玄德曰:"有劳仙童转报:刘备专来拜见先生。"童子曰:"今日先生虽在家,但今在草堂上昼寝⑪未醒。"玄德曰:"既如此,且休通报。"分付关、张二人,只在门首等着。玄德徐步而入,见先生仰卧于草堂几席之上。玄德拱立⑫阶下。半晌⑬,先生未醒。关、张在外立久,不见动静,入见玄德犹然侍立⑭。张飞大怒,谓云长曰:"这先生如何傲慢!见我哥哥侍立阶下,他竟高卧,推睡不起!等我去屋后放一把火,看他起不起!"云长再三劝住。玄德仍命二人出门外等候。望堂上时,见先生翻身将起,忽又朝里壁睡着。童子欲报。玄德曰:"且勿惊动。"又立了一个时辰,孔明才醒,口吟诗曰:

  大梦谁先觉?平生我自知。
  草堂春睡足,窗外日迟迟。

孔明吟罢,翻身问童子曰:"有俗客来否?"童子曰:"刘皇叔在此,立候多时。"孔明乃起身曰:"何不早报!尚容更衣。"遂转入后堂。又半晌,方整衣冠出迎。

玄德见孔明身长八尺,面如冠玉⑮,头戴纶巾⑯,身披鹤氅⑰,飘飘然有神仙之概⑱。玄德下拜曰:"汉室末胄⑲,涿郡愚夫,久闻先生大名,如雷贯耳。昨两次晋谒㉑,不得一见,已书贱名于文几,未审得入览否?"孔明曰:"南阳野人,疏懒性成,屡蒙将军枉临,不胜愧赧㉒。"二人叙礼毕,分宾主而坐,童子献茶。茶罢,孔明曰:"昨观书意,足见将军忧民忧国之心;但恨亮年幼才疏,有误下问。"玄德曰:"司马德操㉓之言,徐元直之语,岂虚谈哉?望先生不弃鄙贱㉔,曲赐教诲㉕。"孔明曰:"德操、元直,世之高士。亮乃一耕夫耳,安敢谈天下事?二公谬举㉖矣。将军奈何舍美玉而求顽石乎?"玄德曰:"大丈夫抱经世奇才,岂可空老于林泉之下㉗?愿先生以天下苍生为念㉘,开备愚鲁而赐教。"孔明笑曰:"愿闻将军之志。"玄德屏㉙人促席而告曰:"汉室倾颓㉚,奸臣窃命。备不量力㉛,欲伸大义于天下,而智术浅短,迄㉜无所就。惟先生开其愚而拯其厄㉝,实为万幸!"孔明曰:"自董卓造逆以来,天下豪杰并起。曹操势不及袁绍,而竟能克㉞绍者,非惟天时,抑亦人谋也。今操已拥百万之众,挟天子以令诸侯㉟,此诚不可与争锋。孙权据有江东,已历三世,国险而民附,此可用为援㊱而不可图也。荆州北据汉沔,利尽南海,东连吴会,西通巴蜀,此用武之地,非其主不能守,是殆天所以资将军㊲,将军岂有意乎?益州险塞,沃野千里,天府之国,高祖因之以成帝业,今刘璋㊳暗弱,民殷国富,而不知存恤,智能之士,思得明君。将军既帝室之胄,信义著于四海㊴,总揽英雄,思贤如渴,若跨有荆、益㊵,保其岩阻,西和诸戎㊶,南抚彝、越,外结孙权,内修政理;待天下有变,则命一上将将荆州之兵以向宛㊷、洛,将军身率益州之众以出秦川,百姓有不箪食壶浆㊸以迎将军者乎?诚如是,则大业可成,汉室可兴矣。此亮所以为将军谋者也。惟将军图之。"言罢,命童子取出画一轴,挂于中堂,指谓玄德曰:"此西川五十四州之图也。将军欲成霸业,北让曹操占天时,南让孙权占地利,将军可占人和。先取荆州为家,后即取西川建基业,以成鼎㊹足之势,然后可图中原也。"玄德闻言,避席拱手谢曰:"先生之言,顿开茅塞⑮,使备如拨云雾而睹青天⑯。但荆州刘表、益州刘璋,皆汉室宗亲,备安忍夺之?"孔明曰:"亮夜观天象,刘表不久人世,刘璋非立业之主,久后必归将军。"玄德闻言,顿首拜谢⑰。只这一席话,乃孔明未出茅庐,已知三分天下,真万古之人不及也!后人有诗赞曰:

豫州当日叹孤穷,何幸南阳有卧龙!
欲识他年分鼎处,先生笑指画图中。

玄德拜请孔明曰:"备虽名微德薄,愿先生不弃鄙贱,出山相助。备当拱听明诲。"孔明曰:"亮久乐耕锄,懒于应世,不能奉命。"玄德泣曰:"先生不出,如苍生何⑱!"言毕,泪沾袍袖,衣襟尽湿。孔明见其意甚诚,乃曰:"将军既不相弃,愿效犬马之劳。"玄德大喜,遂命关、张入,拜献金帛礼物。孔明固⑲辞不受。玄德曰:"此非聘大贤之礼,但表刘备寸心耳。"孔明方受。于是玄德等在庄中共宿一宵。

次日,诸葛均回,孔明嘱付曰:"吾受刘皇叔三顾之恩,不容不出。汝可躬耕于此,勿得荒芜田亩㊿。待我功成之日,即当归隐。"后人有诗叹曰:

身未升腾思退步㊿,功成应忆去时言㊿。
只因先主丁宁后㊿,星落秋风五丈原㊿。

## 注　释

① **定三分隆中决策**:在隆中(地名)决策,将天下分成三部分。
② **孔明**:即诸葛亮(181—234),三国蜀汉政治家、军事家,字孔明,又称"卧龙",琅琊阳都(今山东沂南南)人。
③ **拜谒**(yè):拜访。
④ **五反而方得一面**:五次往返才见得一面。反:通"返"。
⑤ **况吾欲见大贤耶**:何况我所想见的是一位大贤呢? 况:何况。
⑥ **缚将来**:捆着带来。
⑦ **周文王谒姜子牙**:相传姜子牙八十岁时,在渭水边为文王访得,拜为丞相,后来又助武王伐纣,完成了兴周的大业。
⑧ **从者**:随从。
⑨ **诸葛均**:人名。
⑩ **相强**:勉强他(带路)。
⑪ **昼寝**:午睡。
⑫ **拱立**:拱手当胸,恭敬地站着。
⑬ **半晌**:半天。
⑭ **侍立**:恭顺地站立在旁边伺候。
⑮ **面如冠玉**:面貌好像镶嵌在帽子上的美玉,用来形容男子的相貌美。
⑯ **纶巾**:古代用青丝带做的头巾,又名诸葛巾。
⑰ **鹤氅**(chǎng):鸟羽制的外衣。

⑱ **有神仙之概**:有神仙般的气概、气度。
⑲ **末胄**:子孙,后裔。
⑳ **如雷贯耳**:如雷声响彻耳边,比喻名声很响亮。
㉑ **晋谒**:进见,拜见。
㉒ **愧赧**(nǎn):羞愧脸红。
㉓ **司马德操**:人名。下文"徐元直"同。
㉔ **不弃鄙贱**:不因为我们这些人见识浅薄、身份低微而厌弃。这是自谦的话。
㉕ **教诲**:教导。
㉖ **谬举**:错误地抬举。这也是表示谦虚的说法。
㉗ **空老于林泉之下**:在清闲的隐逸生活中白白老去。
㉘ **以天下苍生为念**:为天下受苦受难的老百姓着想。
㉙ **屏**:避开。
㉚ **倾颓**:倾覆,衰败。
㉛ **不量力**:不自量力,没有正确地估计自己的力量。这里是谦虚的说法。
㉜ **迄**:到(现在)。
㉝ **开其愚而拯其厄**:除去我的愚笨,使我开化明理,将我从困厄中拯救出来。**开**:打开。**其**:代词,这里指我。**拯**:拯救。
㉞ **克**:抑制,战胜。
㉟ **挟天子以令诸侯**:要挟着天子(汉室皇帝),对诸侯发号施令。
㊱ **援**:援助。
㊲ **是殆天所以资将军**:这大概是上天拿来资助将军你的。**是**:这。**殆**:大概。
㊳ **刘璋**:人名。
㊴ **著于四海**:天下著名。
㊵ **荆、益**:荆州和益州。荆州,古九州之一,在荆山、衡山之间,汉为十三刺史部之一。辖境约相当于今湖南湖北二省及河南、四川、广西、广东的一部分;汉末以后辖境渐小。益州,现在四川一带。
㊶ **戎**:中国古代对西部少数民族的称呼。
㊷ **宛**(wǎn):宛域,今河南南阳。
㊸ **箪食壶浆**(dānshí-hújiāng):老百姓用箪盛着饭,用壶盛着汤来欢迎他们爱戴的军队。**箪**:古代盛饭的圆形竹器。
㊹ **鼎**:古代煮东西的器物,三足两耳。
㊺ **顿开茅塞**:忽然打开了被茅草塞着的心。比喻忽然开窍,立刻明白。现常用"茅塞顿开"。
㊻ **如拨云雾而睹青天**:好比拨开云雾,看见蔚蓝的天空。**睹**:看见。
㊼ **顿首拜谢**:叩头下拜以表达谢意。
㊽ **如苍生何**:拿老百姓怎么办。**苍生**:老百姓。
㊾ **固**:坚决。
㊿ **荒芜田亩**:使得田亩荒芜。**荒芜**:因无人管理,田地里杂草丛生。这里作使动用法。
� **身未升腾思退步**:还没有飞黄腾达(升官发达)之时就想到退隐。

㊼ **功成应忆去时言**:大功告成应该回忆当初来到时说的话。
㊽ **只因先主丁宁后**:只因为先主刘备(相对于将来刘备已去世而言)恳切嘱托。
㊾ **星落秋风五丈原**:在秋风萧瑟的五丈原一颗巨星陨落。暗指诸葛亮以后会在五丈原去世。
　　运用诗句含蓄地事先指出人物将来的命运,是这时期小说中比较常见的做法。

# 第三十四课

# 《水浒传》

## 课 文

　　施耐庵的《水浒传》是一部描写中国古代农民起义的史诗①。作者整合②了《大宋宣和遗事》以及南宋以来大量民间水浒故事,形象地再现了起义发生、发展直至失败的过程,通过正面歌颂起义英雄,揭示了农民起义的社会根源在于官逼民反③,通过一幕幕惨烈凄厉的悲剧,批判了农民军接受招安④,投降官府的错误,深刻反映了社会的前进促使的人性觉醒⑤,是中国英雄传奇小说的光辉典范,在中国文学史上享有崇高的地位。

　　《水浒传》在英雄传奇小说方面取得了前所未有的艺术成就。第一,《水浒传》成功地塑造了众多造反英雄的形象。与《三国演义》类型化的人物不同的是,这些人物大多都有一个由安分守己⑥、委曲求全⑦到敢作敢为、桀骜不驯⑧的性格发展过程。在矛盾之中展示人物性格的成长,是《水浒传》在刻画人物形象方面的重大突破。第二,《水浒传》特别注重人物的细节描写。通过细致入微的细节描写,作者缩短了审美主体与客体的距离,使读者犹如身临其境⑨,清晰地看到了人物的品格与神威,大大加强了作品的艺术感染力。《水浒传》卓越的细节描写,是对中国小说艺术的重大开拓,对此后的《金瓶梅》《红楼梦》有不可低估的影响。第三,梁山英雄来自四面八方,他们的英雄传奇故事各自相对独立而又互相关联,最后融会成一个整体的结构,贯穿起了起义斗争发生、发展直至失败的主线,自然连贯,百川归海,首尾完整,有效地突出了"官逼民反"的主题思想。第四,《水浒传》是中国文学史上第一部用通俗口语写成的长篇小说,其语言生动活泼,充满生活气息,达到了炉火纯青的境界。它既有市井生活口语的质朴、本色,又经天才作家的精心锤炼,因而取得了非凡的艺术成就:人物语言高度的性格化,即得体又传神,恰如其分;在描景状物的细腻、简洁之中显出了英雄传奇的壮美风格。

## 注　释

① **史诗**:本义是叙述重大历史事件或英雄传说的长诗。这里不是说《水浒传》是一部西方文学体裁意义上的史诗,而是说它是一部具有史诗般宏大的规模、精到的叙事和较高的历史价值的长篇小说。
② **整合**:整理,融合,使成为一体。
③ **官逼民反**:当官的逼得狠了,老百姓就会起来造反。
④ **招安**:招而安之。统治者用笼络手段劝诱武装反抗者投降,并使之安宁下来。
⑤ **人性觉醒**:这里指人思想的醒悟。
⑥ **安分守己**:规矩老实,安守本分,不做出格的事情。
⑦ **委曲求全**:勉强迁就,以求保全;为顾全大局而暂时忍让。
⑧ **桀骜不驯**(jié'ào-bùxùn):比喻傲慢,性情强暴不驯顺。
⑨ **身临其境**:亲自到了那个境地,获得某种切身感受。

## 景阳冈武松打虎(节选)

　　武松在路上行了几日,来到阳谷县地面。此去离县治①还远。当日晌午时分,走得肚中饥渴,望见前面有一个酒店,挑着一面招旗在门前,上头写着五个字道"三碗不过冈"。武松入到里面坐下,把哨棒倚了,叫道:"主人家,快把酒来吃。"只见店主人把三只碗、一双箸②、一碟热菜,放在武松面前,满满筛③一碗酒来。武松拿起碗,一饮而尽,叫道:"这酒好生有气力!主人家,有饱肚的买些吃酒。"酒家道:"只有熟牛肉。"武松道:"好的切二三斤来吃酒。"店家去里面切出二斤熟牛肉，做一大盘子将来④，放在武松面前；随即再筛一碗酒。武松吃了道："好酒！"又筛下一碗，恰好吃了三碗酒，再也不来筛。武松敲着桌子叫道："主人家，怎的不来筛酒？"酒家道："客官要肉便添来。"武松道："我也要酒，也再切些肉来。"酒家道："肉便切来，添与客官吃，酒却不添了。"武松道："却又作怪。"便问主人家道："你如何不肯卖酒与我吃？"酒家道："客官，你须见我门前招旗，上面明明写道：'三碗不过冈'。"武松道："怎地唤做'三碗不过冈'？"

酒家道："俺家的酒，虽是村酒，却比⑤老酒的滋味。但凡客人来我店中吃了三碗的，便醉了，过不得前面的山冈去，因此唤做'三碗不过冈'。若是过往客人到此，只吃三碗，更不再问。"武松笑道："原来恁地⑥！我却吃了三碗，如何不醉？"酒家道："我这酒叫做'透瓶香'，又唤做'出门倒'。初入口时，醇酽⑦好吃，少刻时便倒。"武松道："休要胡说。没地不还你钱⑧，再筛三碗来我吃。"酒家见武松全然不动，又筛三碗。武松吃道："端的好酒⑨！主人家，我吃一碗，还你一碗钱，只顾筛来。"酒家道："客官休只管要饮，这酒端的要醉倒人，没药医。"武松道："休得胡鸟说！便是你使蒙汗药⑩在里面，我也有鼻子。"店家被他发话不过，一连又筛了三碗。武松道："肉便再把二斤来吃。"酒家又切了二斤熟牛肉，再筛了三碗酒。武松吃得口滑⑪，只顾要吃，去身边取出些碎银子，叫道："主人家，你且来看我银子，还你酒肉钱够么？"酒家看了道："有余，还有些贴钱⑫与你。"武松道："不要你贴钱，只将酒来筛。"酒家道："客官，你要吃酒时，还有五六碗酒哩，只怕你吃不的了。"武松道："就有五六碗多时，你尽数筛将来。"酒家道："你这条长汉，倘或⑬醉倒了时，怎扶的你住？"武松答道："要你扶的不算好汉。"酒家那里肯将酒来筛。武松焦燥道："我又不白吃你的，休要引老爹性发，通教你屋里粉碎，把你这鸟店子倒翻转来！"酒家道："这厮⑭醉了，休惹他。"再筛了六碗酒与武松吃了——前后共吃了十五碗。绰⑮了哨棒，立起身来道："我却又不曾醉。"走出门前来，笑道："却不说'三碗不过冈'！"手提哨棒便走。

酒家赶出来叫道："客官那里去？"武松立住了，问道："叫我做什么？我又不少你酒钱，唤我怎地？"酒家叫道："我是好意。你且回来我家看抄白官司榜文。"武松道："什么榜文？"酒家道："如今前面景阳冈上，有只吊睛白额大虫⑯，晚了出来伤人，坏了三二十条大汉性命。官司如今杖限猎户，擒捉发落。冈子路口多有榜文，可教往来客人，结伙成队，于巳、午、未三个时辰⑰过冈，其余寅、卯、申、酉、戌、亥六个时辰，不许过冈。更兼单身客人，务要等伴结伙而过。这早晚正是未末申初时分⑱，我见你走都不问人，枉送了自家性命。不如就我此间歇了，等明日慢慢凑的三二十人，一齐好过冈子。"武松听了，笑道："我是清河县人氏，这条景阳冈上少也走过了一二十遭，几时见说有大虫！你休说这般鸟话来吓我！便有大虫，我也不怕。"酒家道："我是好意救你。你不信我时，进来看官司榜文。"武松道："你鸟子声！便真个有虎，老爷也不怕。你留我在家里歇，莫不半夜三更要谋我财，害我性命，却把鸟大虫唬吓我？"酒家道："你看么！我是一片好心，反做恶意，倒落得你恁地说⑲。你不信我时，请尊便自行。"正是：

前车倒了千千辆,后车过了亦如然。

分明指与平川路,却把忠言当恶言。

那酒店里主人摇着头,自进店里去了。这武松提了哨棒,大着步自过景阳冈来。约行了四五里路,来到冈子下,见一大树,刮去了皮,一片白,上写两行字。武松也颇识几字,抬头看时,上面写道:"近因景阳冈大虫伤人,但有过往客商,可于巳、午、未三个时辰,结伙成队过冈。请勿自误。"武松看了,笑道:"这是酒家诡诈,惊吓那等客人,便去那厮家里宿歇。我却怕什么鸟!"横拖着哨棒,便上冈子来。

那时已有申牌时分⑳,这轮红日,厌厌地相傍下山。武松乘着酒兴,只管走上冈子来。走不到半里多路,见一个败落的山神庙㉑。行到庙前,见这庙门上贴着一张印信榜文。武松住了脚读时,上面写道:

阳谷县示:为景阳冈上新有一只大虫,近来伤害人命。现今杖限各乡里正㉒并猎户人等,行捕未获。如有过往客商人等,可于巳、午、未三个时辰,结伴过冈。其余时分及单身客人,不许过冈。恐被伤害性命。各宜知悉。

武松读了印信榜文,方知端的有虎。欲待转身再回酒店里来,寻思道:"我回去时,须吃他耻笑,不是好汉,难以转去。"存想了一回,说道:"怕什么鸟!且只顾上去,看怎地!"武松正走,看看酒涌上来,便把毡笠儿背在脊梁上,将哨棒绾㉓在肋下,一步步上那冈子来。回头看这日色时,渐渐地坠下去了。此时正是十月间天气,日短夜长,容易得晚。武松自言自语道:"那得什么大虫!人自怕了,不敢上山。"武松走了一直,酒力发作,焦热起来,一只手提着哨棒,一只手把胸膛前袒开,踉踉跄跄㉔,直奔过乱树林来。见一块光挞挞㉕大青石,把那哨棒倚在一边,放翻身体,却待要睡,只见发起一阵狂风来。古人有四句诗,单道那风:

无形无影透人怀,四季能吹万物开。

就树撮将黄叶去,入山推出白云来。

原来但凡世上云生从龙,风生从虎㉖。那一阵风过处,只听得乱树背后扑地一声响,跳出一只吊睛白额大虫来。武松见了,叫声:"阿呀!"从青石上翻将下来,便拿那条哨棒在手里,闪在青石边。那个大虫又饥又渴,把两只爪在地下略按一按,和身望上一扑,从半空里䟪㉗将下来。武松被那一惊,酒都做冷汗出了,说时迟,那时快,武松见大虫扑来,只一闪,闪在大虫背后。那大虫背后看人最难,便把前爪搭在地下,把腰胯一掀,掀将起来。武松只一躲,躲在一边。大虫见掀他不着,吼一声,却似半天里起个霹雳㉘,振得那山冈也动。把这铁棒也似虎尾㉙倒竖起来,只一剪。武松却又闪在一边。原来那大虫拿人,只是一扑,一掀,一剪,三般提不着时,气性先自没了一半。那大虫又剪不着,再吼了一声,一兜兜将回来。武松见那大虫复翻身回来,双手抡起哨棒,尽平生气力,只一棒,从半空劈将下来,只听得一声响,簌簌地将那树连枝带叶劈脸打将下来。定睛看时,一棒劈不着大虫。原来打急了,正打在枯树上,把那条哨棒折做两截,只拿得一半在手里。那大虫咆哮㉚,性发起来,翻身又只一扑,扑将来。武松又只一跳,却退了十步远。那大虫却好把两只前爪搭在武松面前。武松将半截棒丢在一边,两只手就势把大虫顶花皮胳膊地揪住,一按按将下来。那只大虫急要挣扎,被武松尽气力纳定,那里肯放半点儿松宽?武松把只脚望大虫面门上、眼睛里只顾乱踢。那大虫咆哮起来,把身底下扒起两堆黄泥,做了一个土坑。武松把那大虫嘴直按下黄泥坑里去。那大虫吃武松奈何得没了些气力。武松把左手紧紧地揪住顶花皮,偷出右手来,提起铁锤般大小拳头,尽平生之力,只顾打。打到五七十拳,那大虫眼里、口里、鼻子里、耳朵里都迸㉛出鲜血来。那武松尽平昔神威,仗胸中武艺,半歇儿把大虫打做一堆,却似躺着一个锦布袋。有一篇古风㉜,单道景阳冈武松打虎:

　　景阳冈头风正狂,万里阴云霾日光。
　　触目晚霞挂林薮㉝,侵人冷雾弥穹苍。
　　忽闻一声霹雳响,山腰飞出兽中王㉞。
　　昂头踊跃逞牙爪,麋鹿之属皆奔忙。
　　清河壮士㉟酒未醒,冈头独坐忙相迎。
　　上下寻人虎饥渴,一掀一扑何狰狞㊱。
　　虎来扑人似山倒,人去迎虎如岩倾。
　　臂腕落时坠飞炮,爪牙爬处成泥坑。
　　拳头脚尖如雨点,淋漓两手猩红染。
　　腥风血雨满松林,散乱毛须坠山奄。
　　近看千钧势有余,远观八面威风敛。
　　身横野草锦斑销,紧闭双睛光不闪。

　　当下景阳冈上那只猛虎,被武松没顿饭之间,一顿拳脚打得那大虫动弹不得,使得口里兀自气喘。武松放了手,来松树边寻那打折的棒橛㊲,拿在手里,只怕大虫不死,把棒橛又打了一回。那大虫气都没了。武松再寻思道:"我就地拖得这死大虫下冈子去。"就血泊里双手来提时,那里提得动?原来使尽了气力,手脚都苏软㊳了。

　　武松再来青石坐了半歇,寻思道:"天色看看黑了,倘或又跳出一只大虫来时,我却怎地斗得他过?且挣扎下冈子去,明早却来理会。"就石头边寻了毡笠�439;儿,转过乱树林边,一步步捱下冈子来。走不到半里多路,只见枯草丛中钻出两只大虫来。武松道:"阿呀!我今番罢了!"只见那两个大虫于黑影里直立起来。武松定睛看时,却是两个人,把虎皮缝做衣裳,紧紧拼在身上。那两个人手里各拿着一条五股叉,见了武松,吃一惊道:"你那人吃了悖㺉心、豹子肝、狮子腿,胆倒包着身躯㊴!如何敢独自一个,昏黑将夜,又没器械,走过冈子来?不知你是人是鬼?"武松道:"你两个是什么人?"那个人道:"我们是本处猎户。"武松道:"你们上岭来做什么?"两个猎户失惊道:"你兀自不知哩!如今景阳冈上有一只极大的大虫,夜夜出来伤人。只我们猎户,也折了七八个。过往客人,不记其数,都被这畜生吃了。本县知县着落当乡里正和我们猎户人等捕捉。那业畜势大难近，谁敢向前！我们为他正不知吃了多少限棒，只捉他不得。今夜又该我们两个捕猎，和十数个乡夫在此，上上下下放了窝弓药箭等他。正在这里埋伏，却见你大刺刺㊷地从冈子上走将下来，我两个吃了一惊。你却正是甚人？曾见大虫么？"武松道："我是清河县人氏，姓武，排行第二。却才冈子上乱树林边，正撞见那大虫，被我一顿拳脚打死了。"两个猎户听得痴呆了，说道："怕没这话！"武松道："你不信时，只看我身上兀自㊸有血迹。"两个道："怎地打来？"武松把那打大虫的本事，再说了一遍。两个猎户听了，又惊又喜，叫拢那十个乡夫来。只见这十个乡夫，都拿着钢叉、踏弩、刀枪，随即拢来。武松问道："他们众人如何不随着你两个上山？"猎户道："便是那畜生利害㊹，他们如何敢上来？"一伙十数个人，都在面前。两个猎户把武松打杀大虫的事，说向众人，众人都不肯信。武松道："你众人不信时，我和你去看便了。"众人身边都有火刀、火石，随即发出火来，点起五七个火把。众人都跟着武松，一同再上冈子来，看见那大虫做一堆儿死在那里。众人见了大喜，先叫一个去报知本县里正，并该管上户。这里五七个乡夫，自把大虫缚了，抬下冈子来。

# 注　释

① **去离县治**：距离县政府或县衙所在地。
② **箸**：筷子。
③ **筛**：斟，倒。
④ **将来**：拿来，取来。
⑤ **比**：比得过。
⑥ **原来恁地**：原来是那样。**恁地**：那么，那样。
⑦ **醇酽**：酒味浓厚甘美。
⑧ **没地不还你钱**：难道还会不给你钱。**没地**：莫非，难道。
⑨ **端的好酒**：真是好酒啊。**端的**：真是。
⑩ **蒙汗药**：中国古代戏曲小说中指能使人暂时失去知觉的药。
⑪ **口滑**：很爽口，嘴巴里很过瘾。
⑫ **贴钱**：找补的零钱。
⑬ **倘或**：如果。
⑭ **厮**：古代对人的轻蔑称呼（宋代以来的小说中常用）。
⑮ **绰**：抓取。
⑯ **吊睛白额大虫**：眼睛突出、额头一片白毛的大老虎。
⑰ **巳、午、未三个时辰**：指上午九点到下午三点这段时间。
⑱ **未末申初时分**：下午三点左右的时候。
⑲ **恁地说**：指那样拿话折损我。

⑳ **申牌时分**：下午三时至五时。古于衙门和驿站前设置时辰台，每移一时辰，则以刻有指示时间的牌子换之，故称。

㉑ **山神庙**：古人认为山有山神，立山神庙祭祀山神。

㉒ **里正**：古代乡里小吏。一般由乡里富户担任，其职事是代官府征税，派役，并负驿递、供应等责。

㉓ **绾**：系。

㉔ **踉踉跄跄**：走路歪歪斜斜的样子。

㉕ **光挞挞**：光溜溜。

㉖ **风生从虎**：虎过处风声阵阵，或意谓突起大风就可能有虎。

㉗ **撺**：同"蹿"，跳。

㉘ **霹雳**：响声极大的雷。

㉙ **把这铁棒也似虎尾**：把那铁棒似的虎尾巴。

㉚ **咆哮**：猛兽怒吼，发出洪亮有力的能回荡的声音。

㉛ **迸**：向外溅，喷射。

㉜ **古风**：不严格遵循格律的古诗。

㉝ **薮**：草丛。

㉞ **兽中王**：指老虎。

㉟ **清河壮士**：指武松。

㊱ **狰狞**(zhēngníng)：形容样子凶恶。

㊲ **橛**(jué)：小木桩，或如小木桩般的短木。

㊳ **苏软**：软弱无力。

㊴ **毡笠**：用动物的毛片做成的笠帽。

㊵ **胆倒包着身躯**：身体里面的胆反而大得足以包住身躯，以夸张说法极言胆大。

㊶ **大剌**(là)**剌**：大大咧咧。

㊷ **兀自**：副词，仍旧，还是。

㊸ **利害**：厉害。

## （一）填空

1. _____的《水浒传》是一部描写中国古代农民起义的_____。作者整合了《_____》以及南宋以来大量民间水浒故事，形象地再现了起义发生、发展直至失败的过程。

2. 《水浒传》特别注重人物的细节描写，对此后的《_____》《_____》有不可低估的影响。

(二) 思考

1. 谈一谈《水浒传》所取得的艺术成就。
2. 结合《景阳冈武松打虎》,分析《水浒传》的细节描写。

**文学史知识提示**

《水浒传》的现实主义艺术力量,在塑造人物形象和描绘人物性格方面,得到了卓越的成就。《水浒传》的写人物,不同于《西游记》的写神魔,不同于《儒林外史》的写士子,更不同于《红楼梦》的写名门闺秀、十二金钗。它所写的大都是出身贫贱的好汉,生龙活虎的英雄。它用的是粗线条的笔法,着墨多,色彩浓烈,用丰富多彩的辞汇和粗豪泼辣的语言,描绘出各种不同阶级不同类型的人物形象。通过这些人物历史的变化和发展,展露出封建统治集团的黑暗面貌和人民的悲惨生活,以及英勇斗争的思想感情。下层社会出身的鲁智深、李逵、武松、阮氏三雄、解珍解宝两兄弟、石秀、李俊一类人物固然写得很好,就是出身于地主家庭或是为封建政权服务过的如林冲、杨志、宋江一类,也写得很好。在那一条"逼上梁山"的大路上,作者以同情农民起义的坚定立场,把各种不同的人物,在复杂的矛盾斗争中,在不同的环境不同的故事过程中,一个一个如同百川入海一般,汇集到那起义的狂涛里去。特别如林冲、杨志、宋江一类人物,要参加起义,是要经过一个长期的斗争过程的。作者非常真实地适应他们的地位和性格,把封建政权的无比丑恶与残酷迫害,一一加以生动的描写,使他们的思想感情,很自然地逐步发生变化,终于走上梁山。在这里,一面说明这些人物参加起义的艰苦过程,同时更有力地说明封建统治者鱼肉人民到了如何普遍、如何令人不能忍受的程度。在这样曲折真实的描写中,林冲的历史,是写得最出色最动人的。

(刘大杰《中国文学发展史》下,
上海古籍出版社1982年版,第1041—1042页)

## 林教头风雪山神庙　陆虞候火烧草料场

话说当日林冲正闲走间,忽然背后人叫,回头看时,却认得是酒生儿李小二——当初在东京①时,多得林冲看顾②。这李小二先前在东京时,不合偷了店主人家财,被捉住了,要送官司问罪。却得林冲主张陪话③,救了他免送官司;又与他陪了些钱财,方得脱免。京中安不得身,又亏林冲赍④发他盘缠,于路投奔人。不想今日却在这里撞见。林冲道:"小二哥,你如何也在这里?"李小二便拜道:"自从得恩人救济,赍发小人,一地里投奔人不着。迤逦⑤不想来到沧州,投托一个酒店里,姓王,留小人在店中做过卖。因见小人勤谨⑥,安排的好菜蔬,调和的好汁水,来吃的人都喝采,以此买卖顺当。主人家有个女儿,就招⑦了小人做女婿。如今丈人丈母都死了,只剩得小人夫妻两个,权在营前开了个茶酒店。因讨钱过来,遇见恩人。恩人不知为何事在这里?"林冲指着脸上道:"我因恶⑧了高太尉,生事陷害,受了一场官司,刺配⑨到这里。如今叫我管天王堂⑩,未知久后如何。不想今日到此遇见。"

　　李小二就请林冲到家里面坐定,叫妻子出来拜了恩人。两口儿欢喜道:"我夫妻二人,正没个亲眷。今日得恩人到来,便是从天降下。"林冲道:"我是罪囚,恐怕玷辱⑪你夫妻两个。"李小二道:"谁不知恩人大名?休恁地说⑫。但有衣服,便拿来家里浆洗缝补。"当时管待林冲酒食,至夜送回天王堂。次日,又来相请。因此,林冲得店小二家来往,不时间送汤送水来营里与林冲吃。林冲因见他两口儿恭勤孝顺,常把些银两与他做本钱。

　　且把闲话休题,只说正话。迅速光阴,却早冬来。林冲的绵衣裙袄,都是李小二浑家⑬整治缝补。忽一日,李小二正在门前安排菜蔬下饭,只见一个人闪将进来,酒店里坐下,随后又一人入来。看时,前面那个人是军官打扮,后面这个走卒模样,跟着也来坐下。李小二入来问道:"可要吃酒?"只见那个人将出⑭一两银子与小二道:"且收放柜上,取三四瓶好酒来。客到时,果品酒馔⑮只顾将来,不必要问。"李小二道:"官人请甚客?"那人道:"烦你与我去营里请管营、差拨⑯两个来说话;问时,你只说有个官人请说话,商议些事务。专等,专等。"李小二应承了,来到牢城里,先请了差拨,同到管营家里,请了管营,都到酒店里,只见那个官人和管营、差拨两个讲了礼。管营道:"素不相识,动问官人高姓大名?"那人道:"有书在此,少刻便知。且取酒来。"李小二连忙开了酒,一面铺下菜蔬果品酒馔,那人叫讨副劝盘⑰来,把了盏,相让坐了。小二独自一个,撺梭也似伏侍不暇。那跟来的人讨了汤桶⑱,自行烫酒。约计吃过十数杯,再讨了按酒,铺放桌上。只见那人说道:"我自有伴当烫酒,不叫,你休来,我等自要说话。"

　　李小二应了,自来门首叫老婆道:"大姐,这两个人来的不尴尬⑲。"老婆道:"怎么的不尴尬?"小二道:"这两个人语言声音是东京人,初时又不认得管营,向后我将按酒入去,只听得差拨口里讷出一句'高太尉'三个字来。这人莫不与林教头身上有些干碍⑳?我自在门前理会,你且去阁子背后,听说什么。"老婆道:"你去营中寻林教头来,认他一认。"李小二道:"你不省得㉑,林教头是个性急的人,摸不着便要杀人放火。倘或叫的他来看了,正是前日说的什么陆虞候㉒,他肯便罢?做出事来,须连累了我和你!你只去听一听,再理会。"老婆道:"说得是。"便入去听了一个时辰,出来说道:"他那三四个交头接耳说话,正不听得说什么。只见那一个军官模样的人,去伴当怀里取出一帕子物事㉓,递与管营和差拨。帕子里面的莫不是金银,只听差拨口里说道:'都在我身上,好歹要结果了他性命。'"正说之间,阁子里叫:"将汤来。"李小二急去里面换汤时,看见管营手里拿着一封书。小二换了汤,添些下饭。又吃了半个时辰,算还了酒钱,管营、差拨先去了。次后,那两个低着头也去了。

转背不多时,只见林冲走将入店里来,说道:"小二哥,连日好买卖。"李小二慌忙道:"恩人请坐,小二却待正要寻恩人,有些要紧话说。"有诗为证:

谋人动念震天门,悄语低言号㉕六军。
岂独隔墙原有耳,满前神鬼尽知闻。

当下林冲问道:"什么要紧的事?"李小二请林冲到里面坐下,说道:"却才有个东京来的尴尬人㉖,在我这里请管营、差拨吃了半日酒。差拨口里讷出高太尉三个字来,小人心下疑,又着浑家听了一个时辰,他却交头接耳说话,都不听得。临了,只见差拨口里应道:'都在我两个身上,好歹要结果了他。'那两个把一包金银递与管营、差拨,又吃了一回酒,各自散了。不知什么样人?小人心下疑,只怕恩人身上有些妨碍。"林冲道:"那人生得什么模样?"李小二道:"五短身材,白净面皮,没甚髭须㉗,约有三十余岁。那跟的也不长大㉗,紫棠色面皮。"林冲听了,大惊道:"这三十岁的正是陆虞候!那泼贱贼也敢来这里害我?休要撞着我,只教骨肉为泥!"李小二道:"只要提防他便了,岂不闻古人言:'吃饭防噎,走路防跌。'"林冲大怒,离了李小二家,先去街上买把解腕尖刀,带在身上,前街后巷一地里去寻。李小二夫妻两个,捏着两把汗。当晚无事。

次日天明起来,早洗漱罢,带了刀又去沧州城里城外、小街夹巷,团团寻了一日。牢城营里都没动静。林冲又来对李小二道:"今日又无事。"小二道:"恩人,只愿如此。只是自放仔细便了。"林冲自回天王堂,过了一夜。街上寻了三五日,不见消耗㉘,林冲也自心下慢㉙了。

到第六日,只见管营叫唤林冲到点视厅上,说道:"你在这里许多时,柴大官人面皮不曾抬举的你。此间东门外十五里,有座大军草场,每月但是㉚纳草纳料的,有些常例钱取觅。原是一个老军看管,如今我抬举你去替那老军来守天王堂,你在那里寻几贯盘缠。你可和差拨便去那里交割㉛。"林冲应道:"小人便去。"当时离了营中,径到李小二家,对他夫妻两个说道:"今日管营拨我去大军草料场管事,却如何?"李小二道:"这个差使又好似㉜天王堂。那里收草料时,有些常例钱钞。往常不使钱时,不能勾这差使。"林冲道:"却不害我,倒与我好差使,正不知何意?"李小二道:"恩人休要疑心,只要没事便好了。只是小人家离得远了,过几时挪工夫来望恩人。"就时家里安排几杯酒,请林冲吃了。

话不絮烦,两个相别了。林冲自来天王堂,取了包裹,带了尖刀,拿了条花枪,与差拨一同辞了管营,两个取路投草料场来。正是严冬天气,彤云密布,朔风㉝渐起,却早纷纷扬扬卷下一天大雪来,那雪早下得密了。但见:

凛凛严凝雾气昏,空中祥瑞降纷纷。须臾㉞四野难分路,顷刻千山不见痕。
银世界,玉乾坤,望中隐隐接昆仑。若还下到三更后,仿佛填平玉帝门。

林冲和差拨两个在路上又没买酒吃处。早来到草料场外,看时,一周遭有些黄土墙,两扇大门。推开看里面时,七八间草屋做着仓廒㉟,四下里都是马草堆,中间两座草厅。到那厅里,只见那老军在里面向火。差拨说道:"管营差这个林冲来替你回天王堂看守,你可即便交割。"老军拿了钥匙,引着林冲吩咐道:"仓廒内自有官司封记,这几堆草一堆堆都有数目。"老军都点见了堆数,又引林冲到草厅上。老军收拾行李,临了说道:"火盆、锅子、碗碟,都借与你。"林冲道:"天王堂内我也有在那里,你要便拿了去。"老军指壁上挂一个大葫芦,说道:"你若买酒吃时,只出草场,投⑱东大路去三二里,便有市井。"老军自和差拨回营里来。

只说林冲就床上放了包裹被卧,就坐上生些焰火起来。屋边有一堆柴炭,拿几块来生在地炉里。仰面看那草屋时,四下里崩坏了,又被朔风吹撼,摇振得动。林冲道:"这屋如何过得一冬?待雪晴了,去城中唤个泥水匠来修理。"向⑲了一回火,觉得身上寒冷,寻思:"却才老军所说五里路外有那市井,何不去沽些酒来吃?"便去包里取些碎银子,把花枪挑了酒葫芦,将火炭盖了,取毡笠子戴上,拿了钥匙,出来把草厅门拽上。出到大门首,把两扇草场门反拽上,锁了。带了钥匙,信步投东。雪地里踏着碎琼乱玉⑳,迤逦背着北风而行。那雪正下得紧。

行不上半里多路,看见一所古庙。林冲顶礼道:"神明庇佑,改日来烧纸钱。"又行了一回,望见一簇人家。林冲住脚看时,见篱笆中挑着一个草帚儿在露天里。林冲径㉑到店里,主人问道:"客人那里来?"林冲道:"你认得这个葫芦么?"主人看了道:"这葫芦是草料场老军的。"林冲道:"原来如此。"店主道:"既是草场料看守大哥,且请少坐。天气寒冷,且酌三杯权当接风㉒。"店家切一盘熟牛肉,烫一壶热酒,请林冲吃。又自买了些牛肉,又吃了数杯,就又买了一葫芦酒,包了那两块牛肉,留下些碎银子,把花枪挑着酒葫芦,怀内揣了牛肉,叫声相扰,便出篱笆门,仍旧迎着朔风回来。看那雪,到晚越下得紧㉓了。古时有个书生,做了一个词,单题那贫苦的恨雪:

广莫严风刮地,这雪儿下的正好。扯絮挦㉔绵,裁几片大如栲栳㉕。见林间竹屋茅茨㉖,争些儿被他压倒。富室豪家,却言道压瘴犹嫌少。向的是兽炭红炉,穿的是绵衣絮袄。手拈梅花,唱道国家祥瑞,不念贫民些小。高卧有幽人,吟咏多诗草。

再说林冲踏着那瑞雪,迎着北风,飞也似奔到草场门口开了锁,入内看时,只叫得苦。原来天理昭然,佑护善人义士,因这场大雪,救了林冲的性命。那两间草厅已被雪压倒了。林冲寻思:"怎地好?"放下花枪、葫芦在雪里。恐怕火盆内有火炭延烧起来,搬开破壁子,探半身入去摸时,火盆内火种都被雪水浸灭了。林冲把手床上摸时,只拽得一条絮被。林冲钻将㉗出来,见天色黑了,寻思:"又没打火处,怎生安排?"想起:"离了这半里路上,有一古庙,可以安身。我且去那里宿一夜,等到天明却做㉘理会。"把被卷了,花枪挑着酒葫芦,依旧把门拽上,锁了,望那庙里来。

入的庙门,再把门掩上,傍边止㉙有一块大石头,掇将过来,靠了门。入的里面看时,殿上塑着一尊金甲山神,两边一个判官,一个小鬼,侧边堆着一堆纸。团团看来,又没邻舍,又无庙主。林冲把枪和酒葫芦放在纸堆上,将那条絮被放开,先取下毡笠子,把身上雪都抖了,把上盖白布衫脱将下来,早有五分湿了,和毡笠放在供桌上,把被扯来盖了半截下身。却把葫芦冷酒提来慢慢地吃,就将怀中牛肉下酒。正吃时,只听得外面必必剥剥地爆响。林冲跳起身来,就壁缝里看时,只见草料场里火起,刮刮杂杂的烧着。但见：

  雪欺火势，草助火威。偏愁草上有风，更讶雪中送炭。赤龙斗跃，如何玉甲纷纷；粉蝶争飞，遮莫火莲焰焰。初疑炎帝⁴⁸纵神驹，此方刍牧⁴⁹；又猜南方逐朱雀，遍处营巢。谁知是白地里起灾殃，也须信暗室中开电目。看这火能教烈士无明发，对这雪应使奸邪心胆寒。

  林冲便拿枪，却待开门来救火，只听得外面有人说将话来。林冲就伏在庙听时，是三个人脚步声，直奔庙里来。用手推门，却被林冲靠住了，推也推不开。三人在庙檐下立地看火，数内一个道："这条计好么？"一个应道："端的亏管营、差拨两位用心。回到京师，禀过太尉，都保你二位做大官。这番张教头没的推故。"那人道："林冲今番直吃我们对付了，高衙内这病必然好了。"又一个道："张教头那厮，三回五次托人情去说：'你的女婿没了。'张教头越不肯应承，因此衙内病患看看重了。太尉特使俺两个央浼⁵⁰二位干这件事，不想而今完备了。"又一个道："小人直爬入墙里去，四下草堆上点了十来个火把，待走那里去！"那一个道："这早晚烧个八分过了。"又听得一个道："便逃得性命时，烧了大军草料场，也得个死罪。"又一个道："我们回城里去罢。"一个道："再看一看，拾得他一两块骨头回京，府里见太尉和衙内时，也道我们也能会干事。"

  林冲听得三个人时，一个是差拨，一个是陆虞候，一个是富安。自思道："天可怜见⁵¹林冲，若不是倒了草厅，我准定被这厮们烧死了！"轻轻把石头掇开，挺着花枪，一手拽开庙门，大喝一声："泼贼那里去！"三个人都急要走时，惊得呆了，正走不动。林冲举手胛察的一枪，先戳倒差拨。陆虞候叫声："饶命！"吓的慌了手脚，走不动。那富安走不到十来步，被林冲赶上，后心只一枪，又戳倒了。翻身回来，陆虞候却才行的三四步。林冲喝声道："好贼，你待那里去？"批胸只一提，丢翻在雪地上。把枪搠在地里，用脚踏住胸脯，身边取出那口刀来，便去陆谦脸上搁着，喝道："泼贼！我自来又和你无什么冤仇，你如何这等害我？正是杀人可恕，情理难容！"陆虞候告道："不干小人事，太尉差遣，不敢不来。"林冲骂道："奸贼，我与你自幼相交，今日倒来害我，怎不干你事！且吃我一刀。"把陆谦上身衣服扯开，把尖刀向心窝里只一剜，七窍迸出血来，将心肝提在手里。回头看时，差拨正爬将起来要走。林冲按住，喝道："你这厮原来也恁的歹！且吃我一刀。"又早把头割下来，挑在枪上。回来把富安、陆谦头都割下来。把尖刀插了，将三个人头发结做一处，提入庙里来，都摆在山神面前供桌上。再穿了白布衫，系了搭膊，把毡笠子带上，将葫芦里冷酒都吃尽了。被与葫芦都丢了不要，提了枪，便出庙门投东去。走不到三五里，早见近村人家都拿着水桶、钩子来救火。林冲道："你们快去救应，我去报官了来。"提着枪只顾走。有诗为证：

  天理昭昭⁵²不可诬，莫将奸恶作良图。
  若非风雪沽村酒，定被焚烧化朽枯。
  自谓冥中施计毒，谁知暗里有神扶？
  最怜万死逃生地，真是瑰奇伟丈夫。

  林冲投东走了两个更次，身上单寒，当不过那冷⁵³。在雪地里看时，离得草料场远了。只见前面疏林深处，树木交杂，远远地数间草屋，被雪压着，破壁缝里透出火光来。林冲径投那草屋来,推开门,只见那中间坐着一个老庄客,周围坐着四五个小庄家向火。地炉里面焰焰地烧着柴火。林冲走到面前,叫道:"众位拜揖。小人是牢城营差使人,被雪打湿了衣裳,借此火烘一烘,望乞方便。"庄客道:"你自烘便了,何妨得?"林冲烘着身上湿衣服,略有些干,只见火炭边煨着一个瓮儿,里面透出酒香。林冲便道:"小人身边有些碎银子,望烦回㉝些酒吃。"老庄客道:"我们每夜轮流看米囤,如今四更,天气正冷,我们这几个吃尚且不够,那得回与你?休要指望。"林冲又道:"胡乱只回三两碗与小人挡寒。"老庄客道:"你那人休缠,休缠。"林冲闻得酒香,越要吃,说道:"没奈何,回些罢。"众庄客道:"好意着你烘衣裳向火,便来要酒吃。去便去,不去时将来吊在这里。"林冲怒道:"这厮们好无道理。"把手中枪看着块焰焰着的火柴头,望老庄客脸上只一挑将起来,又把枪去火炉里只一搅,那老庄家的髭须焰焰的烧着。众庄客都跳将起来,林冲把枪杆乱打。老庄家先走了,庄家们都动弹不得,被林冲赶打一顿,都走了。林冲道:"都去了,老爷快活吃酒。"土坑上却有两个椰瓢,取一个下来,倾㉟那瓮酒来吃了一会,剩了一半,提了枪出门便走。一步高,一步低,跟跟跄跄捉脚不住。走不过一里路,被朔风一掉,随着那山涧边倒了,那里挣得起来?凡醉人一倒,便起不得。当时林冲醉倒在雪地上。

却说众庄客引了二十余人,拖枪拽棒,都奔草屋下看时,不见了林冲。却寻着踪迹赶将来,只见倒在雪地里,花枪丢在一边。庄客一齐上手,就地拿起林冲来,将一条索缚了,趁五更时分,把林冲解㊱投一个去处来。不是别处,有分教:蓼儿洼内,前后摆数千只战舰艨艟㊲;水浒寨中,左右列百十个英雄好汉。正是:说时杀气侵人冷,讲处悲风透骨寒。毕竟看林冲被庄客解投甚处来?且听下回分解。

# 注　释

① **东京**:指北宋的都城,在今河南开封一带。
② **看顾**:照顾。
③ **陪话**:道歉,说好话。
④ **赍**:赠送。
⑤ **迤逦**:原指曲折连绵,这里指拐了很多弯路。
⑥ **勤谨**:勤快,谨慎。
⑦ **招**:招人入赘作女婿。
⑧ **恶**:得罪。
⑨ **配**:充军发配。
⑩ **天王堂**:是沧州牢城营中林冲干活的地方,工作比较轻松。
⑪ **玷辱**:玷污,辱没。
⑫ **休恁地说**:别那么说。
⑬ **浑家**:妻子。
⑭ **将出**:拿出。

⑮ 馔(zhuàn):饮食,食物。
⑯ 管营、差拨:军中的官职名,地位较低。
⑰ 劝盘:敬酒时放酒杯的托盘。
⑱ 汤桶:热水桶,用来烫酒的一种工具。
⑲ 不尴尬:犹言尴尬。指行为鬼祟,神态不自然。
⑳ 干碍:干连,牵连。
㉑ 省(xǐng)得:晓得,明白。
㉒ 陆虞候:指陆谦。虞候是官名。
㉓ 物事:东西。
㉔ 号(háo):号叫。
㉕ 尴尬人:鬼鬼祟祟的人。
㉖ 髭须:指胡子。
㉗ 长大:高大。
㉘ 消耗:消息,音信。
㉙ 慢:怠慢,松懈。
㉚ 但是:只是。
㉛ 交割:新旧交替时结清手续,移交。
㉜ 好似:胜过。
㉝ 朔风:冬天的北风。
㉞ 须臾:一会儿。
㉟ 仓廒:储藏粮食的仓库。
㊱ 投:向。
㊲ 向:烤(火)。
㊳ 碎琼乱玉:指雪。
㊴ 径:直接。
㊵ 接风:请刚从远地来的人吃饭。
㊶ 紧:形容雪下得又急又大。
㊷ 捋(xián):撕,扯,拔。
㊸ 栲栳(kǎolǎo):一种用竹子或柳条编的盛东西的器具,形状像斗,亦称笆斗。
㊹ 茅茨(cí):茅屋,泛指平民居所。
㊺ 钻将:钻。
㊻ 却做:再来。
㊼ 止:通"只"。
㊽ 炎帝:传说中上古姜姓部落首领,后人常将之与黄帝并称"炎黄"。
㊾ 刍牧:割草放牧。
㊿ 央浼:恳求,请求。
�607 天可怜见:上天可怜。
�608 天理昭昭:天道与公理很明显,善恶是非分辨得清清楚楚,好人有好报,坏人受惩罚。**昭昭**:明显。

㊺ 当不过那冷：抵挡不过寒冷，或经受不住那寒冷。当不过：抵挡不过。
㊾ 回：给。
㊿ 倾：倒。
㊼ 解(jiè)：押送。
㊽ 艨艟(méngchōng)：古代战船。

# 第三十五课

# 《西游记》

## 课 文

　　吴承恩的《西游记》在话本《大唐三藏取经诗话》等相关故事、杂剧、传说的基础上,以丰富的想象、奇妙的情节、宏伟的结构开拓了中国古代小说的新领域,是中国文学史上成就最高的神怪小说。它的出现标志着中国的浪漫主义文学又达到了一个新的高峰。

　　《西游记》通过孙悟空大闹天宫的神话故事,满腔热情地歌颂了孙悟空反抗天庭①的行动,批判了阴险狡诈、色厉内荏②、昏庸无能的天宫统治者,赞扬了孙悟空反对束缚、要求自由、蔑视传统、否定权威③、敢作敢为的性格。通过取经路上师徒四人经历的九九八十一难,以及他们与妖魔鬼怪的殊死④斗争,展现了孙悟空等为了达到取经目的所进行的坚忍不拔、勇往直前、扫荡妖魔、除恶务尽的战斗历程,反映了中国人民积极进取、克服困难的理想主义精神和摧毁一切邪恶势力的愿望与信心。

　　《西游记》的作者以浪漫主义的手法,将主要人物孙悟空、猪八戒等刻画成动物、人和神的混合体,是生物性、社会性和传奇性的高度统一,既有现实的依据,又任凭想象纵横驰骋⑤。亦真亦幻,奇正相生⑥,为突出正义始终要战胜邪恶,光明永远要战胜黑暗的主题,创造了有利的条件。在艺术的构思上,作者继承了中国古代神话、庄子、屈原以来的浪漫主义文学传统,在长篇巨制中,戏笔与幻笔相兼⑦,现实与幻象交错,构思出一系列奇诡绚丽的情节,指桑骂槐⑧,皆中时弊;神骏丰腴⑨,逸趣⑩横生。既有现实的真实感,又有神魔世界的奇异感和生动性,无一事不奇,无一事不真,瑰丽绚烂,异彩纷呈。《西游记》的语言有散文,有韵语⑪,它汲取了民间说唱和方言口语的精华,流畅、明快、洗练、生动,传神而有亲切感,新鲜而有生命力,为深化主题思想,塑造人物性格提供了自由飞翔的空间。

① **天庭**:传说中天帝的宫廷。
② **色厉内荏**(sèlì-nèirěn):外表强硬而内心怯弱。
③ **权威**:在某个范围里最有地位的人或事物。
④ **殊死**:拼死,决死。
⑤ **纵横驰骋**:形容往来奔驰,没有阻挡。也指英勇战斗,所向无敌。
⑥ **奇正相生**:原指军事上正面作战与奇袭相结合,这里是说现实描写与浪漫想象相结合。
⑦ **戏笔与幻笔相兼**:游戏笔墨与奇幻描写相结合。
⑧ **指桑骂槐**:指着桑树数落槐树,比喻表面上骂这个人,实际上骂那个人。
⑨ **神骏丰腴**:这里指卓越的品质。**神骏**:神马。**丰腴**:体态丰满。
⑩ **逸趣**:超逸不俗的情趣。
⑪ **韵语**:字句押韵的语言。

## 孙悟空三打白骨精(节选)

却说三藏师徒①,次日②天明,收拾前进。……早见一座高山。三藏道:"徒弟,前面有山险峻③,恐马不能前,大家须仔细仔细。"行者④道:"师父放心,我等自然理会。"好猴王,他在那马前,横担着棒,剖开山路,上了高崖,看不尽:

峰岩重叠,涧壑⑤湾环。虎狼成阵走,麂鹿⑥作群行。无数獐犯钻簇簇,满山狐兔聚丛丛。千尺大蟒⑦,万丈长蛇。大蟒喷愁雾,长蛇吐怪风。道旁荆棘⑧牵漫,岭上松楠秀丽。薜萝⑨满目,芳草连天。影落沧溟⑩北,云开斗柄⑪南。万古常含元气老,千峰巍列日光寒。

那长老马上心惊,孙大圣布施手段,舞着铁棒,哮吼一声,唬得那狼虫颠窜,虎豹奔逃。师徒们入此山,正行到嵯峨⑫之处,三藏道:"悟空,我这一日,肚中饥了,你去那里化些斋⑬吃?"行者陪笑道:"师父好不聪明。这等半山之中,前不巴村,后不着店,有钱也没买处,教往那里寻斋?"三藏心中不快,口里骂道:"你这猴子!想你在两界山被如来压在石匣之内,口能言,足不能行,也亏我救你性命,摩顶受戒⑭,做了我的徒弟。怎么不肯努力,常怀懒惰之心!"行者道:"弟子亦颇⑮殷勤,何尝懒惰?"三藏道:"你既殷勤,何不化斋我吃?我肚饥怎行?况此地山岚瘴气⑯,怎么得上雷音⑰?"行者道:"师父休怪,少要言语。我知你尊性高傲,十分违慢了你,便要念那话儿咒。你下马稳坐,等我寻那里有人家处化斋去。"行者将身一纵,跳上云端里,手搭凉篷,睁眼观看。可怜西方路甚是寂寞,更无庄堡人家,正是多逢树木少见人烟去处。看多时,只见正南上有一座高山,那山向阳处,有一片鲜红的点子。行者按云头道:"师父,有吃的了。"那长老问甚东西,行者道:"这里没人家化饭,那南山有一片红的,想必是熟透了的山桃,我去摘几个来你充饥。"三藏喜道:"出家人若有桃子吃,就为上分⑱了,快去!"行者取了钵盂,纵起祥光,你看他筋斗幌幌,冷气飕飕,须臾间,奔南山摘桃不题。

　　却说常言有云:山高必有怪,岭峻却生精。果然这山上有一个妖精,孙大圣去时,惊动那怪。他在云端里,踏着阴风,看见长老坐在地下,就不胜欢喜道:"造化⑲!造化!几年家人都讲东土的唐和尚取大乘,他本是金蝉子化身,十世修行的原体。有人吃他一块肉,长寿长生。真个今日到了。"那妖精上前就要拿他,只见长老左右手下有两员大将护持,不敢拢身。他说两员大将是谁?说是八戒、沙僧。八戒、沙僧虽没甚么大本事,然八戒是天蓬元帅,沙僧是卷帘大将,他的威气尚不曾泄,故不敢拢身。妖精说:"等我且戏他戏,看怎么说。"

　　好妖精,停下阴风,在那山凹里,摇身一变,变做个月貌花容的女儿⑳,说不尽那眉清目秀,齿白唇红,左手提着一个青砂罐儿,右手提着一个绿磁瓶儿,从西向东,径奔唐僧:

　　　　圣僧歇马在山岩,忽见裙钗女近前。
　　　　翠袖轻摇笼玉笋㉑,湘裙斜拽显金莲㉒。
　　　　汗流粉面花含露,尘拂蛾眉㉓柳带烟。
　　　　仔细定睛观看处,看看行至到身边。

　　三藏见了,叫:"八戒,沙僧,悟空才说这里旷野无人,你看那里不走出一个人来了?"八戒道:"师父,你与沙僧坐着,等老猪去看看来。"那呆子放下钉钯,整整直裰,摆摆摇摇,充作个斯文气象,一直的觌面㉔相迎。真个是远看未实,近看分明,那女子生得:

　　　　冰肌藏玉骨,衫领露酥胸。

285

柳眉积翠黛，杏眼闪银星。
月样容仪俏，天然性格清。
体似燕藏柳，声如莺啭林。
半放海棠笼晓日，才开芍药弄春晴。

　　那八戒见他生得俊俏，呆子就动了凡心，忍不住胡言乱语，叫道："女菩萨㉖，往那里去？手里提着是甚么东西？"分明是个妖怪，他却不能认得。那女子连声答应道："长老，我这青罐里是香米饭，绿瓶里是炒面筋，特来此处无他故，因还誓愿要斋僧㉗。"八戒闻言，满心欢喜，急抽身，就跑了个猪颠风，报与三藏道："师父，'吉人自有天报'，师父饿了，教师兄去化斋，那猴子不知那里摘桃儿耍子去了。桃子吃多了，也有些嘈人，又有些下坠。你看那不是个斋僧的来了？"唐僧不信道："你这个夯货㉒胡缠！我们走了这向，好人也不曾遇着一个，斋僧的从何而来！"八戒道："师父，这不到了？"

　　三藏一见，连忙跳起身来，合掌当胸道："女菩萨，你府上在何处住？是甚人家？有甚愿心，来此斋僧？"分明是个妖精，那长老也不认得。那妖精见唐僧问他来历，他立地就起个虚情，花言巧语来赚哄道："师父，此山叫做蛇回兽怕的白虎岭，正西下面是我家。我父母在堂，看经好善，广斋方上远近僧人，只因无子，求神作福，生了奴奴，欲扳门第，配嫁他人，又恐老来无倚，只得将奴招了一个女婿，养老送终。"三藏闻言道："女菩萨，你语言差了。圣经㉘云'父母在，不远游，游必有方'。你既有父母在堂，又与你招了女婿，有愿心，教你男子还，便也罢，怎么自家在山行走？又没个侍儿随从。这个是不遵妇道㉙了。"那女子笑吟吟，忙陪俏语道："师父，我丈夫在山北凹里，带几个客子锄田。这是奴奴煮的午饭，送与那些人吃的。只为五黄六月，无人使唤，父母又年老，所以亲身来送。忽遇三位远来，却思父母好善，故将此饭斋僧，如不弃嫌，愿表芹献㉚。"三藏道："善哉！善哉！我有徒弟摘果子去了，就来，我不敢吃。假如我和尚吃了你饭，你丈夫晓得，骂你，却不罪坐㉛贫僧也？"那女子见唐僧不肯吃，却又满面春生道："师父啊，我父母斋僧，还是小可；我丈夫更是个善人，一生好的是㉜修桥补路，爱老怜贫。但听见说这饭送与师父吃了，他与我夫妻情上，比寻常更是不同。"三藏也只是不吃，旁边子恼坏了八戒。那呆子努着嘴，口里埋怨道："天下和尚也无数，不曾像我这个老和尚罢软㉝！现成的饭三分儿倒不吃，只等那猴子来，做四分才吃！"他不容分说，一嘴把个罐子拱倒，就要动口。

　　只见那行者自南山顶上，摘了几个桃子，托着钵盂，一筋斗，点将回来，睁火眼金睛㉞观看，认得那女子是个妖精，放下钵盂，掣㉟铁棒，当头就打。唬得个长老用手扯住道："悟空！你走将来打谁？"行者道："师父，你面前这个女子，莫当做个好人。他是个妖精，要来骗你哩。"三藏道："你这猴头，当时倒也有些眼力，今日如何乱道！这女菩萨有此善心，将这饭要斋我等，你怎么说他是个妖精？"行者笑道："师父，你那里认得！老孙在水帘洞里做妖魔时，若想人肉吃，便是这等；或变金银，或变庄台，或变醉人，或变女色。有那等痴心的，爱上我，我就迷他到洞里，尽意随心，或蒸或煮受用；吃不了，还要晒干了防天阴哩！师父，我若来迟，你定入他套子⑱，遭他毒手！"那唐僧那里肯信，只说是个好人。行者道："师父，我知道你，你见他那等容貌，必然动凡心。若果有此意，叫八戒伐几棵树来，沙僧寻些草来，我做木匠，就在这里搭个窝铺，你与他圆房⑰成事，我们大家散了，却不是件事业？何必又跋涉，取甚经去！"那长老原是个软善的人，那里吃得他这句言语，羞得个光头彻耳通红。

　　三藏正在此羞惭，行者又发起性来，掣铁棒，望妖精劈脸一下。那怪物有些手段，使个解尸法，见行者棍子来时，他却抖擞精神，预先走了，把一个假尸首打死在地下。唬得个长老战战兢兢㊳，口中作念道："这猴着然㊴无礼！屡劝不从，无故伤人性命！"行者道："师父莫怪，你且来看看这罐里是甚东西。"沙僧搀着长老，近前看时，那里是甚香米饭，却是一罐子拖尾巴的长蛆；也不是面筋，却是几个青蛙、癞虾蟆，满地乱跳。长老才有三分儿信了。怎禁猪八戒气不忿，在旁漏八分儿唆嘴㊵道："师父，说起这个女子，他是此间农妇，因为送饭下田，路遇我等，却怎么栽他是个妖怪？哥哥的棍重，走将来试手打他一下，不期就打杀了；怕你念甚么'紧箍儿咒'，故意的使个障眼法儿，变做这等样东西，演幌㊶你眼，使不念咒哩。"

　　三藏自此一言，就是晦气到了，果然信那呆子撺唆㊷，手中捻诀，口里念咒，行者就叫："头疼！头疼！莫念！莫念！有话便说。"唐僧道："有甚话说！出家人时时常要方便，念念不离善心，扫地恐伤蝼蚁命，爱惜飞蛾纱罩灯。你怎么步步行凶，打死这个无故平人，取将经来何用？你回去罢！"行者道："师父，你教我回那里去？"唐僧道："我不要你做徒弟。"行者道："你不要我做徒弟，只怕你西天路去不成。"唐僧道："我命在天，该那个妖精蒸了吃，就是煮了，也算不过。终不然，你救得我的大限㊸？你快回去！"行者道："师父，我回去便也罢了，只是不曾报得你的恩哩。"唐僧道："我与你有甚恩？"那大圣闻言，连忙跪下叩头道："老孙因大闹天宫，致下了伤身之难，被我佛压在两界山；幸观音菩萨与我受了戒行，幸师父救脱吾身；若不与你同上西天，显得我知恩不报非君子，万古千秋作骂名。"原来这唐僧是个慈悯的圣僧。他见行者哀告，却也回心转意道："既如此说，且饶你这一次。再休无礼。如若仍前作恶，这咒语颠倒就念二十遍！"行者道："三十遍也由你，只是我不打人了。"却才伏侍唐僧上马，又将摘来桃子奉上。唐僧在马上也吃了几个，权且充饥。

# 注　释

① **三藏(zàng)师徒：**指唐僧(又名唐三藏)、孙悟空、猪八戒、沙和尚四人。唐僧和后三者是师父和徒弟关系。

② 次日:第二天。
③ 险峻:陡峭险恶。
④ 行者:孙悟空。
⑤ 涧壑:溪涧山谷。
⑥ 麂(jǐ)鹿:小型鹿类。
⑦ 蟒(mǎng):一种无毒的大蛇,体长可达六米,大多生活在近水的森林里,捕食小禽兽为生。
⑧ 荆棘:荆,荆条,无刺;棘,酸枣,有刺。两者常丛生为丛莽。这里泛指丛生于山野间的带刺小灌木。
⑨ 薜萝:薜荔和女萝。两者皆野生植物,常攀缘于山野林木或屋壁之上。
⑩ 沧溟:指大海。
⑪ 斗柄:指苍天,北斗星所在的天空。
⑫ 嵯峨(cuó'é):形容山势高峻。
⑬ 化些斋:(僧道)向人求布施为化斋,这里指求得一些食物。
⑭ 受戒:佛教徒通过一定的宗教仪式接受戒律。
⑮ 颇:很。
⑯ 瘴气:热带或亚热带山林中的湿热空气,从前认为是瘴疠的病源。
⑰ 雷音:指雷音寺。《西游记》说佛祖在西天灵山圣地大雷音寺宣说佛法。
⑱ 上分:上等福分。
⑲ 造化:福分,命运。
⑳ 女儿:年少女子。
㉑ 玉笋:指纤巧白嫩的手指。
㉒ 金莲:指女子小巧好看的脚。
㉓ 峨眉:指女子细长而弯的眉毛。
㉔ 觌(dí)面:当面。
㉕ 菩萨:佛教里修行到了一定程度,地位仅次于佛的人。也泛指佛和某些神。这里是对具有菩萨特质的人的一种尊称。
㉖ 斋僧:给僧人素饭吃。
㉗ 夯(bèn)货:笨蛋,蠢人。
㉘ 圣经:指中国古代的六经。由于是古代圣贤所写,故尊为圣经。
㉙ 妇道:旧时妇女应遵守的道德规范。
㉚ 芹献:对人谦称自己所赠东西不好。
㉛ 罪坐:归罪,连累。
㉜ 好的是:喜欢的是。
㉝ 罢(pí)软:疲沓软弱,谓无主见。
㉞ 火眼金睛:《西游记》中写孙悟空被困在八卦炉中受炼,眼睛被炉烟熏红而成火眼金睛。借喻眼光敏锐,洞察力强。
㉟ 挈:拔,抽。
㊱ 套子:指圈套。

㊲ **圆房**：同房过夫妻生活。
㊳ **战战兢兢**：因恐惧而发抖的样子。
㊴ **着然**：着实，实在。
㊵ **唆(suō)嘴**：搬弄口舌，挑拨别人关系。
㊶ **演幌(huǎng)**：蒙骗，迷惑。
㊷ **撺唆**：怂恿挑唆。
㊸ **大限**：指注定死亡的期限（迷信说法）。

**（一）填空**

1. 吴承恩的《西游记》在话本《_____》等相关故事、杂剧、传说的基础上，以丰富的想象、奇妙的情节、宏伟的结构开拓了中国古代小说的新领域，是中国文学史上成就最高的神怪小说。它的出现标志着中国的_____文学又达到了一个新的高峰。

2. 《西游记》通过孙悟空_____的神话故事，满腔热情地歌颂了孙悟空反抗天庭的行动，批判了阴险狡诈、色厉内荏、昏庸无能的_____统治者，赞扬了孙悟空反对_____、要求_____、蔑视_____、否定_____、敢作敢为的叛逆性格。

**（二）思考**

简述《西游记》的艺术成就。

**（三）写作**

写一篇关于《孙悟空三打白骨精》的读后感。

**文学史知识提示**

《西游记》：作者吴承恩，是淮安人，他有他自己的政治理想与宗教系统、神话组织，但既非佛教也非道教，是他自己的哲学思想，也是原始的最幼稚的儒家思想，信阴阳五行之说。在《西游记》这本小说中，作者通过具体故事，有组织有联系地表达他的理想，所以写得丝毫也不概念。

《西游记》从头到尾是一部讽刺的借题发挥嬉笑怒骂的小说，其中每段故事都表现了作者的无限机警智慧以及不满于当时黑暗社会的情绪。书中所写的孙悟空是智慧的化身，通过猪八戒的形象描写人间的欲望，其中最令人欢迎的一段是孙悟空大闹天宫，"八十一难"虽然为了凑数有些重复，其中有的也比较写得粗浅，但大部分写得很好。总之《西游记》虽然表面上是一个神怪故事，但本质上却是一部讽刺的现实主义作品，用象征的比喻的神怪的外衣，刻画和暴露了当时社会的黑暗。

（郑振铎《古典文学论文集》，
上海古籍出版社1984年版，第297页）

### 孙悟空三打白骨精（节选，接"作品"部分）

　　却说那妖精，脱命升空。原来行者那一棒不曾打杀妖精，妖精出神去了。他在那云端里，咬牙切齿，暗恨行者道："几年只闻得讲他手段，今日果然话不虚传。那唐僧已是不认得我，将要吃饭。若低头闻一闻儿，我就一把捞住，却不是我的人了？不期被他走来，弄破我这勾当，又几乎被他打了一棒。若饶了这个和尚，诚然是劳而无功①也，我还下去戏他一戏。"

　　好妖精，按落阴云，在那前山坡下，摇身一变，变作个老妇人，年满八旬，手拄着一根弯头竹杖，一步一声的哭着走来。八戒见了，大惊道："师父！不好了！那妈妈儿来寻人了！"唐僧道："寻甚人？"八戒道："师兄打杀的，定是他女儿。这个定是他娘寻将来了。"行者道："兄弟莫要胡说！那女子十八岁，这老妇有八十岁，怎么六十多岁还生产？断乎是个假的，等老孙去看来。"好行者，拽开步，走近前观看，那怪物：

　　假变一婆婆，两鬓如冰雪。
　　走路慢腾腾，行步虚怯怯。
　　弱体瘦伶仃②，脸如枯菜叶。
　　颧骨望上翘，嘴唇往下别。
　　老年不比少年时，满脸都是荷叶摺。

　　行者认得他是妖精，更不理论③，举棒照头便打。那怪见棍子起时，依然抖擞，又出化了元神,脱真儿去了;把个假尸首又打死在山路之下。唐僧一见,惊下马来,睡在路旁,更无二话,只是把"紧箍儿咒"颠倒足足念了二十遍。可怜把个行者头,勒得似个亚腰儿葫芦,十分疼痛难忍,滚将来哀告道:"师父莫念了,有甚话说了罢!"唐僧道:"有话说?出家人耳听善言,不堕地狱。我这般劝化你,你怎么只是行凶?把平人打死一个,又打死一个,此是何说?"行者道:"他是妖精。"唐僧道:"这个猴子胡说!就有这许多妖怪?你是个无心向善之辈,有意作恶之人,你去罢!"行者道:"师父又教我去,回去便也回去了,只是一件不相应。"唐僧道:"你有甚么不相应处?"八戒道:"师父,他要和你分行李哩。跟着你做了这几年和尚,不成空着手回去?你把那包袱里的甚么旧褊衫、破帽子,分两件与他罢。"

行者闻言,气得暴跳道:"我把你这个尖嘴的夯货!老孙一向秉教沙门④,更无一毫嫉妒之意,贪恋之心,怎么要分甚么行李?"唐僧道:"你既不嫉妒贪恋,如何不去?"行者道:"实不瞒师父说,老孙百十年前,居花果山水帘洞大展英雄之际,收降七十二洞邪魔,手下有四万七千群怪,头戴的是紫金冠,身穿的是赭黄袍,腰系的是蓝田带,足踏的是步云履,手执的是如意金箍棒,着实也曾为人。自从涅槃⑤罪度,削发秉正沙门,跟你做了徒弟,把这个金箍儿勒在我头上,若回去,却也难见故乡人。师父果若不要我,把那个'松箍儿咒'念一念,退下这个箍子,交付与你,套在别人头上,我就快活相应了,也是跟你一场。莫不成这些人意儿也没有了?"唐僧大惊道:"悟空,我当时只是菩萨暗受一卷儿'紧箍儿咒',却没有甚么'松箍儿咒'。"行者道:"若无'松箍儿咒',你还带我去走走罢。"长老又没奈何道:"你且起来,我再饶你这一次,却不可再行凶了。"行者道:"再不敢了,再不敢了。"又伏侍师父上马,剖路前进。

却说那妖精,原来行者第二棍也不曾打杀他。那怪物在半空中,夸奖不尽道:"好个猴王,着然有眼!我那般变了去,他也还认得我。这些和尚,他去得快,若过此山,西下四十里,就不伏我所管了。若是被别处妖魔捞了去,好道就笑破他人口,使碎自家心。我还下去戏他一戏。"好妖怪,按耸阴风,在山坡下摇身一变,变成一个老公公,真个是:

　　白发如彭祖⑥,苍髯赛寿星。
　　耳中鸣玉磬,眼里幌金星。
　　手拄龙头拐,身穿鹤氅轻。
　　数珠掐在手,口诵南无经。

唐僧在马上见了,心中欢喜道:"阿弥陀佛!西方真是福地!那公公路也走不上来,逼法的还念经哩。"八戒道:"师父,你且莫要夸奖,那个是祸的根哩。"唐僧道:"怎么是祸根?"八戒道:"行者打杀他的女儿,又打杀他的婆子,这个正是他的老儿寻将来了。我们若撞在他的怀里呵,师父,你便偿命,该个死罪;把老猪为从,问个充军;沙僧喝令,问个摆站;那行者使个遁法走了,却不苦了我们三个顶缸⑦?"

行者听见道:"这个呆根,这等胡说,可不唬了师父?等老孙再去看看。"他把棍藏在身边,走上前迎着怪物,叫声:"老官儿,往那里去?怎么又走路,又念经?"那妖精错认了定盘星,把孙大圣也当做个等闲的,遂答道:"长老阿,我老汉祖居此地,一生好善斋僧，看经念佛。命里无儿，止生得一个小女，招了个女婿。今早送饭下田，想是遭逢虎口。老妻先来找寻，也不见回去。全然不知下落，老汉特来寻看。果然是伤残他命，也没奈何，将他骸骨收拾回去，安葬茔⑩中。"行者笑道："我是个做婴虎的祖宗，你怎么袖子里笼了个鬼儿来哄我？你瞒了诸人，瞒不过我，我认得你是个妖精！"那妖精唬得顿口无言。行者掣出棒来，自忖思道："若要不打他，显得他倒弄个风儿；若要打他，又怕师父念那话儿咒语。"又思量道："不打杀他，他一时间抄空儿把师父掳了去，却不又费心劳力去救他？还打的是。就一棍子打杀他，师父念起那咒，常言道，'虎毒不吃儿'。凭着我巧言花语，嘴伶舌便，哄他一哄，好道也罢了。"

好大圣，念动咒语叫当坊土地、本处山神道："这妖精三番来戏弄我师父，这一番却要打杀他。你与我在半空中作证，不许走了。"众神听令，谁敢不从？都在云端里照应。那大圣棍起处，打倒妖魔，才断绝了灵光。

那唐僧在马上，又唬得战战兢兢，口不能言。八戒在旁边又笑道："好行者！风发了！只行了半日路，倒打死三个人！"唐僧正要念咒，行者急到马前，叫道："师父，莫念！莫念！你且来看看他的模样。"却是一堆粉骷髅⑩在那里。唐僧大惊道："悟空，这个人才死了，怎么就化作一堆骷髅？"行者道："他是个潜灵作怪的僵尸，在此迷人败本；被我打杀，他就现了本相。他那脊梁上有一行字，叫做'白骨夫人'。"唐僧闻说，倒也信了，怎禁那八戒旁边唆嘴道："师父，他的手重棍凶，把人打死，只怕你念那话儿，故意变化这个模样，掩你的眼目哩！"唐僧果然耳软，又信了他，随复念起。行者禁不得疼痛，跪于路旁，只叫"莫念！莫念！有话快说了罢！"唐僧道："猴头，还有甚说话！出家人行善，如春园之草，不见其长，日有所增；行恶之人，如磨刀之石，不见其损，日有所亏。你在这荒郊野外，一连打死三人，还是无人检举，没有对头；倘到城市之中，人烟凑集之所，你拿了那哭丧棒，一时不知好歹，乱打起人来，撞出大祸，教我怎的脱身？你回去罢！"行者道："师父错怪了我也。这厮分明是个妖魔，他实有心害你。我倒打死他，替你除了害，你却不认得，反信了那呆子谗言冷语，屡次逐⑪我。常言道，事不过三。我若不去，真是个下流无耻之徒。我去！我去！去便去了，只是你手下无人。"唐僧发怒道："这泼猴越发无礼！看起来，只你是人，那悟能、悟净，就不是人？"那大圣一闻得说他两个是人，止不住伤情凄惨，对唐僧道声："苦啊！你那时节，出了长安，有刘伯钦送你上路；到两界山，救我出来，投拜你为师，我曾穿古洞，入深林，擒魔捉怪，收八戒，得沙僧，吃尽千辛万苦。今日昧着惺惺使糊涂，只教我回去：这才是'鸟尽弓藏⑪、兔死狗烹⑫！'罢！罢！罢！但只是多了那'紧箍儿咒'。"唐僧道："我再不念了。"行者道："这个难说。若到那毒魔苦难处不得脱身，八戒、沙僧救不得你，那时节，想起我来，忍不住又念诵起来，就是十万里路，我的头也是疼的；假如再来见你，不如不作此意。"

唐僧见他言言语语，越添恼怒，滚鞍下马来，叫沙僧包袱内取出纸笔，即于涧下取水，石上磨墨，写了一纸贬书，递于行者道："猴头，执此为照，再不要你做徒弟了。如再与你相见，我就堕了阿鼻地狱⑬！"行者连忙接了贬书道："师父，不消发誓，老孙去罢。"他将书折了，留在袖中，却又软款唐僧道："师父，我也是跟你一场，又蒙菩萨指教,今日半途而废,不曾成得功果。你请坐,受我一拜,我也去得放心。"唐僧转回身不睬,口里唧唧哝哝的道:"我是个好和尚,不受你歹人的礼!"大圣见他不睬,又使个身外法,把脑后毫毛拔了三根,吹口仙气,叫:"变!"即变了三个行者,连本身四个,四面围住师父下拜。那长老左右躲不脱,好道也受了一拜。

大圣跳起来,把身一抖,收上毫毛,却又分付沙僧道:"贤弟,你是个好人,却只要留心防着八戒诖言诖语,途中更要仔细。倘一时有妖精拿住师父,你就说老孙是他大徒弟。西方毛怪,闻我的手段,不敢伤我师父。"唐僧道:"我是个好和尚,不题你这歹人的名字,你回去罢。"那大圣见长老三番两覆,不肯转意回心,没奈何才去。你看他:

噙泪叩头辞长老,含悲留意嘱沙僧。
一头拭迸坡前草,两脚登翻地上藤。
上天下地如轮转,跨海飞山第一能。
顷刻之间不见影,霎时⑭疾返旧途程。

你看他忍气别了师父,纵筋斗云,径回花果山水帘洞去了。独自个凄凄惨惨,忽闻得水声聒耳⑮。大圣在那半空里看时,原来是东洋大海潮发的声响。一见了,又想起唐僧,止不住腮边泪坠,停云住步,良久方去。毕竟不知此去反复何如,且听下回分解。

## 注 释

① **劳而无功**:辛辛苦苦没有任何收获。
② **伶仃**:瘦弱无力的样子。
③ **理论**:辩论是非,讲理争论。
④ **沙门**:原为古印度各教派出家修道者的通称,佛教盛行后,专指依照戒律出家修道的男性僧侣,也泛指佛门。
⑤ **涅槃**(nièpán):佛教指摆脱俗身进入圆寂境界,亦指超脱生死的最高境界。
⑥ **彭祖**:传说故事中的人物,据说活了八百多岁,旧时以彭祖作为长寿的象征。
⑦ **顶缸**:代人受过。
⑧ **茔**(yíng):坟地。
⑨ **骷髅**:干枯无肉的死人的全副骨骼。
⑩ **逐**:赶走。
⑪ **鸟尽弓藏**:弓箭是用来射鸟的,鸟射尽了,就把弓藏起来,不念其功劳,只愿其消失。
⑫ **兔死狗烹**:狗是用来追赶、抓获兔子的,兔子抓到了,弄死了,就把狗也煮熟吃了。跟鸟尽弓藏意思相近,喻指阴险狠毒,没良心。
⑬ **阿鼻地狱**:常用来比喻黑暗的社会和严酷的牢狱。又比喻无法摆脱的极其痛苦的境地。
**阿鼻**:梵语的译音,意译为无间,即痛苦无有间断之意。
⑭ **霎时**:极短的时间,片刻。
⑮ **聒耳**:声音杂乱刺耳。

# 第三十六课

## 汤显祖①的《牡丹亭》

### 课　文

　　汤显祖(1550—1616),今江西抚州人,是明代最杰出的戏剧作家。他反对封建礼教,追求个性解放。一生写有五种戏剧作品——《紫箫记》《紫钗记》《牡丹亭》《邯郸记》《南柯记》,其中的《牡丹亭》以其深刻的思想内涵和卓越的艺术成就成为中国戏剧史上不可多得的杰作。

　　《牡丹亭》通过杜丽娘和柳梦梅①的爱情故事,揭露了封建礼教与青年男女爱情生活的矛盾,表现了爱情作为人的自然本性与束缚人们身心的封建道德观念之间的冲突。其主人公"情不知所起②,一往而深③。生者可以死④,死可以生⑤,生而不可以死⑥,死而不可以复生者⑦,皆非情之至也⑧"(《牡丹亭题词》)的生死追求,正是汤显祖本人对理想执着追求的象征。

　　"《牡丹亭》因情成梦,因梦成戏⑨"的情节结构,由"生可以死"到"死可以生",再到理想的实现,既是杜丽娘人生追求的情感历程,也是作者上下求索的精神历程,具有独特而深刻的意蕴⑩。作者善于运用现实主义与浪漫主义相结合的手法,在现实与理想的尖锐对立之中展示人物的内心世界,挖掘人物内心幽怨、细腻、哀婉、凄艳的情感,成功地刻画了杜丽娘伤感而不消沉,命运坎坷而执着于人生的追求,不屈不挠⑪,为理想而斗争的品格。《牡丹亭》的语言委婉深情,典雅蕴藉,若雾中之花,朦朦胧胧,若水中之月,若有若无。可以感受,却不能解释,可以意会,却难以言传⑫,为表现主人公浪漫的情思选择了一种似浅还深、似浓犹淡、似雅却俗的表达方式,因而在艺术成就上达到了文人戏曲的至高境界。

## 注 释

① **汤显祖**:中国明代戏曲家。字义仍,号若士,别号玉茗堂主人。他的代表作《牡丹亭》(又名《还魂记》)、《紫钗记》、《南柯记》、《邯郸记》都有梦境的部分,所以又合称为"临川四梦"。他在戏剧创作方面影响深远,在他影响下形成的戏剧流派称为"临川派"。他在戏曲批评、舞台实践、导演理论上也有重要建树。
② **杜丽娘和柳梦梅**:杜丽娘是女主人公,柳梦梅是男主人公。
③ **情不知所起**:情感不知因何萌生。
④ **一往而深**:朝着一个方向(或某人)越来越深。
⑤ **生者可以死**:使活着的人因它而死。
⑥ **死可以生**:使死去的人因它复生。
⑦ **生而不可以死**:(如果)不能使活着的人死去。
⑧ **死而不可以复生者**:不能使死人复生。
⑨ **皆非情之至也**:都不是深情到了极致。
⑩ **"因情"二句**:因至情所感导致做梦,因梦的启示写成戏文。
⑪ **意蕴**:所包含的意思,涵义。
⑫ **不屈不挠**(náo):形容很顽强,坚持自己的意志,在敌人或困难面前不屈服,不低头,不动摇。
⑬ **难以言传**:难以用语言表达出来。

## 惊梦(节选)

【绕池游】(旦上)梦回莺啭①,乱煞年光遍②。人立小庭深院③。(贴)炷尽沉烟④,抛残绣线⑤,恁今春关情似去年⑥?

【乌夜啼】(旦)晓来望断梅关⑦,宿妆残⑧。(贴)你侧着宜春髻子⑨恰凭阑。(旦)剪不断,理还乱,闷无端⑩。(贴)已分付催花莺燕借春看⑪。(旦)春香⑫,可曾叫人扫除花径⑬?(贴)分付了。(旦)取镜台⑭衣服来。(贴取镜台衣服上)云髻罢梳还对镜⑮,罗衣欲换更添香。镜台衣服在此⑯。

【步步娇】(旦)袅晴丝⑰吹来闲庭院,摇漾春如线⑱。停半晌⑲,整花钿⑳。没揣菱花㉑,偷人半面㉒,迤逗的彩云偏㉓。(行介㉔)步香闺怎便把全身现!

(贴)今日穿插的好㉕。

【醉扶归】(旦)你道翠生生㉖出落的裙衫儿茜,艳晶晶花簪八宝填㉗,可知我常一生儿爱好是天然㉘。恰三春好处㉙无人见。不提防沉鱼落雁㉚鸟惊喧,则怕的羞花闭月花愁颤。

(贴)早茶时了,请行。(行介)你看:画廊金粉半零星,池馆苍苔一片青。踏草怕泥㉚新绣袜,惜花疼㉛煞小金铃。(旦)不到园林㉜,怎知春色如许㉝!

【皂罗袍】原来姹紫嫣红㉞开遍,似这般都付与断井颓垣。良辰美景㉟奈何天,赏心乐事谁家院!恁般景致,我老爷和奶奶再不提起。(合)朝飞暮卷㊱,云霞翠轩;雨丝风片,烟波画船——锦屏人忒看的这韶光㊲贱!

(贴)是㊳花都放了,那牡丹还早。

【好姐姐】(旦)遍青山啼红了杜鹃㊴,荼蘼㊵外烟丝醉软。春香呵,牡丹虽好,他春归怎占的先㊶!(贴)成对儿莺燕呵!(合)闲凝眄㊷,生生燕语明如翦㊸,呖呖莺歌溜的圆㊹。

(旦)去罢。(贴)这园子委是观之不足㊺也。(旦)提他怎的!(行介)

【隔尾】观之不足由他缱㊻,便赏遍了十二亭台是枉然㊼。到不如兴尽回家闲过遣。

(作到介)(贴)开我西阁门,展我东阁床㊽。瓶插映山紫㊾,炉添沉水香。小姐,你歇息片时,俺瞧老夫人去也。(下)

# 注　释

① **梦回莺啭**:莺声惊破迷梦,让人醒来。
② **乱煞年光遍**:意思是缭乱的春光到处都是。**年光**:春光。
③ **人立小庭深院**:人站在庭院深处。
④ **沉烟**:沉香蒸绕的烟。这里指沉香,一种名贵的香料。
⑤ **抛残绣线**:春意让人疲倦,无心针线。
⑥ **怎今春关情似去年**:为什么今年的春情比去年更厉害呢?**怎**:"怎么"的省略说法,意思是为什么。
⑦ **梅关**:即大庾岭,在本剧故事发生地点江西南安府(大余)的南面。
⑧ **宿妆残**:隔夜的梳妆已经凌乱。**宿妆**:隔夜的梳妆。
⑨ **宜春髻子**:古代女子的一种发式。相传立春那天,妇女把彩色的丝绸剪作燕子状,戴在髻上,上贴"宜春"二字。
⑩ **闷无端**:没有来由地感到压抑、悲苦。
⑪ **已分付催花莺燕借春看**:我已吩咐、催促莺儿燕儿借来春光看看。**分付**:吩咐。
⑫ **春香**:人名,是剧中女主角杜丽娘的丫鬟。
⑬ **花径**:落花缤纷的小路。
⑭ **镜台**:古代仕女化妆、穿衣用的装有镜子的架子,叫镜台。
⑮ **云髻罢梳还对镜**:梳好云髻后再对着镜子反复地看。这是在暗示杜丽娘对青春的珍惜、眷恋。此句与下句出自薛逢《宫词》。**云髻**:是对古代仕女美丽发式的形容。

⑯ **镜台衣服在此**：这是春香相对丽娘说的话。
⑰ **晴丝**：春天晴空中飘荡的游丝，亦即后文所说的飞丝、烟丝。在春天晴朗的日子最易看见。
⑱ **摇漾春如线**：摇摆荡漾有如细线。
⑲ **停半晌**：停了很长时间。
⑳ **花钿**：古代妇女鬓发两旁的饰物。
㉑ **菱花**：镜子。古时铜镜背面所铸花纹一般为菱花，因此称菱花镜，或用菱花作镜子的代称。
㉒ **偷人半面**：偷偷地照见了她。
㉓ **迤逗的彩云偏**：害得她羞答答地把发卷也弄歪了。**迤逗**：引惹，挑逗。**彩云**：美丽的发卷的代称。
㉔ **行介**：就是走路的动作。**介**：中国古代戏曲用语，指示动作。
㉕ **今日穿插的好**：今天打扮得真漂亮。**穿插**：打扮。
㉖ **翠生生**：极言彩色鲜艳。
㉗ **艳晶晶花簪八宝填**：簪子上镶嵌着多种亮晶晶的宝石。
㉘ **天然**：天性使然。
㉙ **三春好处**：比喻自己的青春美貌。
㉚ **沉鱼落雁**：小说戏文中用来形容女人的美貌。意思是说，鱼见她的美色，自愧不如而下沉；雁则因为看她美色而停落下来。下文"羞花闭月"，也是很美丽的意思。
㉛ **泥**：沾污，这里作动词用。
㉜ **疼**：由于常常掣铃，连小金铃都被拉得疼煞了。这是夸张和拟人的描写。
㉝ **不到园林**：不亲自到园林中来。
㉞ **怎知春色如许**：怎么知道春色如此美妙怡人！
㉟ **姹紫嫣红**：形容各种花朵绚烂艳丽。
㊱ **良辰美景**：美好的节令和景物。
㊲ **谁家**：哪一家。
㊳ **朝飞暮卷**：指轩阁的高敞。
㊴ **韶光**：春光。
㊵ **是**：凡是，所有的。
㊶ **啼红了杜鹃**：开遍了红色的杜鹃花。从杜鹃（鸟）泣血联想起来的。
㊷ **荼蘼**：花名，晚春时开放。
㊸ **他春归怎占的先**：春尽时它和群花一起凋谢，也占不得先。这里暗喻杜丽娘对青春被耽误的幽怨和伤感。
㊹ **闲凝眄**：穷适无聊，漫无目的、思绪纷乱地到处观看。**凝眄**：凝视。
㊺ **生生燕语明如翦**：形容燕语的清脆明快和莺声的宛转流利。**翦**：指剪子。
㊻ **溜的圆**：形容呖呖莺歌的流畅、圆润。
㊼ **观之不足**：看不厌。
㊽ **䌷**：留恋，缠绵，难舍难分。
㊾ **枉然**：白费（力气）。
㊿ **"开我"二句**：出自《木兰诗》："开我东阁门，坐我西阁床。"
㉛ **映山紫**：映山红（杜鹃花）的一种。

## 练习

**(一) 填空**

1. 汤显祖一生写有五种戏剧作品——《紫箫记》《紫钗记》《_____》《_____》《_____》。

2. 《牡丹亭》的语言委婉情深,典雅蕴藉,若_____,朦朦胧胧,若_____,若有若无。可以感受,却不能解释,可以意会,却难以言传,为表现主人公浪漫的情思选择了一种_____、_____、_____的表达方式,因而在艺术成就上达到了文人戏曲的至高境界。

**(二) 思考**

1. 《牡丹亭》的主题思想是什么?
2. "原来姹紫嫣红开遍,似这般都付与断井颓垣"是什么意思?

**文学史知识提示**

《牡丹亭》流传人口,风行一时,一面有它的思想基础,同时由于他(汤显祖)把爱情写得纯真而又美丽。杜丽娘为情而死,后来又还魂复活,这自然不是生活的真实,但作者这样写,无非是要加强斗争的力量,冲击封建伦理的传统。当日困于封建礼教,身受爱情苦恼的青年男女们,一旦看到这种作品,觉得只要情真,梦中可以找安慰,死了可以复活,这对于被封建礼教压制得喘不过气来的青年男女,在这一种作品的艺术感染上,正可疗治他们精神上的创伤,解放他们潜意识中的苦闷。因此娄江女子俞二娘读了《牡丹亭》,哀感自己的身世,断肠而死;杭州女伶商小玲失恋后,因演《牡丹亭》,伤心而死;内江某女子,因爱作者的才华,想嫁他,后来看见作者已年老扶杖而行,乃投江而死。至于吴吴山家所刻"三妇合评本"《牡丹亭》事,那更是大家所熟知的了。这些故事,虽不一定都可征信,但所以会产生这样的传说,也说明了作品的艺术力量,在封建社会妇女群中所激起的强烈反应,在情感上的交流感染作用。

(刘大杰《中国文学发展史》下,
上海古籍出版社1982年版,第1004—1005页)

## 第三十六课

### 惊梦（节选，接"作品"部分）

（旦叹介）默地游春转，小试宜春面①。春呵，得和你两留连，春去如何遣②？咳，恁般天气，好困人也。春香那里？（左右瞧介）（又低首沉吟介）天呵，春色恼人，信有之乎③！常观诗词乐府，古之女子，因春感情④，遇秋成恨⑤，诚不谬⑥矣。吾今年已二八⑦，未逢折桂之夫⑧；忽慕春情⑨，怎得蟾宫之客⑩？昔日韩夫人得遇于郎⑪，张生偶逢崔氏⑫，曾有《题红记》《崔徽传》二书。此佳人才子，前以密约偷期⑬，后皆得成秦晋⑭。（长叹介）吾生于宦族，长在名门。年已及笄⑮，不得早成佳配，诚为虚度青春，光阴如过隙耳⑯。（泪介）可惜妾身颜色如花，岂料命如一叶乎⑰！

【山坡羊】没乱里⑱春情难遣，蓦地里怀人幽怨。则为俺生小婵娟⑲，拣名门一例，一例里神仙眷⑳。甚良缘㉑，把青春抛的远㉒！俺的睡情谁见㉓？则索因循腼腆㉔。想幽梦谁边，和春光暗流转？迁延，这衷怀那处言？淹煎㉕，泼残生㉖，除问天。

身子困乏了，且自隐几㉗而眠。（睡介）（梦生介）

（生㉘持柳枝上）莺逢日暖歌声滑，人遇风情笑口开。一径落花随水入，今朝阮肇到天台㉙。小生顺路儿跟着杜小姐回来，怎生不见？（回看介）呀！小姐，小姐！（旦作惊起，相见介）（生）小生那一处不寻访小姐来，却在这里！（旦作斜视不语介）（生）恰好花园内折取垂柳半枝。姐姐，你既淹通书史，可作诗以赏此柳枝乎？（旦作惊喜，欲言又止介）（背云）这生素昧平生㉚，何因到此？（生笑介）小姐，咱爱杀你哩！

【山桃红】则为你如花美眷，似水流年，是答儿㉛闲寻遍。在幽闺自怜。小姐，和你那答儿㉜讲话去。（旦作含笑不行）（生作牵衣介）（旦低问介）那边去？（生）转过这芍药栏前，紧靠着湖山石边。（旦低问）秀才，去怎的？（生低答）和你把领扣松，衣带宽，袖梢儿揾着牙儿苫㉝也，则待你忍耐温存一晌㉞眠。（旦作羞）（生前抱）（旦推介）（合）是那处曾相见，相看俨然，早难道㉟这好处相逢无一言？（生强抱旦下）

（末扮花神束发冠，红衣插花上）催花御史㊱惜花天，检点春工又一年。蘸客伤心红雨下㊲，勾人悬梦彩云边。吾乃掌管南安府后花园花神是也。因杜知府小姐丽娘，与柳梦梅秀才，后日有姻缘之分。杜小姐游春感伤，致使柳秀才入梦。咱花神专掌惜玉怜香，竟来保护他，要他云雨㊳十分欢幸也。

【鲍老催】单则是混阳蒸变㊴，看他似虫儿般蠢动把风情扇。一般儿娇凝翠绽魂儿颤。这是景上缘㊵，想内成㊶，因中见㊷。呀！淫邪展污㊸了花台殿。咱待拈片落花儿惊醒他。（向鬼门㊹丢花介）他梦酣春透了怎留连？拈花闪碎的红如片。

秀才，才到的半梦儿；梦毕之时，好送杜小姐仍归香阁。吾神去也。（下）

【山桃花】（生、旦携手上）（生）这一霎天留人便，草藉花眠。小姐可好？（旦低头介）（生）则把云鬟点，红松翠偏。小姐，休忘了呵，见了你紧相偎，慢厮连，恨不得肉儿般团成片也，逗的个日下胭脂雨上鲜。（旦）秀才，你可去呵？（合前）

（生）姐姐，你身子乏了，将息⑮，将息。（送旦依前作睡介）（轻拍旦介）姐姐，俺去了。（作回顾介）姐姐，你可十分将息，我再来瞧你那。行来春色三分雨，睡去巫山一片云。（下）（旦作惊醒低叫介）秀才，秀才，你去了也？（又作痴睡介）

（老⑯上）夫婿坐黄堂，娇娃立绣窗。怪他裙衩上，花鸟绣双双。孩儿，孩儿，你为甚瞌睡在此？（旦作醒，叫秀才介）咳也！（老）孩儿怎的来？（旦作惊起介）奶奶⑰到此！（老）我儿何不做些针指，或观玩书史，舒展情怀？因何昼寝于此？（旦）儿适花园中闲玩，忽值春喧恼人，故此回房。无可消遣，不觉困倦少息。有失迎接，望母亲恕儿之罪。（老旦）孩儿，这后花园中冷静⑱，少去闲行。（旦）领母亲严命。（老）孩儿，学堂看书去。（旦）先生不在，且自消停⑲。（老叹介）女孩家长成，自有许多情态，且自由他。正是：宛转随儿女，辛勤做老娘。（下）（旦长叹介）（看老旦下介）哎也天那！今日杜丽娘有些侥幸也。偶到后花园中，百花开遍，睹景伤情，没兴而回。昼眠香阁，忽见一生，年可弱冠⑳，丰姿俊妍。于园中折得柳丝一枝，笑对奴家说："姐姐既淹通书史，何不将柳枝题赏一篇？"那时待要应他一声，心中自忖，素昧平生，不知名姓，何得轻与交言。正如此想间，只见那生向前说了几句伤心话儿，将奴搂抱去牡丹亭畔，芍药栏边，共成云雨之欢。两情和合，真个是千般爱惜，万种温存。欢毕之时，又送我睡眠，几声"将息"。正待自送那生出门，忽值母亲来到，唤醒将来。我一身冷汗，乃是南柯一梦㉑。忙身参礼母亲，又被母亲絮㉒了许多闲话。奴家口虽无言答应，心内思想梦中之事，何曾放怀。行坐不宁，自觉如有所失，娘呵，你教我学堂看书去，知他看那一种书消闷也！（作掩泪介）

【绵搭絮】雨香云片㉓，才到梦儿边。无奈高堂，唤醒纱窗睡不便。泼新鲜冷汗粘煎，闪的俺心悠步嚲㉔，意软鬟偏。不争多㉕费尽神情，坐起谁忺㉖，则待去眠。

（贴上）晚妆销粉印，春润费香篝㉗。小姐，熏了被窝睡罢。

【尾声】（旦）因春心游赏倦，也不索香熏绣被眠。天呵，有心情那梦儿还去不远。

春望逍遥出画堂㉘，间梅遮柳不胜芳㉙。

可知刘阮逢人处㉚，回首东风一断肠㉛。

# 注 释

① **宜春面**：指新妆。
② **遣**：打发日子。
③ **信有之乎**：真的是有这种事啊！
④ **因春感情**：随着春天到来而感通内心情感。
⑤ **遇秋成恨**：遇到秋天来临而形成内心遗憾或伤感。
⑥ **诚不谬**：确实不是谬误，不是假话。
⑦ **二八**：此处指十六岁。
⑧ **未逢折桂之夫**：没有遇到科举得中的好夫婿。**折桂**：比喻科举及第。
⑨ **忽慕春情**：一时间羡慕花儿开得灿烂恣肆。

⑩ **蟾宫之客**:指科举考试成功的人。**蟾宫**:月宫。古代用"蟾宫折桂"比喻科举考试成功。

⑪ **韩夫人得遇于郎**:唐人传奇故事。唐僖宗时,宫女韩氏以红叶题诗,从御沟中流出,被于佑拾到。于佑也以红叶题诗,投入上流。后来两人结为夫妇。

⑫ **张生偶逢崔氏**:即张生和崔莺莺的爱情故事,见唐元稹《会真记》,后来《西厢记》演的就是这个故事。

⑬ **偷期**:幽会。

⑭ **得成秦晋**:得成夫妇。春秋时代,秦、晋两国世代联姻,后世称联姻为秦晋。

⑮ **及笄**:古代女子十五岁开始以笄(簪)束发,叫及笄,意指女子已成年,到了婚配的年龄。

⑯ **光阴如过隙耳**:意思是时间过得很快。**隙**:缝隙。

⑰ **岂料命如一叶乎**:感叹命运如树叶般轻薄易损。

⑱ **没乱里**:形容心绪很乱。

⑲ **婵娟**:美好,用来形容女子。

⑳ **"拣名门"二句**:是说父母一定要为我在名门宦族中选择配偶。

㉑ **甚良缘**:说什么求个良缘。

㉒ **把青春抛的远**:结果耽误时间,徒然把大好青春断送。

㉓ **俺的睡情谁见**:没人知道我的怀春之情。

㉔ **则索因循腼腆**:我只好因循着表现出腼腆害羞的样子。**则索**:只得。**索**:要,须。**因循**:沿袭,顺承。**腼腆**:害羞。

㉕ **淹煎**:受熬煎,遭磨折。

㉖ **泼残生**:苦命儿。**泼**:表示厌恶,原来是骂人的话。

㉗ **隐几**:靠着几案。

㉘ **生**:此处指柳梦梅。

㉙ **阮肇到天台**:此处用刘晨和阮肇在天台山桃源洞遇到仙女的故事指杜丽娘见到爱人。

㉚ **素昧平生**:一向不认识。**昧**:不了解。**平生**:平素,往常。

㉛ **是答儿**:到处。**是**:凡。

㉜ **那答儿**:那边。

㉝ **苫**:遮盖。

㉞ **一晌**:一会儿。

㉟ **早难道**:宋元方言俗语,岂不闻的意思。

㊱ **催花御史**:《云仙散录》引《玉尘集》:"穆宗每宫中花开,则以重顶帐蒙蔽栏槛,置惜花御史掌之。"

㊲ **蘸客伤心红雨下**:落花飘洒到身上,使在旅为客者为之伤心。**蘸**:指红雨(落花)落在人的身上。

㊳ **云雨**:指男女合欢(多见于旧小说)。

㊴ **混阳蒸变**:道家术语,原指天地变化,这里指男女(男为天,女为地)幽会情景。

㊵ **景上缘**:喻姻缘短暂,是不真实的梦幻。**景**:同"影"。

㊶ **想内成**:只是在个人头脑里想着成其好事。

㊷ **因中见**:佛家认为一切事物都由因缘造合而成。

㊸ **展污**:沾污、弄脏。

㊹ **鬼门**：一作古门，戏台上演员的上、下场门。
㊺ **将息**：休息，调养。
㊻ **老**：杜丽娘的母亲。
㊼ **奶奶**：此处指母亲。
㊽ **冷静**：阴冷僻静。
㊾ **消停**：休息。
㊿ **弱冠**：二十岁左右。**冠**：中国古代男子到二十岁行冠礼表示已经成人。
� **南柯一梦**：见于唐人传奇故事，淳于棼梦见自己被大槐安国国王招为驸马，做南柯太守。历尽了富贵荣华，醒来才发现自己不过是做了几个小时的梦，槐安国不过是大槐树下的一个蚁穴，南柯郡则是南面树枝下的另一个蚁穴。**南柯**：梦的代称。
㊼ **絮**：絮叨。形容说话烦琐、唠叨。
㊽ **雨香云片**：指梦中的幽会。
㊾ **闪的俺心悠步踸(duǒ)**：害得我心神不定，脚步难移。**闪的俺**：弄得我，害得我。
㊿ **不争多**：差不多，几乎。
㊻ **坐起谁忺(xiān)**：这里是反问，指坐立不安。**忺**：高兴。
㊼ **香篝**：即熏笼，古代富贵人家熏香所用。
㊽ **春望逍遥出画堂**：语本唐代诗人张说《奉和圣制春日出苑应制》："禁林艳裔发青阳，春望逍遥出画堂。"
㊾ **间梅遮柳不胜芳**：语本唐代诗人罗隐《桃花》："暖触衣襟漠漠香，间梅遮柳不胜芳。"
㊿ **可知刘阮逢人处**：语本唐代诗人许浑《早发天台中岩寺度关岭次天姥岑》："可知刘阮逢人处，行尽深山又是山。"
㊻ **回首东风一断肠**：疑本唐代诗人韦庄《思归》："暖丝无力自悠扬，牵引东风断客肠。"

# 第三十七课

## 《金瓶梅》

### 课 文

　　明代万历年间的《金瓶梅》不仅是中国第一部文人独立创作的长篇小说,而且是中国第一部以家庭生活为题材的长篇小说。它突破了过去或演说历史故事、或取材英雄传奇、或描写神仙鬼怪等奇人逸事的模式①,直接抒写世态人情,在中国小说史上承前启后②,具有特别的地位。

　　《金瓶梅》描写了官、商、恶霸三位一体的典型人物西门庆罪恶的一生,以及他的家庭从发迹到衰败的历史过程,真实而深刻地描写了西门庆家奢靡③无度、荒淫无耻、贪得无厌、争斗不休的方方面面,暴露了明代后期社会的黑暗和腐朽,以细腻而逼真的手法勾勒了一幅幅鬼蜮④横行的世态图。作者态度冷漠,使小说自始至终散发着一种绝望的情调。

　　从艺术成就来讲,《金瓶梅》是中国小说史上的一座里程碑。首先,它不以离奇的情节取胜,而是以塑造人物形象见长。吴月娘、李娇儿、孟玉楼、孙雪娥、潘金莲、李瓶儿、陈经济、庞春梅等,形形色色,三教九流⑤,无不具有深刻的概括性。作者善于根据现实生活,多方面、多层面地刻画人物性格,揭示人物复杂的内心世界,克服了先前小说类型化、单一化和平面化的倾向,形象鲜明、栩栩如生⑥,是明代后期社会生活的真实写照。其次,作者善于用方言、成语、谚语、歇后语,内容十分丰富,至今仍是研究明代语言的一座宝库,这是其他小说不能企及的。尤其是小说能够根据不同的环境,不同的人物在不同的心理作用下,运用不同的语言来刻画人物形象。例如潘金莲的语言,时而尖酸刻薄⑦,时而精明乖巧,时而凶狠毒辣,时而又卑躬谄媚⑧,把一个时代的畸形形象刻画得活灵活现。最后,全书出场人物有200多,但是其结构却大而不乱。它以西门庆、潘金莲为主、副线,纵横交错形成内勾外连的网状结构,把西门庆从一个破落的地痞流氓往上钻营,拜奸相蔡京为义父,逐步发迹,升官发财,妻妾成群,直到最后纵欲暴亡,全家作鸟兽散的整个过程安排得波澜起伏,一气呵成,的确是精心结撰之作。

## 注　释

① 模式:事物的标准样式。
② 承前启后:承接前面的,开创后来的。指继承前人事业,为后人开辟道路。
③ 奢靡:指生活奢侈,挥霍无度。
④ 鬼蜮(yù):害人的鬼和怪物。蜮:传说中在水里暗中害人的怪物。这里喻指阴险恶毒的人。
⑤ 三教九流:三教指儒教、道教、佛教,九流指儒家者流、阴阳家者流、道家者流、法家者流、名家者流、墨家者流、纵横家者流、杂家者流、农家者流。后泛指各行各业的人,常含贬义。
⑥ 栩(xǔ)栩如生:形容刻画得生动形象。
⑦ 尖酸刻薄:(说话)刁钻苛刻,措辞有挖苦讽刺的味道。
⑧ 谄媚:卑贱地奉承,讨好别人。

## 来旺儿递解①徐州　宋惠莲含羞自缢(节选)

　　话说西门庆听了金莲之言又变了卦②。到次日,那来旺儿收拾行李,伺候到日中,还不见动静。只见西门庆出来,叫来旺儿到跟前,说道:"我夜间想来,你才打杭州来家,多少时儿,又叫你往东京去,忒③辛苦了,不如教来保替你去吧。你且在家歇宿几日。我到明日家门首生意寻一个与你做吧。"自古物听主裁,那来旺儿哪里敢说甚的,只得应诺下来。西门庆就把银两书信交付与来保和吴主管,三月二十八日起身往东京④去了。不在话下。这来旺儿回到房中,心中大怒,吃酒醉倒房中,口内胡说,骂起宋蕙莲来,要杀西门庆。被宋惠莲骂了他几句:"你咬人的狗儿不露齿,是言不是语。墙有缝,壁有耳⑤。喝了那黄汤,挺那两觉!"打发他上床睡了。到次日,走到后边,叫玉箫房里请出西门庆,两个在厨房后墙底下僻静处说话。玉箫在后门处替他观风⑥。婆娘⑦甚是埋怨,说道:"你是个人,你原说叫他去,怎么转了靶子⑧,又教别人去了。你干净是个球子心肠⑨,滚上滚下,灯草拐棒原拄不定。把你到明日盖个庙儿,立起个旗杆来,就是个谎神爷。我再不信你说话了。我那等和你说了一场,就没些情分儿。"西门庆笑道:"到不是此说。我不是也叫他去?恐怕他东京蔡太师府中不熟,所以叫来保去了。留下他家门首寻个买卖与他做吧。"夫人道:"你对我说,寻个什么买卖与他做?"西门庆道:"我叫他搭个主管在家门首开酒店。"妇人听言,满心欢喜。走到屋里,一五一十对来旺儿说了。单等西门庆示下。

一日,西门庆在前厅坐下,着人叫来旺儿近前,桌上放下六包银两,说道:"孩儿,你一向杭州来家辛苦。教你往东京去,恐怕你蔡府中不十分熟,所以教来保去了。今日这六包银子三百两,你拿去搭上个主管在家门首开个酒店,月间寻些利息孝顺我也是好处。"那来旺连忙扒在地下磕头,领了六包银两回到房中,告与老婆说:"他倒拿买卖来窝盖⑩我。今日与我这三百两银子,教我搭主管开酒店做买卖。"老婆道:"怪贼黑囚,你还嗔老婆说,一锹就掘了井⑪,也等慢慢来。如何今日也做上买卖了?你安分守己,休再吃了酒口里胡说白道。"来旺儿叫老婆把银两收在箱中:"我在街上寻伙计去也。"于是走到街上寻主管。寻到天晚,主管寻不成,又吃了大醉来家。老婆打发他睡了,就被玉箫走来叫到后边去了。来旺儿睡了一觉,约一更天气,酒还未醒。正朦朦胧胧睡着,忽听的窗外隐隐有人叫他道:"来旺哥,还不起来看看你的媳妇子,又被那没廉耻的勾引到花园后边去了,亏你还睡的放心。"来旺儿猛可惊醒,睁开眼看看,不见老婆在房里。只认是雪娥看见甚动静来递信与他,不觉怒从心上起,道:"我在面前就弄鬼儿⑫。"忙跳起身来,开了房门,摸到花园中来。刚到厢房中角门首,不防黑影里抛出一条绳子来,把来旺儿绊了一交。只见响亮一声,一把刀子落地,左右闪过四五个小厮,大叫"有贼",一齐向前把来旺儿一把捉住了。来旺儿道:"我是来旺儿,进来寻媳妇子,如何把我拿住了?"众人不由分说,一步一棍,打到厅上。只见大厅上灯烛辉煌,西门庆坐在上面,即叫拿上来。来旺儿跪在地下说道:"小的睡醒了,不见媳妇在房里,进来寻他。如何把小的做贼拿?"那来兴儿就把刀子放在面前与主子看。西门庆大怒,骂道:"畜生好度人难度⑬。这厮真是个杀人贼!我倒见你杭州来家,叫你领三百两银子做买卖,如何黉夜⑭进内来要杀我?不然,拿这刀子做甚么?"喝令左右:"与我押到他房中取我那三百两银子来。"众小厮随即押到房中,蕙莲正在后边同玉箫说话,忽闻此信,忙跑到房里,看见了,放声大哭。说道:"你好好吃了酒睡吧,平白又来寻我做什么?只当暗中了人的拖刀之计。"一面开箱子取出六包银两来。拿到厅上,西门庆灯下打开观看,内中只有一包银两,余者都是锡铅锭子。西门庆大怒,因问:"如何抵换了?我的银两往那里去了?趁早实说!"那来旺儿哭道:"爹抬举小的做买卖,小的怎敢欺心抵换银两?"西门庆道:"你打下刀子还要杀我,刀子现在,还要支吾⑮什么?"因把来兴儿叫来面前跪下,做个执证,说道:"你从某日没曾在外对众发言,要杀爹,嗔爹不与你买卖做!"这来旺儿只是叹气,张开口儿合不的。西门庆道:"既是赃证刀杖明白,叫小厮与我锁拴到房门内,明日写状子送到提刑所去。"只见宋蕙莲云鬟撩乱,衣裙不整走来厅上,向西门庆跪下,说道:"爹!此是你干的营生。他好好进来寻我,怎把他当贼拿了?你的六包银子我收着,原封儿不动,平白怎的抵换了!怎活埋人⑯,也要天理,他为什么,你只因他什么?打与他一顿。如今拉着送他那里去?"西门庆见了他,回嗔作喜,道:"媳妇儿,关你甚事?你起来!他无理胆大,不是一日,现藏着刀子要杀我。你不得知道。没你的事。"因令来安儿:"好换扶你嫂子回房去,休要慌吓他。"那蕙莲只顾跪着不起来,说:"爹好狠心!你不看僧面看佛面⑰。我怎说着,你就不依依儿,他虽故吃酒,并无此事。"缠得西门庆急了,教来安儿搀他起来,劝他回房了。

# 注释

① **递解**:旧时指把犯人押解到偏远的地方,由沿途官府派人轮流押送。
② **变了卦**:改变了主意。
③ **忒**:太。
④ **东京**:指北宋都城。
⑤ **"墙有缝"二句**:指可能被人听见。
⑥ **观风**:观察动静以便暗中相机行事或向自己人发出警报。
⑦ **婆娘**:这里指宋蕙莲。
⑧ **转了靶子**:改变了主意。
⑨ **球子心肠**:心思圆滑,没个定准。
⑩ **窝盖**:拿好处买通人。
⑪ **一锹(qiāo)就掘了井**:根据常理,一锹不可能掘出井来,正如一口吃不成个胖子。这里是说,来旺儿认为一锹不可能掘出井来,凡事得慢慢来。**锹**:铁锹,一种用来铲土耕地的工具。
⑫ **我在面前就弄鬼儿**:这里是说,在我面前就敢搞鬼,未免欺人太甚。**弄鬼儿**:搞鬼。
⑬ **度**:度脱,净化。
⑭ **夤(yín)夜**:深夜。
⑮ **支吾**:用话搪塞,找理由辩解。

⑯ **怎活埋人**：那样冤枉人。**活埋**：活活地冤枉、陷害。
⑰ **不看僧面看佛面**：指看在第三者的情面上给予帮助或宽恕。

## 练 习

### （一）填空

1. _____年间的《金瓶梅》不仅是中国第一部_____的长篇小说，而且是中国第一部以_____为题材的长篇小说。它突破了过去或演说历史故事、或取材英雄传奇、或描写神仙鬼怪等奇人逸事的模式，直接抒写_____，在中国小说史上_____，具有特别的地位。

2. 《金瓶梅》描写了官、商、恶霸三位一体的典型人物_____罪恶的一生，以及他的家庭从_____的历史过程，真实而深刻地描写了西门庆家奢靡无度、荒淫无耻、贪得无厌、争斗不休的方方面面，暴露了明代_____社会的黑暗和腐朽，以细腻而逼真的手法勾勒了一幅幅_____的世态图。作者态度冷漠，使小说自始至终散发着一种_____的情调。

### （二）思考

为什么说《金瓶梅》在中国文学史上具有里程碑式的地位？

**文学史知识提示**

国外研究《金瓶梅》已有很长的历史，日本从十八世纪末、欧洲从十九世纪中开始，就有不少学人注意《金瓶梅》的版本、翻译和介绍，这说明《金瓶梅》这部不朽名著不仅是中国文学的财富，也早已是世界文学的财富了。

美国大百科全书专条介绍说："《金瓶梅》是中国第一部伟大的现实主义小说，它虽然写的是中国十二世纪早期的故事，实际反映了中国十六世纪末期整个社会各个等级人物的心理状态，宣扬了惩恶扬善的佛教观点，对中国十六世纪社会生活和风俗作了生动而逼真的描绘。"

法国大百科全书介绍说："《金瓶梅》为中国十六世纪的长篇通俗小说，它塑造人物很成功，在描写妇女的特点方面可谓独树一帜。全书将西门庆的好色行为与整个社会历史联系在一起，它在中国通俗小说的发展史上是一个伟大的创新。"

日本大百科事典对《金瓶梅》的介绍比较详细。这部大事典关于《金瓶梅》的专条写道:"《金瓶梅》的作者不明,但从全书结构的严密性、文气与构思的连贯性来看,是出于一人之手。《金瓶梅》故事的发展形成了西门庆一家的兴亡史。故事的背景主要是山东省的一个县城,主人翁是这个地方上的富商西门庆,他用不正当手段积累财富,由行贿得到官职、地位和权力。全书以西门庆为中心,描写了形形色色的人物,其中有西门庆的六个妻妾、妓女、男女仆人、各类亲友、大小官吏、军人、商人、帮闲、媒人、算命人、和尚、尼姑、道士、戏子……可以说是从朝廷大臣到街头乞丐,应有尽有。作者对各种人物完全用写实的手段,排除了中国小说传统的传奇式的写法,为《红楼梦》《醒世姻缘传》等描写现实的小说开辟了道路。"

(王丽娜《〈金瓶梅〉在国外》,《河北大学学报》1980年第2期)

## 名篇欣赏

### 来旺儿递解徐州　宋惠莲含羞自缢(节选,接"作品"部分)

到天明,西门庆写了柬帖叫来兴儿做干证,揣着状子,押着来旺儿到提刑院去。说某日酒醉,持刀黉夜图杀家主;又抵换银两等情。才待出门,只见吴月娘走到前厅,向西门庆再三将言劝解,说道:"奴才无礼,家中处分他便了。又要拉出去惊动官府做什么?"西门庆听言,圆睁二目,喝道:"你妇人家不晓道理,奴才安心要杀我,你倒还教饶他吧。"于是不听月娘之言,喝令左右把来旺儿押送提刑院去了。月娘当下羞赧[①]而退。回到后边,向玉楼众人说道:"如今这屋里乱世为王,九尾狐精出世。不知听信了什么人言语,平白把小厮弄出去了。你就赖他做贼。万物也要个着实才好。拿纸棺材糊人成个道理?怎没道理昏君行货。"宋蕙莲跪在当面哭泣。月娘道:"孩儿你起来,不消哭。你汉子怕数问不的他死罪。贼强人,他吃了迷魂汤了,俺们说话不中听,老婆当军,充数儿吧了。"玉楼向蕙莲道:"你参正在个气头上,待后慢慢的俺们再劝他。你安心回房去吧。"按下这里不题。

来旺儿押到提刑院。西门庆先差玳安送了一百石白米与夏提刑、贺千户。二人受了礼物,然后坐厅。来兴儿递上呈状看了。已知来旺儿因领银做买卖,见财起意,抵换银两，恐家主查算，黍夜持刀突入后厅，谋杀家主等情，心中大怒。把来旺叫到当厅跪下。这来旺儿告道："望天官爷察情，容小的说，小的便说；不容小的说，小的不敢说。"夏提刑道："你这厮现获赃证明白，勿得推诿②，从实与我说来，免我动刑。"来旺儿悉把西门庆初时令某人将蓝缎子怎的调戏他媳妇儿宋氏成奸，如今故入此罪，要垫害图谋妻子一节诉说一遍。夏提刑大喝了一声，令左右打嘴巴，说："你这奴才，欺心背主，你这媳妇也是你家主娶的，配与你为妻。又把资本与你做买卖。你不思报本，却倚醉黍夜突入卧房持刀杀害。满天下人都像你这奴才，也不敢使人了。"来旺儿口还叫冤屈，被夏提刑叫过来兴儿过来执证。那来旺儿有口说不得了。夏提刑即令左右选大夹棍上来，把来旺儿夹了一夹，打了二十大棍，打得皮开肉绽，鲜血淋漓，吩咐狱卒带下去收监。来兴儿、玳安儿来家回复了西门庆话。西门庆满心欢喜，吩咐家中小厮："铺盖饭食，一些都不许与他送进去。但打了休家来对你嫂子说，只说衙门中一下儿也没打他，监几日便放出来。"众小厮应诺了。这宋蕙莲自从拿了来旺儿去，头也不梳，脸也不洗，黄着脸儿，只是关闭房门哭泣，茶饭不吃。西门庆慌了，使玉箫并贲③四嫂子儿再三进房劝解他，说道："你放心，爹因他吃酒狂言，监他几日，耐他性儿，不久便放他出来。"蕙莲不信，使小厮来安儿送饭进监去。回来问他，也是这般说："哥见官一下儿也不打，一两日就来家，叫嫂子安心。"这蕙莲听了此言，方才不哭了。每日淡扫蛾眉，薄施脂粉，出来走跳。西门庆要便来回打房门首走，老婆在檐下叫道："房里无人，爹进来坐坐不是？"西门庆进入房里，与老婆做一处说话。西门庆哄他，说道："我儿，你放心，我看你面上，写了帖儿对官儿说，也不曾打他一下儿，监他几日耐耐他性儿，还放他出来，还叫他做买卖。"妇人说道："我的亲爹，你好歹④看奴之面，奈何他两日，放他出来，随你叫他做买卖，不教他做买卖也吧。这一出来，这叫他把酒断了，随你去近到远使他，他敢不去？再不，你若嫌不自便，替他寻上个老婆，他也吧了。我常远不是他的人了。"西门庆道："我的心肝，你话是了。我明日买了对过乔家房，收拾三间房子与你住，搬你那里去。咱两个好不自在。"妇人道："爹，随你主张便了。"说毕，将身带的白银条纱挑线香袋儿里面装着松柏儿，并排草挑着"娇香美丽"四个字，把与西门庆。喜的他心中要不得，恨不得与他誓共生死。向袖中掏丁一二两银子与他买果子吃。再三安抚他："不消忧虑，只怕忧虑坏了你。我明日写帖子对夏大人说，就放他出来。"说了一回，西门庆恐有人来，连忙出去了。这妇人得了西门庆此话，到后边对众丫鬟媳妇，词色之间，未免轻露。孟玉楼早已知道，转来告潘金莲说："他爹怎的早晚要放来旺儿出来，另替他娶一个；怎的要买对门乔家房子把媳妇子吊到那里去，与他三间房住，又买个丫头伏侍他，与他编银丝鬏髻打头面。"一五一十说了一遍，"就和你我辈一般，什么张致？大姐姐也就不管管儿"。潘金莲不听便罢，听了时忿气满怀无处着，双腮红上更添红。说道："真个由他，我就不信了。今日与你说的话，我若教贼奴才淫妇与西门庆做了第七个老婆，我不喇嘴说，就把潘字倒过来！"玉楼道："汉子没正条的，大姐姐又不管，咱们能走不能飞，到的那些儿？"金莲道："你也忒不长俊⑤，要这命做什么？活一百岁杀肉吃⑥。他若不依我，拼着这命，拼死在他手里，也不差什么。"玉楼笑道:"我是小胆儿,不敢惹他,看你有本事,和他缠。"到晚,西门庆在花园中翡翠轩书房里坐的,正要叫陈敬济来写帖子往夏提刑处,说要放来旺儿出来,被金莲蓦地⑦走到跟前,搭伏着书桌儿说:"你教陈姐夫写什么帖子?"西门庆不能隐讳,因说道:"我想把来旺儿责打与他几下,放他出来吧。"妇人止住小厮,且不要叫陈姐夫来。坐在旁边,因说道:"你空担汉子的名儿,原来是个随风倒柁顺水推船的行货。我那等对你说的话儿,你不依,倒听那贼奴才淫妇话儿。随你怎的逐日沙糖拌蜜与他吃,他还只疼他的汉子。依我如今把那奴才放出来,你也不好要他这老婆了。教他奴才好藉口。你放在家里,不荤不素⑧,当做什么人儿看成。待要把他做你的小老婆,奴才又现在;待要说道奴才老婆,你现把他逞的恁没张致⑨的,在人跟前,上头上脸,有些样儿。就算另替那奴才娶一个,着你要了他这老婆,往后倘忽你两个坐在一答里,那奴才或走来跟前回话,或做什么,见了有个不气的?老婆见了他,站起来是,不站起来是?先不先只这个就不雅相。传出去,休道六邻亲戚笑语,只家中大小把你也不着在意里。正是上梁不正下梁歪⑩。你既要干这营生,不如一狠二狠,把奴才结果了,你就占着他老婆也放心。"几句又把西门庆念翻转了,反又写帖子送与夏提刑,教夏提刑限三日提出来一顿拷打,拷打的通不象模样。提刑两位官并上下观察缉捕排军监狱中上下都受了西门庆财物,只要重不要轻。内中有一当案的孔目阴先生,名唤鹭⑪,乃山西孝义县人,极是个仁慈正直之士。因见西门庆要陷害此人,图谋他妻子,再三不肯做文书送问,与提刑官抵面相讲。两个提刑官以此掣肘⑫难行。延挨了几日,人情两尽,只把他当厅责了四十,论个递解原籍徐州为民。当查原赃,花费十七两。铅锡五包责令西门庆家人来兴儿领回。差人写个贴子回复了西门庆。随教即日押发起身。这里提刑官当厅押了一道公文,差两个公人把来旺儿取出来,已是打了稀烂。钉上枷,上了封皮,限即日起程,径往徐州管下交割。可怜这来旺儿在监中监了半月光景,没钱使用,弄得身体狼狈,衣服褴褛,没处投奔,哀告两个公人说:"两位哥在上,我打了一场屈官司,身上分文没有,要凑些脚步钱⑬与二位,望你可怜儿,押我到我家主处,有我的媳妇儿,并衣服箱笼,讨出来变卖了,致谢二位,并路途盘费,也讨得一步松宽。"那两个公人道:"你好不知道理!你家主既摆布了一场,他又肯⑭发出媳妇并箱笼与你?你还有甚亲故,俺们看阴师父面上,瞒上不瞒下,领你到那里胡乱讨些钱米,勾你路上盘费便了,谁指望你甚脚步钱儿?"来旺道:"二位哥哥,你只可怜,引我先到来家主门首,我央浼两三位亲邻替我美言讨讨儿,无多有少。"两个公人道:"也吧,我们就押你去。"这来旺儿先到应伯爵门首,伯爵推不在家。又央了左邻贾仁清、伊勉慈二人来西门庆家,替来旺儿说,讨媳妇箱笼。西门庆也不出来,使出五六个小厮,一顿棍打出来,不许在门首缠扰。把贾伊二人羞得要不得。他媳妇儿宋蕙莲在屋里,瞒的铁桶相似,并不知一字。西门庆吩咐那个小厮走漏消息,决打二十板。两个公人又同他到丈人卖棺材的宋仁家。来旺儿如此这般对宋仁哭诉其事,打发⑮了他一两银子,与两个公人一吊铜钱,一斗米,路上盘缠。哭哭啼啼从四月初旬离了清河县往徐州大道而来。

# 注　释

① **羞赧**：害羞得脸红。
② **推诿**(wěi)：推卸责任，推辞。
③ **贡**：姓。
④ **好歹**：无论如何。
⑤ **忒不长俊**：太不长进。
⑥ **活一百岁杀肉吃**：即使活一百岁也只是像猪一样被杀了吃肉。这是骂人没有本事的俗语。
⑦ **蓦地**：突然。
⑧ **不荤不素**：指上不下，尴尴尬尬。
⑨ **没张致**：没个样子。**张致**：模样，样子。
⑩ **上梁不正下梁歪**：比喻上面的人品行不好，下面的人也仿效而学坏。
⑪ **骘**(zhì)：公马，此处作人名。
⑫ **掣肘**：比喻阻挠别人做事。
⑬ **脚步钱**：等于说路费。
⑭ **又肯**：哪肯。
⑮ **打发**：发付，发放。

# 第三十八课

## 冯梦龙与"三言"

### 课 文

　　伟大的通俗文学家冯梦龙在广泛收集宋元话本和明代拟话本①的基础上,经过加工汇辑成了《警世通言》《醒世恒言》《喻世明言》三部短篇小说集,简称"三言",代表了明代拟话本的最高成就。

　　"三言"大胆地揭露和批判了封建社会政治制度的黑暗和大小官吏的倒行逆施②,同时也表现了清官和下层人物的正义感,歌颂了男女之间互相尊重的真挚情感,还大量地描写了市民生活、商人的经历以及他们的生活方式、思想观念等。

　　"三言"具有独特的艺术特点。第一,能将民间话本与文人仿作③成功地结合在一起。它保留了宋元民间话本的固有特色。第二,比起宋元话本小说而言,"三言"的拟话本小说篇幅大大加长,思想集中,情节曲折,在人情世态的描写上比宋元话本小说丰富得多。第三,它的语言通俗浅易,将口语与文言结合在一起,生动活泼之中透着典雅与流畅。第四,作为拟话本,"三言"具有文人创作的某些特点:人物形象塑造得更加细腻,心理描写尤其细致入微,此其一;人物性格刻画更加分明,注重人物性格与自然环境、社会环境的彼此作用而相得益彰④,此其二;故事情节交代得十分清楚,前因后果,有头有尾,丝丝入扣⑤,引人入胜,此其三;极为注重人物情感的推动作用,始终以"可喜可愕,可悲可涕,可歌可舞"之事"极摹⑥人情世态之歧,备⑦写悲欢离合之致",此其四;因此,人物与故事揭示的主题及意义也就更加深刻,此其五。

## 注　释

① 拟话本：文人(主要是明代文人)模拟话本体制写成的作品就称为"拟话本"。
② 倒行逆施：指所作所为违背社会正义和时代进步的方向。
③ 仿作：模仿而成的作品。
④ 相得益彰：指互相帮助、互相补充，更能显出好处。
⑤ 丝丝入扣：丝绸、布等在制作时，经线都要从扣齿间穿过，比喻做得十分细腻(多指文章、艺术表演等)。
⑥ 摹：照着样子写或画。
⑦ 备：完全，详尽地。

## 作　品

### 杜十娘怒沉百宝箱(节选)

话中单表万历二十年①间，……有户部②官奏准：目今兵兴之际，粮饷③未充，暂开纳粟入监④之例。原来纳粟入监的有几般便宜⑤：好读书，好科举，好中，结末⑥来又有个小小前程结果。以此宦家公子，富室子弟，到不愿做秀才，都去援例⑦做太学生。自开了这例，两京太学生，各添至千人之外。

内中有一人，姓李，名甲，字干先，浙江绍兴府人氏。父亲李布政，所生三儿，惟甲居长⑧。自幼读书在庠⑨，未得登科，援例入于北雍⑩。因在京坐监，与同乡柳遇春监生同游教坊司院内，与一个名姬⑪相遇。那名姬姓杜，名媺，排行第十，院中都称为杜十娘，生得：

浑身雅艳，遍体娇香，两弯眉画远山青，一对眼明秋水润⑫。脸如莲萼，分明卓氏文君⑬；唇似樱桃，何减白家樊素。可怜一片无瑕玉，误落风尘花柳中。

那杜十娘自十三岁破瓜，今一十九岁，七年之内，不知历过了多少公子王孙；一个个情迷意荡，破家荡产而不惜。院中传出四句口号来，道是：

坐中若有杜十娘，斗筲之量⑭饮千觞；
院中若识杜老媺，千家粉面都如鬼！

却说李公子风流年少，未逢美色，自遇了杜十娘，喜出望外，把花柳情怀，一担儿挑⑮在他身上。那公子俊俏庞儿，温存性儿，又是撒漫⑯的手儿，帮衬⑰的勤儿，与十娘一双两好，情投意合。十娘因见鸨儿贪财无义，久有从良之志；又见李公子忠厚志诚，甚有心向他。奈李公子惧怕老爷，不敢应承。虽则如此，两下情好愈密，朝欢暮乐，终日相守，如夫妇一般，海誓山盟⑱，各无他志。真个：

恩深似海恩无底,义重如山义更高。

　　再说杜妈妈,女儿被李公子占住,别的富家巨室,闻名上门,求一见而不可得。初时李公子撒漫用钱,大差大使,妈妈胁肩谄笑,奉承不暇[19]。日往月来,不觉一年有余,李公子囊箧渐渐空虚[20],手不应心,妈妈也就怠慢[21]了。老布政在家闻知儿子嫖院,几遍写字来唤他回去。他迷恋十娘颜色[22],终是延捱[23]。后来闻知老爷在家发怒,越不敢回。

　　古人云:"以利相交者,利尽而疏。"那杜十娘与李公子,真情相好,见他手头愈短[24],心头愈热。妈妈也几遍教女儿打发李甲出院,见女儿不统口;又几遍将言语触突李公子,要激怒他起身。公子性本温克,词气愈和。妈妈没奈何,日逐[25]只将十娘叱骂道:"我们行户人家,吃客穿客,前门送旧,后门迎新,门庭闹如火,钱帛堆成垛。自从那李甲在此,混帐一年有余,莫说新客,连旧主顾都断了。分明接了个钟馗老,连小鬼也没得上门。弄得老娘一家人家,有气无烟,成什么模样!"

　　杜十娘被骂,耐性不住,便回答道:"那李公子不是空手上门的,也曾费过大钱来。"妈妈道:"彼一时,此一时[26]。你只教他今日费些小钱儿,把与老娘,办些柴米,养你两口也好。别人家养的女儿,便是摇钱树,千生万活;偏我家晦气[27],养了个退财白虎。开了大门七件事,般般[28]都在老身心上。到替你这小贱人白白养着穷汉,教我衣食从何处来? 你对那穷汉说,有本事出几两银子与我,到得你跟了他去,我别讨个丫头过活却不好?"

　　十娘道:"妈妈,这话是真是假?"妈妈晓得李甲囊无一钱,衣衫都典[29]尽了,料他没处设法,便应道:"老娘从不说谎,当真哩!"十娘道:"娘,你要他许多[30]银子?"妈妈道:"若是别人,千把银子也讨了,可怜那穷汉出不起,只要他三百两,我自去讨一个粉头代替。只一件,须是三日内交付与我,左手交银,右手交人。若三日没有银时,老身也不管三七二十一,公子不公子,一顿孤拐打那光棍出去,那时莫怪老身!"十娘道:"公子虽在客边乏钞,谅[31]三百金还措办得来。只是三日忒[32]近,限他十日便好。"妈妈想道:这穷汉一双赤手,便限他一百日,他那里来银子? 没有银子,便铁皮包脸,料也无颜[33]上门。那时重整家风,媺儿也没得话讲。答应道:"看你面,便宽[34]到十日。第十日没有银子,不干老娘之事。"十娘道:"若十日内无银,料他也无颜再见了。只怕有了三百两银子,妈妈又翻悔[35]起来。"妈妈道:"老身年五十一岁了,又奉十斋,怎敢说谎? 不信时与你拍掌为定。若翻悔时,做猪做狗。"

　　　　从来海水斗难量,可笑虔婆[36]意不良;
　　　　料定穷儒囊底竭,故将财礼难娇娘。

　　是夜,十娘与公子在枕边,议及终身之事。公子道:"我非无此心,但教坊落籍[37],其费甚多,非千金不可。我囊空如洗[38],如之奈何!"十娘道:"妾已与妈妈议定,只要三百金,便须十日内措办。郎君游资虽罄[39],然都中岂无亲友,可以借贷。倘得如数,妾身遂为君之所有,省受虔婆之气。"公子道:"亲友中为我留恋行院,都不相顾。明日只做束装起身,各家告辞,就开口假贷路费,凑聚将来⑩,或可满得此数。"起身梳洗,别了十娘出门。十娘道:"用心作速。专听佳音。"公子道:"不须分付。"

公子出了院门,来到三亲四友处,假说起身告别,众人到也欢喜。后来叙到路费欠缺,意欲借贷。常言道:"说着钱,便无缘。"亲友们就不招架⑪。他们也见得是,道李公子是风流浪子,迷恋烟花,年许不归,父亲都为他气坏在家。他今日抖然⑫要回,未知真假。倘或说骗盘缠⑬到手,又去还脂粉钱,父亲知道,将好意翻成恶意,始终只是一怪⑭,不如辞了干净。便回道:"目今正值空乏,不能相济⑮,惭愧!惭愧!"人人如此,个个皆然,并没有个慷慨丈夫,肯统口⑯许他一十二十两。

李公子一连奔走了三日,分毫无获,又不敢回决十娘,权且含糊答应。到第四日又没想头⑰,就羞回院中。平日间有了杜家,连下处⑱也没有了,今日就无处投宿,只得往同乡柳监生寓所借歇。柳遇春见公子愁容可掬⑲,问其来历。公子将杜十娘愿嫁之情,备细说了。遇春摇首道:"未必,未必!那杜媺曲中第一名姬,要从良时,怕没有十斛明珠,千金聘礼!那鸨儿如何只要三百两?想鸨儿怪你无钱使用,白白占住他的女儿,设计打发你出门;那妇人与你相处已久,又碍却⑳面皮,不好明言,明知你手内空虚,故意将三百两卖个人情,限你十日。若十日没有,你也不好上门。便上门时,他会说你笑你,落得一场亵渎㉑,自然安身不牢,此乃烟花逐客之计,足下㉒三思,休被其惑。据弟愚意,不如早早开交㉓为上。"

公子听说,半晌无言,心中疑惑不定。遇春又道:"足下莫要错了主意。你若真个还乡,不多几两盘费,还有人搭救;若是要三百两时,莫说十日,就是十个月也难。如今的世情,那肯顾'缓急'二字的?那烟花也算定你没处告债㉔,故意设法难你。"公子道:"仁兄所见良是。"口里虽如此说,心中割舍不下,依旧又往外边东央西告,只是夜里不进院门了。

公子在柳监生寓中,一连住了三日,共是六日了。杜十娘连日不见公子进院,十分着紧,就教小厮四儿街上去寻。四儿寻到大街,恰好遇见公子。四儿叫道:"李姐夫,娘在家里望你㉕。"公子自觉无颜,回复道:"今日不得功夫㉖,明日来罢。"四儿奉了十娘之命,一把扯住,死也不放。道:"娘叫咱寻你。是必同去走一遭。"李公子心上也牵挂着姨子,没奈何,只得随四儿进院。见了十娘,嘿嘿无言。十娘问道:"所谋之事如何?"公子眼中流下泪来。十娘道:"莫非人情淡薄,不能足三百之数么?"公子含泪而言,道出二句:"不信上山擒虎易,果然开口告人难。一连奔走六日,并无铢㉗两,一双空手,羞见芳卿㉘。故此这几日不敢进院。今日承命呼唤,忍耻而来,非某不用心,实是世情如此。"十娘道:"此言休使虔婆知道。郎君今夜且住,妾别有商议。"

十娘自备酒肴,与公子欢饮。睡至半夜,十娘对公子道:"郎君果不能办一钱耶?妾终身之事,当如何也?"公子只是流涕,不能答一语。渐渐五更天晓,十娘道:"妾所卧絮褥内,藏有碎银一百五十两,此妾私蓄,郎君可持去。三百金,妾任㉒其半,郎君亦谋其半,庶易为力。限只四日,万勿迟误!"

十娘起身将褥付公子,公子惊喜过望,唤童儿持褥而去。径到柳遇春寓中,又把夜来之情与遇春说了。将褥拆开看时,絮中都裹着零碎银子;取出兑㉑时,果是一百五十两。遇春大惊道:"此妇真有心人也! 既系真情,不可相负。吾当代为足下谋之。"公子道:"倘得玉成㉒,决不有负!"当下柳遇春留李公子在寓,自出头各处去借贷。两日之内,凑足一百五十两,交付公子道:"吾代为足下告债,非为足下,实怜杜十娘之情也。"李甲拿了三百两银子,喜从天降,笑逐颜开,欣欣然来见十娘。刚是第九日,还不足十日。十娘问道:"前日分毫难借,今日如何就有一百五十两?"公子将柳监生事情,又述了一遍。十娘以手加额道:"使吾二人得遂㉒其愿者,柳君之力也!"两个欢天喜地,又在院中过了一晚。

次日,十娘早起,对李甲道:"此银一交,便当随郎君去矣! 舟车之类,合当预备。妾昨日于姊妹中借得白银二十两,郎君可收下为行资也。"公子正愁路费无出,但不敢开口,得银甚喜。说犹未了,鸨儿恰来敲门,叫道:"媺儿,今日是第十日了!"公子闻叫,启户相延㉒道:"承妈妈厚意,正欲相请。"便将银三百两放在桌上。鸨儿不料公子有银,嘿然变色,似有悔意。十娘道:"儿在妈妈家中八年,所致金帛不下数千金矣。今日从良美事,又妈妈亲口所订,三百金不欠分毫,又不曾过期。倘若妈妈失信不许,郎君持银去,儿即刻自尽。恐那时人财两失,悔之无及也!"鸨儿无词以对。腹内筹画了半晌,只得取天平兑准了银子,说道:"事已如此,料留你不住了。只是你要去时,即今就去。平时穿戴衣饰之类,毫厘㉒休想!"说罢,将公子和十娘推出房门,讨锁来就落了锁。此时九月天气。十娘才下床,尚未梳洗,随身旧衣,就拜了妈妈两拜。李公子也作了一揖。一夫一妇,离了虔婆大门。

鲤鱼脱却金钩去,摆尾摇头再不来。

## 注  释

① **万历二十年**:即1592年。**万历**:明神宗(朱翊钧)年号(1573—1620)。
② **户部**:中国古代官署名,明清时期户部掌管全国田地、户籍、赋税、俸饷以及一切跟财政相关的事情。
③ **粮饷**:旧指军队中发给官、兵的口粮和钱。
④ **纳粟入监**:交纳一定数量的粮粟就可入国子监读书,同时获得了考举人的资格。
⑤ **便宜**:好处。
⑥ **结末**:到最后。
⑦ **援例**:指根据(已制定的)规则、体例。
⑧ **居长**:在兄弟姐妹中排行第一。

⑨ 庠(xiáng):古代的学校。

⑩ 北雍:即北京的国子监。

⑪ 姬:旧时称以歌舞为业的女子。

⑫ "两弯"二句:两道弯弯的眉毛好像青色的远山,一双明亮的眼睛好似润泽的秋水。

⑬ 卓氏文君:即卓文君,西汉的美女兼才女,与当时才子司马相如有一段爱情佳话。

⑭ 斗筲之量:指酒量很小。斗:量粮食的器具,多用木或竹制成,容量是一斗。筲:一种竹器,用于盛粮或盛饭。

⑮ 挑:放,搁。

⑯ 撒漫:指出手阔绰大方。

⑰ 帮衬:体贴凑趣,会献殷勤。

⑱ 海誓山盟:指男女相爱时立下的誓言,爱情要像山和海一样永恒不变。

⑲ 不暇:指没有一点空闲。暇:空闲。

⑳ 空虚:里面没有什么实在的东西。这里指没有钱财。

㉑ 怠慢:淡漠,不恭敬。

㉒ 颜色:指美貌。

㉓ 捱(ái):拖延,磨蹭。

㉔ 短:此处指缺(钱)。

㉕ 日逐:每日。

㉖ "彼一时"二句:过去是过去,现在是现在,表示时间不同,情况也发生了变化。

㉗ 晦气:倒霉。

㉘ 般般:件件。

㉙ 典:抵押。旧时一方把土地、房屋或其他物件押给另一方使用,换取一笔钱,议定年限,到期还款,收回原物。

㉚ 许多:多少。

㉛ 谅:料想。

㉜ 忒:太,过于。

㉝ 无颜:没脸,不好意思。

㉞ 宽:放宽期限。

㉟ 翻悔:后悔。

㊱ 虔婆:旧时指开妓院的妇女,和上文的"老鸨"同义。此说多见于早期白话。

㊲ 落籍:取消名籍,也就是注销妓女的身份,成为良家女子。

㊳ 囊空如洗:口袋就像被水洗过一样的空,一分钱也没有。

㊴ 罄:尽,用尽。

㊵ 将来:取来,拿来。

㊶ 招架:应承,接口。

㊷ 抖然:突然。

㊸ 盘缠:路费。

㊹ 怪:责怪,怪罪。

㊺ **济**:帮助。

㊻ **统口**:答应。

㊼ **想头**:想法,念头。

㊽ **下处**:住的地方。

㊾ **愁容可掬**:形容愁容满面的样子。

㊿ **碍却**:因……而为难。

○51 **亵渎**:此处指侮辱、羞辱。

○52 **足下**:古人对同辈、朋友的敬称。

○53 **开交**:相当于说放手、丢开。

○54 **告债**:向别人借钱。

○55 **望你**:在等待你。

○56 **不得功夫**:没有时间。

○57 **铢**:古代重量单位,一般二十四铢为一两。

○58 **芳卿**:此处是公子对十娘的爱称。**卿**:古时朋友、夫妇间的爱称。

○59 **任**:承担。

○60 **兑**:交付。

○61 **玉成**:敬辞,促成。

○62 **遂**:满足,实现。

○63 **延**:请。

○64 **毫厘**:两个很小的计量单位,极言数量之小。

练 习

## (一) 填空

伟大的通俗文学家_____在广泛收集宋元话本和明代_____的基础上,经过加工汇辑成了《_____》《_____》《_____》三部短篇小说集,简称"三言",代表了明代拟话本的最高成就。

## (二) 思考

1. 简述"三言"的艺术特点。
2. 为什么说"三言"具有文人创作的某些特点?

**文学史知识提示**

"三言"在明末清初时还传到了日本,对日本的通俗文学产生很大影响。十八世纪时,日本的冈田白驹、泽田一斋师徒二人,将"三言""二拍"和《西湖佳话》等书中的部分作品,译成日文,编成《小说精言》《小说奇言》《小说粹言》三本书,成为"日本三言"。

"三言"中的作品,也传到了欧洲。《今古奇观》是第一部被介绍到欧洲的中国小说集。一八三九年,法国巴维译的《小说与故事》中,收了《灌园叟晚逢仙女》《李谪仙醉草吓蛮书》《俞伯牙摔琴谢知音》等篇。英国、德国都有《今古奇观》中部分故事的译本。当时,中国小说曾经流行欧洲文坛。德国著名诗人席勒在读了《今古奇观》的德译本后,写信给歌德说:"对一个作家而言,……埋头于风行一时的中国小说,可以说是一种恰当的消遣了。"

"三言"经过清朝的严厉禁止后,在清末曾经失传。鲁迅在一九三〇年编写《中国小说史略》时,还没有看到"三言"全书,只看到了《醒世恒言》一种。后来,在国内发现了《警世通言》,又在日本尊经阁、内阁文库发现了《喻世明言》。一九四六年,由商务印书馆排印出版,但印数不多。

(缪咏禾《冯梦龙和三言》,
上海古籍出版社1979年版,第83—85页)

## 杜十娘怒沉百宝箱(节选,接"作品"部分)

公子教十娘且住片时:"我去唤个小轿抬你,权往柳荣卿寓所去,再作道理①。"十娘道:"院中诸姊妹平昔相厚②,理宜话别。况前日又承他借贷路费,不可不一谢也。"乃同公子到各姊妹处谢别。姊妹中惟谢月朗、徐素素与杜家相近,尤与十娘亲厚。十娘先到谢月朗家。月朗见十娘秃髻旧衫,惊问其故。十娘备述来因,又引李甲相见。十娘指月朗道:"前日路资,是此位姐姐所贷,郎君可致谢。"李甲连连作揖。月朗便教十娘梳洗,一面去请徐素素来家相会。十娘梳洗已毕,谢、徐二美人各出所有,翠钿③金钏,瑶簪宝珥④,锦袖花裙,鸾带绣履,把杜十娘装扮得焕然一新,备酒作庆贺筵席。月朗让卧房与李甲、杜媺二人过宿。次日,又大排筵席,遍请院中姊妹。凡十娘相厚者,无不毕⑤集。都与他夫妇把盏称喜。吹弹歌舞,各逞⑥其长,务要尽欢,直饮至夜分。十娘向众姊妹,一一称谢。众姊妹道:"十姊为风流领袖,今从郎君去,我等相见无日。何日长行,姊妹们尚当奉送。"月朗道:"候有定期,小妹当来相报。但阿姊千里间关,同郎君远去,囊箧萧条⑦,曾无约束,此乃吾等之事。当相与共谋之,勿令姊有穷途⑧之虑也。"众姊妹各唯唯而散。是晚,公子和十娘仍宿谢家。至五鼓⑨,十娘对公子道:"吾等此去,何处安身?郎君亦曾计议有定着否?"公子道:"老父盛怒之下,若知娶妓而归,必然加以不堪⑩,反致相累。展转寻思,尚未有万全之策。"十娘道:"父子天性,岂能终绝,既然仓卒⑪难犯,不若与郎君于苏、杭胜地,权作浮居⑫。郎君先回,求亲友于尊大人面前劝解和顺,然后携妾于归⑬,彼此安妥。"公子道:"此言甚当。"次日,二人起身辞了谢月朗,暂往柳监生寓中,整顿行装。杜十娘见了柳遇春,倒身下拜,谢其周全之德:"异日⑭我夫妇必当重报。"遇春慌忙答礼道:"十娘钟情所欢,不以贫窭⑮易心,此乃女中豪杰。仆因风吹火⑯,谅区区何足挂齿⑰!"三人又饮了一日酒。次早,择了出行吉日,雇倩轿马停当。十娘又遣童儿寄信,别谢月朗。临行之际,只见肩舆⑱纷纷而至,乃谢月朗与徐素素拉众姊妹来送行。月朗道:"十姊从郎君千里间关,囊中消索,吾等甚不能忘情。今合具薄赆⑲,十姊可检收,或⑳长途空乏,亦可少助。"说罢,命从人挈㉑一描金文具至前,封锁甚固,正不知什么东西在里面。十娘也不开看,也不推辞,但殷勤作谢而已。须臾㉒,舆马齐集,仆夫催促起身。柳监生三杯别酒,和众美人送出崇文门外,各各垂泪而别。正是:

　　他日重逢难预必,此时分手最堪怜。

　　再说李公子同杜十娘行至潞河,舍陆从舟,却好有瓜洲差使船转回之便,讲定船钱,包了舱口。比及㉓下船时,李公子囊中,并无分文余剩。

　　你道杜十娘把二十两银子与公子,如何就没了?公子在院中嫖得衣衫蓝缕㉔,银子到手,未免在解库中取赎几件穿着,又制办了铺盖㉕,剩来只勾轿马之费。

　　公子正当愁闷,十娘道:"郎君勿忧,众姊妹合赠,必有所济。"乃取钥开箱。公子在旁,自觉惭愧,也不敢窥觑㉖箱中虚实。只见十娘在箱里取出一个红绢袋来,掷于桌上道:"郎君可开看之。"公子提在手中,觉得沉重,启而观之,皆是白银,计数整五十两。十娘仍将箱子下锁,亦不言箱中更有何物。但对公子道:"承众姊妹高情,不惟㉗途路不乏,即他日浮寓吴越间,亦可稍佐㉘吾夫妻山水之费矣。"公子且惊且喜道:"若不遇恩卿,我李甲流落他乡,死无葬身之地矣!此情此德,白头不敢忘也!"自此每谈及往事,公子必感激流涕,十娘亦曲意㉙抚慰。一路无话。

　　不一日,行至瓜洲,大船停泊岸口。公子别雇了民船,安放行李,约明日侵晨,剪江㉚而渡。其时仲冬㉛中旬,月明如水,公子和十娘坐于舟首。公子道:"自出都门,困守一舱之中,四顾有人,未得畅语。今日独据一舟,更无避忌。且已离塞北,初近江南,宜开怀畅饮㉜,以舒㉝向来抑郁之气,恩卿以为何如?"十娘道:"妾久疏谈笑㉞,亦有此心,郎君言及,足见同志耳。"

　　公子乃携酒具于船首,与十娘铺毡并坐,传杯交盏。饮至半酣,公子执卮㉟对十娘道:"恩卿妙音,六院推首,某相遇之初,每闻绝调,辄不禁神魂之飞动。心事多违,彼此郁郁,鸾鸣凤奏㊱,久矣不闻。今清江明月,深夜无人,肯为我一歌否?"十娘兴亦勃发,遂开喉顿嗓,取扇按拍,呜呜咽咽,歌出元人施君美㊲《拜月亭》杂剧上"状元执盏与婵娟"一曲,名《小桃红》。真个:

声飞霄汉云皆驻,响入深泉鱼出游。

　　却说他舟有一少年,姓孙,名富,字善赉,徽州新安人氏。家资巨万,积祖扬州种盐。年方二十,也是南雍③中朋友。生性风流,惯向青楼买笑,红粉追欢,若嘲风弄月,到是个轻薄的头儿。事有偶然,其夜亦泊舟瓜洲渡口,独酌无聊。急听得歌声嘹亮,凤吟鸾吹,不足喻其美。起立船头,伫听半晌,方知声出邻舟。正欲相访,音响倏已寂然。乃遣仆者潜窥踪迹,访于舟人,但晓得是李相公雇的船,并不知歌者来历。孙富想道:"此歌者必非良家,怎生⑩得他一见?"展转寻思,通宵不寐。捱至五更,忽闻江风大作,及晓,彤云⑩密布,狂雪飞舞。怎见得,有诗为证:

　　千山云树灭,万径人踪绝。

　　扁舟蓑笠翁,独钓寒江雪。

因这风雪阻渡,舟不得开,孙富命艄公移船,泊于李家舟之旁。孙富貂帽狐裘,推窗假作看雪。值⑪十娘梳洗方毕。纤纤玉手,揭起舟旁短帘,自泼盂中残水,粉容微露,却被孙富窥见了,果是国色天香⑫,魂摇心荡,迎眸注目,等候再见一面,杳⑬不可得。沉思久之,乃倚窗高吟高学士《梅花诗》二句道:

　　雪满山中高士卧,月明林下美人来。

李甲听得邻舟吟诗,舒头出舱,看是何人。只因这一看,正中了孙富之计。孙富吟诗,正要引李公子出头,他好乘机攀话⑭。当下慌忙举手,就问:"老兄尊姓何讳?"李公子叙了姓名乡贯,少不得也问那孙富。孙富也叙过了,又叙了些太学中的闲话,渐渐亲熟。孙富便道:"风雪阻舟,乃天遣⑮与尊兄相会,实小弟之幸也。舟次无聊,欲同尊兄上岸,就酒肆中一酌,少领清诲,万望不拒。"公子道:"萍水相逢⑯,何当厚扰?"孙富道:"说那里话!'四海之内,皆兄弟也'。"喝教艄公打跳,童儿张伞,迎接公子过船,就于船头作揖,然后让公子先行,自己随后,各各登跳上涯⑰。

　　行不数步,就有个酒楼。二人上楼,拣一副洁净座头,靠窗而坐。酒保列上酒肴。孙富举杯相劝,二人赏雪饮酒。先说些斯文中套话,渐渐引入花柳之事。二人都是过来之人⑱,志同道合,说得入港⑲,一发成相知了。

　　孙富屏⑳去左右,低低问道:"昨夜尊舟清歌者何人也?"李甲正要卖弄在行,遂实说道:"此乃北京名姬杜十娘也。"孙富道:"既系曲中姊妹,何以归兄?"公子遂将初遇杜十娘,如何相好,后来如何要嫁,如何借银讨他,始末根由,备细述了一遍。孙富道:"兄携丽人而归,固是快事,但不知尊府中能相容否?"公子道:"贱室不足虑。所虑者老父性严,尚费踌躇㉑耳!"孙富将机就机,便问道:"既是尊大人未必相容,兄所携丽人,何处安顿?亦曾通知丽人,共作计较否?"公子攒眉而答道:"此事曾与小妾议之。"孙富欣然问道:"尊宠必有妙策。"公子道:"他意欲侨居苏杭,流连山水,使小弟先回,求亲友宛转㉒于家君之前。俟㉓家君回嗔作喜,然后图归。高明以为何如㉔?"孙富沉吟半晌,故作愀然㉕之色道:"小弟乍㉖会之间,交浅言深,诚恐见怪。"公子道:"正赖高明指教,何必谦逊?"孙富道:"尊大人位居方面,必严帷薄之嫌㉗,平时既怪兄游非礼之地,今日岂容兄娶不节之人。况且贤亲贵友,谁不迎合尊大人之意者?兄枉去求他,必然相拒。就有个不识时务㉘的进言于尊大人之前,见尊大人意思不允,他就转口了。

兄进不能和睦家庭,退无词以回复尊宠,即使留连山水,亦非长久之计。万一资斧困竭,岂不进退两难⑩!"

公子自知手中只有五十金,此时费去大半,说到资斧困竭,进退两难,不觉点头道是。孙富又道:"小弟还有句心腹之谈,兄肯俯听否?"公子道:"承兄过爱,更求尽言。"孙富道:"疏不间亲⑩,还是莫说罢。"公子道:"但说何妨?"孙富道:"自古道,'妇人水性无常',况烟花之辈,少真多假。他既系六院名姝⑪,相识定满天下;或者南边原有旧约,借兄之力,挈带而来,以为他适⑫之地。"公子道:"这个恐未必然。"孙富道:"即不然,江南子弟,最工⑬轻薄,兄留丽人独居,难保无逾墙钻穴之事,若挈之同归,愈增尊大人之怒。为兄之计,未有善策。况父子天伦,必不可绝。若为妾而触⑭父,因妓而弃家,海内必以兄为浮浪不经⑮之人。异日妻不以为夫,弟不以为兄,同袍不以为友,兄何以立于天地之间?兄今日不可不熟思也!"

公子闻言,茫然自失,移席问计:"据高明之见,何以教我?"孙富道:"仆有一计,于兄甚便;只恐兄溺⑯枕席之爱,未必能行,使仆空费词说耳!"公子道:"兄诚有良策,使弟再睹⑰家园之乐,乃弟之恩人也,又何惮⑱而不言耶?"孙富道:"兄飘零岁余,严亲怀怒,闺阁离心,设身以处兄之地,诚寝食不安⑲之时也。然尊大人所以怒兄者,不过为迷花恋柳,挥金如土⑳,异日必为弃家荡产之人,不堪继承家业耳!兄今日空手而归,正触其怒。兄倘能割衽席之爱㉑,见机而作,仆愿以千金相赠。兄得千金,以报尊大人,只说在京授馆,并不曾浪费分毫,尊大人必然相信。从此家庭和睦,当无间言,须臾之间,转祸为福。兄请三思,仆非贪丽人之色,实为兄效忠于万一也。"

李甲原是没主意的人,本心惧怕老子㉒,被孙富一席话,说透胸中之疑,起身作揖道:"闻兄大教,顿开茅塞㉓。但小妾千里相从,义难顿绝,容归与商之。得其心肯,当奉复耳。"孙富道:"说话之间,宜放婉曲㉔。彼既忠心为兄,必不忍使兄父子分离,定然玉成兄还乡之事矣。"二人饮了一回酒,风停雪止,天色已晚。孙富教家僮算还了酒钱,与公子携手下船。正是:

逢人且说三分话,未可全抛一片心。

却说杜十娘在舟中,摆设酒果,欲与公子小酌,竟日㉕未回,挑灯以待。公子下船,十娘起迎。见公子颜色匆匆,似有不乐之意,乃满斟热酒劝之。公子摇首不饮,一言不发,竟自上床睡了。

十娘心中不悦,乃收拾杯盘,为公子解衣就枕,问道:"今日有何见闻,而怀抱郁郁如此?"公子叹息而已,终不启口。问了三四次,公子已睡去了。十娘委决㉖不下,坐于床头而不能寐。

到夜半,公子醒来,又叹一口气。十娘道:"郎君有何难言之事,频频㉗叹息?"公子拥被而起,欲言不语者几次,扑簌簌掉下泪来。

十娘抱持公子于怀间,软言抚慰道:"妾与郎君情好,已及二载,千辛万苦,历尽艰难,得有今日。然相从数千里,未曾哀戚;今将渡江,方图百年欢笑,如何反起悲伤?必有其故。夫妇之间,死生相共,有事尽可商量,万勿讳㉘也!"

公子再四被逼不过,只得含泪而言道:"仆天涯穷困,蒙恩卿不弃,委曲相从,诚乃莫大㉒之德也。但反复思之，老父位居方面，拘于礼法，况素性方严，恐添嗔怒，必加黜逐㉓，你我流荡，将何底止？夫妇之欢难保，父子之伦又绝。日间蒙新安孙友邀饮，为我筹及此事，寸心如割！"

十娘大惊道："郎君意将如何？"公子道："仆事内之人，当局而迷㉘。孙友为我画一计颇善，但恐恩卿不从耳！"十娘道："孙友者何人？计如果善，何不可从？"公子道："孙友名富，新安盐商，少年风流之士也。夜间闻子清歌，因而问及。仆告以来历，并谈及难归之故。渠㉒意欲以千金聘汝，我得千金，可藉口㉓以见吾父母；而恩卿亦得所天。但情不能舍，是以悲泣。"说罢，泪如雨下。

十娘放开两手，冷笑一声道："为郎君画此计者，此人乃大英雄也！郎君千金之资，既得恢复，而妾归他姓，又不致为行李之累，发乎情，止乎礼㉘，诚两便之策也。那千金在哪里？"公子收泪道："未得恩卿之诺，金尚留彼处，未曾过手。"十娘道："明早快快应承了他，不可挫过机会。但千金重事，须得兑足，交付郎君之手，妾始过身，勿为贾竖子㉕所欺。"

时已四鼓，十娘即起身挑灯梳洗道："今日之妆，乃迎新送旧，非比寻常。"于是脂粉香泽，用意修饰，花钿绣袄，极其华艳，香风拂拂，光采照人。

装束方完，天色已晓。孙富差家童到船头候信。十娘微窥公子，欣欣似有喜色，乃催公子快去回话，及早兑足银子。公子亲到孙富船中，回复依允。孙富道："兑银易事，须得丽人妆台为信。"公子又回复了十娘。十娘即指描金文具道："可便抬去。"孙富喜甚，即将白银一千两，送到公子船中。

十娘亲自检看，足色㉖足数，分毫无爽㉗。乃手把船舷，以手招孙富。孙富一见，魂不附体㉘。十娘启朱唇，开皓齿道："方才箱子可暂发来，内有李郎路引一纸，可检还之也。"

孙富视十娘已为"瓮中之鳖"㉙，即命家僮送那描金文具，安放船头之上。十娘取钥开锁，内皆抽替小箱。十娘叫公子抽第一层来看，只见翠羽明珰㉚，瑶簪宝珥，充牣㉛于中，约值数百金。十娘遽㉜投之江中。李甲与孙富及两船之人，无不惊诧。又命公子再抽一箱，乃玉箫金管；又抽一箱，尽古玉紫金玩器，约值数千金。十娘尽投之于大江中。岸上之人，观者如堵，齐声道："可惜！可惜！"正不知什么缘故。最后又抽一箱，箱中复有一匣。开匣视之，夜明之珠，约有盈把。其他祖母绿、猫儿眼，诸般异宝，目所未睹，莫能定其价之多少。众人齐声喝采，喧声如雷。十娘又欲投之于江。李甲不觉大悔，抱持十娘恸哭。那孙富也来劝解。

十娘推开公子在一边，向孙富骂道："我与李郎备尝艰苦㉝，不是容易到此；汝以奸淫之意，巧㉞为谗说，一旦破人姻缘，断人恩爱，乃我之仇人。我死而有知，必当诉之神明㉟，尚妄想枕席之欢乎！"又对李甲道："妾风尘数年，私有所积，本为终身之计。自遇郎君，山盟海誓，白首不渝㊱。前出都之际，假托众姊妹相赠，箱中韫藏百宝，不下万金。将润色郎君之装，归见父母，或怜妾有心，收佐中馈㊲，得终委托，生死无憾。谁知郎君相信不深，惑于浮议，中道见弃㊳，负妾一片真心。今日当众目之前，开箱出视，使郎君知区区千金，未为难事。妾椟㊴中有玉，恨郎眼内无珠。命之不辰，风尘困瘁，甫㊵

得脱离，又遭弃捐，今众人各有耳目，共作证明，妾不负[100]郎君，郎君自负妾耳！"

于是众人聚观者，无不流涕，都唾骂李公子负心薄幸[101]。公子又羞又苦，且悔且泣。方欲向十娘谢罪，十娘抱持宝匣，向江心一跳。众人急呼捞救。但见云暗江心，波涛滚滚，杳无踪影。可惜一个如花似玉的名姬，一旦葬于江鱼之腹！

三魂渺渺归水府，七魄悠悠入冥途。

当时旁观之人，皆咬牙切齿[103]，争欲拳殴李甲和那孙富。慌得李、孙二人，手足无措[104]，急叫开船，分途遁去。李甲在舟中，看了千金，转忆十娘，终日愧悔，郁成狂疾，终身不痊[105]。孙富自那日受惊得病，卧床月余，终日见杜十娘在旁诟骂，奄奄[106]而逝。人以为江中之报[107]也。

却说柳遇春在京坐监完满，束装回乡，停舟瓜步。偶临江净脸，失坠铜盆于水，觅渔人打捞。及至捞起，乃是个小匣儿。遇春启匣观看，内皆明珠异宝，无价之珍。遇春厚赏渔人，留于床头把玩[108]。是夜梦见江中一女子，凌波而来，视之，乃杜十娘也。近前万福[109]，诉以李郎薄幸之事。又道："向[110]承君家慷慨，以一百五十金相助，本意息肩之后，徐[111]图报答。不意事无终始；然每怀盛情，悒悒[112]未忘。早间曾以小匣托渔人奉致，聊表[113]寸心，从此不复相见矣。"言讫[114]，猛然惊醒，方知十娘已死，叹息累日。

后人评论此事，以为孙富谋夺美色，轻掷千金，固非良士；李甲不识杜十娘一片苦心，碌碌蠢才，无足道[115]者。独谓十娘千古女侠，岂不能觅一佳侣，共跨秦楼之凤，乃错认李公子，明珠美玉，投于盲人，以致恩变为仇，万种恩情，化为流水，深可惜也！

# 注 释

① 道理：打算。
② 相厚：交情深厚。
③ 钿：用金翠珠宝等制成的花朵形首饰。
④ 珥：用珠子或玉石做的耳环。
⑤ 毕：全，都。
⑥ 逞：展现。
⑦ 萧条：(行李)少。
⑧ 穷途：路已走到尽头，比喻处境艰危。
⑨ 鼓：古代夜间击鼓以报时，一鼓为一更，五鼓即五更。
⑩ 不堪：不能忍受的(待遇)。
⑪ 仓卒：也写作"仓促"，匆忙。
⑫ 浮居：暂时居住。
⑬ 于归：往，去。指女子出嫁，到男方家里生活。
⑭ 异日：他日。
⑮ 窭(jù)：贫穷。
⑯ 因风吹火：趁着风势吹火，比喻乘便行事，并不费力。这里是谦虚的说法。
⑰ 何足挂齿：哪里值得挂在嘴上。不值一提的意思。

⑱ **肩舆**:轿子。

⑲ **赆**(jìn):临别赠送的财物。

⑳ **或**:如果。

㉑ **挈**:用手提着。

㉒ **须臾**:一会儿。

㉓ **比及**:等到。

㉔ **蓝褛**:常写作"褴褛",衣衫破烂不堪。

㉕ **铺盖**:床单、毯子或其他床上用品。

㉖ **窥觑**:偷看。

㉗ **不惟**:不只是。

㉘ **佐**:助。

㉙ **曲意**:委婉,含蓄。

㉚ **剪江**:船破浪行于江面。

㉛ **仲冬**:指冬季的第二个月,即农历十一月。**仲**:时序、位次居中的,特指每季的第二个月。

㉜ **开怀畅饮**:比喻敞开胸怀,尽情饮酒。

㉝ **舒**:抒发,排遣。

㉞ **久疏谈笑**:很久没有谈笑了。

㉟ **卮**:古代一种盛酒器。

㊱ **鸾鸣凤奏**:弹奏演唱的美称。

㊲ **施君美**:施惠,字君美,杭州人。王骥德《曲律·杂论》谓"世传《拜月》为施君美作"。但也有人认为不是他个人的作品。《拜月亭》描写书生蒋世隆在战乱之中遇见少女王瑞兰,两人结为夫妻。王瑞兰之父因门第差别,强行拆散了两人。后蒋世隆考中状元,两人终于团圆。

㊳ **南雍**:指南京国子监。

㊴ **怎生**:怎么。

㊵ **彤云**:指密布的阴云,特指要下雪前。

㊶ **值**:当……的时候。

㊷ **国色天香**:原形容颜色和香气不同于一般花卉的牡丹花,后也形容女子的美丽。

㊸ **杳**:消失,不见踪影。

㊹ **攀话**:互相闲谈,交谈。

㊺ **天遣**:上天安排。

㊻ **萍水相逢**:浮萍随水漂泊,聚散不定,比喻向来不认识的人偶然相遇。

㊼ **涯**:岸。

㊽ **过来之人**:对某事曾经亲身经历过或体验过的人。

㊾ **入港**:投机,意气相投。多见于早期白话。

㊿ **屏**:使退避。

㉑ **踌躇**:反复思量。

㉒ **宛转**:斡旋。

㉓ **俟**:等待。

㉔ **高明以为如何**:你认为这主意是否高明?

㊽ 揪(qiǎo)然:神色严肃的样子。
㊾ 乍:刚刚。
㊿ 必严帷薄之嫌:必定严肃地维持男女之间的封建礼防。帷薄:帐幔叫帷,竹簾叫薄,可供分隔内外之用,此处借指男女有别。
58 不识时务:没有清楚认识客观形势。
59 进退两难:前进和后退都难,形容处境困难。
60 疏不间亲:关系疏远者不参与关系亲近者的事。
61 姝:美女。
62 适:往,到。
63 工:擅长。
64 触:冒犯。
65 浮浪不经:轻薄放荡,不合于常规。
66 溺:沉湎于,专心于(不好的事情)。
67 睹:见,看见。
68 惮(dàn):害怕,畏惧。
69 寝食不安:睡不好觉,吃不好饭,形容十分忧虑担心的样子。
70 挥金如土:把钱财当成泥土一样挥霍,形容极端挥霍浪费。
71 衽席之爱:意指男女情爱。
72 老子:父亲。
73 顿开茅塞:比喻思想忽然开窍,立刻明白了某个道理。
74 婉曲:委婉含蓄。
75 竟日:整天,全天。
76 委决:犹豫,不能决定。
77 频频:重复,连续。
78 讳:隐蔽,隐藏。
79 莫大:没有比这更大。
80 黜逐:贬斥驱逐。
81 当局者迷:当事人往往看不清楚事情的真相。
82 渠:第三人称代词,他。
83 藉口:借口,找到理由。
84 "发乎情"二句:男女之间产生感情,受到礼义的约束。
85 贾竖子:那个商人小子。贾:商人。竖子:小子(含鄙视意)。
86 足色:指金银纯净,成色十足。
87 爽:差。
88 魂不附体:灵魂离开了身体,形容极端惊恐或在某种事物诱惑下失去常态。
89 瓮中之鳖:比喻已在掌握之中,逃跑不了的东西。
90 珰:妇女戴在耳垂上的一种装饰品。
91 充韧:充满。
92 遽:立刻,马上。

㉝ **备尝艰苦**:受尽了艰难困苦。

㉞ **巧**:花言巧语。

㉟ **神明**:神灵。

㊱ **白首不渝**:头发白了也不改变,比喻对爱情一生忠诚。

㊲ **中馈**:妻室。

㊳ **见弃**:抛弃我。

㊴ **椟**(dú):柜子,匣子。

⑩ **甫**:方才,刚刚。

⑪ **负**:辜负,对不起人。

⑫ **薄幸**:薄情,感情不深。

⑬ **咬牙切齿**:形容极端仇视或痛恨。

⑭ **措**:放置,安放。

⑮ **痊**(quán):恢复健康。

⑯ **奄奄**:气息微弱的样子。

⑰ **报**:报应。

⑱ **把玩**:握在手中或置于手中赏玩。

⑲ **万福**:古代妇女行的敬礼,两手轻轻抱拳在胸前右下侧上下移动,同时略做鞠躬的姿势。

⑳ **向**:过去,往昔。

㉑ **徐**:慢慢地。

㉒ **悒**(yì)**悒**:心中有所郁结、忧愤。

㉓ **聊表**:意思是略微表达。

㉔ **讫**:完结,终了。

㉕ **无足道**:不值得一提。

# 第三十九课

# 蒲松龄的《聊斋志异①》

## 课　文

　　蒲松龄的《聊斋志异》融汇、汲取了中国文言小说的成就,用唐传奇的手法来志怪,通过塑造大量鬼狐花妖的形象,批判人间现世②的丑恶和黑暗,以其深刻的思想,丰富的内容和令人耳目一新③的艺术特点把中国古代文言短篇小说艺术推向了最高峰。

　　蒲松龄的志怪小说现实性极为强烈,与此前任何志怪小说相比都大不相同。作者笔下被人们视为"异类"的鬼狐花妖比畸形的社会制度下满口"仁义道德"④的"人"要善良得多、可爱得多。作者创作的目的就是要鞭挞丑恶的社会现实,揭露官场的罪恶,讽刺封建社会的科举制度,歌颂反抗传统礼教、追求纯洁爱情的人鬼之恋。在这方面,蒲松龄取得了前所未有的、卓越的成就。

　　《聊斋志异》在艺术上形成了鲜明的特色。第一,用唐传奇的手法写志怪小说,善于运用一波三折、曲折多变的情节抒写鬼狐花妖与人的和谐关系,把冥冥彼岸⑤与现实人生融为一体,忽彼忽此,阴阳⑥交错,仙凡相通⑦,产生了奇异的美学效果。第二,作者在描写鬼狐花妖所幻化的人物时,让他们大都既有人的思想感情,又有动物原型⑧的自然特征,二者完美统一,达到了令读者"忘为异类⑨"的效果。第三,蒲松龄是一位语言大师,其小说语言细致周详⑩,井然有序⑪。虽写幻境⑫,但笔触并不玄虚⑬,风行水上,自成文理⑭;刻画人物时,下语⑮简洁、含蓄,精妙传神,摇曳多姿。

## 注　释

① **聊斋志异**:在书房中记录怪异的事情。**聊斋**:蒲松龄书房的名字。**志异**:记录怪异的事情。
② **现世**:这个世界,目前的世界。
③ **耳目一新**:所见所闻都有变化,令人感到新鲜。
④ **仁义道德**:泛指封建社会的一切道德准则,原先有褒义,后指伪君子的口头禅,也就有了贬义。
⑤ **彼岸**:佛教认为是能脱离尘世烦恼、取得正果之处。
⑥ **阴阳**:这里指生与死、现实与彼岸等对立的境界。
⑦ **相通**:彼此连通,互相通融。
⑧ **原型**:文学艺术作品中塑造某种形象所依据的现实生活中的某种形象。
⑨ **异类**:不同种类,这里主要是指与人不同的种类,也就是非人类。
⑩ **周详**:周到细致。
⑪ **井然有序**:形容整齐、有秩序的样子。
⑫ **幻境**:虚幻、不真实的境地。
⑬ **玄虚**:形容神秘莫测,使人捉摸不透。
⑭ **文理**:指文章内容和行文方面的条理。
⑮ **下语**:用语,使用语言。

## 鬼妻

泰安①聂鹏云,与妻某②,鱼水③甚谐。妻遭④疾卒。聂坐卧悲思,忽忽⑤若失。一夕独坐,妻忽排扉⑥入。聂惊问:"何⑦来?"笑云:"妾已鬼矣。感君悼念⑧,哀白地下主者,聊与作幽会⑨。"聂喜,携就床寝⑩,一切无异于⑪常。从此星离月会⑫,积⑬有年余。聂亦不复言娶。伯叔兄弟惧堕宗主⑭,私谋于族⑮,劝聂鸾续⑯。聂从⑰之,聘⑱于良家。然恐⑲妻不乐,秘之⑳。

未几㉑,吉期逼迩㉒,鬼知其情,责㉓之曰:"我以㉔君义,故冒幽冥㉕之谴。今乃质盟㉖不卒,钟情㉗者固如是乎?"聂述宗党㉘之意。鬼终㉙不悦,谢绝而去。聂虽怜㉚之,而计亦得㉛也。迨合卺㉜之夕,夫妇俱寝,鬼忽至,就床上挝㉝新妇,大骂:"何得占我床寝!"新妇起,方㉞与挡拒。聂惕然㉟赤蹲,并无敢左右袒㊱。无何㊲,鸡鸣,鬼乃㊳去。新妇疑聂妻故㊴并未死,谓其赚㊵己,投缳欲自缢㊶。聂为之缅述㊷,新妇始知为鬼。日夕复来。新妇惧避之。鬼亦不与聚寝,但以指掐㊸肤肉。已乃对烛目怒相视,默默不语。如是数㊹夕。聂患㊺之。

近村有良于术者㊻,削桃为杙㊼,钉墓四隅㊽,其怪始绝。

## 注　释

① **泰安**:即今山东泰安。
② **某**:指代失传的或忘记的人名或时、地等。
③ **鱼水**:鱼和水的融洽关系。比喻双方相处很好,关系密切。
④ **遘(gòu)**:遇,遇到。
⑤ **忽忽**:失意的样子。
⑥ **扉**:门扇。
⑦ **何**:疑问代词,哪里,什么地方。
⑧ **感君悼念**:为你的怀念而感动。**悼念**:对死者哀痛地怀念。
⑨ **聊与作幽会**:姑且和你相会。**聊**:副词,姑且,暂且。
⑩ **携就床寝**:挽着(她)上床睡觉。**携**:牵,挽。**就**:靠近,接近。**寝**:睡觉。
⑪ **于**:介词,和,跟。
⑫ **星离月会**:指离别、相会都在晚上。
⑬ **积**:累积,一共。
⑭ **伯叔兄弟惧堕宗主**:亲属们怕他没有后人。**伯叔兄弟**:同姓的伯伯、叔叔和兄弟等人,泛指同姓的族人。**堕**:毁坏。**宗主**:古代宗法制,嫡长子被族人兄弟尊为一宗之主,所以叫"宗主"。
⑮ **私谋于族**:私下里在族人中间谋划。
⑯ **鸾续**:妻子死后再娶。
⑰ **从**:听从,顺从。
⑱ **聘**:古时称订婚、迎娶等。
⑲ **恐**:害怕,担心。
⑳ **秘之**:使(这件事)成为秘密,不为人知。**秘**:形容词使动用法。
㉑ **未几**:没有多久,很快。
㉒ **迩**:接近。
㉓ **责**:责备,责问。
㉔ **以**:以为,认为。
㉕ **幽冥**:指阴间。
㉖ **质盟**:订盟,立誓。
㉗ **钟情**:感情、爱情专一。
㉘ **宗党**:族人。
㉙ **终**:副词,始终,终究。

㉚ 怜：爱。

㉛ 得：成功，完成。

㉜ 合卺(jǐn)：古时结婚的一种仪式，把一个匏瓜剖成两个瓢，新郎新娘各拿一个饮酒，后泛指结婚。

㉝ 挝(zhuā)：打，敲打。

㉞ 方：副词，正，正在。

㉟ 惕然：恐惧的样子。

㊱ 袒：偏袒，指出于私心而无原则地支持或庇护某一方。

㊲ 无何：不久。

㊳ 乃：副词，才。

㊴ 故：副词，本来，原本。

㊵ 赚：欺骗，哄骗。

㊶ 投缳(huán)欲自缢：想要上吊自杀。

㊷ 缅述：尽情叙说，备叙。

㊸ 掐：用指甲按。

㊹ 数：几个，若干。

㊺ 患：忧虑。

㊻ 近村有良于术者：附近村庄有个方术很好的人。术：方术，道家所信仰奉行的一些求仙、炼丹、驱邪等方法。

㊼ 削桃为杙：把桃木削成小木桩。古人相信桃木有驱邪的作用。杙：小木桩。

㊽ 隅：角落。

## (一) 填空

1. 蒲松龄的《聊斋志异》融汇、汲取了中国文言小说的成就，用_____的手法来写志怪，通过塑造大量_____的形象，批判人间现世的_____和_____，以其深刻的思想，丰富的内容和令人耳目一新的艺术特点把中国古代文言短篇小说艺术发展推向了_____。

2. 作者在描写鬼狐花妖所_____的人物时，让他们大都既有_____ _____，又有_____，二者完美统一，达到了令读者"____ _____"的效果。

## （二）思考

简述《聊斋志异》的艺术特色。

**文学史知识提示**

　　文言小说经历了汉魏六朝漫长的发展演化过程之后，在唐代诸多有利因素的促进下，终于出现了可与律诗并称"一代之奇"的新局面。当然，这并不是说唐人小说的成就已经发展到了可与唐诗并驾齐驱的程度；而是说这两种不同的文学样式，到了唐代，都登上了各自的高峰。所谓"高峰"，也只是一种形象化的比喻，并不意味着在它之后再也不可能有所开拓发展了。到了宋元，文言小说的总趋势是在滑坡、衰退，但却出现一种值得注意、蕴含着文言小说生机的迹象，这就是在文体规范方面，传奇体小说渗透进了话本化的倾向。明乎此，才不会对元代冒出篇幅长大、情节委婉曲折、描写细腻的《娇红记》感到突兀，明初出现《剪灯新话》等传奇小说集，也就容易理解了。一种文体，必须在变革中求生存、求发展。传奇体小说从话本小说中汲取某些艺术表现手法、从生活中提炼有生命力的语言融入文言小说之中，就是有效的变革。

　　《剪灯新话》《剪灯余话》等所唤起的文言小说复苏气象，由于行政干预、强制命令，蒙受挫伤，停滞几近百年之久。明代后期的白话小说、戏曲、诗文、绘画艺术等各个领域出现的带有文艺复兴性质的浪潮，也给文言小说带来了复兴的机遇。回顾文言小说发展的历程，兴衰成败的艺术经验与教训，已经积累得非常丰厚，其他各种文体可供文言小说作者汲取的滋养也很多。加上明清易代之际的历史大震荡，清贵族入主中原所激起的社会矛盾，严密的文网，使一批擅长于文章的才俊之士，既有感于故国之思，又迷惘困惑于无所施展其才华，故往往以其有用之才，承晚明传奇小说复兴之风尚，操笔运思，创作不易触犯文禁的传奇小说。王猷定、魏禧、侯方域、李渔、徐芳、陈鼎、黄周星、王士禛等，都写过一些较好的传奇小说或传奇色彩较浓的人物传记。

…………

　　由于清初有一大批作家的共同努力，将晚明以来已经复兴的文言小说，逐渐推向新的高峰。屹立在这一峰巅的，则是蒲松龄及其《聊斋志异》。

（吴志达《中国文言小说史》，
齐鲁书社1994年版，第723—725页）

## 名篇欣赏

## 绿衣女

于璟,字小宋,益都①人。读书醴泉寺。夜方披诵②,忽一女子在窗外赞曰:"于相公勤读哉③!"因念:深山何处得女子?方疑思间,女子已推扉入。笑曰:"勤读哉!"于惊起,视之,绿衣长裙,婉④妙无比。于知非⑤人,因诘⑥里居。女曰:"君视妾当非能咋⑦噬者,何劳穷问⑧?"于心好之,遂与寝处⑨。罗襦既解,腰细殆不盈掬⑩。更筹方尽⑪,翩然⑫遂出。由此无夕不至。

一夕共酌,谈吐间妙解音律⑬。于曰:"卿声娇细,倘度⑭一曲,必能消魂⑮。"女笑曰:"不敢度曲,恐销君魂耳。"于固⑯请之。曰:"妾非吝惜⑰,恐他人所闻。君必欲之,请便献丑⑱;但只微声示意可耳。"遂以莲钩⑲轻点床足,歌云:"树上乌白鸟,赚奴中夜散⑳。不怨绣鞋㉑湿,只恐郎无伴。"声细如蝇,裁㉒可辨认。而静听之,宛转滑烈㉓,动耳摇心㉔。歌已,启门窥曰:"防窗外有人。"绕屋周㉕视,乃入。生曰:"卿何疑惧之深?"笑曰:"谚㉖云:'偷生鬼子常畏人㉗。'妾之谓矣㉘。"既而就寝,惕然不喜,曰:"生平之分㉙,殆止此乎?"于急问之,女曰:"妾心动,妾禄尽矣。"于慰之曰:"心动眼睏㉜,盖㉝是常也,何遽此云㉞?"女稍释㉟,复相绸缪㊱。更漏㊲既歇,披衣下榻㊳。方将启关㊴,徘徊㊵复返,曰:"不知何故㊶,惺憽心怯㊷。乞㊸送我出门。"于果㊹起,送诸门外㊺。女曰:"君伫望㊻我;我逾垣㊼去,君方归。"于曰:"诺㊽。"视女转过房廊㊾,寂㊿不复见。

方欲归寝,闻女号[51]救甚急。于奔往,四顾[52]无迹,声在檐[53]间。举首细视,则一蛛大如弹[54],抟[56]捉一物,哀鸣声嘶[57]。于破网挑下,去其缚缠,则一绿蜂,奄然将毙[58]矣。捉归室中,置案[59]头。停苏移时[60],始能行步。徐登砚[61]池,自以身投[62]墨汁,出伏几[63]上,走作"谢"字。频展[64]双翼,已乃穿窗而去。自此遂绝[65]。

## 注 释

① 益都:地名,在今山东青州。
② 披诵:打开(书)朗读。
③ 哉:助词,表示感叹,相当于"啊"。
④ 婉:柔美。
⑤ 非:不是。
⑥ 诘:询问,追问。
⑦ 咋(zé):啃咬。
⑧ 劳:劳烦,麻烦。这两句是说:您看我应该不是会吃人的人,何必麻烦苦苦追问?
⑨ 处:居住

⑩ 掬:量词,捧,指两手相合所捧的量。
⑪ 更筹方尽:夜晚计算时间的竹筹快用完了,意思就是说夜晚快完了,天快亮了。
⑫ 翩然:形容动作轻松迅速的样子。
⑬ 妙解音律:非常了解音乐。
⑭ 度:谱写、创作(乐曲)。
⑮ 消魂:形容伤感或欢乐到极点,若魂魄离散躯壳。
⑯ 固:副词,执意,坚决。
⑰ 吝惜:舍不得,顾惜。
⑱ 献丑:谦辞,在展示作品或演出时,说自己技能很差。
⑲ 莲钩:就是指女子的脚。
⑳ 散:逃,逃走。
㉑ 绣鞋:女子的绣花鞋。
㉒ 裁:副词,同"才",刚刚。
㉓ 宛转滑烈:形容歌声的美妙变化。
㉔ 动耳摇心:打动耳朵,摇动心神,形容歌声美妙。
㉕ 周:绕一圈,环绕。
㉖ 谚:谚语,民间流传的简练通俗而富有意义的语句。
㉗ 偷生鬼子常畏人:偷偷活下来的鬼总是害怕人。
㉘ 妾之谓矣:说的就是我啊。
㉙ 就寝:上床睡觉。
㉚ 分(fèn):缘分,情分。
㉛ 禄:福气,福运。
㉜ 瞤:眼皮跳动。
㉝ 盖:副词,表示推测,相当于"大约""大概"。
㉞ 何遽此云:为什么突然这么说呢?
㉟ 释:放松,放心。
㊱ 绸缪:缠绵,情意深厚。
㊲ 漏:古代滴水计时的仪器,漏壶。
㊳ 榻:床。
㊴ 关:门闩,闩门的横木。
㊵ 徘徊:在一个地方来回地走,比喻犹豫不决。
㊶ 故:原因。
㊷ 怯:害怕。
㊸ 乞:表示请求,希望。
㊹ 果:副词,果然,当真。
㊺ 送诸门外:送她到门外。诸:"之于"的合音。
㊻ 伫望:同"伫望",长时间站着并且向远处望。
㊼ 逾垣:越过墙。
㊽ 诺:答应的声音,表示同意,相当于现在说的"是"。

㊾ 廊:房檐下的过道或独立有顶的通道。
㊿ 寂:静悄悄,没有声音。
� 号(háo):大声喊叫。
52 顾:看,这里指有目的地寻找。
53 檐:屋檐,房顶伸出墙壁的部分。
54 举首:抬头。
55 弹:弹丸,小珠。
56 抟:把东西揉弄成球形。
57 嘶:声音沙哑。
58 毙:死。
59 案:书桌。
60 移时:过了一段时间。
61 砚:写毛笔字磨墨用的文具,多数用石做成。
62 投:跳进去。
63 几:类似桌子的一种家具,比较矮小。
64 频展:屡次张开。
65 绝:断绝,停止。

# 第四十课

# 曹雪芹的《红楼梦》

## 课　文

　　曹雪芹的《红楼梦》不论在思想上还是在艺术上都突破了传统的手法,是中国最伟大的一部古典小说。它不但在中国古代文学史上达到了小说创作成就的最高峰,即使在世界文学史上也是罕见的杰作。

　　《红楼梦》的思想内容丰富而文笔含蓄曲折,二百多年来,学术界众说纷纭①,争论不休,已经形成了一个相对独立的学术领域——红学。总的来讲,《红楼梦》揭示了两个方面的内容:一是通过贾府由盛而衰的败落,展现了封建社会无法挽回的最后崩溃②;二是通过贾宝玉、林黛玉、薛宝钗之间的爱情故事,表现了作者的叛逆精神和时代的希望。

　　在艺术手法上,《红楼梦》代表了中国古代小说艺术发展的最高水平。第一,善于刻画人物。全书出现的人物共有400多个,不仅像贾宝玉、林黛玉、薛宝钗、王熙凤等重要人物形象都具有高度的典型性和概括性,还有许多次要人物如晴雯、尤三姐、贾母、贾政等,也都是有血有肉的艺术形象。作者善于在人物一出场就给读者以深刻的印象,善于把人物安置③于重大的矛盾冲突之中来刻画,善于在比较之中表现人物性格,如晴雯与袭人,林黛玉与薛宝钗,李纨与王熙凤等。第二,作者以宏大的结构、波澜起伏的情节展示了一幅互相联系、不可分割的社会生活画卷,人物的交替,情节的变换,故事的运行,就像一条波澜壮阔的大河,只见奔流而不见其有任何停滞④之处。作者善于把重大的矛盾冲突与生活中的小事结合起来,把构成情节的细节、事物、场景与作品要表达的思想、要刻画的人物的命运、性格结合起来,浑然天成却又千姿百态,给人以美的享受。第三,《红楼梦》的语言明畅却无浅露⑤之弊,洗练却无刻削之痕,文采斐然⑥却又不堆砌词藻。尤其是它的人物语言,充分个性化,丰富多彩,惟妙惟肖,已经达到了追魂摄魄的境界,其特点有三:首先,它对人物心理的挖掘非常深刻、非常细腻;其次,始终符合人物的身份和地位;最后,把人物的语言与自然环境、社会环境紧密地结合在一起。《红楼梦》的语言真可谓出神入化⑦、炉火纯青,长期以来被视为文学艺术史上光辉的典范。

## 注　释

① **众说纷纭**:存在着各种各样的说法。
② **崩溃**:彻底破坏或垮台。
③ **安置**:安排他人在指定的地方或位置上。
④ **停滞**:受到阻碍而不能顺利地进行或发展。
⑤ **浅露**:措辞直率而不委婉、含蓄。
⑥ **斐(fěi)然**:有文采和韵味。
⑦ **出神入化**:形容技艺高超达到了绝妙的境界。

## 作　品

### 荣国府收养林黛玉(节选)

　　且说黛玉自那日弃舟登岸时,便有荣国府打发了轿子并拉行李的车辆久候了。这林黛玉常听得母亲说过,他外祖母家与别家不同。他近日所见的这几个三等仆妇,吃穿用度,已是不凡了,何况今至其家。因此步步留心,时时在意,不肯轻易多说一句话,多行一步路,惟恐被人耻笑了他去。自上了轿,进入城中,从纱窗向外瞧了一瞧,其街市之繁华,人烟之阜盛,自与别处不同。又行了半日,忽见街北蹲着两个大石狮子,三间兽头大门,门前列坐着十来个华冠丽服之人。正门却不开,只有东西两角门有人出入。正门之上有匾,匾上大书"敕造①宁国府"五个大字。黛玉想道:这必是外祖之长房了。想着,又往西行,不多远,照样也是三间大门,方是荣国府了。却不进正门,只进了西边角门。那轿夫抬进去,走了一射之地②,将转弯时,便歇下退出去了。后面的婆子们已都下了轿,赶上前来。另换了三四个衣帽周全十七八岁的小厮上来,复抬起轿子。众婆子步下围随至一垂花门③前落下。众小厮退出,众婆子上来打起轿帘,扶黛玉下轿。林黛玉扶着婆子的手,进了垂花门。两边是抄手游廊④,当中是穿堂⑤,当地放着一个紫檀架子大理石的大插屏⑥。转过插屏,小小的三间厅,厅后就是后面的正房大院。正面五间上房,皆雕梁画栋,两边穿山游廊⑦厢房,挂着各色鹦鹉、画眉等鸟雀。台矶之上,坐着几个穿红着绿的丫头,一见他们来了,便忙都笑迎上来,说:"刚才老太太还念呢,可巧就来了。"于是三四人争着打起帘笼,一面听得人回话:"林姑娘到了。"

黛玉方进入房时,只见两个人搀着一位鬓发如银的老母迎上来,黛玉便知是他外祖母。方欲拜见时,早被他外祖母一把搂入怀中,心肝儿肉叫着大哭起来。当下地下侍立之人,无不掩面涕泣,黛玉也哭个不住。一时众人慢慢解劝住了,黛玉方拜见了外祖母——此即冷子兴所云之史氏太君,贾赦贾政之母也。当下贾母一一指与黛玉:"这是你大舅母;这是你二舅母;这是你先珠大哥的媳妇珠大嫂子。"黛玉一一拜见过。贾母又说:"请姑娘们来。今日远客才来,可以不必上学去了。"众人答应了一声,便去了两个。

不一时,只见三个奶嬷嬷并五六个丫鬟,簇拥着三个姊妹来了。第一个肌肤微丰,合中身材,腮凝新荔,鼻腻鹅脂,温柔沉默,观之可亲。第二个削肩细腰,长挑身材,鸭蛋脸面,俊眼修眉,顾盼神飞,文彩精华,见之忘俗。第三个身量未足,形容尚小。其钗环裙袄,三人皆是一样的妆饰。黛玉忙起身迎上来见礼,互相厮认过,大家归了坐。丫鬟们斟上茶来。不过说些黛玉之母如何得病,如何请医服药,如何送死发丧。不免贾母又伤感起来,因说:"我这些儿女,所疼者独有你母,今日一旦先舍我而去,连面也不能一见。今见了你,我怎不伤心!"说着,搂了黛玉在怀,又呜咽起来。众人忙都宽慰解释,方略略止住。

众人见黛玉年貌虽小,其举止言谈不俗,身体面庞虽怯弱不胜,却有一段自然的风流态度⑧,便知他有不足之症⑨。因问:"常服何药,如何不急为疗治?"黛玉道:"我自来是如此,从会吃饮食时便吃药,到今日未断,请了多少名医修方配药,皆不见效。那一年我三岁时,听得说来了一个癞头和尚,说要化我去出家,我父母固是不从。他又说:'既舍不得他,只怕他的病一生也不能好的了。若要好时,除非从此以后总不许见哭声;除父母之外,凡有外姓亲友之人,一概不见,方可平安了此一世。'疯疯癫癫,说了这些不经⑩之谈,也没人理他。如今还是吃人参养荣丸。"贾母道:"正好,我这里正配丸药呢。叫他们多配一料就是了。"

一语未了,只听后院中有人笑声,说:"我来迟了,不曾迎接远客!"黛玉纳罕道:"这些人个个皆敛声屏气,恭肃严整如此,这来者系谁,这样放诞⑪无礼?"心下想时,只见一群媳妇丫鬟围拥着一个人从后房门进来。这个人打扮与众姑娘不同:彩绣辉煌,恍若神妃仙子。头上戴着金丝八宝攒珠髻⑫,绾着朝阳五凤挂珠钗⑬;项上戴着赤金盘螭璎珞圈⑭,裙边系着豆绿宫绦,双衡比目玫瑰佩⑮;身上穿着缕金百蝶穿花大红洋缎窄裉袄⑯,外罩五彩刻丝石青银鼠褂⑰;下着翡翠撒花洋绉⑱裙。一双丹凤三角眼⑲,两弯柳叶吊梢眉⑳,身量苗条,体格风骚㉑,粉面含春威不露,丹唇未启笑先闻。黛玉连忙起身接见。贾母笑道:"你不认得他,他是我们这里有名的一个泼皮破落户儿㉒,南省俗谓作'辣子',你只叫他'凤辣子'就是了。"黛玉正不知何称呼,只见众姊妹都忙告诉他道:"这是琏嫂子。"黛玉虽不识,也曾听见母亲说过,大舅贾赦之子贾琏,娶的就是二舅母王氏之内侄女,自幼假充男儿教养的,学名王熙凤。黛玉忙陪笑见礼,以"嫂"呼之。这熙凤携着黛玉的手,上下细细打量了一回,仍送至贾母身边坐下,因笑道:"天下真有这样标致的人物,我今儿才算见了。况且这通身的气派,竟不像老祖宗的外孙女儿,竟是个嫡亲的孙女,怨不得老祖宗天天口头心头一时不忘。只可怜我这妹妹这样命苦,怎么姑妈偏就去世了!"说着,便用帕拭泪。贾母笑道:"我才好了,你倒来招我。你妹妹远路才来,身子又弱,也才劝住了,快再休提前话。"这熙凤听了,忙转悲为喜道:"正是呢!我一见了妹妹,一心都在他身上了,又是喜欢,又是伤心,竟忘记了老祖宗。该打,该打!"又忙携黛玉之手,问:"妹妹几岁了?可也上过学?现吃什么药?在这里不要想家,想要什么吃的、什么玩的,只管告诉我;丫头老婆们不好了,也只管告诉我。"一面又问婆子们:"林姑娘的行李东西可搬进来了?带了几个人来?你们赶早打扫两间下房,让他们去歇歇。"

说话时,已摆了茶果上来。熙凤亲为捧茶捧果。又见二舅母问他:"月钱放过了不曾?"熙凤道:"月钱㉓已放完了。才刚带着人到后楼上找缎子,找了这半日,也并没有见昨日太太说的那样的,想是太太记错了?"王夫人道:"有没有,什么要紧。"因又说道:"该随手拿出两个来给你这妹妹去裁衣裳的。等晚上想着叫人再去拿罢,可别忘了。"熙凤道:"这倒是我先料着了,知道妹妹不过这两日到的,我已预备下了,等太太回去过了目好送来。"王夫人一笑,点头不语。

## 注 释

① 敕造:奉皇帝之命建造。
② 一射之地:就是一箭之地,大约一百二十步至一百五十步。
③ 垂花门:旧时富家宅院,进入大门之后,内院院门一般有雕刻的垂花倒悬于门额两侧,门上

边盖有宫殿式的小屋顶,称垂花门。
④ **抄手游廊**:院门内两侧环抱的走廊。
⑤ **穿堂**:宅院中,坐落在前后两个院落之间的可以穿行的厅堂。
⑥ **大插屏**:放在穿堂中的大屏风,除作装饰外,还可以遮挡视线,以免进入穿堂就直接看见正房。
⑦ **穿山游廊**:从山墙开门接起的游廊。山:指山墙。房子两侧的墙,形状如山,俗称山墙。
⑧ **态度**:言行举止所表现的神态。
⑨ **不足之症**:中医病名,由身体虚弱引起。
⑩ **不经**:不合常理。
⑪ **放诞**:行为放纵,不守规矩。
⑫ **金丝八宝攒珠髻**:用金丝穿绕珍珠和镶嵌八宝(玛瑙、碧玉之类)制成的珠花的发髻。
**攒**:凑聚。用金丝或银丝把珍珠穿扭成各种花样叫"攒珠花"。
⑬ **朝阳五凤挂珠钗**:一种长钗,样子是支钗上分出五股,每股一支凤凰,口衔一串珍珠。
⑭ **璎珞**(yīngluò)**圈**:连缀起来的珠玉项圈。
⑮ **比目玫瑰佩**:用玫瑰色的玉片雕琢成的双鱼形的玉佩。**比目**:鱼名,传说这种鱼成双而行。
⑯ **缕金百蝶穿花大红洋缎窄裉**(kèn)**袄**:指在大红洋缎的衣面上用金线绣成百蝶穿花图案的紧身袄。**裉**:同"褃",上衣前后两幅在腋下合缝的部分。
⑰ **五彩刻丝石青银鼠褂**:石青色的衣面上有各种彩色刻丝、衣里是银鼠皮的褂子。**刻丝**:在丝织品上用丝平织成的图案,与凸出的绣花不同。**石青**:淡灰青色。**银鼠**:又名白鼠,石鼠。
⑱ **洋绉**(zhòu):极薄而软的平纹春绸,微带自然皱纹。
⑲ **丹凤三角眼**:眼角向上微翘,俗称一双丹凤眼。
⑳ **柳叶吊梢眉**:形容眉梢斜飞入鬓的样子。
㉑ **风骚**:这里指姿容俏丽。
㉒ **泼皮破落户儿**:原指没有正当生活来源的无赖。这里形容凤姐泼辣,是戏谑(开玩笑)的称谓。
㉓ **月钱**:旧时富户大家每月按等级发给家中人员的零用钱。

## (一) 填空

1. 曹雪芹的《红楼梦》不论在＿＿＿＿＿＿上还是在＿＿＿＿＿＿上都突破了传统的手法,是中国＿＿＿＿＿＿的一部古典小说。它不但在中国文学史上达到了小说创作成就的＿＿＿＿＿＿,即使在世界文学史上也是＿＿＿＿＿＿的杰作。

2.《红楼梦》揭示了两个方面的内容：一是通过贾府_____的败落,展现了封建社会_____的最后崩溃；二是通过_____、_____、_____之间的爱情故事,表现了作者的_____精神和时代的希望。

## （二）思考

为什么说《红楼梦》代表了中国古代小说艺术发展的最高水平？

**文学史知识提示**

《红楼梦》流行以后,续书之多,在中国文学史上可算是空前的。什么《后红楼梦》《续红楼梦》《绮楼重梦》《红楼圆梦》《红楼复梦》《红楼重梦》《红楼梦补》《补红楼梦》《增补红楼梦》《红楼幻梦》《红楼梦影》《红楼后梦》《红楼再梦》等等不下十三四种。

……

《红楼梦》的续书之多和评论研究之盛,正说明了这部小说的影响之大。

……

这部小说一出来以后……受到广大群众的欢迎,当时的青年男女曾被感动得"中夜常为隐泣"。另外,在当时还出现了许多根据这部小说改编的戏曲和说唱,如《红楼梦传奇》(仲振奎作)、《潇湘怨传奇》(万荣恩作)、《绛蘅秋》(吴兰徵作)、《三钗梦北曲》(许鸿磐作)等等；这些戏曲也颇受群众欢迎……随着新文学运动的新起,根据《红楼梦》所改编的剧本、戏曲、电影就出现得更多了。

《红楼梦》的影响还远及国外,在一八四二年(清道光二十二年)就有一部分被译成英文。此后各种外国文字的译本陆续出现,计有英文、俄文、德文、法文、意文、日文、越南文、荷兰文等等,不下一二十种。这些译本,大都是节译,目前只有俄文译本和日文译本是全译本。此外,有关《红楼梦》的各种外文论著,也有数十种之多。这些都说明中国这部伟大古典小说正在日益产生广泛的国际影响,它是具有世界意义的文学杰作。

（蒋和森《红楼梦概说》,
上海古籍出版社1979年版,第14—19页）

## 荣国府收养林黛玉(节选,接"作品"部分)

当下茶果已撤,贾母命两个老嬷嬷带了黛玉去见两个母舅。时贾赦之妻邢氏忙亦起身,笑回道:"我带了外甥女过去,倒也便宜①。"贾母笑道:"正是呢,你也去罢,不必过来了。"邢夫人答应了一声"是"字,遂带了黛玉与王夫人作辞,大家送至穿堂前。出了垂花门,早有众小厮们拉过一辆翠幄青䌷车②,邢夫人携了黛玉,坐在上面,众婆子们放下车帘,方命小厮们抬起,拉至宽处,方驾上驯骡,亦出了西角门,往东过荣府正门,便入一黑油大门中,至仪门③前方下来。众小厮退出,方打起车帘,邢夫人搀着黛玉的手,进入院中。黛玉度其房屋院宇,必是荣府中花园隔断过来的。进入三层仪门,果见正房厢庑④游廊,悉皆小巧别致,不似方才那边轩峻壮丽;且院中随处之树木山石皆有。一时进入正室,早有许多盛妆丽服之姬妾丫鬟迎着,邢夫人让黛玉坐了,一面命人到外面书房去请贾赦。一时人来回话说:"老爷说了:'连日身上不好,见了姑娘彼此倒伤心,暂且不忍相见。劝姑娘不要伤心想家,跟着老太太和舅母,即同家里一样。姊妹们虽拙,大家一处伴着,亦可以解些烦闷。或有委屈之处,只管说得,不要外道才是。'"黛玉忙站起来,一一听了。再坐一刻,便告辞。邢夫人苦留吃过晚饭去,黛玉笑回道:"舅母爱惜赐饭,原不应辞,只是还要过去拜见二舅舅,恐领了赐去不恭,异日再领,未为不可。望舅母容谅。"邢夫人听说,笑道:"这倒是了。"遂令两三个嬷嬷用方才的车好生送了姑娘过去,于是黛玉告辞。邢夫人送至仪门前,又嘱咐了众人几句,眼看着车去了方回来。

一时黛玉进了荣府,下了车。众嬷嬷引着,便往东转弯,穿过一个东西的穿堂,向南大厅之后,仪门内大院落,上面五间大正房,两边厢房鹿顶耳房钻山⑤,四通八达,轩昂壮丽,比贾母处不同。黛玉便知这方是正经正内室,一条大甬路,直接出大门的。进入堂屋中,抬头迎面先看见一个赤金九龙青地大匾,匾上写着斗大的三个大字,是"荣禧堂",后有一行小字:"某年月日,书赐荣国公贾源。"又有"万几宸翰之宝⑥"。大紫檀雕螭案上,设着三尺来高青绿古铜鼎,悬着待漏随朝墨龙大画⑦,一边是金蜼彝⑧,一边是玻璃盍⑨。地下两溜十六张楠木交椅。又有一副对联,乃乌木联牌,镶着鏨银⑩的字迹,道是:

座上珠玑昭日月⑪,堂前黼黻焕烟霞⑫。

下面一行小字,道是:"同乡世教弟勋袭东安郡王穆莳拜手书。"

原来王夫人时常居坐宴息,亦不在这正室,只在这正室东边的三间耳房内。于是老嬷嬷引黛玉进东房门来。临窗大炕上铺着猩红洋毯⑬,正面设着大红金钱蟒靠背,石青金钱蟒引枕⑭,秋香色⑮金钱蟒大条褥。两边设一对梅花式洋漆小几。左边几上文王鼎⑯匙箸香盒;右边几上汝窑美人觚⑰——觚内插着时鲜花卉,并茗碗瘗盒等物。地下面西一溜四张椅上,都搭着银红撒花椅搭⑱,底下四副脚踏。椅之两边,也有一对高几，几上茗碗瓶花俱备。其余陈设，自不必细说。老嬷嬷们让黛玉炕上坐，炕沿上却有两个锦褥对设，黛玉度其位次，便不上炕，只向东边椅子上坐了。本房内的丫鬟忙捧上茶来。黛玉一面吃茶，一面打量这些丫鬟们，妆饰衣裙，举止行动，果亦与别家不同。

茶未吃了，只见一个穿红绫袄青缎掐牙⑲背心的丫鬟走来笑说道："太太说，请林姑娘到那边坐罢。"老嬷嬷听了，于是又引黛玉出来，到了东廊三间小正房内。正房炕上横设一张炕桌，桌上磊着⑳书籍茶具，靠东壁面西设着半旧的青缎靠背引枕。王夫人却坐在西边下首，亦是半旧的青缎靠背坐褥。见黛玉来了，便往东让。黛玉心中料定这是贾政之位。因见挨炕一溜三张椅子上，也搭着半旧的弹墨椅袱㉑，黛玉便向椅上坐了。王夫人再四携他上炕，他方挨王夫人坐了。王夫人因说："你舅舅今日斋戒去了，再见罢。只是有一句话嘱咐你：你三个姊妹倒都极好，以后一处念书认字学针线，或是偶一顽笑，都有尽让的。但我不放心的最是一件：我有一个孽根祸胎，是家里的'混世魔王'，今日庙里还愿去了，尚未回来，晚间你看见便知了。你只以后不要睬他，你这些姊妹都不敢沾惹他的。"

黛玉亦常听得母亲说过，二舅母生的有个表兄，乃衔玉而诞，顽劣异常，极恶读书，最喜在内帏㉒厮混，外祖母又极溺爱，无人敢管。今见王夫人如此说，便知说的是这表兄了。因陪笑道："舅母说的，可是衔玉所生的这位哥哥？在家时亦曾听见母亲常说，这位哥哥比我大一岁，小名就唤宝玉，虽极憨顽，说在姊妹情中极好的。况我来了，自然只和姊妹同处，兄弟们自是别院另室的，岂得去沾惹之理？"王夫人笑道："你不知道原故：他与别人不同，自幼因老太太疼爱，原系同姊妹们一处娇养惯了的。若姊妹们有日不理他，他倒还安静些，纵然他没趣，不过出了二门，背地里拿着他两个小幺儿㉓出气，咕唧一会子就完了。若这一日姊妹们和他多说一句话，他心里一乐，便生出多少事来。所以嘱咐你别睬他。他嘴里一时甜言蜜语，一时有天无日，一时又疯疯傻傻，只休信他。"

黛玉一一的都答应着。只见一个丫鬟来回："老太太那里传晚饭了。"王夫人忙携黛玉从后房门由后廊往西，出了角门，是一条南北宽夹道。南边是倒座三间小小的抱厦厅㉔。北边立着一个粉油大影壁，后有一半大门，小小一所房室。王夫人笑指向黛玉道："这是你凤姐姐的屋子，回来你好往这里找他来，少什么东西，你只管和他说就是了。"这院门上也有四五个才总角㉕的小厮，都垂手侍立。王夫人遂携黛玉穿过一个东西穿堂，便是贾母的后院了。于是进入后房门，已有多人在此伺候，见王夫人来了，方安设桌椅。贾珠之妻李氏捧饭，熙凤安箸，王夫人进羹。贾母正面榻上独坐，两边四张空椅，熙凤忙拉了黛玉在左边第一张椅上坐了，黛玉十分推让。贾母笑道："你舅母和你嫂子们不在这里吃饭。你是客，原应如此坐的。"黛玉方告了坐，坐了。贾母命王夫人坐了。迎春姊妹三个告了坐方上来。迎春便坐右手第一，探春左第二，惜春右第二。旁边丫鬟执着拂尘㉖、漱盂、巾帕。李、凤二人立于案旁布让㉗。外间伺候之媳妇丫鬟虽多，却连一声咳嗽不闻。寂然饭毕，各有丫鬟用小茶盘捧上茶来。当日林如海教女以惜福养身，云饭后务待饭粒咽尽，过一时再吃茶，方不伤脾胃。今黛玉见了

343

这里许多事情不合家中之式,不得不随的,少不得一一改过来,因而接了茶。早见人又捧过漱盂来,黛玉也照样漱了口。盥手毕,又捧上茶来,这方是吃的茶。贾母便说:"你们去罢,让我们自在说话儿。"王夫人听了,忙起身,又说了两句闲话,方引凤、李二人去了。贾母因问黛玉念何书。黛玉道:"只刚念了'四书'。"黛玉又问姊妹们读何书。贾母道:"读的是什么书,不过是认得两个字,不是睁眼的瞎子罢了。"

　　一语未了,只听外面一阵脚步响,丫鬟进来笑道:"宝玉来了!"黛玉心中正疑惑着:"这个宝玉,不知是怎生个惫懒㉙人物,懵懂顽童?倒不见那蠢物也罢了。"心中想着,忽见丫鬟话未报完,已进来了一位年轻的公子:头上戴着束发嵌宝紫金冠㉚,齐眉勒着二龙抢珠金抹额㉛;穿一件二色金百蝶穿花大红箭袖,束着五彩丝攒花结长穗宫绦㉜,外罩石青起花八团倭锻排穗㉝褂;蹬着青缎粉底小朝靴㉞。面若中秋之月,色如春晓之花,鬓若刀裁,眉如墨画,眼如桃瓣,睛若秋波。虽怒时而若笑,即瞋视而有情。项上金螭璎珞,又有一根五色丝绦,系着一块美玉。黛玉一见,便吃一大惊,心下想道:"好生奇怪,倒像在那里见过一般,何等眼熟到如此!"只见这宝玉向贾母请了安㉟,贾母便命:"去见你娘来。"宝玉即转身去了。一时回来,再看,已换了冠带:头上周围一转的短发,都结成小辫,红丝结束,共攒至顶中胎发,总编一根大辫,黑亮如漆。从顶至梢,一串四颗大珠,用金八宝坠脚㊱;身上穿着银红撒花半旧大袄,仍旧戴着项圈、宝玉、寄名锁㊲、护身符㊳等物;下面半露松花撒花绫裤腿,锦边弹墨袜,厚底大红鞋。越显得面如敷粉,唇若施脂,转盼多情,语言常笑。天然一段风骚,全在眉梢;平生万种情思,悉堆眼角。看其外貌最是极好,却难知其底细。后人有《西江月》二词㊴,批宝玉极恰,其词曰:

　　　　无故寻愁觅恨,有时似傻如狂。纵然生得好皮囊㊵,腹内原来草莽。潦倒不通世务,愚顽怕读文章。行为偏僻性乖张㊶,那管世人诽谤!

　　　　富贵不知乐业,贫穷难耐凄凉。可怜辜负好韶光㊷,于国于家无望。天下无能第一,古今不肖无双。寄言纨袴与膏粱㊸:莫效此儿形状㊹!

　　贾母因笑道:"外客未见,就脱了衣裳,还不去见你妹妹!"宝玉早已看见多了一个姊妹,便料定是林姑妈之女,忙来作揖。厮见毕归坐,细看形容,与众各别:两弯似蹙非蹙罥烟眉㊺,一双似喜非喜含情目。态生两靥之愁㊻,娇袭一身之病㊼。泪光点点,娇喘微微。闲静时如姣花照水,行动处似弱柳扶风。心较比干多一窍㊽,病如西子胜三分㊾。宝玉看罢,因笑道:"这个妹妹我曾见过的。"贾母笑道:"可又是胡说,你又何曾见过他?"宝玉笑道:"虽然未曾见过他,然我看着面善,心里就算是旧相识,今日只作远别重逢,亦未为不可。"贾母笑道:"更好,更好,若如此,更相和睦了。"宝玉便走近黛玉身边坐下,又细细打量一番,因问:"妹妹可曾读书?"黛玉道:"不曾读,只上了一年学,些须㊿认得几个字。"宝玉又道:"妹妹尊名是那两个字"?黛玉便说了名。宝玉又问表字。黛玉道:"无字。"宝玉笑道:"我送妹妹一妙字,莫若'颦颦'二字极妙。"探春便问何出。宝玉道:"《古今人物通考》㉛上说,'西方有石名黛,可代画眉之墨'。况这林妹妹眉尖若蹙,用取这两个字,岂不两妙!"探春笑道:"只恐又是你的杜撰。"宝玉笑道:"除'四书'外,杜撰的太多,偏只我是杜撰不成?"又问黛玉:"可也有玉没有?"众人不解其语,黛玉便忖度着因他有玉,故问我有也无,因答道:"我没有那个。想来那玉亦是一件罕物,岂能人人有的?"宝玉听了,登时发作起痴狂病来,摘下那玉,就狠命摔去,骂道:"什么罕物,连人之高低不择,还说'通灵'不'通灵'呢!我也不要这劳什子了!"吓的众人一拥争去拾玉。贾母急的搂了宝玉道:"孽障!你生气,要打骂人容易,何苦摔那命根子!"宝玉满面泪痕泣道:"家里姐姐妹妹都没有,单我有,我说没趣;如今来了这么一个神仙似的妹妹也没有,可知这不是个好东西。"贾母忙哄他道:"你这妹妹原有这个来的,因你姑妈去世时,舍不得你妹妹,无法处,遂将他的玉带了去了:一则全殉葬之礼,尽你妹妹之孝心;二则你姑妈之灵,亦可权作见了女儿之意。因此他只说没有这个,不便自己夸张之意。你如今怎比得他?还不好生慎重带上,仔细你娘知道了。"说着便向丫鬟手中接来,亲与他带上。宝玉听如此说,想一想竟大有情理,也就不生别论了。

当下,奶娘来请问黛玉之房舍。贾母说:"今将宝玉挪出来,同我在套间暖阁儿②里,把你林姑娘暂安置碧纱橱里③。等过了残冬,春天再与他们收拾房屋,另做一番安置罢。"宝玉道:"好祖宗,我就在碧纱橱外的床上很妥当,何必又出来闹的老祖宗不得安静。"贾母想了一想说"也罢了"。每人一个奶娘并一个丫头照管,余者在外间上夜听唤。一面早有熙凤命人送了一顶藕合色花帐并几件锦被缎褥之类。

黛玉只带了两个人来:一个是自幼奶娘王嬷嬷;一个是十岁的小丫头,亦是自幼随身的,名唤作雪雁。贾母见雪雁甚小,一团孩气,王嬷嬷又极老,料黛玉皆不遂心省力的,便将自己身边的一个二等丫头,名唤鹦哥者与了黛玉。外亦如迎春等例,每人除自幼乳母外,另有四个教引嬷嬷④;除贴身掌管钗钏盥沐两个丫鬟外,另有五六个洒扫房屋来往使役的小丫鬟。当下,王嬷嬷与鹦哥陪侍黛玉在碧纱橱内。宝玉之乳母李嬷嬷,并大丫鬟名唤袭人者,陪侍在外面大床上。

原来这袭人亦是贾母之婢,本名珍珠。贾母因溺爱宝玉,生恐宝玉之婢无竭力尽忠之人,素喜袭人心地纯良,克尽职任,遂与了宝玉。宝玉因知他本姓花,又曾见旧人诗句上有"花气袭人"之句,遂回明贾母,更名袭人。这袭人亦有些痴处:伏侍贾母时,心中眼中只有一个贾母;如今服侍宝玉,心中眼中又只有一个宝玉。只因宝玉性情乖僻,每每规谏宝玉,心中着实忧郁。

是晚,宝玉李嬷嬷已睡了,他见里面黛玉和鹦哥犹未安息,他自卸了妆,悄悄进来,笑问:"姑娘怎么还不安息?"黛玉忙让:"姐姐请坐。"袭人在床沿上坐了。鹦哥笑道:"林姑娘正在这里伤心,自己淌眼抹泪的说'今儿才来,就惹出你家哥儿的狂病,倘或摔坏了那玉,岂不是因我之过'因此便伤心,我好容易劝好了。"袭人道:"姑娘快休如此,将来只怕比这个更奇怪的笑话儿还有呢!若为他这种行止,你多心伤感,只怕你伤感不了呢。快别多心!"黛玉道:"姐姐们说的,我记着就是了。究竟那玉不知是怎么个来历?上面还有字迹?"袭人道:"连一家子也不知来历,听得说,落草时是从他口里掏出来的,上面还有现成的眼儿。让我拿来你看便知。"黛玉忙止道:"罢了。此刻夜深,明日再看也不迟。"大家又叙了一回,方才安歇。

次日起来,省过贾母,因往王夫人处来。正值王夫人与熙凤在一处拆金陵来的书信看,又有王夫人之兄嫂处遣了两个媳妇来说话的。黛玉虽不知原委,探春等却都晓得是议论金陵城中所居的薛家姨母之子姨表兄薛蟠,倚财仗势,打死人命,现在应天府案下审理。如今母舅王子腾得了信息,故遣他家内的人来告诉这边,意欲唤取进京之意。

## 注 释

① **便宜**(biànyí):方便。
② **翠幄**(wò)**青䌷车**:用粗厚的绿色绸类做车帐、用青色绸做车帘的轿车。
③ **仪门**:旧时官衙、府第的大门之内的门。一说旁门也可称仪门。
④ **庑**(wǔ):堂下周围的廊屋。
⑤ **两边厢房鹿顶耳房钻山**:两边的厢房用钻山的方式与鹿顶的耳房相连接。**鹿顶**:单独用时指平屋顶。**耳房**:连接在正房两侧的小房子。**钻山**:指山墙上开门或开洞,与相邻的房子或游廊相接。
⑥ **万几宸翰之宝**:这是皇帝印章上的文字。**万几**:万机,就是万事,形容皇帝政务繁多,日理万机的意思。**几**:同"机"。**宸翰**:皇帝的笔迹。**宸**:北宸,即北极星。皇帝坐北朝南,所以以北宸代指皇帝。**翰**:墨迹、书法。**宝**:皇帝的印玺。
⑦ **墨龙大画**:巨龙在云雾海潮中隐现的大幅水墨画。旧时以龙象征帝王,画中之"潮"与朝见之"朝"谐音。隐喻朝见君王的意思。
⑧ **金蜼**(wěi)**彝**:原为有蜼形图案的青铜祭器,后作贵重陈设品。**蜼**:一种长尾猿。**彝**:古代青铜器中礼器的通称。
⑨ **盉**:盛酒器。
⑩ **鏨**(zàn)**银**:一种银雕工艺。**鏨**:雕刻。
⑪ **座上珠玑昭日月**:形容座中人佩带的珠玉如日月般光彩照人。**珠玑**:珍珠。
⑫ **堂前黼黻**(fǔfú)**焕烟霞**:形容衣服的图饰如烟霞般绚丽夺目。**黼黻**:古代官僚贵族礼服上绣的花纹。
⑬ **罽**(jì):毛织的毡子。
⑭ **引枕**:坐时搭扶胳膊的一种圆墩形倚枕。
⑮ **秋香色**:淡黄绿色。
⑯ **文王鼎**:指周朝的传国宝鼎,这里是指小型仿古香炉,内烧粉状檀香之类的香料。
⑰ **汝窑美人觚**:宋代河南汝州窑烧制的一种仿古瓷器。
⑱ **椅搭**:搭在椅子上的一种长方形的绣花绸缎饰物。
⑲ **䘩牙**:锦缎双叠成细条,嵌在衣服或背心的夹边上,仅露少许,作为装饰。
⑳ **磊着**:层层叠叠地放着。
㉑ **椅袱**:用棉、缎之类作成的椅套。
㉒ **内帏**:内室,女子的居处。**帏**:幕帐。
㉓ **小幺儿**:身边使唤的小仆人。
㉔ **抱厦厅**:围绕厅堂、正屋后面的房子。

㉕ **总角**：儿童向上分开的两个发髻，代指儿童。
㉖ **拂尘**：形如马尾，后有持柄，用以拂拭尘土，或驱赶蝇蚊，俗称"蝇甩子"。
㉗ **布让**：宴席间向客人敬菜、劝餐。
㉘ **愈懒**：厚着脸皮纠缠别人，惹人厌烦。
㉙ **嵌宝紫金冠**：把头发束扎在顶部的一种髻冠，上面插戴各种饰物或镶嵌珠玉。
㉚ **抹额**：围扎在额前，用以压发、束额。
㉛ **二色金百蝶穿花大红箭袖**：用两色金线绣成的百蝶穿花图案的大红窄袖衣服。**箭袖**：原为便于射箭穿的窄袖衣服，这里指男子穿的一种服式。
㉜ **长穗宫绦**：指系在腰间的绦带。**长穗**：是绦带端部下垂的穗子。
㉝ **排穗**：排缀在衣服下面边缘的彩穗。
㉞ **青缎粉底小朝靴**：指黑色缎面、白色厚底、半高筒的靴子。**青缎**：黑色的缎子。**朝靴**：古代百官穿的"乌皮履"。
㉟ **请了安**：请安，即问安。
㊱ **坠脚**：垂于朝珠、床帐等下端的小装饰品，这里指辫子梢部所坠的饰物。
㊲ **寄名锁**：旧俗为了防止幼儿未成年就死亡，给寺院或道观一定财物，让幼儿当"寄名弟子"，并在幼儿的项下系一小金锁（即"寄名锁"），来保佑幼儿健康长大。
㊳ **护身符**：从道观领来的一种符篆，迷信的人认为带在身上，可以避祸免灾。
㊴ **《西江月》二词**：这两首词用似贬实褒，寓褒于贬的手法揭示了宝玉的性格。**西江月**：词牌名。
㊵ **皮囊**：一作"皮袋"，指人的躯壳。
㊶ **乖张**：偏执，不驯服，与众不同。
㊷ **可怜辜负好韶光**：可惜白白浪费了大好时光。**可怜**：这里是可惜的意思。**辜负**：对不起，这里有浪费的意思。
㊸ **膏粱**：肥肉精米，这里借指富贵子弟。
㊹ **莫效此儿形状**：可别学这孩子的坏样子！
㊺ **罥烟眉**：形容眉毛像一抹青烟。**罥**：挂，缠绕。
㊻ **态生两靥之愁**：妩媚的风韵生于含愁的面容。**态**：情态、风韵。**靥**：面颊上的酒窝。
㊼ **娇袭一身之病**：娇怯的情态出于孱弱的病体。**袭**：承继，由……而来。
㊽ **心较比干多一窍**：古人认为心窍越多越有智慧。林黛玉聪明颖悟胜过比干。**比干**：商朝纣王的叔父。
㊾ **病如西子胜三分**：病弱娇美胜过西施。**西子**：西施，中国古代著名的美女。她与杨玉环、貂蝉、王昭君并为中国古代四大美女。
㊿ **些须**：一点儿。
㉛ **《古今人物通考》**：从下文看来，可能是宝玉的杜撰。
㉜ **暖阁儿**：在套间内再隔断为小房间，内设炕褥，两边安有隔扇，上边有一横眉，形成床帐的样子，称"暖阁儿"。
㉝ **碧纱橱里**：指碧纱橱隔开的里间。**碧纱橱**：也称隔扇门、格门。用以隔断开间，中间两扇可以开关。
㉞ **教引嬷嬷**：清代皇子一出生，就有保姆、乳母；断乳后，增"谙达"（满语，伙伴、朋友的意思，这里指陪伴并负有教导责任的人）。贵族家庭的"教引嬷嬷"职务与皇宫的"谙达"类似。

# 后 记

本教材的每一篇课文都是中国文学史上的一个逻辑性的"点",也是中国文学史发展的一个不可或缺的环节,它们点面结合,环环相扣,组成了中国源远流长、从古到今的文学发展进程。我们既注重文学史内在发展的规律性,又注重国际中文教学的特殊性,立足于国际中文教学学科的自身规律,根据教学活动的实际和外国留学生的学习特点,将中国文学史课文中的复杂问题简单化,将课文的内容精读课程化,从教学的实际出发来编写每一篇课文。

本编写组的10名成员都是长期工作在国际中文教学一线、有着扎实的国际中文教学专业知识和丰富教学经验的教师。教材的主笔既是从事国际中文教学多年的专家,又是相应专业的博士出身,其出色的专业素养保证了本教材在中国文学史学科的科学性与国际中文教学的特殊性上的紧密结合。教材从课文的设置到作品的选择,从练习的设计到课文的注释,都充分考虑了国际中文教学的特殊性、针对性和实用性。长期以来我们坚定地认为,没有试验的教材就是不合格的教材,因而在编写本教材的过程中,我们丝毫没有放松对教材的试验。依托于国际中文教学的性质设置教材编写的思想,依据教学经验编写教材,立足于课堂试验修改教材,是我们编写组的每一位成员始终遵循的基本原则。

本教材的主编是武汉大学中国传统文化研究中心的欧阳祯人教授,副主编是孙萍萍、周颖菁二位教授。本教材的主笔是欧阳祯人教授。翟颖华老师担任其中第一课至第十课以及第四十课的注释工作,潘泰老师担任第十一课至第二十课以及第三十九课的注释工作,范小青老师担任第二十一课至第三十课的注释工作,程娥老师担任第三十一课至第三十八课的注释工作,刘莉妮老师担任古代文学史部分的校读工作。潘泰老师在写作过程中为我们提供了数据库支持,他不仅教会了我们每一位参编的人员使用数据库,而且不厌其烦地做了大量相关的文本转换、生词总表制作等工作。

在此次修订工作中,刘莉妮老师担任了前二十课的修订工作,刘平老师担任了后二十课的修订工作,欧阳祯人教授担任了最后的全面审定工作。

编写中,主编本人是整个课文的主笔。主编还负责编写思想、框架、体例的确定,书

## 后　记

稿的审查、修改及最终定稿,另外还承担了编写人员的调配、工作流程的衔接等具体任务。本教材在编写过程中一个较为成功的经验是设立了三位"校读"。这三位校读人员是具有丰富国际中文教学经验的教师,他们不仅在文字上、在原文的校读上多所订正,更重要的是在教材的编写过程中,从国际中文教学的实际操作层面向主笔与注释人员提出了许多修改意见。这本教材是我们大家共同努力的成果。

《中国古代文学史教程》第二版修订,对内容进行了部分调整,注释更加精湛简单,更适合初学者进入中国古代文学史的殿堂。

武汉大学中国传统文化研究中心　欧阳祯人
甲辰冬至
于珞珈山麓